魅丽文化
花火
花火工作室

典藏版

这是我们代代传承的信仰／／是我们永不弯曲的脊梁

校长——作品

江苏凤凰文艺出版社
JIANGSU PHOENIX LITERATURE AND ART PUBLISHING, LTD

**图书在版编目（CIP）数据**

燕归来熙 / 校长著. -- 南京 : 江苏凤凰文艺出版社, 2018.6

ISBN 978-7-5594-2033-6

Ⅰ. ①燕… Ⅱ. ①校… Ⅲ. ①长篇小说－中国－当代 Ⅳ. ①I247.5

中国版本图书馆 CIP 数据核字（2018）第 093400 号

| | |
|---|---|
| 书　　名 | 燕归来熙 |
| 作　　者 | 校　长 |
| 出版统筹 | 黄小初　邹立勋 |
| 选题策划 | 林玉婷 |
| 责任编辑 | 胡小河　姚　丽 |
| 文字编辑 | 黑豆豆 |
| 责任监制 | 刘　巍　江伟明 |
| 出版发行 | 江苏凤凰文艺出版社 |
| 印　　刷 | 湖南凌宇纸品有限公司 |
| 开　　本 | 710 mm×1000 mm　1/16 |
| 字　　数 | 350 千字 |
| 印　　张 | 19.5 |
| 版　　次 | 2018 年 6 月第 1 版，2018 年 6 月第 1 次印刷 |
| 标准书号 | ISBN 978-7-5594-2033-6 |
| 定　　价 | 36.00 元 |

# 目录

燕归来 熙

CONTENTS

# 目录

燕归来 熙

CONTENTS

# 目录

莫洛克往事

CONTENTS

你站在黑夜尽头，世界俯首。

《燕归来熙》

You stand at the end of dark, and the world kneel.

2017　校长是亲妈

——那些冻雪下的种子，沉埋多少年华，终有一天，要开出盛世的花。

* 本文只是小说，勿与现实对号。

# 序

1995年，被誉为“病毒之王“的中国黑客陆萧被捕入狱，获刑十年，罪名：窃取国家机密。

同年，本案从犯，陆萧唯一的女学生，逃往法国。

同年，年仅十九岁的新任中华黑客会站长燕归来，孤身一人去往欧洲大陆，调查陆萧之案的真相。

同年，已六十高龄，在业内享有“神”之美誉的黑客元老花阡陌，宣布退隐，销声匿迹。

自此，业内最庞大的三支派系分崩离析。

时光在塞纳河两岸的灯影中飞逝，积雪将修道院穹顶的岁月覆上梦魇。

转眼又是八年。

教堂的壁画在黑暗深处沉默凝望，历史翻过数页，唱诗班的少年仰起脸，烛火从未在黑夜中熄灭，天明后的咏唱声里，是又一个英雄辈出的年代。

# 落榜少女

LUO BANG SHAO NV

上课铃响。

历史老师一边发卷子，一边总结："这是高考前最后一次测验了，你们都看看自己的成绩，啊，大部分同学的状态都很好，去迎战高考没有问题，除了极个别同学……关小熙！"

关小熙心惊胆战地站起来。

历史老师把卷子卷成筒，"咚咚咚"地往小姑娘脑袋上敲："你看看你的分数，你这个学期及格过吗？你对得起老师家长吗？简述唐太宗开创贞观之治的历史意义，啊，这么简单的题你都拿不到分？"

关小熙低着脑袋，她听到历史老师刻意拉长的声音在教室里响起："你看看你答的什么？为我国的电视剧文化做出了巨大的贡献？！"

全班顿时爆发出哄堂大笑。

笑得最欢的，是关小熙的同桌，苏牧。

关小熙只能使劲儿瞪他，而很快她同桌的脸就被印成了彩色照片在《浙江日报》首版继续对她灿烂微笑，窗口的老大爷从报纸上方探出半张戴着老花镜的脸："报名啊？"

2003 年，夏天刚过去一半。

关小熙站在新时代电脑培训中心大楼一层的收费窗口前，捏着口袋里被汗水浸透的八百块钱，她紧张地点点头。

一块印着"现场报名！现场开课！"的巨幅广告牌悬挂她头顶，报名处的收音机里正在播放今年浙江省的高考招生情况和即将施行的高考改革计划，老大爷手中举着巨大的报纸开页看得津津有味，报纸头条用硕大的粗体字印着"今年高考再续辉煌！杭州考生苏牧以 689 分摘得浙江省文科状元，被北大录取"。

而连三本分数线都够不到的她，在好心的邻居大妈的介绍下，来到这里"学一技之长”。

邻居大妈说，她儿子在电脑培训中心学了一个月，就成功找到酬薪不菲的硬件维护工作了，现在这个社会啊，没有文凭，有一技之长也是好的——于是关妈二话不说，就把女儿打发过来重拾人生希望。

窗口扔出一沓花花绿绿的广告，“基础班、初级班、中级班、高级班、研究班，要报哪个自己看吧。”老大爷说完继续看他的报纸。

“这也太不正规了吧……”

关小熙怀疑地翻着手中一沓印着泳装美女好似大保健的广告，上面介绍每个月交八百块，得到一百二十个课时，所有班级的课可以随便听，不过只能免费领一套教材。

看上去研究班好像是最厉害的呢。

关小熙很想去研究班看看，然后这个念头，在看到研究班简介上那如天书一样的专业词汇时，迅速打消了。

那就高级班吧……

关小熙翻到高级班，好吧，也是天书。

她又无奈地拿出中级班和初级班的介绍来看，发现也一样看不懂。

看来只能去基础班了……

关小熙交了钱，然后登记报名拿教材，这点广告倒是没有骗她，现场交钱报名后，就可以直接上课了。

关小熙走两步就看到了墙上贴着的教室分布图，基础班和初级班在一楼和二楼，中级班和高级班在三楼，研究班在四楼。研究班是空调教室，特配顶级电脑。

果然是最强的研究班啊……连待遇都不一样！

关小熙捏着手里的基础班教材，随手翻了两下，她很快发现这基础班的教材，她似乎也不太看得懂……

临近开课，人渐渐多起来，有三五成群的，有独自一人的，有小到戴着红领巾的娃娃，有大到头发花白的老人。

小孩和老人都往基础班走去。

和关小熙相似的年纪男生们多半朝楼上走去，有的戴着耳机，有的吹着口哨，清一色酷酷的表情。

关小熙望着他们的背影，用力握拳。

总有一天会超过他们的，她想，学数理化她没有天赋，学电脑她一定是可以的！俗话说得好，兴趣是最好的老师！

她听闺蜜叶盈盈讲过，那些神一样的黑客是怎么在网络世界里呼风唤雨，是怎么让她的全服第一大公会上百号人在公会战里清一色掉线当机，对手请来的就是传说中的——黑客。

彼时根本分不清黑客与骇客概念的关小熙，把成为一名黑客当成了自己学电脑的终极目标。

虽然黑客对她这样的普通人来说，是一个太神秘的职业。

“不管，我熙马拉雅一定要成为黑客！”

“熙马拉雅”是关小熙用了多年的霸气网名，活生生一个女壮士，而现在我们的女壮士燃烧着小宇宙刚要步入基础班大门，她眼角的余光正好瞄到一个黑影。

那是一个穿着黑色衬衫、两手空空的男人，她还来不及看清楚他的脸，他已经大步走上楼梯，看不见了。

只是那抹黑色在这酷热的天气里，却给关小熙带来了莫名的凉意。

冰凉、沉冷，像日出前的最后一道夜色。

若不是上课在即，再不进教室就抢不到好位子，关小熙真想追上楼去看看这个男人——比起那些轻浮的小子，这个上课不带课本的男人才叫帅啊！

挤进教室后，关小熙兴奋地坐在第一排正中央的位子上，她很奇怪，这教室里都人满为患了，这么好的位子居然没有人坐。她当然不客气，一屁股坐下来，东瞅瞅西看看。她的左手边是一个戴着老花镜的大妈，此刻她打开电脑，正襟危坐，摊开的教科书上用圆珠笔写满了密密麻麻的笔记。

大妈见小姑娘凑过来看，热心地向她打招呼。

“现在这时代，不懂点电脑技术，我都不好意思走出去了。”大妈乐呵呵地说，“我家儿子天天嘲笑我只会用电脑打牌，这不，我只好上这儿充电来了。小丫头啊，你们年轻人可别嘲笑我这把年纪，我也是好学上进的新时代妇女啊！”

“不不不，不嘲笑不嘲笑……”关小熙看了一眼大妈书上密密麻麻的笔记，她发现自己大部分看不懂，“其实我更加不懂电脑。”

关小熙诚恳的说辞却换来大妈的夸奖：“现在的年轻人真谦虚啊！小丫头，你越谦虚，我越觉得你厉害！”

关小熙悲伤地把脸扭向一边。

另一边坐着的是一个戴黑框眼镜的蘑菇头小正太，看他的模样，最多上小学二年级。

果然，关小熙一问，小正太就老老实实地说自己刚满七岁。

这七岁男孩的教材上也是满满的笔记，歪歪扭扭的字中夹杂着拼音和方言。教科书已被他翻得破破烂烂，可见这是一个多么用心的孩子。

人生啊！关小熙无语凝噎，在美好的应试教育的浇灌下，别家的孩子一年比一年聪明，关家的小熙却一年比一年智障，有时候她真的怀疑自己被老天抛弃了。

比如被称为改变命运的高考，同一个班级，有本市的文科状元，也有离专科线还差七十分的人。

关小熙就是那离专科线还差七十分的人，她先去报复读班，人家老师看了她的成绩后，立刻以人满为由拒绝了她。

如今她抚摸着教材，在阿姨和小正太的隐形压力下，她开始觉得成为黑客的梦想就和让她考入清华北大一样遥远。

不多时，上课铃响起。

一个头发油腻的中年男人走进教室，不用说，这就是基础班的负责老师。他鼻梁上架着的方框镜，让他看起来像一个严肃又高深的专家。

而他手中捧着同样被翻烂的一本教材，指甲因为常年吸烟而泛黄，他宽大的手掌握着鼠标，操作着讲台上的电脑，幕布拉下来，投影仪把电脑中的幻灯片投射到教室正前方。

“今天我们上第七节，Windows 常用快捷键。”

中年男人直起身子，环顾了教室一圈，似乎是发现了几张新面孔。

“我姓钱，新来的同学可以叫我钱老师，不懂的问题，可以在下课后来问我。”

他的语调干巴巴的，像一张揉皱的纸，也许是经年累月的重复，让他早已失去为人师的激情。

上午有两个课时，总共一百二十分钟，中间有五分钟的休息时间。关小熙坐得笔直，认真地听完了第一节课。

当然，她只是认真听课而已。

那位姓钱的老师几乎是照搬着投影上的内容，教材念一遍，投影又念一遍，没有平仄也毫无感情的语调，如夏天午后的知了叫，让人听了直想打瞌睡。

尤其是听不懂又不做笔记的人，比如关小熙。

关小熙看看左边的大妈，大妈听得也很认真，一边看幕布上的内容，一边“唰唰唰”飞快地记笔记。

关小熙再看看右边的小正太，小正太也听得很认真，一边看幕布上的内容，一边用手在键盘上比画着默记，偶尔才拿笔在书上记点什么。

“大家不要光顾着记笔记，我们学电脑，实践才是最重要的。

“这也是新时代中心为大家人手配备高端电脑的原因，大部分的电脑知识，除了必要的理论外，我们还是要靠实践操作才能学会。

“比如这些快捷键，你背下来也很快会忘记，只有多动手，多实践，才能记得牢。

“那位大婶……嗯，请您不要再做笔记了，听我讲好吗？”

左边的大妈果然在听到老师说话后，满脸窘迫地抬起头，不再记笔记了。

关小熙才知道，两相对比，显然右边的正太高了一层境界。

钱老师继续讲课，依然是干巴巴催人入睡的声音，大妈捏着手中的圆珠笔，拿起也不是，放下也不是，最后干脆合上书本，拿起鼠标开始玩纸牌游戏。

头顶的电扇和钱老师的声音一样无精打采地机械地转动着，将近四十度的盛夏，人满为患的教室直接热成了桑拿房。到第二节课，教室里的许多人显然都开始坐不住了，上到老大爷，下到小学生，有的扔掉教科书凑成一堆低声聊天，有的自己玩电脑游戏，扫雷、纸牌，一样样地玩过，还有的甚至拿自己带来的DVD光盘塞进电脑开始看无声电影，几乎所有人都在用自己的方式打发这无聊时间。

而讲台上的钱老师依然只顾自己讲课，显然是对这种场面司空见惯了，也无能为力了。他时不时拧起眉头，显示出他内心的烦躁和失望。

“老师说这是实践。”

左边的大妈玩纸牌玩得很欢快。

“老师说这是实践。”

右边的小正太练习完今天的内容，开始在一个网络聊天室里冒充大学生和女网友们激情聊天。

一看到有网络，关小熙也心痒痒了，可是她面前的电脑似乎有问题，网络一直不通，没办法，她这个插班生只能继续听她压根听不懂的课。临近下课，这时教室里的“嗡嗡”声越来越大，关小熙回头一看，居然还有一个大婶拎着毛线过来打毛衣，而大婶的另一边，是一个形容猥琐的中年大叔，眼睛放光地盯着屏幕，脚搁在桌子上，左手抠脚，右手放在裤裆里掏啊掏的。

关小熙的肠胃一阵翻腾，这……这是什么“新时代”的培训中心啊！要不是讲课的钱老师尚有威严，这里真是和菜市场没有区别了。

关小熙心里生出一种上当受骗的感觉。

为了熬到下课，她也决定顺应潮流。

她英勇地打开了单机游戏——扫雷……

很多年后，关小熙依然会怀念这堂“五雷轰顶”的课。

准确地说，这是堂被她“五雷轰顶”的课。

她一直在后悔，后悔当时为什么没有稍微想一想。

只要稍微想一想，她就应该知道，为什么她来得那么迟，第一排正中间这么好的位子居然空着没人坐。

这个被恶魔青睐过的位子……

培训中心有很多配置不错的电脑，但为了防止学生捣乱，学生机只提供耳机，不给音响设备，只有讲台上的教师用机给配了立体式大音响。

比如钱老师，他现在就刚刚把音响开到最大声，企图用高分贝的教学视频声音来提示学生们专心听讲。

关小熙也在同一时间打开了扫雷游戏。

她自认为扫雷技术还可以，能达到世界纪录的一半水准，可是很多时候，技术并不能决定一切，特别是扫雷这种运气活儿，运气若是不好，也许点开第二个方块时，就踩到地雷了——

“轰！”一声宛如晴天霹雳的巨响，让原本菜市场似的教室，立刻肃静下来。

鸦雀无声。

大婶手中的毛线织错了针，小正太的“我今年十九岁是浙大……”刚打了一半吓得突然住手，所有人都停下手中的动作，开始思考着这一声轰雷般的巨响是从哪里传来的。

包括关小熙自己。

这明明是没有声音的电脑啊！

她魂飞魄散地望着扫雷爆掉的画面。

而讲台上的钱老师，也魂飞魄散地望着她。

“这台电脑的线路有问题，声音都会传到教师的机子上，难道你不知道吗？”

只有正太推了推眼镜，好心地告诉了她。

“你！叫什么名字？”

钱老师整张脸都黑了，一声郁结了他满腔怒气的训斥从他口中爆发出来。刚刚他身边的立体式大音响里炸出的巨响，让他连吞了两把速效救心丸。幸好不是楼上那位孙老来讲课，否则孙老现在已经躺在抢救室里了吧，他想。

他看了看手上的学生名单，又丢到一边。

“出去！”钱老师愤怒地说，“想必我们这基础班小庙，对你这样的大神来说太肤浅了。”

“啊？”

惊魂未定的关小熙回过神来的时候已经被钱老师扔到走廊里了。少女想着自己八百块学费难道就这么白交了，赶紧投去一个无比委屈极力哀求的眼神。

“下堂课还想来？”钱老师冷笑一声，“那先交一份五百字的检讨。”

天无绝人之路，写检讨要紧！

关小熙看着走廊上的钟，离下课还差一刻钟，她急忙从书包里掏出一支笔，又从教科书上撕下一页空白纸。

“本人关小熙，因为不小心在课堂上玩扫雷游戏，导致老师受到了惊吓……我满心愧疚，诚恳忏悔，以后一定会记得戴耳机换电脑，一定发扬乐于助人的传统美德，把第一排的座位让给新同学……”

她开始咬着笔杆写检讨，没多久，两层楼之上就传来闹哄哄的声音。

哦？有个班级提早下课了？

关小熙仔细听着传来的声音，那可是研究班啊，享有顶配空调教室的精英学子们……

很快，楼梯上已经挨挨挤挤地走下来一大群学生，关小熙好奇地望向他们。

好厚的课本！

好厚的眼镜！

好多祖国未来的栋梁啊！

关小熙嘴里还叼着笔杆子，一时间有些看呆了，这些精英的学习程度，她要学多久才能追得上？十年？二十年？

关小熙的目光停在一个又一个的眼镜少年身上不肯收回，虽然他们口中讨论的知识，她一点也听不懂。

她唯一听懂的，似乎是今天来了个很厉害的老师。

“今天新来的燕老师太厉害啦！如果他天天来，我就算出十倍的钱也愿意听他上课啊。”

“可是他很凶……”

“孙老师病了，他好像只是来代几天课吧，可是他真的好凶啊。”

“听他一席话，胜读十年书，相比之下孙老师完全是小学生水平嘛！”

“二毛……你这样说，孙老师会哭的。”

“老子说的是实话！”那个被称作二毛的男生满脸的崇拜，忽然又想起什么，转头对同伴道，“对了，你们也在中华黑客会的论坛有注册吧，站长老大叫燕归来，也姓燕！”

“啊——你这么一说我想起来了，燕归来还回过我一个帖子呢！”

“得了吧你少吹牛，最强黑客大神怎么可能搭理你这种凡夫俗子？肯定是高仿！”

“真的啊，我当时写了个拨号软件，发到论坛被很多人夸奖，燕归来也回复了，虽然……虽然是评价我抄袭代码还给我禁言一年处罚……”

“哈哈哈，你小子，喂，我想‘燕归来’只是个昵称吧？”

“难道今天的燕老师就是燕归来？嗷——不行，我太激动了！如果真是他，我出一百倍的钱也要听他讲课啊！二毛，我们这辈子做黑客有望了！”

“我觉得是巧合吧，燕归来是个超级神秘的大黑客，怎么可能抛头露面？”二毛已经冷静下来，托着下巴，脸上又换成否定的表情。

“二毛，你提醒我了，燕归来虽然是中华黑客会名誉站长，但他人一直在国外，论坛上都说他是时差党，怎么可能回来教课……”

“唉，我们哪有这么好运，算了算了，肯定是巧合……咦！你们看，那边有个女娃娃哦。”

“哪里？”

“基础班的门口啊，他们还没下课吧，哈哈，又是一个罚站的，基础班的一群垃圾，听个课还打游戏。”

“本来就是啊，我看基础班啊，改名叫垃圾班算了，那姓钱的老头也是垃圾，我去听了一次差点吐出来。嘿嘿，为了报答他，我当时就在那边电脑上做了个手脚，哈哈哈，每次看到有人罚站，就知道钱老头又被惊吓到了……”

“哇，二毛你好狠啊，这个小姑娘不会就是被你害的吧？”

“嘘，不要让人家听见了……”

一群男生嬉笑着蹦下楼去，关小熙望着他们的背影，无比羡慕。她仰头看了看时钟，嗯，还差五分钟呢，于是她埋下头继续写她的检讨。

咦？等等？

她忽然想起一个人。

之前看到的黑衣男人，冷如寒霜的修长背影，他却不在这些人之中。

原来他不是研究班的啊，这一想，她心里忽然就有些失望。

可就在她低头继续写检讨书的时候，楼上传来一阵轻微的锁门声音，接着，走下来一个人。

冰冷的黑衬衫，如寒夜般遥远。

而他微敛的眼眸，也是冷冷地注视着前方，像是在看你，又像是穿过了你，看往很远很远的地方。

果然是他！

这是一个看了第一眼，就绝对不会再忘记的身影，哪怕于万千人之中，她也能一眼认出来的，那无法释怀的让她怦然心跳、全身细胞都被深深吸引的感觉真奇妙。

关小熙这回看清楚了他的正面，一张没有任何表情的扑克脸。

他很年轻，但又比那些男生成熟许多。

他身上有一种不属于这样的年龄的饱经世事的成熟。

或者说，年轻与沧桑、淡泊与刻板、孤独与荣耀、桀骜与苍凉，这一切，仿佛与生俱来般，在这个黑衣男人身上和谐共存。

他却仿佛主动与这个世界隔绝了，他宛如自带冷气机的身影，让人不敢亲近。

但关小熙还是摇着尾巴凑上去了。

“你是他们说的燕老师？”

她眼里的星星足够淹没一台冷气机。

他停下脚步，看了她一眼，然后微微点头，没有说话，也没有任何表情。

嗯，果然很凶，像他们说的那样……

“哇，真的啊？他们说你叫燕归来，是一个什么网站的站长？一听就好厉害啊……”关小熙继续问着。

男人这回没有任何表示，只是冷冷地望着她。

关小熙被他看得有些尴尬，说道：“你这是默认吗？我猜对了？”她寻找着话题，由于心里紧张，她一张小脸急得微微泛红，额发也被汗水打湿。面对头顶那张越发冰冷的脸，她更着急了，对方不会是把她当成了小说电视中的低智商花痴少女吧？啊，不要啊！她熙马拉雅女壮士可不是那么随便简单的白痴，她使劲拧着笔杆，语无伦次地说，“你，你不要误会啊，我……我没有非分之想，啊不对，我没有别的意思，就是好奇地问问……啊，还有，我很想学电脑，如果你真的是黑客大神，啊啊啊，不是大神也没关系，我就是很想学电脑，很想当黑客……”紧张的小姑娘，结巴了半天，最后说，“你教教我好不好？”

他只是静静地听着她说话，依然没有任何表示，在他冰冷的眼神里，仿佛她只是一个横亘面前的路障。

关小熙额头冒汗，忽然想起那群男生的谈话内容——

这里的学费一个月八百块，那群男生却说愿意出一百倍的价钱来听燕归来讲课。

他不理睬我，是觉得我交不起学费吗？

关小熙顿时泪流满面，她哪里拿得出那么多钱，这八百块，还是她洗了一个月的盘子赚的。她满脸涨红，却依然不想放弃，脑子里不知怎的闪过历史老师的脸，以及她老妈最爱看的八点档古装剧……

“可是我好穷，交不起你要的学费……”关小熙扬起她楚楚可怜的面庞，“不过我可以拜你为师啊，当你的关门徒弟好不好？”

电视剧里，若被收为关门弟子，师父必定倾囊相授，关键还能传承师父的衣钵，代代相继。至于交学费什么的，当师父的，肯定不会在乎了。

“这是什么？”他指着关小熙手上的检讨书，面无表情地问。

“咳……这个是……”关小熙支支吾吾，那半张教科书上撕下来的纸已被他拿走欣赏。

“不错。”他只扫了一眼，就看完了她写得歪歪扭扭的五百字检讨书，末了，又还给她。

然后，他便默不作声走了。

下课铃声响起,几个班级的人蜂拥而出,那一抹深沉如夜幕的身影,彻底消融在人潮之中。

吃过一顿食不知味的午饭后，就是下午的课了，关小熙怀揣着检讨书，坐在基础班教室的最后一排，早早等着开课，但魂已飞到了四楼。

四楼。

研究班。

空调教室。

顶级电脑。

那个神秘的……黑色衬衣男人。

不知怎么的，她就是特别想看他，哪怕他在看别人也好，哪怕只是看到他的一个背影也好。

有一种说不清的惦记萦绕在脑中，挥之不去，关小熙托着腮，心里进行着激烈的思想斗争。

十分钟后，她拎上书包，毅然起身，走出基础班的教室，奔往四楼。

研究班的教室还很空，关小熙挑了个角落里不起眼的座位，一屁股坐下来，面前是超薄液晶显示器，无线光鼠，蓝牙耳机，还有上锁的机箱，对硬件知识一概不知的她，开始漫长如一个世纪的等待。

她什么都不会，贸然来这里听课，被嘲笑甚至被轰出去似乎是注定的结局，不过，能再看他一眼，也值得啊！

教室里陆续有人进来。

男生。

还是男生。

都是男生。

于是，角落里唯一的女壮士，就变得特别显眼。

“喂，你们看，那不是上午垃圾班门口的妹子吗？”一个男生嘲笑她。

在关小熙还是纯真少女的时候，她认为男生都应是怜香惜玉的，但是随着年龄的增长，她发现理想与现实总是有着很大的差别，就像骑羊驼的有可能是美少年，骑白马的也有可能是唐僧。这个年纪的男生们恰是最张扬最叛逆的时候，并不会出现青春剧里阳光爽朗、温柔可亲的小哥哥。

所以，对那些起哄的男生，关小熙直接投去凶狠的目光。

“哟，小娘们儿好凶啊。”

“哈哈，咱们未来大神班里第一次有妹子来啊。”

“小妹妹，你技术厉害吗？来和哥哥切磋切磋？”

“去死吧，就你那破技术别丢脸了，快让咱们最厉害的多哥来！”

“哈！多哥！多哥来！”

“多哥你行不行啊？你昨天还向我借武藤兰的全集来着……”男生们继续起哄。

这时，上课铃声响了，门口走进来的老师，让望眼欲穿并且为此忍受无数嘲讽的关小熙大跌眼镜。

为……为什么不是他？！

这是一个白头发的干瘦老头，刚走进教室，就见到角落里坐着的小姑娘，老头的眼睛亮了。

“你是这一期的高级班选拔上来的吧？”老头一脸欣喜，快步走到关小熙面前，竖起大拇指，大声称赞，“女中豪杰！”

教室里顿时哄堂大笑，关小熙羞得无地自容。

除了关小熙和老师之外，每个人都笑了，多哥捶着桌子，二毛捶着多哥，这两人笑得尤其夸张。

仿佛苏牧也还在她旁边笑。

“你们笑什么笑？！”

老头很不解，也很愤怒：“咱们研究班有将近一年没来过女生了吧？难得有个未来的女大神晋升上来，你们就这点气量？还不快欢迎……”

“我是……咳……我是基础班来参观的……”

老头话未说完，听到了小姑娘低如蚊蚋的声音。

“基……基础班？那也没关系，哪个大神不跳级？你别理他们，程老师知道你很厉害，那群小子啊，就是自高自大惯了，来来来，我们上课了。大家回座位坐好，那边的二毛快回座位，别抱着你同桌不放了……来，大家登录我的 FTP，把今天的课件下到电脑里看。”

程教授拉下幕布，打开投影仪，清了清嗓子，说道：“我们这堂课来学习第二十七章，《内网端口的入侵与防范》，哦，那位未来的女大神同学……”

他又翻看着电脑上打卡签到的名单，终于找到一个新名字。

“你叫关小熙是吧？”程教授乐呵呵地点头，“很好很好，程老师很看好你，现在就请你来说说对于‘内网端口的入侵和防范’的看法吧。”

顺便再给那些嚣张的小子一点厉害瞧瞧，他心想着。

如果要用四个字来形容关小熙现在的脸色，那就是惴惴不安。

内网？端口？这些都是什么玩意？关小熙一个头两个大，怎么听着这些对我国的电视剧发展也没贡献啊……

在程教授殷切的目光里，关小熙不得不硬撑着一张大便脸站起来，她用填写历史考卷时天马行空的联想技能，忐忑地说道：“古人有个成语叫自相矛盾，嗯，就是那个最好的矛，攻那个最好的盾……”

在整个教室的学生都憋笑憋得很痛苦同样憋成大便脸的时候，程教授却听得津津有味。

不错，不错，果然是未来的女大神，他这还是第一次听到有人能把电脑知识和古典哲理联系起来，而且他仔细一想，还真是这么个道理。

于是他不禁微笑着点头：“不要紧张，说下去，果然是女中豪杰啊，见解独特！”他竖起大拇指鼓励她，“程老师觉得你的水准比他们这群只知道钻进数据世界里的臭小子高多了，来，继续讲！”

程教授，浙大前副校长，赫赫有名的电子系博士，退休后闲在家里无聊，被开培训中心的朋友请来讲课打发时间，一生阅天才无数，现在却第一次有了伯乐识马的激动。

受到鼓励的小姑娘只能哭笑不得，她哪里是什么豪杰，明明骑虎难下却只能继续编：“它们后来……嗯……”看着幕布投影上《内网端口的入侵和防范》的巨大标题，关小熙脑袋里的小剧场急速燃烧着，“我是说，它们其实没有战斗结束的一日，最好的矛和最好的盾，它们可以一直攻受，哦，不对，攻防到天荒地老，就像最好的黑客和最好的防御，入侵和防范是和谐却又矛盾的统一体……”

“啪！啪！啪！”

她话音未落，程教授率先鼓掌。他曾经问过许多学生这个问题，无一不是千篇一律的教科书上的答案，他要的学生，不是背书机器，而是关小熙这样的，融会贯通的——天才！

程教授的心脏“怦怦”跳动着，仿佛身体里流了快七十年的血液，再一次像年轻时一样沸腾了。上课正式开始，他却快速地讲着，仿佛时间会因他的加速而加速。

他在等，等下课的一刻，就与这个少女天才去进行更深入的交流，所以在长达一小时的上课时间内，他一直注意着关小熙。

她根本没有在听。

程教授却很高兴，这才是有独到见解，不满足于课堂模板的天才学生啊！相反其他学生，都让程教授特别生气，不想听课的昏昏欲睡，没有睡着的都各自打游戏听歌自娱自乐，没有一个人对他的课程有兴趣。

学生们这是怎么了？

昨天他来上课的时候，这群娃娃都还一副神采飞扬的模样。

为何今天变化如此之大？

他当然不知道，这些学生，从此只会在上午那自称姓燕的代课老师面前，重新打起精神了。

无奈的程教授，只能随便布置了一个课堂任务，让学生们去捣鼓，然后，他关上了投影仪，打开了教师机的屏幕监控系统。

由于教室里坐的都是一群精英，所以监控系统往往反被入侵，经常会发生学生恶整老师的事件。比如有一次，有调皮的学生把老师的课件替换成了日本动作电影，没有防备的老师依照惯例开始上课播放教学素材，偏偏那堂课还有市领导和记者受邀来观摩，领略新时代电脑中心为社会培养的精英学子的风范……

最终，那老师连薪水都没拿就辞职了……

十分钟过去，程教授坐在教师机后面，一个个地切换屏幕看过去，他心想大家都应该有个基础构思了吧，且看看这群学生都是怎么解题的。

可是……

二毛这小子竟然在看成人漫画，好吧，以他的智商，布置下去的任务应该是完成了。程教授想着，放过了他，切换到下一个。

多哥这小子竟然在看女人的照片，好吧，长长的披肩发，不得不说很好看。嗯？可是为什么越往后面的照片越露点呢？从露肩，到露脐，到露背，到露胸，到露……程教授赶紧把画面切换到下一个。

随着画面一个个变换，程教授可怜的鼻腔里也越来越热，内心越来越汹涌……终于，他受不了这群坏小子了，他切换到了关小熙的屏幕去修复心灵的创伤。

从成人漫画、女优艳照、金瓶梅电影、乱伦小说之中被上帝拯救出来的程教授，眼前顿时一亮，他看到了他意料之中的，属于天才的无比干净的静态的屏幕。

“果然是天才啊，求知欲就是强！”

程教授看到 Google 硕大的标题，以及网页中关于“武藤兰”“游戏”“艺术”等搜索出来的内容。

怪不得，小小年纪成就天才，原来，都是需要艺术的陶冶的！程教授监视着关小熙的屏幕，武藤兰，应该是个新兴艺术家吧，程教授想，好像还很有名的样子。

他不禁感慨自己退休后整日遛鸟，都遛得与时代脱轨了，看来回去之后，也得补习一下艺术知识，这样才能与年轻人对话，以便发掘更多的未来大神。程教授心中默记着“武藤兰”这个名字，然后他看到关小熙点开了一张高清无码大图。

“噗，原来是个 AV 女优啊，真是的，二毛和多哥他们张口闭口都是她，我以为是个计算机高手。”

角落里的关小熙面对武藤兰的高清无码大图，不停地摇头叹气：“身材是不错，可真人哪有漫画有美感啊，改天我拿几本漫画让多哥他们瞅瞅，嗯，再让他们教我点技术……”

她心里盘算着，忽然一抬头，就看到远处的讲台上……

程教授的鼻血，欢快地淌了下来。

# 第二章

# 高手云集

GAO SHOU YUN JI

第二天，关小熙早早地来到培训中心，她昨天下课时从同学们口中得知，原来程教授专门负责下午的课程，上午由孙教授负责，孙教授这几天生病了，才由一位姓燕的老师来代课。

那如夜幕般深邃的背影，让她无法忘记。

关小熙走到二楼，看到一排教室全部空空如也。

关小熙走到三楼，也是空旷无人。

关小熙走到四楼，虎躯一震——原来整个楼里的人全部聚集到四楼来了！整条走廊甚至楼梯和扶手上，都人挤着人，那场面比春运时的火车站还热闹。

“据说燕老大在这里上课！”一个年轻男人脸上露出难以抑制的激动，“我事假都没请，连夜从北京飞过来瞻仰他的！唉，回去又要挨领导训了！”

“嗤，你那算什么。”另一个男人双手握拳，也激动着，“我可是冒着被老婆家暴的危险，连夜从贵州飞过来的！幸好航班没延误！”咽了一口口水，他又补充道，“今天可是我老婆的生日啊！”

“哈哈，我也是冒着被老婆掐死的危险来的。”又一个男人笑嘻嘻地凑过来，“本来，我今天是要结婚的。”

关小熙听到这里，无比震惊，这个燕老师，也就是他们口中的燕老大，究竟是一个厉害到何种程度的家伙，值得那么多人为他远道而来？

“今天要结婚的……哎呀，你不会就是论坛上的 CM 版主吧？我本来还想去喝你喜酒来着，结果你要在杭州请我喝了吗？”

“CM ？原来你就是赫赫有名的 CM 大人？”

“哈哈，我哪里是大人，一个实习的小版主而已。”那个今天要结婚的男人谦虚地一笑，忽然又想起什么似的，惊喜地道，“北京来的，你难道就是写了批量扫描器的戒指大神？”

“哇！戒指大神！”

“戒指！戒指大神在哪里？”

“戒指，你的批量扫描器我用了三年了，至今没有软件可以替代它啊！”

关小熙不知道草马版主或者那个什么批发戒指的大神都是些什么玩意，但她从人群中不时爆发出的惊喜尖叫可以判断出，这些人都是技术领域里相当著名的人物。至少在他们期盼的主角出场前，那位做戒指批发生意的大神，成了众人瞩目的焦点。

可是，网上的大神，在现实中，都是默默无闻的吗？

那位戒指大神，一边谦虚地接受各人的崇拜，一边还担心着会不会被公司开除。

那位草马版主，一边热切地问着众人的名号，一边寻求着回去不被丈母娘砍死的办法。

这一个圈子里的人，都是这样的吗？

双重身份。

亦正亦邪。

像那传说中的……

救世主？不，他们不是万能圣母的救世主。

魔王？不，他们也不是十恶不赦的大魔王。

但是，他们是这个时代的主角。

默默无闻，却又名扬天下。

在世界网络的最高处，他们以另一重身份，翻手为云，覆手为雨。

关小熙对这个圈子充满了无限向往，很多年，很多很多年，她都没有如此想要学习一门本领的激情了，如果燕老师不搭理我，我就在这些人里面找一个好说话的拜他为师学习技术吧！关小熙心里想着，全然忘记无人搭理的自己站在这里卑微得像是一粒尘埃。

时间很快在一群人的嚷嚷声中流走，走廊里依旧人满为患，由于在教室听课要花钱办卡，所以他们大部分也只能站在走廊上张望。

其实不是他们没钱办卡，八百块钱，哪怕只是听燕归来一句话，他们也是不会心疼的，只不过，现在是办了卡也没用，教室里早已座无虚席。

原本研究班的人，加上楼下几个班级里慕名而来的人，加上祖国各地飞来的人，教室里一百台电脑，一百个座位，每个座位上都挤着两个以上的人。

比如多哥和二毛，就正在为一张椅子的面积谁坐得多谁坐得少而大打出手，他们都认为对方的屁股比自己大，占的地方比自己多，所以打着打着，就开始恶狠狠地戳对方的屁股。

教室里清一色都是男生，关小熙并不想和他们去比屁股大小，所以她只好在教室门口找了个好位置，伸长脖子，往楼梯口张望。

“喂，你也是来看燕归来的？”

忽然，一个少年的声音传入关小熙的耳朵，温柔优雅如晨曦，看似慵懒，却又带着勃勃生机。

这声音很是好听，关小熙循声看去，只见一个清秀的少年正站在她身后，嘴角扬起，面带微笑，那笑容充满自信，仿佛教室内外所有在场的人都纳不进他的眼底，当然，除了她。

“是……是啊。”关小熙愣愣地回答，她对美少年的抵抗力，向来是零。

“我叫颜可。”

他大方地自我介绍，额前的短刘海，在他说话的时候垂下来，软软的，却带着轻快的味道，还有洗发水的香味。

关小熙使劲地咽着口水，颜可又说：“燕归来啊，那家伙有什么好的……”他头仰起，望着走廊里满满的人，问，“值得吗？”

他笑起来，一手随意地按在墙上，使得他的笑容看上去带了一点点狡黠和玩味：“你不会想学技术吧？我告诉你，燕归来可不行，你要学，我可以……”

突然响起的上课铃，淹没了美少年的后半句话。

关小熙终于看到了她日思夜想的身影从楼梯上大步走上来。

他穿着和昨日样式不同的黑衬衣，袖口和衣襟上绣着华丽的手工刺绣，他身体修长，简直可以去当模特拍杂志封面。

关小熙眼睛一眨都不眨地盯着他，她注意到他衬衫的金色扣子一颗接一颗，一直扣到领口，一丝不苟，在这炎热的盛夏，散发着浓浓的禁欲气息。

低敛狭长的双眼微微抬起，他停住脚步，看了周围一圈。他依旧是面无表情，仿佛面前这一切——这些拖家带口或是抛妻弃子也要飞来杭州瞻仰他的家伙们——都与他没有任何关系。

像是什么都没看到一样，他一言不发地走进教室准备讲课。

“燕归来！”

就在众人都屏住呼吸等他开讲的时候，人群里响起一个女人的声音。

那声音并不大，低低的，有些沙哑，夹杂着欣喜和失落，以及说不清的各种情绪，如沉闷的雷鸣，穿过了在场的每一个人的耳膜。

关小熙看到走廊的另一头，光线并不明亮的地方，缓步走出来一个女人。

她有着白皙的皮肤，酒红色的中分长卷发垂到腰际，她穿着紧致的抹胸姬袖[1]破碎蕾丝衬衫、牛皮束腰以及小热裤，她的手臂、脖子、耳垂、脚腕上缀满无数复古风格的装饰物，金属光泽闪烁刺眼、环佩叮当，最显眼的是她戴着的一顶绛红色调的冷艳礼帽，由繁复的鱼网蕾丝和维多利亚式褶皱蝴蝶结装饰着，她从头到脚都是来自欧洲中世纪的颓废华丽的哥特风，犹如一场重口味的视觉系盛宴。

她原本处在偏僻角落的阴影里不被注意，现在她走出来，大家的眼睛顿时一亮。

她浓厚的烟熏妆并未遮盖她的真实年龄，看上去，也就二十四五岁的模样。

---

1 服装袖子的一种款式。

在场大部分人都把目光放在了这个女人身上。

唯有两个人不动声色，一个是颜可，一个是众人原本的围观对象、今天的主角——据说是中华黑客会站长燕归来。

颜可倚在墙上，双手抱于胸前，姿态慵懒，像一只打盹的猫。他只是笑嘻嘻地看着这一切，仿佛就像在看一场笑话，眼角眉梢，尽是不把任何人放在眼里的漫不经心。

“她是谁？”关小熙好奇地问。

“不告诉你。”少年逗她。

“那你……那你今天是来看燕归来的吗？”

“不是，我是来看戏的。”少年的嘴角扬起一个好看的弧度，“依我看这个什么燕归来，不过是个故作神秘，哗众取宠之辈罢了，毕竟那么多年，他从未抛头露面过。”

他侧过头，对关小熙眨眨眼睛：“但我可是货真价实的哦。”

他笑得像一只狡猾的狐狸。

关小熙不是他们圈子里的人物，所以自然不清楚货真价实的颜可是个什么级别的存在。

看他自信的样子似乎是相当厉害的角色，但关小熙一想又不对，在场那么多人，互相认亲也认了好久，竟然没有一个认出颜可来的。

甚至没有人和他搭讪。

关小熙搞不清这里面的关系，所以她现在只关心着这个男人到底是不是传说中的燕归来，以及这个女人……

女人的直觉告诉她这两人是认识的，而且不仅仅是认识，说不定还能演一出八点档狗血电视剧。

男的不表态，女的急了，她拨开人群，人群也自动为她让出一条道，她直直地站定在他的背后，竟只比他矮了半个头，于是关小熙不得不保持仰望的姿势。

那女人低低地说了一句什么，关小熙听不懂是哪国语言，只知道明显不是英语。

“你不该回国的。”他用中文说道，声音里透着亘古不化的冰块般的寒气。

“你……”女人很好地示范了什么叫热脸贴着冷屁股，喊道，“燕归来！”

她气急败坏了，这回用的是中文，接着重重地哼了一声，把讲台上的教案、鼠标、键盘、光盘……全部一把拂在地上，然后仿佛出气了一般头也不回地走掉了。众人又自动让出一条路，她快步走着，只留下一串金属碰撞的清脆声音。

惊吓过后，窃窃私语在人群里响起。燕归来这样的大佬会在现实世界里暴露身份，甚至到培训中心来赚外快，这简直让人无法置信。

关小熙听着那些叽叽呱呱的小声议论，她知道了他们说的燕归来是一个华人，在很久之前就已成名，一度与老一辈黑客大神花阡陌齐名。

在四年前中美黑客大战过后，花阡陌突然金盆洗手退出圈子，网络世界就只剩燕归来一枝独秀，而至今，仍无人可以超越他的技术。

燕归来一人，雄踞神坛巅峰。

无数花边新闻、小道消息被传得天花乱坠之时，忽然响起一声不知谁的惊喜尖叫：“那女人，不会就是如意吧？”

他这句话，瞬间让一群人把他围在了中央。

“如意，你是说女神如意？”

几个蓬乱着头发的宅男立刻露出一脸垂涎之色。

“对！”被围在中间的男人推了推自己的黑框眼镜，一本正经地说道，“我英语专业八级，也学过一点法语，那女人刚才说的就是法语。”

众人听了，顿时纷纷点头，恍然大悟。

“如果里面讲课的人是燕老大，那么……那个女人，也许真的是如意呢。”

“对啊，不是盛传如意是法国一个什么财团的老爷子的孙女吗？而且，燕老大也曾在巴黎留学……”

“我听到的版本是如意女神是法国某贵族的后裔……”

“咦？如意不就是那谁的私生女吗？”

“喂喂喂，如意是里昂大学第一才女和第一美女好不好，而且还是燕归来之后最接近神的人呢！”

“看来那件事情果然是真的？”有个人眯着眼睛，一边琢磨，一边点头，“你们还记不记得前年论坛上，有个帖子爆料，说如意女神追求燕老大失败吗？”

“我记得，那个帖子回复达到了一千多页。”一开始被他们称作 CM 大人的版主发话了，“后来灌水 太多，还是我把帖子锁掉的。”

“这不是重点,”又有个人插话,“你们难道没发现,在那之后女神就再也没抛头露面吗？”

“是啊，在那之前，女神三天两头来攻击咱们网站，之后，似乎真的很少见到她了。”

“而且据说从那时起，女神爱上了盗号，在驴[2]的道路上越走越远……”

“所以说，女神追求燕归来失败的事情，并不是杜撰的？”

“嘘——”忽然有人做了个噤声的手势，“你们小声点，若此事为真，那里面的人就真的是燕老大了！你们没听到他对那女人说‘你不该回国’吗？”

走廊里声音嘈杂，但关小熙仍能清楚地听到自己的心脏怦怦跳动的声音。

燕归来，传说中站在神坛巅峰的男人。

她原本以为他只是个小网站的站长，闲来批发批发戒指啊五金啊什么的，她心中还有些不服气，现在听了他们的八卦之后，才知道燕归来是一个什么样的存在。

还有，那个叫如意的女人……不对，女神，那么年轻，却已是女神……

才貌双全，里昂第一才女，一个人究竟要刻苦多少年，才能变成这样耀眼的存在？

关小熙忽然感觉很失落，仿佛被人当头泼了一盆冷水。

---

2 驴，正统黑客对拿黑客技术干坏事的人的蔑称。

刚刚还燃烧着的要融入他们圈子也变成大神的小宇宙，瞬间就被打击得灰飞烟灭。

她清楚地知道，他们夺目的光华与头衔之后，付出的是多少汗水和不为人知的努力。

成神没那么容易，不是嘴皮子说说就能成神的。

这一条路，多少艰苦，多少辛酸，关小熙不清楚，她只知道，吊儿郎当不好好学习是绝不可能成神的。

关小熙转过身，趴在窗台上，偷偷地看教室里，那位燕老师早就收拾好了讲台桌面，开启了讲课模式，也依然是冷冰冰却又一丝不苟的模样。

桌面上被伪装成课件的少儿不宜文件，早被他直接粉碎，他也不追究，更没有表现出多哥期待中的被戏耍后的勃然大怒。

他只是神色如常地打开孙教授名下的文档，调出被他默默恢复好的幻灯片，细细讲解。

他讲的什么？中文夹着英文术语，关小熙一个字都听不懂。

但是，从台下二百多个男生无比认真的表情中，关小熙知道，这是一堂千金难买的课。

甚至连走廊上的人也都聚精会神，眼睛一眨不眨，其中不乏网站高层、论坛版主，以及一些知名软件的作者，包括那个批发戒指的男人。他们的八卦欲望熄灭后，也都静静地站着，或倚着围栏，或倚着墙壁，或勾肩搭背，但没有任何一个人说话，所有人都认真听着燕老师讲课，生怕漏了什么。

他们认真的模样，看起来像是一个个懵懂的孩子。

只有颜可一个人没有在听。

关小熙的耳边忽然响起一阵激烈的歌声，一听就是那种热血日本动画的片头曲，她回头一看，只见少年笑嘻嘻地要把一个耳机分给她。

另一个耳机，塞在他自己的耳朵里，而他手中，拿着一个亮闪闪的最新款 iPod。

“听歌嘛。”

见自己成功吸引了小姑娘的注意力，他顿时扬起嘴角，仿佛一个抢到玩具得胜的孩子似的。

“他的课有什么好听的。”颜可对着走廊上那些如痴如醉听课的人不屑地轻哼，“这年头，还真是什么人都能称神了。”

“嗯？”关小熙一脸茫然。

“他们奉燕归来为神也就算了，竟然如意……那只母鸡也称大神？！那我宁愿……”

颜可仰起头，眼中是一些细碎的光影。

“那我宁愿，这世上从来没有神。”

关小熙就这么在窗台上趴了整整一节课。

这中间，有颜可这家伙连番的音乐骚扰，关小熙没理他，她只看着讲台上沉声讲课的那个男人。那低低的、平静无澜的声音，仿佛有着世上最强的磁力，把她的一颗少女芳心吸得简直不能自已。即使一句话都听不懂，她光是看着他开合的薄唇，就已心满意足。

神啊！

他在看我？关小熙不止一次地看到他的目光微微地投向窗台这边。

但又不似在看自己。

那目光，宁静而深邃，像是看着这世间一切，却又没显露出任何悲欢。

他不是夜空群星中最亮的那一颗，而是世界之远，群星之远，亿万光年之远的黑夜。

似曾相识燕归来，他站在黑夜尽头，令全世界俯首。

直到急促的下课铃打断了关小熙的花痴，嘈杂的人声再度响起，她才意识到自己竟然不知不觉地就这么站了一个小时。她揉着发麻的大腿，发现自己连颜可什么时候走的都没注意。这少年应该也是个又有才又有钱的大神，从他一身名牌，又拿着最新款的 ipod 就能看出来。

是不是黑客大神都很有钱？

“那我一定要成为伟大的黑客！”

她忽然想到这个问题，刚刚被打击到熄灭的小宇宙再一次燃烧起来。

趁着下课的时间，关小熙仗着个子小巧，兴奋地往人群前方穿过去，好不容易挤到前排。她这才发现在场的这些大佬正在你看看我，我看看你，没人敢第一个上去说话。

燕老师，也就是他们口中的燕归来，这个数据世界的无敌存在，此刻背对他们，正站在临窗的地方接一个电话。

“你说他真的是燕老大吗？听他讲课的风格，又简短又精辟，思路海阔天空，又完全脱开了教程，这不是老大还能是谁？”

“我也觉得是，看他对如意说的话就知道了。嘿嘿，CM 大人，要不您上去确认一下？”

“我嘿！想不到你是这么歹毒的人啊戒指，你是想让燕老大把我的论坛币扣光吗？！”CM 龇牙咧嘴。

“哎呀，CM 大人，您好歹也是燕老大亲自提拔的版主，他不会惩罚你的！”

关小熙的耳边传来两个男人的对话，她抬头一看，正是今天要结婚的那个什么草马版主，以及那似乎在圈内知名度很高的批发什么戒指的大佬。

而此刻，这戒指丝毫没有大佬的风度，只见他一脸奸笑地拍着 CM 的肩膀，怂恿后者身先士卒去向燕归来确认身份。

“你是版主嘛，当然要为大家起带头作用。”戒指笑得很邪恶，“放心，燕老大真的不会惩罚你的，就算他把你的钱扣光了，你看我们这不是还有南宫嘛。南宫，你说对吧？”

“嘿，戒指你放过我吧，我只是个管事的啊……”CM 欲哭无泪，“当初分明是你嫌当版主太累，我才接下这活儿的！现在你……你你你还想陷害我……我家里还有等着结婚的老婆啊……”

“嘿嘿，显然你今天在老婆和老大之间选择了老大嘛。做男人啊，要负责到底！”

戒指继续颇耐玩味地笑。

“是啊是啊，”后排又有人起哄，“CM你就从了吧，大不了我补给你损失，就你那点存款，你哥哥我还不放在眼里。”

CM痛哭流涕地望向后排：“南宫大侠你这时候还炫富，你这个禽兽！”

南宫大侠也“嘿嘿”笑着，走了上来，伸手搭上CM的另一边肩膀：“上吧，事成了，哥付你两倍。”

CM被这两个男人一左一右挟持着往前推，眼泪鼻涕已在空中飘荡。

“你们两个禽——兽——啊——”CM仰天大哭，“男人何苦为难男人，更何况我一个小版主……网站这么多大佬，你们偏偏欺负我一个柔弱男子！”

他这话说完，戒指和南宫大侠忽然收敛了淫笑，左右一看，也疑惑起来。

“对啊，今天这么多人，寨主、小SO、老鸨他们这群大佬，竟然一个都没有来。”

“太奇怪了，我也一直没见他们，本来还想和他们好好交流一下感情的。”

两个男人托腮思考，也顾不得原本要被他们推入火坑的CM。

“他们另有安排。”一个清冷的声音忽然响起，“今天晚上网站会有通告。”

声音不大，却盖过整个教室内外的喧哗，或者说，他们在听到他的第一个字的时候，就立刻闭上了嘴巴。

“原来真的是……燕老大！”

良久的沉默中，不知谁最先喊了一句。

最前排，泪奔中的CM和心情激荡中的关小熙，抬头看到的，就是他们的燕老大摆在他们面前的一张黑得要滴出水来的脸。

“把你们的手机、数码相机……”燕归来冷冷地抬起手，指着台下众人，“还有南宫你的摄像机……戒指，你的录音笔也给我收起来，你们全部想清空论坛币了是不是！”

这是他们听到的，他亲口对他们说的第二句话。

而这些人听到“清空论坛币”这五个字时，就已魂飞天外，慌忙把刚刚掏出来准备拍照、录音、录像的科技产物纷纷清空内存关机，甚至还有当面摔在地上再使劲儿踩两脚的，这被关小熙看在眼里，心疼不已。

“老大，您这一来就给我们下马威啊，看在我们千里迢迢跑来瞻仰您的份上，就给我们每人发个十万论坛币吧。”戒指第一个邪笑着说。

最初的激动和惶恐过后，这群唯恐天下不乱的人又开始起哄。

毕竟是一个圈子的人，本就在网络上相交多年，现在见了真人，他们更是激动热情到要把夏日都融化了。

“沙发！”南宫大侠也举手大吼，表达着他的热情，“老大，你就随便发个十万二十万论坛币，来慰藉我们千里相思之苦吧……”

“板凳！强烈同意楼主的观点！”CM也抹去泪花，勾上戒指的脖子，乐呵呵地朝着燕归来嬉笑，“老大，我不贪心，给我发五万就好。”

说完，CM又向南宫大侠抛去一个媚眼，嗲声嗲气道：“坏南南，又抢老子的沙发！”

中华黑客会的论坛上，为了鼓励大家发言，也为了鼓励一些万年潜水的元老人物能有热情出来指导新人，对于每个帖子抢到沙发的人，系统会奖励一个论坛币。

其他赚钱的渠道，就只剩下发表原创软件、原创算法、挖掘漏洞等等了，或者给网站当管理人员，比如CM这样的，每个月也可以领到一些工资。

总之，论坛币不好赚，用处却有很多，下载网站上的收费软件，或者进入被誉为“藏经阁”的数据资料库、看一些独家珍藏的珍贵资料，这些都需要价格不菲的论坛币。因此，一些不愿意耗费时间赚论坛币的人，往往需要用现金去向其他用户购买论坛币。

另外，网站官方也有充值渠道，汇率是一元人民币兑换二十个论坛币，而从网友手里购买，通常会便宜一些。

比如南宫大侠，这个论坛第一财主，就拥有八千多万论坛币的身家，折合成现金也不是个小数目，站长燕归来在论坛上拥有的财产都不及他的一半，这全靠他混迹论坛近十年，每天必上、每帖必回、坚持不懈抢沙发、疯狂存银行拿利息、出借资金放高利贷等等赚来。

只是，他的日子也不好过。

每每有人新写了盗号木马或者密码破解器，就总是拿他的账号第一个试验，而论坛上的注册用户高达数百万，每天都会有无数的杰作诞生。

所以，南宫大侠每天都要改无数次密码。

不仅如此，南宫大侠身为第一财主，守着他十年来一个子儿一个子儿赚来的钱，总有一种重负累累的感觉。他很想抛弃一切从新人做起，起码发帖说话可以不用拘谨了，还能和别人一起，在各种羞辱站长的帖子里，大大地打上一个“顶” 字。

而身怀巨款的他，根本不敢。

因为《论坛币扣除规则》里有一条是这样的：调戏站长，扣除一半论坛币，说站长坏话，论坛币全部清零。

其中调戏和说站长坏话的具体判定依据，全凭燕归来的心情及网友的投诉……

特别是南宫大侠这样的众矢之的，哪怕他发个很平常的“祝大家情人节快乐啊”的节日祝福，都会被好事者们艾特一波燕归来，企图把南宫的钱扣光，理由是这里有人在嘲讽站长是个老光棍。

……

“戒指、南宫、CM……”“老光棍”冰冷的声音响起。

燕归来面色不改，将这些起哄的人一个个点名，说出了与论坛上如出一辙的他们意料中的噩梦般的话语——“对站长出言不敬，扣除一半论坛币”。

“啊啊啊啊啊！不要啊啊啊啊啊老大——”

顿时，场内响起了此起彼伏的号哭声。

关小熙十分震惊地望着这群为了挽救财产不得不点满戏精天赋的男人，他们或是天之骄子，或是风华正茂，或是名满天下，这圈子内外无数人士，竟都甘心臣服于燕归来一人。

燕归来，在花阡陌退隐之后，被称作神的男人。

他到底是有多强大？

关小熙偷偷抬头望了他一眼，却发现他好像也在看自己，吓得小姑娘连忙转移视线，然后她看到的就是戒指抱着脑袋哭得比谁都伤心、CM 已绕场泪奔三圈、其他人也因被扣一半财产而互相抱头痛哭的场景……

至于南宫……

“对了，南宫呢？”

悲伤泪流成河中，忽然有人问了这个问题。

南宫大侠不见了！他们的泪水中，没有他的一滴！

“哦，他已经昏迷了。”

关小熙指着倒在地上差点被戒指一脚踩上去的南宫大侠，一脸无辜地说。

燕归来却是又看了她一眼，好像她一个小姑娘出现在这种场合里一点也不奇怪。

“我临时有点事。”他吩咐，“下半堂课，CM 你替我一下吧，教纲都在那边。”

“行行行，老大吩咐，我一定完成！”

CM 一边擦眼泪一边展现出努力笑着活下去的表情，毕竟是仰慕多年的站长，即使一言不合就扣钱，也要……也当然要选择原谅他啊！

燕归来点点头转身就走，丢下一句：“那就辛苦你了，你的论坛币免扣。”

CM 还没反应过来，昏迷中的南宫大侠立刻虎躯一震苏醒过来，试图伸手去抱燕归来的大腿，谁知燕归来却跨过他，南宫大侠于是只好去抱 CM 的大腿。

“CM 啊，你别忘了你还有如花似玉的老婆等你回去结婚啊！”南宫大侠号着，“今天的课就让哥哥帮你上好不好？哥哥平时待你不薄，你那点钱就算被清空了哥哥也能补偿你啊！”

“南宫。”

燕归来的声音远远传来：“既然如此，那这个月剩下的课你也替我上了吧，上到孙教授回来为止。”

“啊？好好好好！”南宫大侠顿时破涕为笑，只要不清空他的论坛币，让他脱光衣服绕着西湖去裸奔一天他都愿意啊！

“对了，既然你们都来了，不妨多留几天。”

燕归来走到楼梯口，又道：“过几天，网站要在杭州这边办一场征选，具体通告，今晚 Kiki 他们会在网站首页挂出来。”说完，他回头看了一眼几乎被欢送站长的人群推挤到快要看不见的小姑娘，或者说，关小熙觉得他是在看自己。

“到时候，想来的都可以来。”她听到他最后说道。

# 大神收徒

DA SHEN SHOU TU

杭州一院，住院部。

燕归来站在一间疗养病房门口，门内传来电视连续剧的声音，他敲了两声门，随后进入。

病房里两个长相甜美的年轻护士见到进来的不速之客，眼中一亮。

“好……有型的人啊！”

她们却还来不及上去搭讪，就被病床上半躺着的老人请了出去。

老人抚摸着手中的一个茶壶盖，拿起旁边的遥控器关了电视。

“老燕，又麻烦你了。”他乐呵呵地招呼道，红光满面。

“不麻烦。”

燕归来毫不客气地往旁边沙发上一坐，冰块一样的脸上，有那么一点点的关怀：“看来你恢复得不错，什么时候出院？”

原来，这老人就是之前在培训中心上课的孙教授。而他网络上的身份，则是中华黑客会已退隐的元老人物。他前些日子因心脏病发作住院了，燕归来回国来探望他，还主动提出去替他讲完一个月的课，顺便也看看这个新人辈出的时代能有多少希望的种子。

却想不到，一天时间，他就被人认了出来。

甚至连那个女人都知道了，连夜从法国追过来堵他。

所以，他也是很苦恼的。

“我老早就想出院了，医生非说要再观察几天。”孙老神采奕奕，眼中满是兴奋之情。他看着燕归来，仿佛回到了他们那代人风华正茂的很多年前，一起在数据世界里纵横驰骋、盛极一时的时代。

只是岁月终究不饶人，他乡冷落，游子归国，年轮一圈圈地爬满孙老的额头，到如今，改行的改行、洗手的洗手，就连他这样不甘心的，也只能成为古董人物而存在了。

唯一令他欣慰的是，当年的小苗，如今已长成参天大树，顶天立地。

风雨燕归来，一人独扛这天下，从未叫人失望过。

“我把你的课交给几个朋友去代了，你不怪我吧？”燕归来道。

“没关系没关系，我也是闲着无事才去给那边朋友帮忙，我也想看看现在的孩子们是个什么样的水平了。”孙老满面笑容，“你一回国就来看我，还帮我收拾烂摊子，该是我感谢你……对了，”他又问道，“你在法国这么多年，现在突然回来，是出了什么事吗？”

“没有，就是想回来看看。”

“哦……那你有什么打算没有？总不会单纯只是来看我这个小老头吧？哈哈哈……”

孙老露出顽皮的笑容，看起来像是一个开心的孩子。

“和你一样。”燕归来等他笑完，语气淡淡地说道。

“和我一样？”孙老愕然了一下，随即便明白了，说道，“也是，你多年漂泊在外头，孤身一个人总归是不容易的，谁能不想家啊，何况家里还有这么多好苗子。怎么样，这次去研究班讲课，看中什么好苗子没有？”

“没有。”燕归来依然语气淡淡的。

“他们虽然顽皮些，还把我气得犯心脏病，但不得不说，有几个孩子的天赋是极好的，你不考虑考虑吗？”孙老敛了笑，看向窗外，叹道，“你总是坚持着自己一人，唉，过去是好的，可现在你也不小了，也如愿站在最高的位置上了，是时候该找个苗子，为未来着想了吧？哪怕为你分担一点，也是好的。”

燕归来紧抿着的嘴唇动了动，没有说话。

“还记得当年的花阡陌吗？”沉默一阵后，孙老抬抬下巴，露出一个意味深长的笑容，“你的老对头啊，哈哈哈。”

“记得。”

“他一直在国内，哪儿也没去，当年的一切盛景，现在想来，就好像是一个梦……我原本以为他金盆洗手后他的‘神之一脉’就从此没落了，最近却听说一个传闻，”孙老忽然压低声音，“说是花阡陌那浑蛋两年前忽然收了一个徒弟。”

燕归来听罢，只微微一抬眼，依旧没有说话。

“我还听说那是个百年难遇的天才小孩，直接被他收为关门弟子倾囊相授，到现在两年过去，也不知学到他几分火候了。”孙老说，“只是他们师徒两人一直神神秘秘的，也不知道在哪个山窝窝里藏着，也一直不曾在网上抛头露面，那老浑蛋真是越来越精了。”

“他们那群人一向如此。”燕归来语气淡然，不知是不屑还是尊重，或是两者都有。

“可现在你回来了，也许他那一脉就会趁此出世，来找你麻烦也说不定，谁不想踩着你的名气上去？”孙老咧着嘴，仿佛等着看一场让他期待已久的角逐大戏，他道，“花阡陌退隐之前可是让我们头痛了很多年啊。”

“不碍事。”燕归来的神色一如既往无波无澜，他站起身，走到窗前，望着那如洗的天空说道，“他那一群人把技术作为获得财富和名利的工具，没有真正的黑客精神，再来一百个花阡陌，我也不会怕他。”

“老燕啊，你还是这个样子。”孙老笑笑，“不过，我的意思是，他都教了一个厉害徒弟出来了，你是不是也要考虑一下呢？”

杭州大厦一层的甜品店里，关小熙和她的闺蜜叶盈盈、同桌苏牧围坐在一张小圆桌边。

“约你这位状元大人出来还真不容易，怎么样，美好的假期被采访和演讲塞满了吧？”叶盈盈毫不客气地嘲笑苏牧，“听说你的状元笔记都被你妈拿去拍卖了？你妈还被选为杭州市什么模范家长协会会长？”

关小熙一口果汁喷出来。

苏牧依旧是报纸上那张斯斯文文微笑着的脸，说道：“我这不是出来了吗，我的清华大才女。”他嘴上回击着叶盈盈，眼睛却一直注视着关小熙。

关小熙扭开头去，仿佛她一个落榜少女并不适合出现在这种场合，有这样一对死党朋友，她的人生也不知是幸还是不幸。

苏牧从高一做她同桌开始，喜欢了她三年，她一直是知道的。苏牧为了留在国内，坚持反对家里把他送去美国读书，于是不得不答应家人一定考上清华北大，结果他也真的做到了。

叶盈盈从高一见到苏牧开始，也喜欢了苏牧三年，关小熙也是知道的，为了和苏牧考入同一所大学，叶盈盈卖掉了她所有的游戏账号，一头扎进习题的海洋里，终于她也做到了。虽然最后与北大差了几分失之交臂，不过够上了清华的分数线，她也算如愿以偿。

所幸狗血的三角恋并没有影响三人的友情，关小熙以饮料代酒，由衷地祝福他们两人前程似锦，一向淡定的苏牧这下却忽然有些不知所措。

“小熙，那你呢？”他犹豫着问，“你要不再努力努力，明年争取考到北京来？那样我们三个就又在一起了，我每天给你视频讲题怎么样？”

叶盈盈一爪子拍开他：“去去去，还视频讲题，怕是要互诉衷肠哟。小熙你别理他，我给你说，你要是不想复读，就到我哥的公司上班吧，杭州上海北京都有分部。当然你愿意来北京分部最好了，我叫我哥给你开最高的工资，绝对让你衣食无忧生活美滋滋！你来北京我们三个就又可以聚在一起了！”

关小熙笑着摇摇头：“不用麻烦你哥啦，我现在有一个很棒的目标了……”

“你客气个什么，咱俩谁跟谁啊，我今天回去就跟我哥说。你以前不是一直很想做游戏策划吗？我哥他们新开发的那个《仙宿》网游版正好缺游戏策划呢。”

“不不不，我以前只是吐槽一下现在的游戏从剧情到架构到数值都设计得好烂而已……”

“哎呀，你别扭捏得像个娘们儿一样，就这么说定了啊！啊，对了，我哥他公司过两天有个新游发布会，我们一起去吧。我天天跟他念叨你，他也是很想见你的！”

“拜托，我本来就是娘们儿啊！”

……

转眼间就已是八月末了。

仿佛前一刻，还是毕业典礼，再前一刻，还是三个人穿着校服在操场上挥汗如雨的少年时代，可是现在，好像只是一眨眼，他们就不得不踏上为了前程而奔波的道路，也只要再一眨眼，他们就将结婚生子，成家立业。

那我的前程又在哪里呢？

送别两个好朋友，关小熙一个人走在柏油马路上，心里很伤感，这很可能是他们年少时代的最后一幕了，从此分道扬镳，各奔前程。

其实，关小熙对于去做游戏策划还是很心动的。叶盈盈她哥叶江城虽然与她从未有过交集，但一直出现在她们两人的少女时代里。他温柔，多金，是业内首屈一指的游戏公司老总，关键还是单身未婚，排队追他的美女大概能绕西湖好几圈，他却一个都不看，唯独对妹妹经常向他提起的“天才游戏策划师关小熙”很感兴趣。

换作以往，面对这天上掉下来的美差，关小熙说不定就去了，现在她却仅仅为了一个人一句话，就推掉了这一切。

他说，到时候，想来的都可以来。

关小熙吃过晚饭，第一件事就是搜索出中华黑客会的网站，点进首页，果然就看到了这么一条新出的公告。

8月30日上午9点，中华黑客会将在建站十周年之际，于实地举行第一次收徒大会，报名细则请点此阅读。

天啊，她看到了什么！

收徒大会？

收！徒！大！会！

这四个字让关小熙的血液瞬间沸腾起来。

关妈正在洗碗，忽然听到女儿的房间内传出发疯般的大笑声，险些把碗都摔了。

关小熙火速注册了一个账号，昵称：熙马拉雅。

“哈哈哈，太霸气了！”

在注册用户高达数百万的中华黑客会，这个仍没有被占用的名字，让她顿觉非常有成就感，望着下方显示的在线人数，赫然是鲜红的六位数字，她的小心脏跳得那叫一个激动啊。

铺天盖地。

这是关小熙对网站论坛的第一印象。

铺天盖地的帖子，铺天盖地的程序代码，铺天盖地的算法资料，以及铺天盖地的……男人。

在线用户列表里，无论是中文名字还是英文名字，清一色，全是男性标识。

偶尔几个性别是粉色女性标识的，昵称却尽是些“天使小甜心”“妖娆小宝贝”“总裁的萌萌娇妻”之类一看就知道是猥琐男反串的名字。

干净，简单。

这是关小熙对网站的第二印象。

虽然有着铺天盖地的信息和人流量，但由于设计者的出色分配，使得每个用户，都得以沉浸在自己的世界里，乐此不疲。

数以亿计的帖子，一眼望去，整齐排列，相当清爽。

关小熙溜达过不少论坛，大的小的有名的没名的，基本都是套用现成模板，不是千篇一律，就是哗众取宠，或是冷清得见鬼。

而中华黑客会的论坛，却是有条不紊，尤其是在承载了如此庞大的用户量后，出色的架构设计使其依然能够轻巧飞快地运转着。

关小熙是第一次见到用户体验如此之好的大型论坛。

不知道是出自哪位天才的手笔，她如此想着，点开了《报名细则》。

第一条：所有会员均可报名，不收取任何费用。

很好很好，关小熙很高兴。原本她还生怕像其他以活动为名来敛财的机构那样，要求交几百上千的报名费，那她可不敢向老妈要。

中华黑客会看来真是财大气粗啊，关小熙心里想着，这是她人生中第一次看到如此正式的、大规模的，还是免费的收徒大会。

黑客收徒弟，这在网上是屡见不鲜的事。

无论是小有名气的黑客，还是初出茅庐的信息学人才，谁都会收那么一两个徒弟，但这些都是要收费的。

越有名气的人收徒弟，收取的费用就越高。

甚至有些还是天文数字。

比如圈内闻名的戒指大神，他收徒弟的开价是每人每月十万块钱，直到出师，起码要花上百万。

但因为他声名赫赫，所以拜在他门下的人，数不胜数。

至于更有名的女神如意，收徒的学费那更是天文数字了。不过如意不缺钱，也从来没有什么把技术传承下去发扬光大的想法，因此无数英雄好汉土豪追求者手捧巨款求入她门下最后都被像皮球一样踢了出来。

至于最有名的燕归来，他也不收徒，甚至没人敢问他是否收徒……问的人怕是论坛币要保不住。

关小熙看到公告上第二条写着：此为建站十周年纪念，以及为网站的未来打算，届时中华黑客会的高层管理人员都会到场，亲自挑选徒弟。

再下面，是一串长长的名单。

其中不乏她那天在场听到的高手的名字，比如南宫大侠、CM、妓院老鸨、Kiki等牛人，还有那个卖戒指的也在上面。但她把名单翻来覆去看了十遍，都没有看到燕归来的名字。

“燕归来呢？”

她看到公告下的留言板上，已经有无数人提出这个疑问。

关小熙翻看着留言，半天才找到一条官方回复，说是燕归来从不露面，也从不收徒，但此次十周年之际，说不定也会出场露面，当然具体情况他们也说不好。

只是一个“说不定”，已让无数人欢呼狂奔。

关小熙咽着口水，往第三条看去——

此次征选，只取资质极佳、出类拔萃者，一旦被大佬们选为徒弟，就将终身享受免费传授技能，并可终身免费浏览本站的藏经阁资料库。为确保纯正，已拜师而未出师者，不可参加。

嗯，自己没拜过师，很符合条件嘛，继续往下看……

关小熙这时并不知道“终身免费浏览本站的藏经阁资料库”这一点，是通篇待遇里最诱人的地方。网站规定，进入独家珍藏的资料库浏览，每篇资料都需单独支付论坛币才能看，最便宜的也要两万以上论坛币。

而且这些资料不得转载外泄，一旦发现有人泄露，那么泄露者这辈子都别想再接触网络了。谁都知道，这对于有燕归来以及一众超强黑客大神坐镇的中华黑客会来说，并不是什么难事。

所以想看这里的独家珍藏资料，只有两个方法：

一、付钱。

二、打倒燕归来。

显然第二条，至今无人能够做到。

关小熙当时也没有想到她以为最简单的第三条——已拜师而未出师者不可参加，让无数人含恨止步，丧失了报名机会。

许多人为了学技术，交钱拜了师父，而师父为了收更多的钱，是一辈子不会让你出师的，还未出师却又去拜新的师父，从古至今，这都是遭受唾弃的。

在他们这个圈子内，更是如此。

师父和教师不同。

教师，教的是学生。一个学生，可以聆听多个教师的教诲。

师父，教的却是徒弟。

一个徒弟，只要没有出师，那就只能有一个师父。因为师父教徒弟，一般必倾囊相授，而这也是传统。

倾毕生所学悉心相授，徒弟却又瞒着师父去另拜高人，这无论如何，都是让为师者寒心的。

所以，师父收徒，首先看的是人品。

正规的收徒，还要设案焚香，行拜师大礼。

这不是形式，而是让徒弟明白，“师父”这两个字所承载的五千年文化的重量。

一日为师，终身为父。

只是如今这个浮躁的时代，“师父”两个字，却变得轻了，甚至变得不伦不类。

就像“黑客”两个字，也掉了价。

在这日渐虚浮的网络上，稍有本事的人都开始发帖子收弟子赚银子，而许多新人求学无门，也就随便找了一个师父——毕竟学点技术，走出去也风光，哪怕只是一点小把戏，也能在朋友面前秀一秀，赚一波眼球和点赞，运气好还能收获小迷妹的告白。

新手想学技术，在网上随便拜一个“黑客”师父，但这些师父未必会真心传授，大多是收了钱之后，送给徒弟几个黑客工具软件，再传几段教学视频，告诉他工具软件该怎么用、用在哪里、什么时候用，就到此为止了。

这样的场景每天都在互联网上上演无数回，且还算是求学者运气不错。因为还有很多求学者遇到的都是自称“黑客大神”，结果收了钱就玩消失的骗子，这样的骗子在互联网上也是不计其数。

运气好的，开心地拿了一堆黑客工具，看完教程，学会了使用，从此就认为自己也是一名风光的黑客了。

“你是干什么的？”朋友们问他。

“黑客！”他骄傲地回答。

“哇！真的吗真的吗？”朋友们激动又崇拜地惊叹，“那黑网站、盗 QQ、挂木马、远程打开摄像头，这些你都会吗？”

“废话，当然会啦！”他得意地回答，“只要用这个工具，再配合这个外挂插件和这个修改器，就可以了嘛！小菜一碟！”

“哇！你好强！”朋友无比羡慕，夸赞道，“那些软件都是你写的吧！好厉害啊！”

“咳……”他语塞。

黑客，一个神秘的职业，两个寓意着自由的字，本是无数普通人仰望的存在。

如今，它却在浮夸的互联网上，变得滑稽可笑起来。

“那些人，不是黑客，是驴。”

中华黑客会的论坛上，最常见的就是这句话。

“驴”是圈子内，黑客们对骇客的蔑称。

不同于黑客，这些只会使用现成的工具，以抓肉鸡、挂木马、盗号、破解、做免杀等游离在法律边缘的地下灰色产业链为生的人，被称为“骇客”。

他们点着鼠标，重复着机械的动作，这一生，无休无止。

若失去了手上的工具软件，骇客将与普通人无异，他们甚至连手中工具的运行原理都不懂，还有些人，甚至连最基本的程序语言都看不明白，更别说写出代码来了。

这些人，往往自以为会用几个软件，就是“老子天下第一”，就像驴子拉磨，一辈子只能像机械发条一样运转。让真正的黑客最为不屑的，就是这样的“驴”，是他们，败坏了“黑客”这两个字的意义。

而偏偏最多的，也是“驴”。

所以，公告上也写了一条：拒绝所有的“驴”。

即使“驴”都以黑客自诩，并不会承认自己是“驴”，不过在燕归来亲自坐镇的中华黑客会，倒是没人敢乱来，所以这一棍子又打死许多人——这写着所有会员皆可报名的收徒大会，实际上筛选规则极其严格。

经过搜索引擎的科普，得知了“驴”的含义后，关小熙拍拍胸口，庆幸着自己又符合了。

因为她连工具也不会用啊！

再往下看，是最后一条。

为了防止作弊和马甲，所有报名通过的会员，必须真人到场，参加选拔。为照顾全国各地的朋友方便到达，会场分南北，北方的场地设在北京，南方的场地设在杭州，地点设在可容纳千人以上的大型网络会所。届时根据报名人数，会通知各自分配的场地，报名于 8 月 27 日结束，请大家按时到场……

杭州。

关小熙看着那两个字，眼珠子都瞪直了，在她的认知里，全国性的大型活动通常都设立在北京和上海，这次南方却设在杭州，难道是因为……

关小熙又想起他临走时，对自己说的那句话。

“想来的都可以来。”

关小熙一不小心一口水呛在喉咙里。

她脸上挂着傻笑，满心欢喜地进入报名页面填写信息。

却在下一秒，仿佛瞬间从梦中跌醒。

“本着精益求精的态度，此次活动只有 2003 年 1 月前注册、并且论坛等级不低于十级的会员，才可进行报名。”

这是报名页面开头的红字说明。

“小熙啊，你这个天杀的，怎么又把马桶堵住了！”

刚从天堂掉到地狱的关小熙听到老妈在屋外的叫骂，转过头，只见关妈手提马桶刷，怒气冲冲地冲了进来。

“马桶早上就坏啦，扔纸都堵，我明天就找人来修。”小姑娘可怜兮兮地赔笑。

“你妈我已经修好了！你这个败家子，修马桶要三十块钱呢，亏你说得出来。”

关妈一声叹气，然后拿起湿淋淋的马桶刷，恨不得塞住女儿的电脑屏幕，唠叨着，“你也一天到晚就知道上网上网的，今天培训中心的钱老师打电话来，说你没有去上课。老实交代，你是不是又上什么地方野去了？”

“没有啊，我今天去四楼的研究班上课了，不信你打电话问程教授，他还表扬我了！”关小熙诚实地说。

“研究班？教授级的老师？”关妈半信半疑半惊喜，问道，“你什么时候变得这么厉害了？”

“是啊，研究班，教授级的老师，他都夸我是天才来着……”

关小熙扭头甜甜一笑，她忽然有了主意。

# 第四章

# 少女程巨伟

SHAO NV CHENG JU WEI

8 月 30 日。

在学子们背起行囊远赴大学、应届考生在家里狂赶暑假作业准备喜迎高三的这一天，我们的关小熙怀揣一张报名证书，一大早就来到一家名叫“深蓝”的大型网络会所，通过了报名信息审核的她，被分配到这个会场。

关小熙望着眼前豪华的门面和装修，以及门口一排俊男美女服务生脸上迷人的微笑，不得不感慨，这财大气粗说包场就包场的手笔，不愧是传说里的中华黑客会啊。

把手中的报名证书提交以后，关小熙被放了进去。

她提早来了半个小时，却发现一楼数百台机子前，都已是坐得满满当当的。

交谈的、调笑的、联机打网游的，一眼望去，都是清一色的纯爷们儿，其中不乏年过花甲的教授级人物，也有意气风发的少年学生，他们都是从全国各地以及海外华人中被选拔出来的顶尖人物，毕竟报名需要的资历和论坛等级摆在那里。

中华黑客会论坛，数百万注册用户，符合条件的，能进报名通道的人，显然是不计其数。

但日程就这么一天，场地也就那么几个，关小熙心中一想，这么算来许多报名的人都被刷下去了，最后收到合格证的，应该不足五千人。

两百分之一的通过率!

这意味着能站在这里的，全部是精英中的精英。

“程小姐，二楼请。”

身旁招待关小熙的服务生眼中闪着亮光，大概是难得见到一个女生，便殷勤地为她拿着报名表，又仔细看了上面的名字，颇有绅士风度地给她指引了一条往对面的楼梯上楼的路。

“程小姐，原来您是本市人。”

服务生望着她的报名表格，把她引到楼梯口，一副“你是我们杭州市的骄傲”的表情。

“嘿嘿……”关小熙有些得意地笑着。

“程小姐，您的名字真不错，一看就是女中豪杰，气势磅礴！”

服务生和她一起往楼上走，脚下是大红的地毯，脸上是崇拜的微笑。

“那是！”

关小熙继续得意地笑着，从后门走进机房，找了个不起眼的位置落座，顺势抬头一看，她脸上的笑立刻凝固住了。

她竟也在这里？

当时教室门口的惊鸿一见，关小熙怕是这辈子都难以忘怀。他们说，她是燕归来的未婚妻，来自法国里昂大学，拥有黑客圈“第一美女”“第一才女”之称，他们称她为如意女神——如果关小熙是地里的泥土，那如意女神必定是盛开在泥土上的鲜艳玫瑰。

“玫瑰”此刻跷着二郎腿，坐在最前排一张电脑桌子上，与周围蹲着的一群男人肆意调笑。她的眉眼之间，全然是毫不遮掩的傲娇之色，脚上晃荡着的一双黑色镶钻高跟凉鞋，仿佛散发着致命香味的毒药。以她为中心，几乎整个二楼的男人都被吸引住了，前赴后继、马首是瞻，生怕失去为女神提鞋的机会。

这些从全国各地赶来的精英，似乎并没有认出她是谁。

“哇，小姐姐，你简直是才貌双全啊！你刚刚说的是哪国语言，真好听！”一个长着络腮胡子的男人谄笑着把脸凑过去。

“法语。”如意轻轻一笑，有着说不出的娇媚。

“原来是法语啊，在下才疏学浅，请问说的是什么意思？”胡子男继续谄笑。

如意没有回答他，转过脸，又和另一个大热天还穿西装打领带的男人攀谈起来。

被她“临幸”的西装男顿时激动万分，恨不得把脸贴在女神的高跟鞋上，他正了正自己的领带，然后弯下腰，用自以为风度翩翩的姿势，满嘴英语介绍起自己来。先前的胡子男惨遭无视，只得转身问其他人：“她刚才对我说的法语到底是什么意思？该不会是‘I love you’的意思吧？”

周围的人顿时哄然大笑。

“喂，你们告诉我啊！都是大老爷们儿，别这么小心眼好不好……”胡子男不依不饶。

“还有可能是‘I fuck you’的意思。”

这时后门处传来一个清脆好听的男声，声音不大，却传到了最后排关小熙的耳中。

她本就把注意力放在那些人身上，此时一看，只见在先前那位服务生的指引下，走进来一个眉清目秀的少年。

颜可！

这家伙今天只穿了简单清爽的白T恤和牛仔裤，活脱脱一个阳光好孩子的形象，而口袋里延伸出来的一根耳机线，松垮垮地挂在脖子上，让他看起来又有点叛逆期摇滚少年的味道。

颜可笑嘻嘻地嘲笑了胡子男一句，然后径直向关小熙走去，迈着轻快的步子，他一屁股在她旁边坐下来。

“果然你也来了，我们可真有缘。”

颜可弯着眼睛，对着关小熙笑，全然不顾那胡子男对他挥出的愤怒的拳头。

而看到颜可这一笑，关小熙不由得走神起来，她心想这小子绝对是老少通吃师奶杀手型的，别说她自己，恐怕是她的妈妈和外婆都招架不住他的“美少年之微笑”。就在关小熙神思恍惚的时候，颜可嘴角一扬，伸手一捉，瞬间就把她桌上的报名表拿了过去。

关小熙回神欲抢回时，已是来不及了。

“程巨伟……哇哈哈……啊哈哈哈！”颜可轻轻一跃，坐在桌子上，然后仿佛在关小熙的报名表上发现了新大陆一样激动，满脸都是憋也憋不住的笑容，“对不起，虽然嘲笑别人的名字很不礼貌，但我就是很想笑啊，哈哈哈，对不起！真没想到你叫程……程巨伟啊！哈哈……哈哈哈哈……”

关小熙愤怒地望着他。

颜可却丝毫没有“这是个人隐私不得侵犯”的念头，似乎看少女生气又不敢发作的样子让他十分愉悦，他继续高兴地往下念。

“年龄，七十八……”颜可看到年龄那一栏，顿时有些不可思议，瞬间明白了，“是十八吧！啊啊啊你们这些小女生的字就是写得弯弯扭扭，（1）和（7）都写不清楚，让哥哥帮你改改啊。不过你十八岁能坐在这里也算可以的，我十八岁的时候，还是个什么都不懂的菜比[3]呢。”

他又补充一句：“虽然我今年也才二十岁。”

关小熙发黑的老脸开始红烫起来。

“职业，教师……哎？你年纪轻轻就当老师了？看不出来啊，我还以为你是高中生。”颜可有些吃惊，继续念下去，“QQ号，2××××，哟，五位号码，你可以的啊你……住址……哦，你是杭州人啊，我记得这小区是浙大后边的高级别墅，你家里真有钱啊……简历备注……啊？！”

这下颜可震惊了。

只见最下面的简历备注上，写着“浙大前副校长、电子系博士、特级教授”等一大串让人眼花缭乱的头衔。

“你知道什么叫马甲吗？”

关小熙面无表情地反问他，这时忽然一声响亮的惊叹响彻大厅。

“哇啊！美女你好厉害！这算法我想了快一个月了都没想通，现在你三两句话就解释通了，实在是高手！”

只见围着如意的那群男人之中，有一个身材魁梧的男人激动地拍桌大赞，而如意依然是傲然又不屑的神色，仿佛为他解答问题只是出于怜悯。

---

3 网络用语，对菜鸟的蔑称，这里用来自嘲。

见到那男人惊喜的模样，她脸上闪过轻蔑与厌恶，随即又换上微笑，继续和下一个男人攀谈。

“美女姐姐啊，你这么厉害，你在论坛上的 ID 叫什么啊？不会是 Kiki 版主吧？或者是小 SO 管理员？”

“笨。”他旁边的一个男人敲他，“Kiki 和小 SO 今天都是来收徒的，现在肯定不会在这里啦，我觉得这位美女是神秘的 J 女王？或者王子月？”

“王子月很久没露面了吧，我只在花阡陌的时代见过她，还有 J 女王大人，她自己都开门立派当师父了，不会来这里凑热闹的。”

“哇，那这位美女到底是谁？可以让我们知道吗？”

关小熙听着那边的动静，对着颜可摇头：“看来她也是披着马甲来的。”

“披什么都一样，反正她再强也强不过我，她的技术早就被她的执念毁了。”颜可满不在乎地耸肩，显然关小熙的报名表让他更感兴趣。

“嗯？就是传说她喜欢燕归来的事情？是真的吗是真的吗？”关小熙好奇地问。

“真的啊。”颜可轻哼一声，“我倒是很期待他们两个一辈子纠缠不清。”

关小熙听了，顿时苦脸。

“不过，那样的燕归来，也就不是燕归来了……”颜可又道，“燕归来那种男人，是一辈子不会喜欢女人的，甚至一辈子都不会去爱，上天是公平的，所以我……”

他仰起头，看着天花板上明晃晃的白炽灯，轻叹一句：“所以我，暂时还无法超过他。”

“对了，程巨伟，你要喝什么？”颜可摇了摇头，然后一指大厅右侧的吧台，吧台后的服务小姐对美少年露出一个迷人的微笑。

“嗯，可乐吧……”关小熙愣了一会儿才反应过来，现在的她，名字叫作程巨伟。

唉，程教授啊程教授，你叫什么名字不好，偏偏叫一个如此……霸气的名字，她的小心脏实在是有些承受不住啊！

关小熙想起她前些天去培训中心找程教授的情景，程教授夸她是天才，所以她牢牢地惦记着他，由于没有能进报名通道的账号，她就打起了她亲爱的程教授的主意，而爱才心切的程教授经她一提，二话不说便用自己的账号帮她报了名。

在看到他注册时间长达七年、发帖超过一万、有二十多篇经验之谈被入选中华黑客会官方资料库的伟大账号时，关小熙脸上露出了无比狗腿的笑容。

虽然限制了一个账号只能为一个身份证报名，但由于很多人手中都同时握着许多个资料等级不同的马甲，所以报名处并没有限制账号资料的真实性，而且黑客最忌讳的就是暴露真实资料，所以报名通过的人，官方并不会对他的所有资料进行核实，到时只要手握报名通过证、真人到场，就可以了。

所以，关小熙觉得程教授的账号可以百分百保证她通过报名，而她也确实如愿以偿，并且坦然地坐在了这里……

这时候，在前排一群人的强烈要求下，如意这才点头，似乎对这样的效果十分满意。

“艾为，把我的报名表拿过来。”

如意对她身边坐着的男人说道。

众人这才注意到，那个“有幸”坐在美人身边，却一直伛偻着身子沉默不语的平头小男人，竟然是她带过来的。

大家顿时抹了一把汗，他们私底下还一直筹划着怎么把那猥琐又不起眼的小男人从这个近水楼台的位置轰走，没想到他竟然是美人自己带来的。他是谁？管家？保镖？还是……助理？众人纷纷开始猜测。

“艾为，好熟悉的名字……”

关小熙听了，也眨着眼睛思索着，却又一时想不起来这名字在哪里听到过。

颜可拿了两听可乐回来，关小熙打开才喝一口，就听到前排有人发出惊呼。

“哇，霸王……爱人……霸王爱人！原来美女你叫霸王爱人啊！”

“霸王爱人！美女你的昵称好霸气！”

“哎？可是咱们圈子里，没听说过这人啊，很有名吗？或者是新晋人物？”

“我怎么记得《霸王爱人》是一部……”

如潮的惊呼声中，如意展示着自己的报名证，眼中露出轻蔑的笑，面前这群一看到美女就走不动路的男人，实在是目光短浅、可怜可笑，竟然也有资格坐在这里，中国技术圈就是这样一些人？

“霸王爱人？那是什么？”颜可好奇地戳戳关小熙的胳膊，“喂，程巨伟，你回答我啊。”

关小熙正在努力地从混乱的记忆中搜寻着“霸王爱人”和“艾为”这两个名字，颜可没得到回应，只好自己打开搜索引擎，输入“霸王爱人”四个字，再回车……

“美女，你是不是披了马甲来的？”终于有个男人忍不住问，“我记得霸王爱人是个房产大亨啊，他本名叫张大牛，这几年刚刚进军游戏业，报纸上我见过采访，霸王爱人是他的网名，好像还是现在最火的网游《极乐》里电信区第一大公会会长呢，艾为……赵艾为！你不就是张大牛的首席助理吗！对对对！我也看过你的采访！”

马甲被戳穿，如意脸上的笑容消失，她扫了一眼依旧伛偻着身子一声不吭的赵艾为，冷哼一声，道：“的确是马甲不错，可是在场的你们，恐怕没有蠢货会用真身来到这里吧，又有什么资格评价别人？”

于是赵艾为把头低得更深了……作为一个罕有的，用真名实姓来到现场的……蠢货……

这一行的人，每个人都有许多不同的身份，越有名的人隐藏得越好，有时候街上一个灰头土脸的路人，很可能就是网络中光华四射的人物。

当然，像燕归来这样站在最最顶端的人，则是根本不考虑这些了。

就算上门查他个底朝天，他也毫不担心会暴露出他不愿暴露的信息，他隐姓埋名地低调过日子，只是为了生活清静一些罢了。

“那美女你还是没有告诉我们你的身份啊，要不你告诉我刚才说的法语到底是什么意思，我猜是你喜欢我的意思？你看小哥哥我怎么都比你身边那个猥琐男人要帅气吧……”大胡子一边嚷嚷着，一边哈哈大笑。

被鄙视的赵艾为终于抬头冷笑：“我告诉你吧，那是龌龊、流氓、驴的意思。”

“你！”大胡子一听，立马暴走，刚站起要动手打人，就被身边的一群壮汉架住。

“别激动嘛……”他们安抚着他，“美女在场，多没面子啊。”

大胡子望着赵艾为阴冷的笑容，气得胡子发抖。

“你难道是……难道是传说中的如意大神？”忽然有人拍着桌子道。

“对啊对啊，您不会就是如意吧？！”他们连称呼都改成了尊称。

“我听说前几天有个八卦，说是燕老大回国，如意也跟着回来了……”

“哇，不会吧，他们俩真勾搭上了？哎呀呀呀，我早就说，圈子里能配得上燕老大的，也就只有如意大神了！”

……

听着他们的议论，特别是说到“圈子里能配得上燕老大的，也就如意大神了”这句话的时候，关小熙的心忽然就好似狠狠地被揪了一下。

“如意？”在议论越发离谱后，如意轻轻一笑，制止了他们的意淫，说道，“我不是如意。”

“脑袋被门夹了的女人才会看上姓燕的，那种男人，根本就是不解风情。”她又冷笑，只是这回笑容没那么自然了。

关小熙咬着嘴唇，闷闷地打开中华黑客会论坛寻求寄托，可是除了八卦，没有任何确切的信息显示今天燕归来会到场。

关小熙又在论坛用户名里搜索“颜可”，找到了身旁这家伙的个人空间。

只见他的账号注册时间还不满两年，用的是《钢之炼金术师》里 Edward 的头像，看来也是个漫画爱好者啊，她想起颜可这家伙的语气，似乎放眼世界，眼中只有燕归来一人。

如此狂傲的家伙，不知道在网络上是个什么样的存在。

关小熙点开他的发帖记录，哇，有两千多条呢，她顿时准备好好学习一番。

分享春季新番[4]漫画完结篇打包下载。

分享最新里番[5]论坛在线看无须注册。

高价求购银英[6]正版全集……

广州动漫节，有谁去的？带我一个啊！

为什么她们说进藤光和塔矢亮[7]是一对？

……

---

4 二次元用语，指新播出或即将播出的动漫作品。

5 二次元用语，动漫作品中的一种分类。

6 这里指《银河英雄传说》的漫画版。

7 日本动漫作品《棋魂》里的两个主角。

一直是诸如此类的标题，几乎所有的帖子，都发在论坛的动漫影音区。

颜可两千多条帖子的标题，完全让关小熙泪流满面。

而这时一脸星星眼的颜可小声喊了起来："原来《霸王爱人》是一部漫画啊，程巨伟，这么好看的漫画你怎么不早点告诉我？！"

声音无比激动，紧接着又被广播里的通知声音打断。

"请大家找座位准备好，十分钟后，我们将开始第一轮选拔。"

接着，几个拿着话筒、登记册、计分单、资料簿的年轻人走进机房，除了仍埋头在《霸王爱人》漫画中的颜可之外，所有人都向他们投去目光。

先说话的，是一个齐肩碎发，充满青春气息的女孩子，她的声音清清脆脆："先自我介绍一下，我是论坛动漫影音区版主 Kiki，在座的各位应该都听说过吧。"

说着，她俏皮地吐了吐舌头，在一群男人热切的眼神中，又补充道："我今天是负责深蓝会所二楼全场的管理，当然，我学艺不精，资历也不够，所以今天并不收徒。喂，那位先生，你别哭啊……"

Kiki 又把手一伸，向众人介绍着她身旁的几个人。

"这几位长老才是今天来收徒的主角，想必他们的大名你们都知道。嗯，这位戴眼镜的，是写了'万能提权器'的梅大寨主；这位不苟言笑的，是写了'ARP 炸弹'的墨非大神；这位……嗯，这位瞪着我的，是写了'SO 大盗'的小 SO 女侠。喂，小 SO 啊，俗话说生气不过夜，我昨天在宾馆偷你的带宽看……看动画片是我不好，你今天就别生气了嘛，来，笑一个……啊，还有这位，这位一脸淫荡的……哎哟，老鸨你别踩我脚啊……咳，这位一脸严肃的，是我们的妓院老鸨先生，大家以后想买肉鸡[8]，全部找他买哈，敢说是全中国最便宜最讲信誉的一家了……"

Kiki 一个个介绍过去，在座的人爆发出一波又一波的惊呼，只闻其名，不见其声，这些让他们久仰大名的圈内大神，如今活生生站在他们面前，还将要收他们中的优秀者为徒。在幸运儿诞生之前，他们只能用激昂澎湃的热情来迎接即将到来的选拔时刻。

关小熙看得一愣一愣的，这是她人生中第一次感受到这样一种热情和力量，台上的这些人，他们的长相是如此普通，毫不出众，甚至低调到尘埃里，又有谁会联想到他们在另一个世界是翻手为云覆手为雨、拥有万千崇拜者的技术高手呢？

那是无尽黑暗中，不为人知的荣耀与星火。

第一场是考破解，限时两小时，禁止使用网络。

说起来很简单，由台上这些中华黑客会的长老一起编写了一个小程序，运行结果是一片黑，看不到任何东西。

显然，程序被他们加密了。

所以，想看到程序画面上真正的内容，就需要把它破解掉。

---

8 黑客词汇，也称傀儡机，被黑客破解了的拥有远程管理员权限的机器。

破解是一门技术活。

讲浅了，网络上有无数的破解器，不用动脑子，鼠标点点，就能把常用的一些加密程式破解。讲深了，破解涉及很多算法、原理，还有底层代码等等，寻常的那些只会使用软件工具装装样子的人是无法胜任的。

这一场较量，考验的显然是后者。

关小熙好奇地看着座位上的参赛者们，有扎堆讨论的，有独自思考的，有直接放弃的，有自带小电影找灵感的。

讨论声很大，还伴着争执。

这里的考核规定是可以独立完成，也可以组队完成，参与讨论即视作组队，最终成绩将与讨论人数呈反比。

也就是说，本来你花了十分钟完成破解，但由于你参与六人组的讨论，那你的完成时间就会变成六十分钟，这对排名肯定是不利的。

这一点上，Kiki 版主正满场巡查统计着，没有人敢作弊。

但就算成绩会打折扣，依然有很多人组队讨论。

不但因为黑客本就提倡团队合作、互帮互助，还因为这里所有人都清楚，几大长老联合编写的加密程序，仅凭一人之力，在短短两小时之内，是很难破解的。

为防作弊，比赛禁止了网络使用，但关小熙看到 Kiki 在巡查中，还是抓到了一个企图用自带的工具搭建天线然后向外界求助的家伙，当场他就被取消资格赶了出去。

不过自带储存工具倒是没有限制，因为切断了网络，网吧电脑又不装编程软件，所以很早就通知了，一切软件工具需要自带。

“喂，程巨伟，你猜这原本应该是什么？”

颜可指着那程序打开来之后的一片黑屏，笑嘻嘻地问关小熙。

“我猜是燕归来的大头照，哈哈哈哈！”还未等关小熙说话，颜可又自顾自地笑起来，“那是个自恋的男人，我太了解他了！”

“可是……”关小熙茫然道，“这程序是那些长老写的，燕归来没有掺和吧？”

“那就更加有可能是燕归来的大头照了！哈哈哈！”颜可捶着键盘笑起来，柔软的刘海垂到眼前，却掩不去眼中那亮晶晶的神采。

关小熙望着他一边笑着从口袋里摸出一个 U 盘连上电脑，一边解释：“你平时不混论坛吧，多待几天就明白了，那是一群唯恐天下不乱的家伙……”

颜可的 U 盘上，分门别类存放着各种实用小软件。

光看那些软件的名字（某几个中文名的她能看懂），关小熙就知道它们有多么厉害。

“全是我自己写的。”颜可高兴地向她炫耀着自己的作品，又把鼠标移向一个叫作“新建文件夹”的文件夹，点开来，又是满屏幕的图标，说道，“这些是我师父写的，不过我不想用现成的，所以都把它们做了单向加密。”

“哦……”关小熙似懂非懂地点头。

这时候的她，还不理解“单向加密”的意义。

如果说寻常的加密，是把一扇门关上，不让人看到门里的东西，但这并不算绝望，只要有钥匙也就是密码，就还能把门打开，什么都不懂的人，也可以把世上所有钥匙一个个试过（也就是最基础的密码枚举法），无论耗时多久，总归有希望。

可这单向加密，就好比关了门，还把钥匙眼封死了，没有任何希望。

全无捷径可循，剩下的路，只能靠自己。

“我们这样算二人组队吗？”

关小熙正专心看着颜可的屏幕，看他轻车熟路地操作、记录，以及多个工具配合起来的华丽运用，虽然切来切去全是英文界面，但光是看他这行云流水的动作，就让她羡慕不已。

什么时候我也能像他这么帅啊，她想，忽然又觉得自己连累了他。

有她搭讪，那么他的时间会被乘以二啊……

“二人组队？”

Kiki 统计到了他们这最后一桌。

“是。”

颜可头也不抬，随口应着，多了一个累赘，他的表情却依然轻松。

Kiki“唰唰”几笔，记录了他们俩的账号，然后写上“时间 ×2”就掉头离开，但没走几步，又转身回来。

“哇，你就是颜可啊？！”

Kiki 用夸张的表情惊呼道：“果然是个可爱的小正太，哦呵呵呵呵，快来给姐姐笑一个……啊，不行了不行了，我要沦陷了……”她一边惊呼一边作势要晕倒。

颜可向她露出一个大大的笑脸。

“加油啊，小正太。”Kiki 宠爱地摸摸颜可柔软的头发，“姐姐在组织里等你啊！你一定可以通过的！”

“Kiki 姐。”颜可调试完屏幕上的几行代码，然后露出纯洁无害的笑容问道，“问一个问题行吗？”

“嗯，你问。”Kiki 继续用爪子弄乱他的头发，这怪阿姨对这个在论坛上熟识已久的小正太分外有爱，哪怕……啊，哪怕他是要让自己告诉他解题思路，她也……也愿意冒这个风险啊！真的没有人能忍心拒绝一个美少年的求助！

颜可好脾气地把自己的头发抚平，眨眨眼，小声说道：“请问我解完程序提交后，能给我接上网络吗？刚刚程巨伟介绍的漫画，叫……叫什么爱人来着，我刚看了个开头呢。”

“能啊，你完成后可以去楼下，那边柜台有一台主机就能上网，不过会所老板娘在用，如果你能把她诱惑走的话……”

Kiki 说到一半忽然停住了，嘴巴张成“O”字，关小熙见到她脸上原本荡漾的笑容换成了不可置信。

“你……你是说你解完了？”Kiki 惊恐地瞪着他的屏幕，说道，“现在才开始不到十分钟啊！”

要是老鸨和小 SO 他们知道自己辛苦想了一夜的加密，被这小正太转眼就破解了，准会吐血暴走吧！她担忧地想，小 SO 那女人一暴走，她就抢不到带宽看动画片了……

“还差一点。”

颜可笑嘻嘻地应了一句，又把头埋下去，一手抓鼠标，一手放在键盘上，屏幕上的内容飞快地滚动着。

他一听还有电脑可以看漫画，就一改原来慵懒闲适的模样，顿时十分来劲。

Kiki 和关小熙两个女人就这样一左一右地围观着他，关小熙是如看天书，Kiki 则是越看越心惊胆战——这哪是论坛上动漫影音区里她熟悉的那个软软萌萌的小颜可啊！

“完成。”

两分钟后，颜可敲下回车键，保存，退出，关掉所有页面，只剩一开始的考核程序。

清脆的鼠标双击声响起，程序画面出现的不再是黑屏，而是一张图片。

“你看，我猜对了吧。”

颜可得意地向关小熙手舞足蹈地比画起来。

那是一张手绘的歪歪扭扭的画，画中央有一个黑衣黑脸的人，很丑，可旁边偏偏写着这样一行字：老大千秋万代一统江湖。

“颜可、程巨伟组，用时 10 分钟 07 秒，乘以 2，就是 20 分钟 14 秒。”

Kiki 往手中的表格上“唰唰”地写着时间记录。

“小正太，想不到你这么厉害，啊，真是人不可貌相！我还以为……呜呜呜，我还以为你只是来玩的呢，你在论坛这么久，根本连一个技术帖都没参与讨论过啊……”Kiki 不顾形象地抱着少年又亲又蹭，有遗憾也有感慨，遗憾的是自己这个半吊子没有资格收徒，就算有资格，他也不会选自己，感慨的是这新生代的孩子展现出来的力量远远超过了他们这些长老的预期……

“知道这图是谁画的吗？”Kiki 对少年和少女说悄悄话，“嘿嘿嘿，我可以悄悄告诉你们，不过你们不能说出去，要是被燕老大知道了扣光这家伙的论坛币，他肯定要来把我打死……”

这时，另一个巡场的负责人拿着手表走过来。

“Kiki，那边有一组完成了，你记录一下。”

他拍拍 Kiki 的肩膀，脸上露出欣慰的笑容。

“霸王爱人、赵艾为组，用时 10 分钟 01 秒，乘以 2，20 分钟 02 秒……哦？这里已经有人完成了？用时多少？……唉，差了他们一步啊，不过已经相当厉害了，想不到新人里面还有这样的天才，估计小 SO 他们都要佩服了吧，哈哈，未来的希望啊，燕老大总算可以含笑了……”

“嗯，走吧，去气一下小SO。嘿嘿，不知道老大今天会不会过来，传说他就在杭州？”

“哈哈，我还听说老大的绯闻对象如意也回国了，这下有好戏可看了啊……”

两人谈笑着又往别的地方巡视去了。

关小熙泪流满面地望着颜可。

“怎么了？”他嚼着口香糖吹出一个泡泡，问道，“要不要下楼一起看漫画去？这边好无聊啊。”

“咳咳……你……我……我就这样通过了？”关小熙指指自己，又指指少年。

“是啊，你刚不是说咱们组队吗？”

“……”

“……”

两人大眼瞪小眼。

于是，关小熙就这么鬼使神差过了第一场。

第一场结果是上下两层楼只剩二十个人进入第二轮考核，二十个人全部被集中在一楼大厅。

规则依然和上场一样，禁网，不禁组队。

关小熙看到如意依然和赵艾为坐在一起，坐在招摇醒目的第一排。

看来如意是铁了心要把这个不起眼的小男人带入圈子了，不知是利益驱动，还是另有图谋？

这几天泡在论坛上，关小熙也知道了国内势力有三派，一个是老牌的花阡陌一派，以“神之一脉”自称，曾经在中美黑客大战中闻名天下，而后金盆洗手，他这一派也淡出了人们的视线；然后就是燕归来一派，如今风头最盛，聚集群雄的中华黑客会；最后，还有如意自己创建的势力。原本她也在中华黑客会混迹，后来陆萧入狱后她就回了法国，自己开门立派，服务器也放在法国，派系中大多是外籍人士，每次来攻击中华黑客会不成，就会转头攻击国内的各大网络运营商，造成网络成片中断瘫痪，网民深受其害。而她神秘邪恶的身份加上法国财团势力在她背后作为靠山，也让她一直有恃无恐。

人们崇拜着如意，也痛恨着如意。

而以如意的实力和身份，根本不需要来做中华黑客会的学徒，她亲自出马的唯一解释，就是要强行把说不定比自己还菜的赵艾为安插入中华黑客会内部做个奸细什么的。关小熙心里这么想着。

第二场，考的是编写程序解题，不限制各种编程语言。

这题目描述的是一个逻辑上十分复杂的数学问题，就像计算机奥赛一样，关小熙看过学校里几个参加计算机奥赛（NOIP）培训的同学的试卷，这个和他们那种试题很像，需要大量动脑子理清逻辑顺序想出解题思路，然后通过计算机程序实现。

最后提交，只需要提交程序就行，检验者会输入一些数据测试，如果输出结果和标准程序得出的结果完全相同，那么就算通过。结果若不同，则按正确率来计分。

而这些题目，没有经过解题培训的人，哪怕本身编程技术再高强，也是很难想出来思路的。

她想不到，这一场竟然会考数学。

当下，就有几个人看着题目，摇了摇头，关机弃权走人了。

关小熙的数学不错。

高考成绩两百五十分里面，数学占了一半，若不是老妈一定要她学文科以后考公务员抱铁饭碗，说不定她会是个很优秀的理科生，至少不会落榜。

认真看了题目之后，关小熙仔细想想，竟也有了那么一点思路。

可是那稍纵即逝的东西，她抓不住，就算抓住了，也没有完整的解题办法。

更何况，她根本就不会写程序啊……

第二场限时还是两个小时。

开赛十分钟，所有人都埋头冥思苦想着，连讨论声都是轻微得几不可闻，生怕被别人听了占便宜，包括颜可。

关小熙凑过去看那家伙，他正咬着笔杆子，盯着纸上画的一个框架图琢磨着。

帅气又清秀的侧脸，长长的睫毛垂下，掩盖了那眼中微微的倔强和骄傲。

关小熙决定不去打扰他。

上一场，就是她分散了他的注意力，导致以几秒之差，输给如意。

关小熙再看第一排的如意，背影娇艳，黑色的小吊带露出她雪白的一截后颈，后脑勺垂下的发丝，更留下无限诱惑。

她确实是一个美人，不是化妆化出来的，而是骨子里散发出的美，关小熙觉得，也只有叶盈盈这个富婆可以和她比气质了。

开赛二十分钟，场中终于响起了敲键盘的声音。

一个是如意。一个是颜可。

噼里啪啦敲打键盘的声音，以及键盘上那蝴蝶般飞舞的手指，无比好看，却也让人看了心慌。

关小熙清楚地看到，前排的一个男人，回头“观察敌情”时看到颜可已轻松熟练地开始敲打键盘，他只能颤抖着从口袋里拿出纸巾，不住地擦拭脑门上的汗珠。

而一转眼的工夫，颜可就写了满满一个屏幕的代码。

打字竟然能这么快，在关小熙的眼中，这真是一个不可思议的少年。

颜可写完后就开始调试，自己输入了几组简单的数据进去测试，再和笔算的结果对比。

嗯，完全一样。

“写完了，这回我应该是第一个吧。”

颜可转过头，冲着关小熙咧嘴一笑，仿佛完成的不是一个复杂的程序算法，只是折了一架纸飞机那么简单。

“你快写吧，写完了我们去交程序。”

颜可指着自己的屏幕，示意关小熙赶快动手。

“我不会……”

一张少女的黑脸，几多无奈。

“程巨伟你……我给你抄啊，我们组队的，怕什么？”颜可无奈地挠挠头发，“原来你什么都不会啊？”

“我是想看燕归来……”关小熙诚实地说。

“燕归来有什么好，他又不收徒弟的，你来了也白来，心疼你个傻瓜。”看到少女对于抄代码这个简单的事情却也无动于衷，颜可有些诧异，于是安慰她道，“别难过了，不就是个燕归来吗，想学什么我教你就是了，或者让我师父教你？对了，我师父一直心存遗憾，说以前错失了一个女徒弟，我改天去求他收你为徒，肯定没问题的，而且我也一直想要个师妹……”

颜可小声念叨着，把程序源文件拷贝进 U 盘里，递给关小熙。

“你不想重打一遍那直接拷贝一份吧，然后把署名那地方改成程巨伟就行了。喂，你接啊，难道你拷文件也不会？我的天啊……”

“你去吧，我不组队了，别耽误你时间。”关小熙低头，声音更低，“我自己写，不想抄你的。”

颜可顿时恨铁不成钢地望着她，如果不是在考场，他一定要把这个不肯乖乖听话的小丫头按在地上打一顿啊！现在拿她没办法，颜可只好抓抓头发，无奈地起身去前台交程序去了，一路上还忍不住回头看了她三次，小丫头却在认真地低头苦思冥想，根本没看他。

同一时间，如意和赵艾为也站起身。

他们也完成了。

现场剩下十数个正在疯狂敲代码的或依然苦思中的人，包括抱头纠结的关小熙。

“我想出来了，解题思路，也许可以这样，然后再这样……”

又过了一个小时，关小熙忽然眼睛一亮。

思绪如飞驰的闪电，“唰唰唰”划过脑海，照亮了一片沉黑的夜幕。

她开始往颜可扔给她的编程软件里打字。

程序不会写，所以她就直接用中文写了解题思路。

这叫作死马当活马医，怎么说她都不能白来一趟啊，她在心里对自己说，然后嘴角露出痴呆的笑容。

前排依旧苦思中的男人转身看战况，顿时被吓得脑门又是一阵汗。

又过半小时，颜可在柜台后把《霸王爱人》的在线版漫画也看完了。

“写好没有？快到时间了哦。”

显然这家伙看漫画看得心情大爽，一蹦一跳地走过来，谁知关小熙却赶紧捂住屏幕不让他看。

“你告诉我怎么把这玩意变成程序吧，是在这里点保存吗？要 exe 格式？”关小熙扭头问他。

“对，上交 exe 文件就行……喂，程巨伟，你就这样交了？都不调试一下吗？”

“不……不用了吧……”调试是什么东西她哪里懂啊！

……

两个小时的时间，很快就到了尾声。

在场二十人，包括关小熙，有十二人提交了程序，还有八人弃权，悻悻地离去。

小 SO、老鸨、墨非等长老们，一个个仔细地输入数据测试着他们提交上来的程序，而 Kiki 等管理人士，则负责记录每个程序的测试结果、运行时间、编写时间等综合数据。

“我赌我一定是第一。”

颜可把玩着耳机线，无比自信地坐在桌子上晃大腿。

“好，我现在来宣布结果。”

十分钟后，Kiki 拿着测试结果大声宣读。

“颜可、霸王爱人、赵艾为，并列第一，请你们过来这里，可以自行挑选想要拜的师父。”

“由于名额有限，剩下的四至十名，总成绩都差不多，所以还需要等我们看过源代码[9]的思路后，再做挑选，大概还有少量名额吧，请你们带着源代码到这边来。”

“哦，对了，还有一位名叫……程巨伟？嗯，程巨伟，你的程序无法运行……小 SO，这怎么判？就她一个无法运行的……哦，好吧，程巨伟，你也带着你的源代码过来这里吧……”

“霸王爱人，还有颜可，请你们挑选想拜的师父吧，哦，那啥，墨非说他想收霸王爱人你为徒哦……”小 SO 对着一脸傲然走过来的如意热情招手，“对了，我们都好奇你的真身，霸王爱人显然是马甲对吧？我们看了，你的代码无懈可击，想来不是新人。啊，当然你不想脱马甲也没关系，只是好奇一下下。嘿嘿，怎么样，喜欢墨非帅哥吗？哎呀，老鸨你不要抢嘛，你这淫荡的家伙，别把人吓跑了。还有颜可啊，Kiki 说你是动漫区的常驻人员，想不到深藏不露啊，怎么样，要不要考虑拜我为师？姐姐可以教你很多东西的，包括……哦呵呵呵……”

在赵艾为等人成功拜师后，只剩下如意和颜可两个人，看他们的态度，似乎对拜师一事根本不放在心上。

小 SO 热情如火，叽里呱啦说了一大串，又把身旁的人一个个介绍一通，如意却理也不理，高傲地仰起头颅，像一只尊贵的黑天鹅。

而颜可，坐在那里笑吟吟的，也丝毫没有拜师的意思。

“只有燕归来才配和我说话。”

---

9 程序未编译之前，按照一定的程序设计语言规范书写的文本。

如意冷冷一笑打破了现场的沉默，她指着一旁刚刚走过来的关小熙说道：“程序都无法运行，这种垃圾都能来参加考核？想不到国内现在都到了垃圾和驴遍地走的地步了？好笑，太好笑了，就凭你们也有脸问我的马甲之后是谁？”

“你不就是如意嘛，也不过如此啊。”

一个清脆的少年声音，打断了女王的高傲狂笑，只见颜可依旧笑吟吟地把玩着自己的耳机线，似乎这比“里昂第一才女 + 第一美女”更值得他花时间去研究。

颜可这话一出，他自己倒是十分轻松，全场的温度却仿佛瞬间降到冰点，小 SO 的笑容还凝在脸上，然后渐渐垮下来，一脸苦涩。

如意。

如雷贯耳的如意。

噩梦一样的如意。

这不再是神秘邪恶的境外黑客女王，而是真枪实弹上阵来踢馆的如意。

燕归来之后，被称作最接近神的存在。

别说小 SO 一人，就是他们几个长老联合起来，也惧她三分。

“垃圾和驴遍地走？哈……”颜可依旧笑，依旧是那样一副慵懒优雅的模样，他斜斜地坐在桌子上，眼神清清亮亮，“如意，你又如何？不要忘了，我们都是从垃圾和驴成长过来的，你，并不比谁高贵多少。”

“你又是什么玩意？”如意冷笑。

“我吗？就凭你也有脸问我的马甲之后是谁？哈哈……这句话还给你。”颜可跳下桌子，站到如意面前，依然是一副笑嘻嘻的模样，“不过我觉得你是没有脸的，所以我不妨就告诉你好啦。你这个可怜的老女人，你听好啊，听完之后呢，请你老老实实地回到你的法国去，这里并不欢迎你。”

那大概是关小熙这一生看过的最难忘的景象，在许多年以后，在她满头白发垂垂老矣的时候，她也不曾忘记，在一个盛夏的午时，外面是烈日高照，屋内是冷气十足，而少年在无数人的注视中，毫不畏惧地站在高贵傲娇的黑客女王面前，他眼中是万千星光。

“我，颜可，没有马甲，这就是我的本名。”少年扬着脸，一字字掷地有声，“我，花阡陌唯一弟子，‘神之一脉’唯一传人……如意小姐，请多指教。”

在全场的惊呼声中，颜可又道：“在我眼里，燕归来都不算是神，就你如意？你在我眼里，连垃圾和驴都不如。”

“你……”如意瞪着他，浓重的妆容无法掩盖她的气恼，脖子上涨红的颜色显示着她正处于爆发的边缘，张了张口，却又找不到可以和少年争辩的点，最后她叽里呱啦说了一大堆法语，显然都是骂人的话。

颜可就像看猴戏一样看着她骂人。

只是她忽然就停住了，眼睛看向了门口。

颜可也看向门口。

所有人都看向门口。

“谁在这里骂街？”

大门打开，在冷气和热浪瞬间激烈的冲撞中，一个万古玄冰般的声音仿佛从黑夜另一端传来。

关小熙看到他大步走进来，一身的黑衣，穿过无数的时光和喧嚣，抚平所有的不安和悸动，他是救赎，是恩赐，是光，是守候，他打破她的年华碧落，他点亮她的死去烛火，他捧起她的凋零花朵，他亲吻她的碎骨魂魄，他就那么气场十足地走到她的面前。她再次见到他，心跳快得几乎无法呼吸。

“燕归来，我知道你会来。”如意看到他，脸上转过无数情绪，但最终都化作一抹冷笑，“我今天来，就是想告诉你，我们，是不会完的。”

如意等着燕归来的回应，谁知燕归来却直接绕过她，走到柜台旁，问小 SO 他们几个长老：“结果如何？”

Kiki 把手中的统计表递给他，他一个个往下看。

“燕归来，你听到我说话没有？！”

如意用中文喊了一遍，又用法语、英语、德语、西班牙语喊了一遍，燕归来依旧无视她。

关小熙望着如意，有一种说不清的心情。

羡慕？妒忌？还是……可怜？

燕归来如此无视她，都说她喜欢燕归来，却落得这么个场面，关小熙忽然又觉得燕归来太过绝情。

不过，关小熙可不是圣母。

她仔细想想，除了可怜，解气还是占大部分。

垃圾和驴。

如意侮辱她的这四个字，已经像一根刺深深地扎进心里。关小熙无比悔恨嫌弃自己不学无术虚度年华，如果人生还能重来一遍，她一定做一个理科生，去学奥数，去学计算机，每日和代码编程打交道，去做一个技术大佬啊！她不想这样被羞辱……

“还有程序无法运行的？”燕归来看到最后一行，有些惊奇地问。

“喏，就是她，叫程巨伟。”小 SO 指了指悲愤交加中的关小熙，“刚刚如意还骂她垃圾来着，我觉得这小姑娘看上去挺伶俐的，等会儿我分析一下她的源代码，可以的话，我想收她为徒，所以老大你批示一下……”

“不用了。”

燕归来已经在主机上迅速看完小姑娘用中文写的“源代码”，他面不改色地站起身，声音依旧毫无感情：“从今天起，她就是我燕归来的徒弟，谁敢骂她，扣光论坛币。”

师与徒，神与人，在这个激情和奸情并存的时代，传奇终于开始上演。

# 第五章

# 师徒情深

SHI TU QING SHEN

“从今天起，她就是我燕归来的徒弟。”

没有感情，也没有任何商量余地的一句话，像是覆着冰霜的命令，不容反驳。

可她的心，还是火热地翻滚起来，这这这……这真的不是梦吗？

关小熙无法置信地掐了一把胳膊。

哎？不疼？果然是梦啊？

她又狠狠掐了一把，还是不疼，却忽然听到一个男人惨叫的声音——“嗷，你个小丫头你掐我干什么！！”

只见刚刚被墨非收为徒弟的赵艾为忽然抱着胳膊跳起来，胳膊上赫然两个红印，脸上满是痛苦之色。

这让如意终于向关小熙投来一个刀子般的杀人眼神。

“很好，燕归来，你以为收个垃圾当徒弟就能威胁到我？”她不怒反笑，“垃圾始终是垃圾，你的时代，也该结束了。”

说着，她踩着高跟鞋，在大理石地面上发出重重的响声，殷勤送客的服务生被她一把推开，大门一甩，她就这么扬长而去。

“啧啧，女王气场啊。”

妓院老鸨望着大厅彼端那消失的背影，脸上浮现出玩世不恭的笑，不知是嘲讽还是佩服。

说是嘲讽，可如意是继花阡陌之后，第二个敢向他们老大叫板的人。

说是佩服，可看她气急败坏离去的样子，也算是吃了亏。

“哎哟，吃醋的女人就是可怕啊。”

老鸨淫笑着，去搂身旁墨非的脖子，企图活跃一下气氛。

“妓院老鸨，有辱站长声誉，所有存款清零。”

老鸨嬉笑着，忽然听到燕归来的声音从柜台后面传来，顿时吓得魂飞魄散，惊恐地回头望去，他的老大，燕归来，正恶狠狠地在网站后台操作着清零他的存款。

“老大……我我我……我只是八卦一下，并没有说您坏话啊……不要啊……”

这个前一刻还嬉皮笑脸的男人，这时就差哭着跪下了。

“我还来不及转移的存款啊……老大，我宁愿免费为您抓一年的肉鸡，啊，两年也可以……”他声泪俱下地哀求着，对身边墨非、小SO等幸灾乐祸的家伙恨得咬牙切齿。

可惜，在燕归来面前，哀求似乎并没有用。

燕归来就这么当着他的面把一串黄澄澄的七位数字，修改成了“0”。

“小熙，你过来。”

燕归来清零了老鸨的存款后，又向关小熙招手，依然是命令般的，没有任何感情的语气。

关小熙一边思索着他是怎么知道自己名字的，一边风中凌乱如同做梦般走过去。

“以后这任务就交给你了。”燕归来指着论坛后台的存款系统说道，“说我坏话的，全部报告给我。”

“三年内，”他又转过身，低头看着关小熙，“我会让你超过如意。”

……

关小熙的胸膛顿时剧烈起伏起来。

让她激动的不仅仅是燕归来这一席话，更让她激动的是，这一刻，在他的目光中，她竟看到了那么一点温度。

和蔼？慈祥？大发善心？循循善诱？

不不不，这些都不足以形容。

这是在霜雪覆盖的冬天，那一缕云层间投下的天光，是漫长孤寂的黑夜中一点微弱的烛火，即使并不足以暖身，却让她感受到似乎有无限的希望。

希望。

二十载年华，冻土沉埋，直到今日，悄然发芽。

或许春暖花开的时候，绽放的，不仅仅是这些故事。

“三年内，我也会超过你。”

一句清脆的，却掷地有声的话语，自少年口中传来。

众人望去，只见颜可笑眯眯地坐在那张桌子上，垂下的几缕额发让他的笑容更显骄狂。

“原来你不叫程巨伟，叫小熙啊。”

他说完，又轻轻一跃，跳下桌子，走到关小熙面前，完全不在乎旁边站着的比他高出许多的男人。

“三年后，你再看看，谁才是神吧。”

颜可甩给燕归来这么一句话，却没有再看关小熙一眼，只是仰着头，一手甩起耳机线，一手插在裤袋里，扬长而去。

“老大……”

小 SO 凑过来，欲言又止，最终看着那屏幕上的论坛银行后台权限，垂涎道："我是说，这小姑娘……嗯……原本是我看中了的，现在老大您抢了去，所以您看……"

她本来想说能不能多发点福利补偿她一下。

结果燕归来二话不说，鼠标轻点几下，点到她的账户下面，往她的三百多万的论坛币后面，直接添了一个"0"。

托关小熙的福，小 SO 就在此刻一跃成为论坛财富榜第三。

第一是南宫大侠，惊人的八千多万。

第二是燕归来，四千多万。

所以小 SO 这个凭空诞生的第三，让在场众人都红了眼。

"老大，我可以把我新收的徒弟赵艾为也献给你啊！"墨非急忙喊道。

"老大，我把我刚看上的徒弟也献给你啊！"另外几个长老也争先恐后献媚。

"老大，我把我自己也献给你啊！"老鸨跪在地上哭着大吼。

"你添多少'0'都没有用。"Kiki 如幽灵般飘到老鸨的身后，感伤地叹息。

老鸨这才想起自己的钱刚刚被清零了，顿时倒地不起。

"我只收一个徒弟。"燕归来冷声拒绝他们。

小 SO 忽然又想起什么，收起笑容，低声对燕归来道："老大，那个赵艾为似乎是如意带来的人，现在虽然拿了第一，但看他交的程序，完全是如意让他抄袭的，现在他又挑了墨非当师父……"

"不用管他，"燕归来语气淡淡地道，"墨非心里有数的。"

收徒大会就这么落下了帷幕。

除去来踢馆的如意和颜可，南北赛区总共有十个新人被网站高层大佬们看中收为亲传徒弟，也有建站十周年纪念的意义在里头。

从深蓝会所出来，一群人闹哄哄去下馆子，燕归来和关小熙这对新诞生的师徒，自然成了万众瞩目的焦点，被大家推进包房，关上门……

"点菜吧，挑贵的点，啊哈哈哈，难得大家聚一次餐……哎哟？燕老大？！"

在培训中心代替燕归来讲课完毕的南宫大侠和 CM，也火急火燎赶来凑热闹，一进门，就看到靠窗位子上，燕归来摆出一副仿佛"你们所有人都欠了我钱"的面孔。

而见到南宫大侠出现的那一刻，小 SO 忽然明白了，为什么燕老大只给她添了一个"0"。

因为她原本三百万论坛币，添一个"0"变成三千万，财富榜上依然排在燕归来后面。

他们中间，没有人可以超过站长，就像没有人可以在背后说站长坏话。

小 SO 深刻地理解了，财富榜上压了燕归来一头的南宫大侠，是处在多么水深火热的环境下。

"南宫大财主啊！快坐快坐！"

Kiki 起身，热情招呼他，然后把菜单塞到他手中，压低声音说道："燕老大说他请客，大家挑贵的点。"

“啊哈哈，老大真客气啊。”南宫满心欢喜，在培训中心讲了一上午课的他，早已是饥肠辘辘了，顿时二话不说，就翻开菜单，把手指当成鼠标连连点击，一旁的服务员欢快地拿笔记着。

人们都像看一只待宰肥羊一样看着他。

而燕归来依然绷着脸，仿佛人世热闹，繁华千里，都与他无关，众人捂紧口袋，自然不敢调戏他，于是目标转向了关小熙——他们一向自负的老大能看中这个小姑娘，那么里面必定有奸情。

而关小熙此时拿着高脚酒杯，杯里装着清澈的苹果汁，忐忑不安又不得不装作镇定地喝着。

不知是冷气开得太小，还是心里太过激动，抑或是一时无法适应，总之，关小熙如红烧大闸蟹一样的脸，毫不留情地出卖了她。

“小熙啊，你看你是不是要敬你师父一杯酒呢？”

老鸨拿着一瓶红酒，嘿嘿笑着，往关小熙刚喝完果汁的杯子里倒。

“我不会……”

她还来不及反抗，老鸨已经倒了满满一杯，然后把酒瓶子塞到她手里。

“给你师父倒酒嘛。”老鸨挤着眼睛。

关小熙如临大敌般望了燕归来一眼，后者眉目微敛，不知道在想什么。

关小熙挣扎一番，到底顶不住一群人“你不敬酒我们就集体撤离把你和老大锁在房间里”诸如此类的恐吓，只得心惊胆战地捧着酒瓶凑过去。

“师父……我……敬酒……敬你酒……”

在大家的起哄中，关小熙努力让自己的声音不颤抖，于是越说越小声，脸上更是发烫。她双手剧烈抖动着端着酒杯，一边抖一边洒，在桌上留下一道蜿蜒的酒痕，她闭着眼睛心一横，把酒杯递过去。

“嗯。”

燕归来倒是淡定，拿过还剩小半杯的酒，一仰头就喝尽了，随即又低头看着酒杯出神。

琉璃杯折射着灯光，漾开一片迷人的光彩。

关小熙的喉咙滚烫，第一次硬着头皮喝这么多酒，让她有心肺烧灼的感觉。

“小熙啊，你去拥抱一下你师父嘛，那叫什么来着……啊，对了，那叫师徒情深……”老鸨扭曲淫笑的脸已经有些模糊不清。

“别害羞啊小熙，拥抱不好吗？那勾勾小手指也成嘛，那叫师徒同心……”有人带头，Kiki 等人也赶紧排队。

“Kiki 你不要抢我沙发啊……”南宫大侠的南瓜目光也变得模糊起来，“小熙，听我们的，别怕扣钱，大不了我分一半给你，真的，一半啊！”他借着酒意，手中挥舞着一根炭烤香蕉往空气里戳。

“你们怎么知道我名字的？”

关小熙皱着眉头，脑袋有些发晕。

“老大说的呗。”Kiki 说。

“老大叫你小熙啊。”小 SO 说。

“老大的话就是真理。”墨非说。

“老大我就像爱论坛币一样爱你。”南宫说。

“老大……让我献身给你啊……”老鸨听到“论坛币”三个字，瞬间泪如泉涌。

“燕老师……你……你是怎么知道我名字的……”关小熙摇摇晃晃，凑过去问燕归来。

“别叫老师，叫师父吧，你那天在培训中心，不是想拜我为师吗？”燕归来扫了她一眼，“你的程序，写得就跟你的检讨书一样好。”

说着，他又站起身，一声不吭把南宫怀里抱着的鲜榨葡萄汁拿了过来。

南宫尚未反应过来，只能睁大眼睛瞪着他老大的背影。

“下次不要喝酒了，不会喝，就不要胡闹。”燕归来沉着脸，拿着果汁壶往关小熙杯子里倒葡萄汁解酒，“不要轻易尝试能力范围以外的事。”

他平静地叮嘱，全然不顾那群人爆发出的尖叫声。

一顿饕餮宴吃下来，得上万块钱。

一群人喝得东歪西倒，仰望天花板，可钱是不会从天上掉下来的。

燕归来本打算拿卡请客的，刚要掏出钱包刷卡，就在这时，已喝得手舞足蹈的南宫大侠忽然唱起了歌。

歌声如鬼哭狼嚎，隐约可听出唱的是：“燕老大你请客呀不请你就是吝啬鬼……”

燕归来不动声色地收回了手，他改变了主意。

“小熙，去把南宫的银行卡拿过来。”燕归来命令道。

师父有令，当然要从，关小熙捂着自己的小心肝，燕归来的声音实在太好听了啊！一下子跟她说了那么多话，她的小心脏承受不住啊，呜呜呜……头晕目眩的小姑娘挪过去扒开醉得七荤八素的南宫大侠的衣袋，掏出钱包，在一沓银行卡里，找到一张黑金卡。

“师父可能要给你发工资。”关小熙温柔一笑，“所以借去看看。”

南宫咧着嘴，敲着筷子，唱得更加起劲。

而酒量好的几个家伙，此刻不约而同地相视大笑起来，同时庆幸着自己还清醒着。

因为他们私下有一个不成文的约定，那就是千万不能让老大知道自己的银行卡号，不然他们的存款就会像论坛币一样“悲剧”——随时面临被“清零”的危险。

关小熙走回去，看到师父已拿着一台 PPC 等着了。关小熙只在同班几个有钱的男生手中见过这玩意儿，迷你掌机，看着小巧，却五脏俱全。当然，同班男生是用来打游戏上网看电影，而在燕归来手上发挥的效用……

燕归来扫了眼南宫的卡，瞬间就记住了卡上的那一串账号，然后他用小巧的触笔在屏幕上飞快地点击，关小熙看到那三寸屏幕上许多英文窗口闪过。

“密码 916453。”

几分钟后，燕归来满意地把机器放回口袋。

“去结账吧。”他对关小熙说。

身为徒弟，当然要为师父跑腿。

关小熙就这么捧着卡，绕过依旧在鬼哭狼嚎的南宫大侠，乐呵呵地去结账了。

这里是杭州市中心武林商圈，娱乐项目一样不少，这些年轻气盛的人，出了酒店就直奔对面的 KTV，连带醉倒的几个也被推了进去。

关小熙唱歌跑调，所以死活不肯丢脸。

燕归来……好吧，就燕归来那跟个老佛爷似的冰冷严肃的坐相，没人敢冒着存款被“清零”的危险去请他唱歌。

赵艾为这个猥琐的小男人却有着一副好唱腔，只是无人答理他，他是如意带来的人，连带赵艾为挑选的师父墨非都对他敬而远之。

所以他摸着坐得发麻的屁股，一个人面色铁青地回去了，除了老板张大牛，还从未有人如此无视他。

“混蛋！不就会玩电脑吗，一群傻帽儿，还真当自己是什么玩意了。”

走出 KTV，赵艾为摸出手机，看了看时间，然后拨出一个号码。

此刻，万厦房产开发集团有限公司的总裁办公室里，一个红光满面的中年男人，正在一台电脑前“噼里啪啦”地敲打键盘。

敲完键盘，他又拿着鼠标满屏点击，咔嚓咔嚓，一连串的点击声，在空旷无声的办公室内显得分外清脆。

而他的屏幕上，赫然是当红网游《极乐》游戏的画面。

画面正中，一个骑着黑马，手持火斧，全身盔甲闪闪发亮的人物，威风凛凛地站在山巅。

周围是密密麻麻的人，他们喊着相同的话——“会长又来发钱啦！会长万岁！”

时下人气最高的网游，电信区第一大公会的会长，万厦房产总裁，张大牛。

屏幕里的角色开始大把大把地往地上撒金币，看着人群疯狂哄抢的模样，张大牛一脸满足的微笑。

他的物品栏下方，有着长达十二位的金币数。

他的脑袋上方，顶着一个尽人皆知的名字——霸王爱人。

这时张大牛的手机响了起来，他拿过电话，一看来电显示，是赵总监。

“情况如何？”张大牛开门见山地问他。

赵艾为的声音带着愤怒：“你花那么多钱请了个人把我带进去，可是那个圈子里的人都是群什么东西，会玩个电脑就了不起啊！唉，张总，咱是去寻求合作的，可不是去受气的啊……”

“燕归来呢？他来了吗？”张大牛问道。

“来了，还收了一个女徒弟，我觉得只有他有些本事，随便就能查到别人的银行密码，这点好像很厉害的样子……”

“这有屁用，咱们又不能偷不能抢，你长不长脑子啊，老子要的是人！是人！”张大牛对着手机大吼，唾沫星子飞溅在空气里，“你给我继续待着，不弄到燕归来的合作意向不许回来！”

“那女人不行吗？张总，她不是还喊你一声舅舅吗？”赵艾为站在艳阳下，脑门上不断地淌下汗水。

“我们要的是世界顶级！顶级知道吗！顶级安全的服务器！这女人的技术并不是顶级的，况且她只赚快钱，长期合作是不可能的！”

张大牛咆哮着掐断了电话，剩下赵艾为孤孤单单待在夏日的热浪中，望着马路对面的 KTV，痛苦得感觉自己要中暑了……

KTV 包房里，狼吼声刺耳，燕归来一个人坐在角落的沙发上，玩着手中的 PPC，似乎他们的热闹都与他无关。

关小熙本着师徒要同甘共苦的原则，也放下了手中的水果盘，扭着屁股凑过去。

燕归来看了她一眼，然后在 PPC 上输入一串数字，递给她过目。

“这是我的手机号，你找我，可以打这个号码。”他的声音依旧是冷冷的，面孔在昏暗的光线下，有些模糊不清。

“记住了吗？”两秒钟后，他问。

“记住了！”关小熙牢牢盯着那三寸小屏幕，激动地点头。

她心里默念一遍，还真记住了。

哇……她的记忆力什么时候变得这么好了！

“你今年十九岁了吧？”燕归来问她。

“哎？师父是怎么知道的？”

“高中毕业，不去复读吗？”

“复读班都不肯收我，我念文科实在是……咦？师父你怎么知道我落榜了？啊……啊啊啊，你不会连我分数都知道吧……”

“那天在培训中心，你让我留意到了，所以回去查了你的信息。”

燕归来的声音忽然轻下来，似带着低低的叹息，又似那夜幕尽头，无声流淌的光阴。

“数学占了一半，和我当年一样。”他说着，薄唇微微扬起不易察觉的弧度。

漫长的光阴，平静如斯，却铭刻了无数人的记忆。

关小熙望着他，睁大了眼睛。

“所以，你不用认为我是为了气别人，才收你为徒的。”

声音如低缓的大提琴，响起在这鬼哭狼嚎的 KTV 包房里，却并未被淹没。

至少关小熙听得清楚，仿佛她被这声音带入另一个世界，一个只有她和师父的世界。

似亘古的史诗，那样遥远却美好。

关小熙的心莫名平静下来，同时又生出一种奇异的感觉。

光线一暗，又是一亮，大屏幕上的歌又换了一首，只见酒气冲天的南宫大侠抱着麦克风，声嘶力竭地吼着，却是调不成调，拍也不合拍，他趴在电视屏幕前的身影，惹得众人哄笑。

关小熙心疼地望了南宫一眼。

屏幕上放的是一首不知名的歌，MTV 画面也是粗制滥造，几乎都是从《动物世界》里截下来然后东拼西凑剪辑而成的。

“所以，你知道我为什么收你为徒吗？”

燕归来站起身，英俊的脸，被 KTV 里不停闪烁的灯光映得明明灭灭。

“为了传宗接代吧。” 关小熙从屏幕上收回目光，不假思索地回答。

“……”

壁灯下，有一张脸是黑的。

壁灯下，有一张脸是白的。

壁灯下，还有一张脸是青的。

准确地说，是由红转青的。

“你们谁盗了我的号，啊啊啊啊！谁！是谁！！竟然盗刷我一万块钱啊！你们这些畜生，啊啊啊啊啊……戒指！你说是不是你！不……肯定是老鸨！老鸨你给我过来！我要跟你拼了，啊啊啊！！”

南宫大侠望着自己手机上刚刚收到的银行卡支付提示短信咆哮起来，声音被他手中的麦克风放大，震得每个人耳膜发疼。而他臃肿的身躯整个都向可怜的老鸨扑去，吓得老鸨扭头就跑，却和端着一盘蛋糕吃得正开心的 CM 撞了个满怀，CM 的蛋糕和奶油全数糊到了小 SO 的裙子上。小 SO 尖叫起来揪着老鸨让他赔她的裙子，心疼老鸨的墨非表示愿意介绍高级干洗店，但两人瞬间被扑上来的南宫大侠按在地上，三个人扭打成一团。唯恐天下不乱的 CM 拿出手机开始拍录像，戒指也拿出掌机现场编了个特效插件和 CM 联机加载在他的录像界面上，可惜打着打着南宫大侠好像落了下风……

低着头根本不敢看自家师父一眼的小姑娘不得不感谢可怜的南宫大侠解除了自己的尴尬。

“我们先走吧。”

燕归来趁这时说道，声音淡然，仿佛什么都未发生过一样。

于是这个“强暴”了南宫银行卡的罪魁祸首，就带着关小熙，趁乱溜出了 KTV，但看他镇定沉稳的步伐，又分明没有做贼后的心虚。

关小熙跟在他后面，心脏“扑通扑通”地跳。

八月末的午后，街道被晒得白花花一片，关小熙走在人行道上有种头晕目眩的感觉，不知是天气太热，还是由于那杯灌下去的红酒，关小熙的胃里满是翻腾的感觉，但她又羞于启齿，她就这么迷迷糊糊地走着，一边还想着燕归来刚刚说的话。

数学占一半。

哦。

“师父你当年总共考了三百分吗？”她一句话脱口而出。

“还有一半是英语。”

燕归来随口说道，连带望了一眼如中晴天霹雳的小姑娘，继续淡定地往前走。

怪物，这一定是怪物。

关小熙看着那不声不响地往前走的背影，眼中流下两行清泪。

“在教你真正的技术前，我会帮你打好数学和英语的基础。”

而他紧接着的这句话，让小姑娘顿时恨不得找一根电线杆撞死，她偷偷地瞅他，依旧如梦似幻，好像从早上到现在所发生的一切都美好得不敢想象。阳光照在燕归来一张如刀削斧刻的侧脸上，却似照进无尽的夜幕里，不要说汗水，连热度，她都很难感觉到。

师父……燕归来，真的成了她的师父呢……

而这时，衣冠楚楚的赵总监，走进了路边一家音像制品店。

“先生，您有什么需要的吗？”正在太师椅上眯眼打盹的老板娘看了店门口一眼，这个徘徊半天不肯走的猥琐眼镜男不是小偷就是强奸犯，老板娘心里想着，这大热天的哪来的生意，摸出手机，老板娘悄悄按好了110。

“没有，我随便看看。”

赵艾为也握着手机，掌心是湿漉漉的汗水，在这大热天里，他为了避免中暑，才逛到店里来蹭空调，张总的指示，实在让他为难啊。

在两个月前，一次空前规模的大裁员和疯狂挖角招聘新人之后，他的老总张大牛告诉他，万厦房产集团将转行进入IT领域，目标是开发一款比《极乐》更吸引人的游戏。

几乎把《极乐》玩成私服[10]的张大牛一字一句对赵艾为说：“《极乐》只是一个现象，我们要的是整个领域，我们要的是在整个领域里的崛起，崛起的关键点，就是要有一个IT领域的最强靠山与我们合作。”

所以，可怜的赵总监就这么背上了寻找燕归来合作的使命。他深知张大牛的作风，只要下决心做了，将必将做到最好，甚至不惜天价去雇同样对燕归来极度感兴趣的法国女黑客如意来帮他实现梦想。

张大牛没有能找燕归来的渠道，如意却有，甚至为了钱还愿意陪他演戏装作是他的远方外甥女。

只不过他知道，以燕归来的行事作风，是绝不可能和张大牛这种沾满铜臭味的商人合作的。

世界巅峰的至强者，追求的是数据世界里的大道，至于土豪的暴发户，在他眼里，或许连蝼蚁都算不上。

但赵艾为不想下岗，所以他只能在如意的带领下，硬着头皮去“打入内部”……

---

10 是指拿网游原有数据去非法搭建的民间服务器，搭建者可以随意修改游戏数据，玩家可通过在私服里用极低消费获取在官服里极高消费的游戏乐趣。这里张大牛把官服玩成了私服，是用来形容他非常有钱。

“这位先生，您买 CD 吗？这边是新出的专辑，我推荐……”

赵艾为来到满排的正版游戏光盘架子前，店员小妹热情地向他介绍：“帅哥哥，你玩过《仙剑奇侠传三》吗？这里有刚到的正版，噢，还有这款《仙宿》，最近卖得很火呢……”

赵艾为一排排扫过去，这些单机游戏，他大多陪张总玩过，最后他拿起一个包装精美的大盒子，这是最近被誉为单机神作的《仙宿》。

《仙宿》这游戏，他在网上看过简介，也是最近才上市的，上市前一直神神秘秘，上市后瞬间占领市场，在各大媒体、门户网站上被炒得火热，口碑好，人气高。从剧情到美术，从音乐到声优 ，《仙宿》无不深受好评，实乃大制作，甚至有国产游戏里程碑的美誉，也被赋予了改编成动漫和影视剧的强烈期待，并且据说《仙宿》的网络游戏版本，也由于玩家的热情与好评，已开始紧锣密鼓地制作了。

不过，让赵艾为感兴趣的，并不是这一点，他的目光往下移，看到了盒子最底部那一行飞扬的艺术字体：2003・江城科技有限公司出品。

犹如噩梦般的一行字。

准确地说，是张大牛给他的噩梦。

赵艾为裤袋中握着手机的手，又渗出不少汗水。

这家江城科技公司，是国内近几年崛起的一个 IT 公司，据说老板很年轻，很有才，也很英俊，且未婚。

当然，这些只是网上的信息。赵艾为只知道，他的老板对这家公司有着很大的怨气——当时，张大牛想分吃网游这块肉，想过用单机游戏来试水，为此还重金购买了当红伦理作家天佑大帝的经典作品《霸道王爷妻妾成群》的游戏版权。就在一个月前，单机伦理游戏《霸道王爷妻妾成群》刚出了试玩版，江城科技的《仙宿》就横空出世，火透了半边天。

《仙宿》还有多国语言版，热销国内外，一时间铺天盖地，网络上全是玩家对《仙宿》的赞扬，而可怜的《霸道王爷妻妾成群》无人问津，胎死腹中……

又在听说江城科技也要涉足网游后，张大牛更加焦躁起来。

不仅是一个强劲对手那么简单！张大牛分析了江城科技的《仙宿》，无论是从任何角度来看，这款游戏都极其精致，几乎完美到无可挑剔，江城科技老板叶江城，这样一个追求完美品质的年轻 IT 企业家，可以想象，一旦涉足网游后，也必将找到最厉害的技术与最强大的安全防范。

燕归来。

张大牛一定要在江城科技之前，达成与燕归来的合作意向，于是，这一份压力，全部压到了赵总监身上。

与此同时，通往北京的软卧火车的包厢里，正在打盹的叶盈盈接到了她哥的电话。

“盈盈，路上还好吧？”叶江城的声音，带着他给她零花钱时的宠溺。

“嗯……”叶盈盈睡得迷迷糊糊。

“你那位闺蜜……”叶江城在办公室里看着电脑桌面，背景是叶盈盈的高中毕业照，而他的眼神一直盯着一个人——叶盈盈旁边，龇牙咧嘴纯洁微笑、阳光洒了满脸满身的关小熙。

“你把她的手机号给我吧，”叶江城直截了当说道，“我这边正在为《仙宿online》备战，你不是说她在找工作吗，是个游戏天才？我正好找她当策划……喂，盈盈你别睡着啊，下周给你零花钱翻倍……好好好，翻十倍……”

“叶总对他妹妹可真疼爱。”

“是啊，好羡慕。”

两个路过总裁办公室的员工，听到里面的声音，顿时羡慕着走远了。

她们却没看到办公室里的叶江城在她们走后瞬间黑了脸。

“什么？她没有手机？！你个死丫头不早说！什么？我送她一部？你……我……”

正在大马路上努力蠕动着的关小熙，完全不知道这个世界即将风起云涌。

“师父……你……”小姑娘没话找话，“为什么你不会出汗呢？”

“心静自然凉。”

“师父，我们这是去……嗯，你家也在杭州吗？”关小熙忽然觉得自己是一个很无聊的人，可是如果不说话，她的胃好像更加难受，唉，喝酒误事啊，可恶的老鸨……她很想心疼地抱住胖胖的自己。

“是。”依旧是不冷不淡的回答。

关小熙眼里顿时冒出了星星，她真的不是花痴，她想，她只是喝多了，晕晕乎乎的，很想吐……忍着！她拼命告诉自己，不可以……决不能破坏自己在师父面前的形象。

可是师父的家……哦，还是很想去啊！

关小熙想起和叶盈盈一起看狗血言情小说的日子，里面常常会出现男主角把酒醉后的女主角领回家，然后洗澡产生一段难以描述的情节……

“师父，你家一定很大吧……”

“师父，你家一定很贵吧……”

“师父，你一个人住吗？”

“师父，你是不是在世界各地都有房子啊？”

“师父，听说你以前住在法国的？”

“师父，如意是不是很喜欢你啊？”

……

关小熙晕晕乎乎地扶着墙走路，不停地没话找话。

“你中暑了？”

燕归来终于停下步子，转过头，看到精神萎靡的小姑娘一张通红的脸。

“没有……”关小熙努力往前爬。

燕归来皱了皱眉，目光一扫，望见路边一家数码店，空调扇正“嗡嗡”地往外排热风。

“你休息一会儿。”

他二话不说把她扔进去。

可惜关小熙并非中暑，只是燕归来高估了她的酒量。

关小熙虚弱地吹着冷气。

“对了，你的手机是什么牌子的？”

燕归来走进数码店，仿佛一条钻进苹果的虫子，关小熙不知道这个比喻合不合适，她只看到各种数码产品都散发着吸引自家师父的气息，仿佛一天不研究这些，一天就会食不知味一样。

他逛了一圈，走回来，问她。

“我还没有……” 小姑娘挠挠头发，诚实地回答。

论家境，她连叶盈盈的万分之一都及不上，这个年代的手机对她来说是一个奢侈品，她本来打算自己打工赚钱后去买一部便宜的山寨机，能打电话发信息拍照的那种就行。不过，现在拜了师父，要学技术，据说还要学英语和数学（关小熙想到这个就想死），所以打工又变得不切实际起来。

“那正好，我送你吧。”燕归来把柜台上的宣传册子扔给她，“选个喜欢的，算是师父送你的见面礼。”

受宠若惊的关小熙连声道谢，虽然妈妈从小教育她不可以随便收别人的礼物，但是师父的见面礼……这个实在太有纪念意义了！

关小熙激动地选了一部粉红色外壳的手机。

“不行，这配置不好。”

“啊，那这部白色的……”

“不行，这系统不够开放。”

“那这部呢？送兔娃娃布偶呢。”

“不行，太便宜了。”

“那这部浅蓝色的好吗？这部贵……”

“我不喜欢这个颜色。”

“……”

最后，燕归来挑了一款性价比高、配置强劲、系统开放的黑色手机，送给关小熙当拜师礼物。

出了店门，关小熙抱着手机盒子，乐呵呵地跟在他屁股后头。走出店门，一冷一热的温差，让她的胃更加难受起来。

关小熙想象得出，自己的脸色一定非常难看，嗯，大概是紫薯色或是猪肝色的那种，为了不让师父误认为她不喜欢这个礼物，她只得低着头走路。

“这里是你学校？”

沿路走了几步，拐个弯，关小熙赫然发现，不知不觉，竟已经走到她所读的高中了。燕归来站在她母校门口凝望，身边不时地经过一些提着行李箱提早来校的学弟学妹。

正是新学期报到的时候，每个进校的新生，无不抬头仰望他们学长的荣耀——“恭喜我校苏牧同学以 689 分摘得浙江省文科状元被北大录取”，红彤彤的条幅，依然挂在校门上方。

关小熙却发现，自己再也没有“苏木头你个怪物考那么高干啥我不认识你”的小女生心境了……是因为有了师父的缘故吗？

数据世界的最强者，燕归来，竟然在一夕之间成了她的师父？！他还与她站在一起，遥望她卑微的年华和不堪的过去？

关小熙揉揉眼睛，依然觉得自己恍若在一个不愿醒来的梦境里。

“哟，这不是关小熙吗？”

校门口，一个老师认出了她，便走过来，热情地拍她肩膀：“小熙啊，听说你去报考志强复读班了？考上没有啊？那可是杭州最好的复读班啊，你可要好好学习了，你妈妈养你那么辛苦，你不好好考个大学怎么对得起你妈妈？至于和学习无关的……”李老师对着旁边的燕归来瞥了一眼，语重心长地叮嘱她，“谈男朋友这种事，你明年高考结束也不能想，大学你也最好不要想，你妈妈培养你那么不容易，你不考研到清华北大，不拿全额奖学金保送出国，你还能拿什么报答你妈妈？回去赶紧分手，现在学习为重，特别是你已经落下别人一年了……”

二百五十分的文科考分，在别的家长同学眼里，大概自己只是一个反例，一个笑柄吧……贬低别人，抬高自己，人都擅长这一套，甚至还谣传她去考志强复读班了？她明显考不上的好吗……

“不，我只是……”

关小熙刚开口，胃里又是一阵翻腾，她终于“哇”的一声，吐了李老师一身。

“你……你还不学好去喝酒？！”

李老师提着沾满污秽的裙子跳起来，作势就要打她一耳光。

“这孩子中暑了。”燕归来却已把小姑娘拉开，还温柔地拿出纸巾递给她，理也不理李老师一连串愤怒的教训，仿佛这世上，除去他，从此无人有资格管教她一样。

“走吧，回家洗洗。”

关小熙捂着不停翻腾的胃，终于听到他说出这句让她期盼已久的话。

# 黑客与骇客

HEI KE YU HAI KE

火车一路向北，载着少年的梦。

他们是天之骄子，他们站在那最耀眼的地方，前程似锦。

他们说，再见，小熙。

而你依然站在原地，遥望着那大红条幅，那是你一辈子都触摸不到的地方。

然后转身离去，归于黑暗，义无反顾。

他们在光辉盛处，平步青云。

而你在黑暗深处，悄然成长。

只待再过几年，相遇之时，看这世界舞台，主角换成谁。

空气中，是神清气爽的夏天的味道。

许多年后，关小熙依然会回忆起这一个夏日午后，然后托腮思索，是否时光的种子就是从这里生根发芽的？

冻土沉埋二十载的年华，从此被风吹开了花，似已止步的命运，却又踏上新征程，从此乘风破浪，惊起一路云雀。

计程车停在西湖边一幢独立的小洋楼前面。

这里的房价……关小熙吸了口凉气，就看到燕归来已开门把她扔了进去。

“浴室在那边。”她如愿以偿地听他说。

“你去洗洗吧。”她如愿以偿地听他说。

“我拿衣服毛巾给你，有新买的。”她如愿以偿地听他说。

“不过热水坏了，这房子很多年没人住，我刚回来，还没喊人修。”他又补充。

幸好炎热的天气把水管晒得滚烫，冷水也晒成了温水，关小熙美美地洗了个澡，然后穿着自家师父崭新的衬衫，飘飘然走出了浴室。

宽阔的大厅，巨大的落地窗，阳光照着盘旋而上的楼梯、手工刺绣的地毯，从三楼一直垂到一楼的巨大水晶吊灯，再一次给她强烈的视觉冲击。

而那个男人……哦，自家师父，他正在沙发上，翻看当日的报纸。

阳光透过落地窗，映出他完美的轮廓。

……关小熙努力让自己不去想身上这件衬衫值多少钱。

见她出来，燕归来放下报纸，把茶几上泡好的一杯咖啡挪了挪，示意给她。

“以后，我们就在这里传宗接……”

“接”字刚说一半，燕归来忽然意识到不对劲，只见他的脸色迅速变冷，如一瞬间千里冰封的海面，仿佛末日到来……

“以后，我们就在这里上课。”

最后，他重重搁下杯子，丢了一句，就冲进浴室，反手摔上门。关小熙听到的是哗哗的水声，以及无数让她浮想联翩的画面……

穿着大衬衫的小姑娘，开始好奇地飘荡在屋子里，寸土寸金的地段，三层别墅，他一个人住，除去代码程式，就是算法逻辑，这寄生在数据里的漫长的人生啊……关小熙在楼梯背后看到巨大的壁挂鱼缸，一看那簇新的样子就知道安置在这间屋子并没有太久，金鱼在其中游荡，水草是万年不变的碧绿，触底砂石，光影明灭，水面上浮荡着泡沫，又串串消失，没有声音，没有痕迹，就像无尽的岁月里，无人记得的存在。

她忽然觉得很寂寞。她不想变成这样。

燕归来从浴室出来的时候，正好看到她望着鱼缸出神。

“上楼。”他说。

关小熙屁颠屁颠地跟在刚洗过澡的师父的屁股后面。虽然燕归来穿着雪白浴袍和居家拖鞋，但除了沐浴露清清爽爽若有若无的香味，他浑身几乎找不到任何一点居家的样子，依旧是那么冷冰冰硬邦邦的一个背影，在家里，在课堂上，或是在夜的最深处，在所有电路和逻辑交汇的终点，在数据和节点构成的世界，他永远是深沉淡然的。

燕归来这时已站在二楼书房的书架前，双手插在浴袍袖子里，望着那密密麻麻的书籍，头发上不时有水珠落在他的肩头，黑发濡湿垂下，关小熙发现，师父，其实真的好年轻啊……

“这些书，你先拿去看。”

摆满书籍的书架占据了整面墙壁，燕归来挑选半天，最后抽了几本厚薄不同的书出来，扔给小姑娘：“有不懂的，上线，打电话问我，都可以。”他报了一个十分骚包的五位数QQ号给她，又补充道，“你平时有时间也尽量过来，我在国内的日子不多。”

啊……尽量……岂止是尽量！她很想告诉他，她都恨不得住在这里啊！

结果，她紧接着就听到他说：“你要是男孩子，直接住过来就好了，三年内，我要让你和我并肩站立。”

……

而这时候，张大牛在办公室里操作着他的人民币战士，又在游戏里率领手下弟兄们踏平了一个敌对公会的基地。张大牛心情大爽，拿出手机看了眼自己公司的股票走向，又看了眼江城科技的股票，然后敲了一封邮件，附上江城科技官网的资料，在收信人一栏里填上了他花钱买来的“宝贝外甥女”如意的地址。

空旷的办公室里，张大牛放声大笑：“叶江城别以为你起步早老子就干不过你，三年内，老子必定把你踩在脚下。”

当杭城夏夜华灯初上的时候，我们的江城科技总裁叶江城先生开着他心爱的雪佛兰来到老城区，转了几圈，最后停在一片楼底开着小卖部、黑网吧、大排档……以及成人用品店的居民楼下。

二十世纪八十年代的房子，几经翻修依旧显得寒酸，早年是国企工厂的集体宿舍，后来国企改制员工下岗，许多人选择下海经商，赚了钱的也就不再回来这里，年复一年，这片小区在岁月里日渐破败萧索。

驾驶座上的叶江城翻开手机，对照着地图导航和叶盈盈发来的地址，而副驾驶座上，还放着一个大牌数码店的LOGO购物袋。

三单元，四楼。

就是这里了。

叶江城提了袋子，打开车门，一个人走入漆黑的楼道。

关小熙。

他心里默念着这个名字。

他记不清是什么时候听盈盈第一次说起她的，关小熙，这个总是伴着各种惹人发笑糗事的名字。

听了多少年？

他一跺脚，跺亮了楼道里四十瓦的声控灯，灯光昏黄，照着斑驳的墙壁，让他不由得想起那些消逝的岁月。

岁月，却不肯告诉他答案。

他只记得，第一次关心起她，是在盈盈拿到清华录取书的时候。

“你那位朋友呢？”他问叶盈盈。

而叶盈盈回答得支支吾吾，生怕她的落榜会破坏自己在他心目中的形象。

后来他得知后，什么都没说，他认为是命运的青睐。他当年也是高中辍学去创业，乘着时代大势的风帆，在电子科技与游戏数码行业蓬勃发展的时候，抓住了一切机遇，有了如今的成就，名校毕业生，不过是他手下的打工仔。

文凭？不重要，一点儿也不重要。

叶江城没找到门铃，于是轻轻地敲响了油漆剥落的屋门。

有一种感情，在漫长的岁月里，抽丝剥茧。

不是爱情，不是友情，也不是亲情。

那是什么呢？

岁月也没有告诉他答案。

也许只是……眷恋吧。

盈盈才走一天，耳边就再也听不到那个名字，心瞬间便空了下来，仿佛什么东西被抽走一样。

门打开，穿着围裙的关妈露出半张略有些警惕的脸。

“阿姨你好，我是小熙的……嗯，朋友。”

关妈看到的就是笑得客气又迷人的叶江城，一如他在媒体上露出的那张脸。

关妈顿时觉得这个男人看上去面熟，但又想不起来是在哪个电视台的访谈节目里见过。

“小熙今天出门去了，现在还没回来。”

关妈忙着请他进门，又是端茶又是削水果，家里已经很多年没有来过客人了。

“阿姨您知道叶盈盈吧，她是小熙的同学，我是盈盈的表哥。”

叶江城介绍自己，彬彬有礼。

关妈听到叶盈盈的名字，顿时对这个和善有礼的年轻男人亲切感大增，转头拿出盆里的西瓜，整个切了请他吃。

“小熙这丫头啊，太不上进，考不上大学不说，还不肯复读，说去找工作，今天又不知上哪儿疯玩去了。唉，晚饭都不回来吃，真是的……”

“不要紧，我等她。”听着关妈的唠叨，叶江城微笑道，“阿姨您别担心，我今天来就是请小熙去上班的，我是江城科技公司的……”

叶江城自我介绍着，从手提袋里拿出一个精美的盒子。

“这是给新员工发的福利。”他说。

白炽灯下，盒子上一款浅蓝色的流线型手机流光溢彩。

叶江城就这么在关家的屋子里坐下喝茶，等关小熙回家。

他听盈盈说过关家的状况，环顾一圈，确实是很旧的房子了，两室一厅，装修已被岁月深深侵蚀。

而且，他也没有看到关爸的人影。

叶江城没有问，他礼貌地听着关妈的唠叨，一边漫不经心地把玩着手中的手机盒。

浅蓝，他最喜欢的颜色，如天空一样高远。

她也会喜欢的吧。他想。

如果说命运同她开了一场玩笑，那么他，就要做那个扳回命运的人。

而这时的关小熙，正在厨房里忙得不亦乐乎。

“师父您今天一定累了。”

“师父您今天一定饿了。”

“师父我给您做吃的去。”

“师父您要相信我的手艺哦。”

“啊……师父，您以前都是自己做饭吃的？”

关小熙坚决不给师父拒绝的机会，一溜烟地跑进厨房，发现里面厨具餐具杯具样样俱全。

她决定用热腾腾的饭菜来增进师徒之间的感情！

不然，师父待自己这么好，她除了以身相许，还能怎么报答呢？

燕归来坐在沙发上，腿上放着一台笔记本，他随意地在网上浏览新闻，听着厨房里传来的乒乓作响的声音。

乐观、向上、有热情。这是他对她的第一个评价。

虽然他习惯了冷清，可是，一点都不讨厌她的吵闹。

热情是事业成功的第一步。

他在文本框中随手打出这行字。

关小熙的手艺似乎还可以。她一边扒饭，一边看师父。

嗯，师父在吃菜，师父没有皱眉。

嗯，师父在喝汤，师父没有皱眉。

嗯，师父在吃饭，师父没有皱眉。

关小熙拍拍胸口，顿觉过了一关。

因为她从未见过他笑，皱眉便成了她判断他有没有生气的一个标志。

吃完饭，关小熙开始看他扔给她的书。

《英语速读三百则》，翻了这第一本，关小熙眼睛发直。

《单词速记词典》，翻了这第二本，关小熙胸口沉闷。

《英语语法精要》，翻了这第三本，关小熙泪流满面。

越往下看，本来沸腾的热血越来越凉，师父给她的书，竟然全是英语教材，连本和计算机有关的书都没有……一直到最后一本，又厚又大，简直可以当凶器。

这总该是电脑书了吧，就算来本《小学生电脑基础入门》都行啊！

关小熙揉揉眼睛，看到了书名——《牛津英语大词典》。

……

神啊！杀了我吧……

关小熙一头栽倒在沙发上。

燕归来只是微微抬眼，扫过她欲哭无泪的脸，又专注地看笔记本屏幕去了。

“师父，我真的要学英语吗？可不可以跳过……”

“不可以。”

“师父，不要啊……”

“……”

可任凭关小熙在沙发上打滚撒娇，燕归来依然不肯松口。

“我不管你以前的英语基础，第一年你就学这个，起码把这本词典熟记，别的东西都先放在一边。”

他最后说道：“身为真正的 Hacker [11]，必须随时掌握发掘第一手的资料，所以你的英文阅读必须像读汉语一样娴熟。这个世界，每分每秒都在发生着万千变化，你别指望有人翻译成中文给你看，就算给你看到，信息也早已过时了。”

“千分之一秒，都是珍贵的时间，而英语，是踏入这个世界的第一扇门。”

通明的灯火下，关小熙记住了师父第二个叮嘱，然后兴奋地翻开了英语词典。

而叶江城，却不知在关家浪费了多少个千分之一秒。

“新闻联播”过了。

“天气预报”过了。

“焦点访谈”过了。

可关小熙还是没有回家。

“估计又去哪个网吧疯玩去了。”关妈黑着脸说。

叶江城本还想说继续等的，手机却在这时响了起来。

他一看，是公司里的技术总监。

“叶总，我们的网站被黑了，所有网页都被挂上了木马，现在投诉电话都快打爆了。”电话里是技术总监气急败坏的声音。

“紧急开会。”叶江城皱了皱眉，然后斩钉截铁地说出四个字，同时起身向关妈告辞。

灯火流转，旧城区也并不显得冷清。

关小熙抱着一摞英语书，在副驾驶座上扭动着。

师父说有些晚了，所以就开车把她送回家。

关小熙扭头看师父的侧脸，那一丝不苟的神色，遥远如夜幕，沉静得让人忘记了呼吸。

二十年来，她第一次决心好好学英语，说什么都不能丢师父的脸啊，想想这世上多少人做梦都想当燕归来的徒弟，而她得到了他们梦寐以求的机会，要是第一扇门她都过不去的话，她自己都想抽死自己。

而一刻钟后，当她被载着回来的时候，就远远看到自家楼下有一个步履匆忙的男人，从成人用品店那块明亮招摇的落地灯牌旁边走过来，坐上一辆雪佛兰，绝尘而去。

“叶盈盈的表哥来过了，这是给你的东西。”关妈把叶江城的袋子往她床上一扔。

---

11 黑客。

“盈盈的表哥？”

关小熙闻言眯了眯眼，她依然抱着师父给的书，仿佛抱着师父一样，她决定以后就像热爱师父一样热爱英语……嗯，那一定会有动力。

“他还请你去他公司上班，不过以你的学历……”关妈也想不通为啥人家一公司老总会亲自跑家里来聘请女儿去上班，小熙可是连打字员都干不成的废物啊。

“不去。”小姑娘继续翻滚，看也不看那袋子，直接丢回去，“以后还给他吧，我的时间要用来学英语，师父说千分之一秒都不能浪费……”

话是这么说，可老娘前脚刚走，她后脚就打开了电脑，爬上了网。

嗯，把师父加为好友，这是她牢牢记着的第一件事……关小熙想着，正要查找师父那 288×× 的极品号码，却看到一条好友添加认证闪了起来。

她点开来，QQ 号是 88×××，用户名，颜可。

“他怎么知道我 QQ 号的？”

关小熙疑惑着，同意了好友申请，立刻，对方发过来一个笑脸。

“上论坛看。”颜可只发了这么一行字。

而关小熙还震惊于他同样五位数的 QQ 号。

她再一次感受到了造物主的不公，就连她这个外行人都知道，像熊猫一样稀有的五位数 QQ 号，得值多少钱啊。

除去企鹅公司内部员工手里的号码，散落在民间的五位数号，是非常稀少的一部分。

再加上中国人迷信号码，迷信“8”这样的吉利数字，所以 QQ 号也因此被炒得很火，特别是带着很多“8”的五位数号码，一个个都是天价，一般人想都别想。

就算拥有一个值钱的 QQ 号，世界上每天都有无数的盗号器、扫描器、暴力破解器盯着你，企图盗取号码后，拿去卖个好价钱。

有号容易，守号难，普通人即使拥有极品号码也根本不堪受扰。

所以当时，一个极品的号码，在圈子内，不但是身价的象征，也是实力的象征。

关小熙后来也悟出了这么一个偏招。

如何辨别一个 Hacker 的真正实力？

嗯，看他的 QQ 号。

手上号码越极品，说明他实力越强大。

当然，隐姓埋名、藏匿实力的也大有人在。

所以，关小熙一直自豪地用着她的九位数号码，并深以为荣……

关小熙点进颜可给的链接上论坛去看，猛然见到在线人数竟然直逼五十万！

这可是平时在线人数的整整五倍！

不知道发生什么大事了。

关小熙心惊肉跳地一个个版面扫过去。

“江城科技公司被黑客团伙入侵，所有服务器全部瘫痪。”

这篇帖子的点击回复数都飘红了，关小熙好奇地点进去看，底下却是一堆人回帖表示谴责的。

“江城科技的《仙宿》很赞，国产良心神作啊，哪个畜生收钱干的这事？脑子进水了吧？”

“就是，《仙宿》那么正能量，一直在拯救国内单机游戏市场，要黑也别黑他们啊。”

“中国人不会向自己人开刀，我们又不是驴。”

“好像是法国一个团伙干的。”

“啊？那怪不得，兄弟们，抄家伙，保家卫国打鬼子了！”

“嘿，一提到法国我就想起如意女王啊……”

“那又怎样？犯我国者，虽远必诛！兄弟们上啊，我出三千肉鸡支援！”

“我捐一个月工资！”

……

诸如此类的回复，让人热血沸腾，感动不已。

但关小熙凭直觉猜到，这帖子虽然热门，但并非吸引五十万人数在线的原因。

关小熙退出闲聊区，来到公告区，看到又一篇非常热门的帖子。

“中华黑客会十周年纪念收徒大会于今日圆满落下帷幕。”

帖子里，公布了最后的名单，以及各个会场的考题等等。

下面亦有许多回帖，其中不乏对燕归来收徒一事强烈好奇围观的人士。

“那个女娃叫小熙吗？哇咔咔，一听就是小萝莉啊，哈哈哈哈，燕老大什么时候好这口了！”

“大叔和萝莉是王道啊，呜呜，我也是大叔，为什么没人喜欢我？”

“楼上，你先把等级升上去吧，注册都三年了，怎么还是二级？”

“燕老大是我们的榜样！哦！我的上帝！男师女徒，好邪恶啊好邪恶……”

“小熙是什么来头？不行，我得去人肉她，兄弟们等我好消息！”

“燕老大，你什么时候请喝喜酒啊，兄弟们不要喜糖，只要论坛币就可以了。”甚至还有人这么回复的。

这篇帖子的集中回复时间都在白天，而且在第五百页之后，就没什么人回复了。

关小熙觉得很奇怪。

她点到五百页一看，才恍然。

燕归来硕大严肃的让人不寒而栗的头像，在第五百页爆发出一行超大的黑字：“以上所有回帖人，全部清空论坛币！”

……

发帖时间，正好是吃饭前那一会儿。

关小熙终于明白，为什么师父吃饭时一直沉着脸。

所以，这个五百页之后无人敢回复的帖子，也并非出现五十万人同时在线的壮观景象的原因。

关小熙继续翻帖子。

翻到软件发布区的时候，她明白了。

当然，她也震惊了。

“×× 软件破解版免费发布！”

“×× 软件破解版免费发布！”

……

“×× 软件破解版免费发布！”

满满的，一页的帖子。

近一年内，中华黑客会出品的上百个收费软件，竟全部被破解！

发帖时间，几乎都在不久前的半个小时内！

这是震慑整个圈子的，掀起狂风骇浪的帖子啊！

五十万人同时在线围观的壮观景象，着实让人震撼！

发帖人，全是颜可！

时值深夜，关小熙膝盖上放着英语词典，而桌上的茶水早已凉了。

她依然愣愣地望着屏幕，时间一分一秒过去，在线人数依然持续上升着。

这将会是一个许多人不眠之夜。

一夜之间，颜可，这个不知是真名还是化名的名字，在黑客世界里宛如一声平地惊雷。

似那无穷无尽的夜幕下倏然劈下的闪电，穿越万里风雨，炸响在众人面前！

现在圈内人都知道，颜可是花阡陌的嫡传弟子，他在此前的收徒大会上自爆马甲。

花阡陌是个什么样的人物，老一辈的人心中都有数，而年轻一代的人，听到这个名字时，也会由衷崇拜。

花阡陌，当年中美黑客大战中的神级人物，自立“神之一脉”，直到燕归来的时代，也依然有许多人只奉他为神。

可惜他老了，退隐了，人们再念念不忘，他也只是一个曾经的传奇。

而现在人们知道，传奇其实从未终结，在这一夜，颜可作为“神之一脉”正式传人的身份登场，无疑又将在黑客世界里掀起滔天波澜。

“终于，又是双雄并立的时代了。”

“燕老大这下有得头疼了，哈哈，就像当年老花带给他的烦恼一样。”

许多人冒着被清空钱包的危险，忍不住幸灾乐祸地信口开河。

虽然中华黑客会网站本着 free[12] 的真正的 hacker 精神，绝大多数工具软件提供免费下载服务，但为了维护网站自身的运转，加上庞大的服务器运营费用支出，以及众

12　这里特指自由、免费、共享的黑客精神。

多工作人员有口饭吃，一些高端的技术、教程、软件，都采取了收费制度。

这个收费，收的是论坛币，懒得花时间赚论坛币的人，也可以充值人民币来兑换，而且动辄以十万、百万计，价格惊人。

这样的收费，也一定程度上避免了一些开发成果被歪门邪道之辈拿去滥用、搞破坏、为非作歹，最后流传蔓延，危害社会。

燕归来一直坚持着真正的 hacker 精神。

“记住，我们不是 cracker[13]。”他不止一次地对关小熙说。

黑客是本着 free 的精神，不断学习并发现，以技术来建设的人。

而骇客，是在利益驱使下去恶意破坏的技术群体，更有一些 cracker，在如今时代，打着 hacker 的旗帜，干一些危害社会、牟取暴利的勾当。

所以坚持 hacker 精神的燕归来一派，再是自由共享，也不愿意共享给 cracker 群体。网站上百名高层低层的管理人员，或许随便一个都能成为独当一面、日进斗金的 cracker，但没有人去这么做。他们宁可拿着微薄的工资，处理着网站的大小杂事，对新人们进行解答帮助，也不屑拿自己的技术去干邪门歪道的勾当，甚至连修改自己的论坛币数值都没有想过。

——“我们在黑暗中，坚守着光明。”

坚守着这一片乐土，不容外国 cracker 践踏的家园。

而燕归来，他站在黑暗至深至高处，引领着无数人遵循着 hacker 精神。

所以颜可这一举动，外行人看热闹，内行人有拍手叫好的，也有表示谴责的。

“怎么样？我厉害吧？”

从 QQ 上发过来的，依然是纯洁的笑脸。

仿佛还是那个泡在动漫区发帖、和别人大声争论着为什么进藤光和塔矢亮也能产生爱情的纯真少年。

仿佛还是那个笑起来，眼中有晶亮光彩，会笑嘻嘻递过耳机来的美好少年。

看着屏幕，关小熙仍是忍不住去回想初见时的少年，要是一直不知道他是谁那该多好……

直觉告诉关小熙，也许他以后只会发这些她看不懂的帖子。

金鳞岂是池中物，一遇风云便化龙，蛰伏许久的少年，终究会有这么一天吧。

关小熙望着颜可如孩子般炫耀的口吻，不知该高兴还是该难过。

“你不怕燕老大报复吗？”

良久，她在聊天框中敲出一句话。

“当然怕。”颜可依然发了一个笑嘻嘻的表情，关小熙可以想象此刻他脸上的神情。

“不过，没有害怕，就没有超越他的动力了！”他又补充道，“你现在，不应该

---

13 Cracker：骇客。在本书中，骇客与黑客都凭自身技术立足，区别在于黑客是正义方，一切以维护国家信息安全为原则，以打击骇客为出发点，以自由、免费、共享的精神来建设数据世界。

喊他师父吗？”

“是啊，师父……”

可惜，你的师父是花阡陌。

他们说，花阡陌和燕归来是死对头，燕归来坚持曲高和寡，花阡陌却追求普及大众，理念的不同，让他们争执了一辈子。

所以，颜可，你不会再把我当朋友了吧？

关小熙抱着师父给的英语书，脑中理所当然地认为着这时颜可已经入侵了自己的机子，往里面种植各种各样的病毒，她在论坛上不止一次地看到过网友们分享的通过QQ截获IP地址然后各种各样入侵的手法。

她虽看不懂，但那些标题已让她毛骨悚然，所以她毫不怀疑颜可对这些技术非常娴熟，毕竟是花阡陌的传人啊！

经历内心一番挣扎后，关小熙终于拔掉了网线，这是她目前仅会的防御手段，当然也是世上最终极的防御……

她决定明天抱着电脑过去让师父给她杀毒。

第二天，一大早，关妈刚出门上班，关小熙就鬼鬼祟祟地起床了。

拿出大书包，把回家后就没碰过的什么五年模拟、三年高考、状元题库……一股脑全部倒出来，再把师父给的一堆英语书塞进去，背上，又把显示器接线拔下，仔细擦去灰尘。

她就这么背着书包，抱着硕大的球面管显示器（原谅这孩子吧……），挤上了公交车。

“小姑娘，你去修电视机吗？”公交车上，一位老大爷问她。

“没有，我去上学。”关小熙甜甜一笑。

老大爷顿时有些站不稳。

关小熙就这么抱着显示器一路跋涉到师父家门口……

“师父，早上好！”

只是她的纯洁笑容还来不及浮现，已看到了燕归来那张阴沉得快要滴水的脸，他眼中有密布的血丝，明显一夜未睡。

不过，让关小熙首先注意的并非这一点。

师父他……师父他只穿着大裤衩，随意地披着一件衬衣。

有清晨的风吹过，吹过他大敞的胸怀，吹进关小熙的鼻腔里，鼻腔热乎乎的……

关小熙盯着师父的胸膛，手中的显示器险些摔到地上。

“进来。”

不知袒露的胸肌被晨风抚摸了多久，燕归来才侧身放她进门。

“你这是什么？”

他没好气地看着小姑娘抱起显示器“吭哧吭哧”地往屋里搬。

“师父，您教我杀毒吧……”她仰起一张纯洁的脸。

事实证明，大神也是会后悔的。

燕归来看看她，又看看那不知什么年代淘汰下来的显示器，半晌，扭头而去，留下小姑娘孤零零地站在大厅中。

听到浴室里“哗哗”的水声，关小熙才意识到自己好像来得不是时候，赶忙灰溜溜地把显示器丢到窗帘下的角落里，闭口不敢提杀毒的事。

“你以后来，别敲门了。”

关小熙乖乖地烧水泡茶，猛然听到师父的声音，吓得她差点把茶壶摔了。

一把钥匙扔在茶几上。

关小熙抬头一看，燕归来从浴室出来的这个速度也太快了吧，而且洗完澡的师父的脾气似乎好了不少……小姑娘颤抖着拿过钥匙收好。

师父家的……钥匙啊！

忽然意识到这代表着什么，关小熙高兴地从书包里挖出那本凶器词典，坐到沙发上看单词。

“师父……师父……”

“嗯？”

“师父的英文怎么说？”

“……”

只第一页“a”开头的单词已让小姑娘一个头两个大，于是她无聊地翻着词典试图寻找乐趣。

“师父到底是 mentor 呢，还是 teacher？或者是 master？还有 tutor……哎，师父，你说是哪个词呢？”

“都不是。”

燕归来面前放着三台笔记本，电线网线纠缠一处，而他正忙而不乱地在三个键盘上连番操作着什么，一边敲键盘一边语气地淡淡地说：“师父和徒弟，这其中的传……传承，是无法用外语一个单词来解释的。”

说完，他又埋头开始敲键盘，但动作似乎有些乱了。

关小熙清楚地看到，这一段时间内，师父一直在同一个文本框里输入着什么，但打了一段，又删掉，打了一段，又删掉，而且小拇指敲打退格键的声音一次比一次响，明显带着恼火。

如果有可能，他真想把词典上的 mentor、teacher、master 等等扰乱他工作心情的词汇全部格式化……

关小熙再看自己抱来的显示器，那是两年前，二舅家里淘汰下来给她玩的。

二舅家很有钱，那年二舅的宝贝儿子考上市重点初中后，二舅就买了一万多块的笔记本送给儿子，在他们家放了三四年的旧电脑就给了她。

尽管如此，关小熙还是很开心，如果没有这台电脑，也许她一辈子都遇不到师父。

黑客大神燕归来……是我的师父……

直到现在，她还是恍然觉得这是一场梦。

“你说你来杀毒？”燕归来忽然抬头，眯起眼。

“嗯……”

“知道杀毒原理吗？”

“不知道，所以师父您教……”

“知道计算机在哪里感染病毒吗？”

“应该就是那玩意吧……嗯，像电视机一样大……哎？不对吗？可是键盘那么薄，鼠标也不太可能吧……”

“知道硬盘在哪里吗？”

“硬盘？那是硬的盘吗？方块的那种，哎，可是他们说那叫软盘啊……”

“知道什么叫主机箱吗？！”

“那不是供电用的吗？这个没问题吧，我物理还是挺好的！”

……

师父的脸，啊，千里冰封，万里雪飘。

好可怕……

“杀毒软件，是通过特征码判断病毒的，这是一条很没用的规则。”

最终燕归来还是被打败了，声音放缓了下来：“我以后会教你写病毒，教你做免杀[14]，你要记住，一个能被杀毒软件查出来的病毒，不是合格的病毒……”

关小熙顿时听得热血沸腾。

而燕归来话锋又一转：“不过，你现在还是学英语为重，师父就给你一年时间，至于基础的计算机知识，你可以上论坛跟别人学，就说我会发工资的。”

关小熙的热血又瞬间凉了，提到英语，她真的很想用那本凶器自杀啊。

“不过我比较意外的是你居然连硬件软件都分不清。”燕归来很无语。他上楼拿了几台笔记本下来，再用螺丝刀转开，捣腾一番，组装了一台自认为满意的笔记本出来。

开机，调主板，上系统，上驱动，关服务，装上自己写的包括杀毒软件在内的一些软件，最后燕归来把这台亲手打造的笔记本交给了小姑娘。

关小熙满眼星星，她顿时觉得师父不但是软件专家，还是硬件专家。

“你随便用，坏了就拿过来。”燕归来说。

---

14　黑客用语，指病毒本身通过加壳伪装等技术手段之后不会被杀毒软件识别出来。

应该不至于坏了，他想，这系统都是自己修改过的，甚至可以说是百毒不侵的程度，保护她的信息还是足够的。

这一年，燕归来虽不打算教她具体技术，但她是他的徒弟，光这一点，就足以让世上无数人虎视眈眈，不管是入侵也好，盗号也好，监控也好，轰炸带宽也好，在她还不足以保护自己的时候，他必须主动介入保护。

他保护了数据世界这么多年，她是他这一生，第一个保护的“人”。

燕归来的作风，简洁、狠毒，这一点世人皆知。

别人用几千行代码还起不了什么作用，燕归来一个短小的程序，却能发挥恐怖的杀伤力。

自由出入世界网络的任何一处，不会留下任何痕迹的他，哪怕荷枪实弹和人打起来，也足够在对方攻击自己之前，就把人杀个片甲不留。

攻击就是最好的防御，他连自己都很少保护过。

“你以后，尽量来这里上网，这里的网络安全。”燕归来又叮嘱她。

她决定这一年，除了必追的几本漫画连载，其余什么网都不上了……嗯，游戏也不打了。

学英语！

不跨过这道门，就无法触摸到门后的世界。

而师父，就在门后等着她。

所以关小熙再次捧起那本英语词典的时候，顿时觉得生活美好了很多……

# 离别

LI BIE

日子过得很快，在师父的眼皮底下，关小熙用一个月的时间就熟记了词典中 A、B 开头的单词和例句。

她第一次发现，自己的记忆力，可以好到一种难以置信的程度。

在学校时，英语老师不止一次把她老妈喊去“交流感情”，然后戳着关小熙的脑袋说“这孩子是不是有那方面的……缺陷？”“要不哪天您带您女儿去医院检查检查？”之类的话。

关小熙那时总也学不好英语，枯燥无味的字母对她来说是永远记不住的天书。

可现在，当学英语不再为了做题和考试的时候，她发现英语竟然也不是那么恐怖。

这一个月以来，她坚持着一大早出门，背单词，累了就用师父家的网络刷刷论坛，灌灌水，捉几个说站长坏话的汇报给师父，每当那时，师父就显得特别亲切。

至于好朋友们，叶盈盈正投入新生入学的繁忙生活学习中，据说报了两个社团还进了学生会的宣传部，还每天必去北大找苏牧……嗯，蹭饭。

而关妈一开始怀疑自己女儿是给别人家当保姆去了，才短短一个月，又是手机，又是笔记本的往家里拿。在关小熙费尽口舌的解释下，关妈依旧不相信这些是“学习用品”，直到有一天看到燕归来开车送她回家，关妈才恍然——原来女儿是在给老板当“文秘”啊！

……

时光就这么美好而平静地往前流淌。

唯一的不平静，是颜可。

他通过“神秘力量”得到了关小熙的手机号后，就经常打电话过来约她出去玩，可是关小熙每天要在师父眼皮底下学英语，所以一直在婉拒他。

而论坛上的颜可，自那天一股脑发出上百个软件的破解版给网站带来巨大的损失后，不但没有惧怕燕归来的报复，反而更加肆意妄为、一发不可收拾。

这害得南宫大侠每隔五分钟就要改一次密码，守在电脑前，宁愿不吃不喝，他实在不放心。

八千多万论坛币的身家，若是一朝被颜可用“神秘力量”从财富榜首攻下来……好吧，他更不想看到因此变成财富榜第一的燕老大的那张得意的臭脸！

但让他失望又庆幸的是，颜可对他并没有什么兴趣。

藏经阁资料库，这才是颜可的目标。

这是让人垂涎三尺的地方，圈子内最全最珍贵的资料库，燕归来亲自把守的地方，也是让无数人为之日思夜想、飞蛾扑火的地方。

颜可自然是没有永久免费浏览权限，他也弄不到。

即便他的师父花阡陌亲自来，也弄不到。

资料库里浩瀚如烟海的数据，是比古代皇家藏书秘阁更让人向往的知识海洋，每浏览一篇资料，亦要用少则几万，多则几百万的论坛币来购买。（这和free精神不矛盾，因为有些技术只能研究用，若流传出去被人利用，会给社会带来极大危害。）

所以，让关小熙意想不到的是，颜可竟然老老实实地花人民币充值论坛币，再老老实实地购买资料库里的文章看，只是他每看过一篇，必然发帖提出更好的思路，甚至其中的漏洞，一个个都被他挖掘出来。

这许多让新人膜拜的经典文摘，都被他批得千疮百孔、一钱不值，因此吵着要退款的人越来越多，网站老板也只能打碎牙齿往肚里咽，给购买过的人一笔笔地退款。

这却也是事实。

就像他们不得不承认，这个嚣张的少年有着不输给任何一个网站元老的技术。

甚至和传说中的花阡陌，身影重叠在一处。

就如他发帖时的签名：“世界必将在我们手里！”

而更让关小熙意想不到的是，颜可连番爆那些经典代码，燕归来却亲自把他的帖子设为精品帖甚至置顶展示。

不但如此，他还奖励他大量的论坛币。

“只怪他们技术不精。”

关小熙问起来，师父都是这么一句淡淡的回答。

所以她有时候想不明白，师父和花阡陌，不是死对头吗？这么做的原因，难道是师父在后悔……后悔没有早一点收颜可为徒？

关小熙这么一想，又赶紧埋头背单词。

这天晚上，燕归来一如既往地开车把关小熙送回家。

临别，他却把刚刚蹦下车的小姑娘又叫回来。

“明天孙老出院，有一个酒会。”

他的手从车窗伸出来，第一次摸了摸她的头。

“你和师父一起去。”他说。

酒会就在孙老家里，滨江郊区一个雅致的农家小别院。

师徒两人到达的时候，已经将近傍晚了。院子外面，大大小小停了十数辆豪车，看来已有不少人到场，来头还都不小——叶江城那辆骚包的白色雪佛兰就停在其中，非常醒目。

就算不懂车的关小熙，看着那架势，也知道今天来庆祝孙老出院的人，一个比一个有钱，她自家师父的车往车堆里一停，还真不起眼。

在来的路上，燕归来顺便为关小熙讲了一些历史，比如这个孙老，全名孙兴国，和程巨伟一样，都是浙大退休的教授级人物。孙兴国虽没有程巨伟那样诸多头衔，但在黑客圈子里是一个响当当的人物，几乎和花阡陌一个辈分，都是同样经历了当年中美黑客大战的人物，更是中华黑客会昔日退隐的一大长老。不过，那已经是燕归来接手站长位置以前的故事了。

而燕归来很早的时候就和他私交不错，算是忘年好友。孙老突然入院，由于年事已高，被一群别有用心之人渲染加工一下就变成“孙老不行了要挂了”的版本，使得燕归来不顾一切回国过来看望他。

孙老今日出院，师父应该很开心吧。关小熙想，虽然师父脸上并没有笑容，但从他的叙述中，可以看出两人交情不浅。

可是，孙老出院了，是否意味着师父又要回法国去了呢？

如此想着，关小熙的心情又难过起来。

师徒俩走进客厅的时候，天已暗下来，屋内却是灯火辉映，热闹寒暄之声此起彼伏，更有从厨房飘出来的饭菜香味，钻进每个人的鼻孔，惹得腹内馋虫蠢蠢欲动。

关小熙看到那传说中的孙老此刻正坐在沙发上，与几个年轻人交谈着什么，面色红润，一看就知恢复得不错。

这是一场光明中的盛宴。

到场之人，有孙老当年带过的学生，如今 IT 行业的精英，也有和他同一辈的教授级人物，更有一些社会名流。

燕归来自己不表明真实身份的话，恐怕也只有孙老认得他了。

“老燕，啊哈，你来了，快坐快坐，我以为你不会来的。”

看到燕归来，孙老顿时显得比对别的任何一个人都热情，赶紧让家人又搬椅子又沏茶的，连带着关小熙也享受了这份特殊礼待。

“这几个是我从前带过的学生，老燕我给你介绍一下，”孙老满面红光，招呼着那几个刚才和他聊天的年轻人过来，“这个叫陈斌，现在是浙大最年轻的电子系博士，是个天才啊！陈斌，快给燕老师拿点水果来。哎，这个叫李开，现在最火的网游《极乐》的主引擎就是他写的，不错吧。这个叫罗玑，现在是小绿伞杀毒软件的技术总监，哇，老燕你别不理人啊，我给你挑的可都是好苗子啊。还有这个，这是程巨伟带来的孩子，也是天才啊……”

在孙老连珠炮发似的热情介绍下，关小熙都有些受不住，看师父却依然一脸漠然地坐着，不知道在听孙老介绍，还是在听电视中的女高音飙歌，抑或是听邻桌在吹牛，或是干脆什么都没有听。

反而那最年轻的电子系博士陈斌，拿了水果过来后，又傲慢地走开了，显然他觉得这个沉着脸不知是谁又拖家带口似的牵一个小姑娘来的男人，不配同他共处一室。

而写了《极乐》主引擎的李开，倒是让关小熙觉得十分亲切，不知道能不能从他那里弄点游戏金币过来？她心里琢磨着。

“这位是……”

燕归来一直跟冰山似的坐着，没有寒暄，也没有介绍，孙老只好自己开口，指指关小熙，表示疑问。

总不会是女朋友吧。孙老心想，行内都说燕归来有女朋友了，是法国某财团的当家老爷的孙女，可不是这种素面朝天的青涩丫头……

“是我徒弟。”

燕归来语气淡淡地吐出四个字。

若不是看望孙老，他是绝对不会来这种场合的，至于别人，那些热闹，不属于他的热闹，光辉下的笑脸，盛世锦缎之上舞蹈着的天之骄子——都和他没有关系。

他们本来就不是一个世界的人。

孙老年事已高，却一腔热血，他十分了解燕归来，知道他性格孤僻，不轻易说话，更不会收徒。为了中华黑客会的未来，孙老一直担心着，于是借此宴会，孙老特意请来当年的得意学生、优秀苗子，想让他看看，有没有中意的可以收为徒弟，继承衣钵。所以，他千挑万选的这几位，个个都是业内精英、天生良材。

只是燕归来一句话，就破灭了他美好的幻想。

“原来……你已经收徒弟了啊，哈哈哈，老燕，你都不告诉我一声，以前催你那么久你都不肯，现在怎么一转眼就收了个徒弟了，还是个女娃娃。哈哈，老燕你好眼光，一看就知是天才啊……”

孙老抚摸着茶壶盖，笑容中既有失落又有欣慰，虽然他知道燕归来一直都是这副脾气。

“哇，小熙，真的是你啊？我刚刚还没认出你来！”

燕归来不说话，原本在院子里和别人聊天的程教授，走过来一眼就认出了小姑娘。

关小熙一脸狗腿样地望着程教授——这可是她的恩人啊！

若是没有程巨伟的账号，她连报名资格都没有，这事她和师父说过，师父知道了也没生气，只是阴阳怪气说他了一句“那可要好好谢谢程教授了”。

程教授……这就过来了。

“不会吧，小熙你这么快就拜师了？”程教授听了孙老介绍，顿时后悔得直拍脑门，“哎呀，老孙，你看我这老浑蛋，早知道当天就把这孩子收了，现在倒好，便宜了别人。小熙啊，你真不考虑一下吗？程老师教起书来肯定比这个扑克脸好啊……”

程教授一边开着玩笑，一边心里难过，早知道当初就不帮小熙报名了。他本想着，她通不过考核，自己就可以顺理成章收她为学生，想不到她真的通过了中华黑客会那个该死的什么收徒大会的考核。

而他退休的时间比孙兴国更久，论坛也几乎不上了，每天遛鸟唱戏打麻将，早就不管圈内事务，也完全不知道小熙到底拜了哪个家伙为师父。如此想着，他心里更是担心起来，面前这个男人，一看就不是什么良善之辈……

孙老泪流满面。

关小熙泪流满面。

程教授依然喋喋不休地怂恿着关小熙叛出师门，当自己的学生。

“看来不用感谢他了。”燕归来终于忍无可忍。

而程教授却根本不明白这个扑克脸的男人在说什么，问孙老，孙老摸着茶壶，笑而不语。

程教授于是很郁闷，和关小熙又寒暄几句，他才被几个老朋友拉走，凑了一桌麻将快活去了。

饭还未开，人们都在扎堆聊天，各有各的热闹，关小熙却陪着师父闷闷地待在角落里。

“咦，那个是……”

她忽然发现大厅西面，几个气度不凡、一看就知是精英企业家的男人，正在高谈阔论着，他们说着国产游戏的市场和未来，说着股票上市，说着金融风暴。而在那些人里面，有一张关小熙非常熟悉的脸，这人的照片，叶盈盈曾无数次地拿到自己面前，然后像一个媒婆似的叽里呱啦夸赞一通。

“你表哥又不是卖不掉，你操什么心？”

关小熙曾不止一次地鄙视叶盈盈。

都说目光是有吸引力的，叶江城竟然也一眼认出了关小熙，顿时眼睛一亮，匆匆结束和几个同行的交谈，大步向关小熙走来。

他的心情，比那天听到自己网站服务器全线被黑还要激动。

“小熙，到我公司当游戏策划吧，我从盈盈那里听说你许久了，一直很期盼你的到来。”

趁着燕归来离开座位被迫去应酬，叶江城站在关小熙面前说道。他一米八的个子，周身散发着干净利落的精英气息，灯火下的厅堂里，他仿佛披了星光的王子从天而降，整个人闪闪发光。

“好啊好啊，是不是每天都能玩游戏？”关小熙也是一脸花痴和兴奋模样。

“不但能玩游戏，你还可以自己设计游戏任务呢，怎么样，整个游戏剧情都可以由你编写！还可以设计人物职业、技能、武器、道具、地图，总之你怎么想就可以怎么来，我们有最优秀的程序员帮你实现！”

闪闪发光的王子继续诱惑她。

“哇！真的好想去啊！可是……”关小熙眨着星星眼，又想起什么，低头道，“可是我今年还要背单词啊，而且不知道师父让不让我去……”

“师父？”

叶江城听到这两个字，有些诧异，是老师吗？这都什么年代了，还把老师叫作师父？哦，对了，一定是小熙非常喜欢我们公司出的《仙宿》，把武侠游戏里的剧情代入了现实。

想到这里，他心中又雀跃起来，有这么一个热爱游戏的女孩来当策划，那实在是太好了！

“老师算什么，英语补习班又不是必须要上的，而且你去工作，你老师凭什么拦着你？”他说道。

“咳……不是老师……啊，师父他……”

“还是你不上课，老师不给你毕业？”叶江城社会经验老到，安抚着慌张失措的小姑娘，“这种老师我见多了，以前盈盈也遇到过这么一个，开补习班，捞外快，还不让她毕业。呵，我家盈盈还能被这种 loser 欺负？后来你猜怎么着，我直接喊了教育局的朋友去，哈，可把那黑心老师吓坏了。唉，现在这年头，缺德的老师太多了……”

叶江城这么说，关小熙也想起小学的时候，校长和教务主任都欺负她的事，不过，现在她根本不想去回忆萝莉时代啊！她看到……她看到师父大人正黑着一张俊脸走过来……

可惜叶江城却把他心目中的宝贝策划师发白的脸色，错当成她回忆起痛苦的往事，继续劝说：“没事了，小熙，以后你来我这里，没有人敢欺负你。”他也听叶盈盈讲过小熙被欺负的往事，非常心疼面前这个玲珑可爱的小姑娘，他告诉她，“至于那个什么英语补习班，以后你就别去了，那些所谓的老师都是骗钱的……”

“哇，难道进你的公司不用英语六级证吗？我听说少林寺扫地的和尚都要考英语六级哎！而且我只有高中文凭……”关小熙说道。

“文凭有什么用？我自己高中都没念完，我们需要的不是一纸空文，需要的是热情的团队和伟大的创造力！”叶江城微笑着抚摸她的头，像是摸一只即将抱回家养的宠物，然后开始滔滔不绝地讲述江城科技公司的历史和理念，全然没注意到身旁多了一个黑色的人影……

“关小熙，看来，是我忘了教你一些东西。”

正沉浸在叶王子那诱惑十足的叙述里的关小熙，忽然听到自家师父冰冷的话语。

如一把冰凉的匕首，瞬间划破所有梦想、志向，也划破了布满星星的温柔夜空，裂痕背后是远古宇宙的荒凉。

世界上最遥远的距离，不是你在我面前，你却不知道我爱你，而是你在我面前，我却只能眼睁睁地看你被带走……

叶江城就这么看着关小熙被一个突然冒出来的浑身散发着杀气的扑克脸男人半拖

半拽，拽离了他的视线。

叶江城：“……”

开公司这些年，向来只有江城科技挖别人墙脚的份，什么企鹅家、南山居、网难、搜豹，国内游戏大厂商的人才都被他挖了个遍，今天竟然……被人挖到自己头上来了！还是当着自己的面！

这还了得！！！

估计不出今晚，整个业内的人都会知道，他叶江城，堂堂江城科技的总裁，刚诱惑上门的宝贝策划师被人当着面，硬生生挖走了……

挖走了，挖走了，挖走了……这三个字挥之不去地回荡在叶江城的脑内，他并不想被人看笑话，他决心去挖回来，只是放眼一望，他的宝贝策划师早就不见了踪影。

连同那个突然冒出来的男人，一起消失了。

叶江城：“……”

郊外的空气格外清新，关小熙站在院子里，一抬头，就能望见那遥远的天幕里繁星璀璨，这是在市区很难见到的景象。

记忆里，关小熙只在很小的时候见过这样的夜色。那时一家人住在乡下的小镇上，父母尚未分家，每个夏夜，父亲和邻居打牌喝酒，她就搬把竹椅在一旁吃西瓜乘凉，而这些往事回忆起来是那样美丽，却再也触摸不到。

而这时忽然听得一声低低的叹息，她转头，发现师父也抬头望着夜空。

“小熙。”

他低沉的声线，如至凉又至柔的水，流淌在寂夜的深处。

“或许，我不该把你带进那个世界的。”

“啊？！”关小熙听了，顿时小心脏一紧，“师父，您别生气啊……啊啊啊……”

“不是生气，只是……”燕归来低头抚平她被夜风吹乱的额发，“或许你应该有更好的人生，而不是跟着我。”

“你知道吗，小熙？”他说，“做我们这一行的，是非常忌讳向外人暴露自己身份的，有的时候，这等于是给自己判了死刑。你别看在网络上，hacker 这个身份在普通人眼中风光无限，但他们是很难理解这风光背后的寂寞的。十年、几十年如一日地生活，为了不暴露自己，我们都尽量避免和人打交道，特别是现实中，一个人生活，无法告诉别人你做的是什么。前一刻和你谈笑的人，很可能就是后一刻利用你、背叛你、甚至判你死刑的人。所以踏入这一行，或许就意味着你一辈子将和孤单冷清为伴，无论网络还是现实，你必须销声匿迹隐在黑暗中，也必须坚持着自己的理想和原则，却很难有朋友，很难有爱人，甚至……很难有一个理解你的人……都很难，即使出现也不敢拥有……”

关小熙直接就哭了。

“对不起……”她捏着衣角，小肩膀哭得一抽一抽的，又拼命忍住哭腔怕师父以为她软弱，她断断续续地呢喃着，“我不该乱和陌生人说话的，也不该乱说自己的情况，我错了，呜呜……”

“小熙，我和你说一个人吧。”燕归来摸摸她的脑袋，然后摸出一支烟点燃，却根本不抽烟，只是夹在指间，任凭火苗星星点点，在夜色中燃烧着，接着说道，“很多年以前，你师父刚刚进入这一行的时候，行内有两个巨头，很有名。一个叫作花阡陌，开创了‘神之一脉’，他一向坚持要把黑客文化普及给大众，看不起我们这些清高冷漠的人，也从不跟我们交流；还有一个叫陆萧，当年很招摇也很厉害，连花阡陌见到他都畏惧三分，他外号‘魔怪’，一度是那个年代电脑病毒的代名词。”

“哎？可是我几乎没怎么见过他的资料啊。”关小熙好奇地道，“花阡陌现在退隐了，都还有那么多人崇拜他，这陆萧就好像从来没出现过一样……”

“因为他被一个女人利用着写了一个病毒，导致上万台企业主机感染，当时事情闹得非常大，几乎是无可收场，后来那女人跑了，他被判了十年刑。”燕归来低叹一声，遥遥望着那无尽的夜幕，说道，“差不多，也快过去十年了吧。”

聚散离合，又有谁能说得清？

“一步之差，万劫不复，这就是轻易信人的后果。小熙，你若不在这一行，大可以交许多朋友，像他们那样，有快乐的充实的人生，站在那最亮丽的舞台上……可是跟了师父，便只能永远在狭窄黑暗的道路上走下去。是我忘了，你还小，你最好的年华刚刚开始，不要因为一时的热情，放弃了别的东西。”

关小熙听着师父的话语，忽然有种心凉的感觉。

并不是她觉得师父要赶她走。

而是听师父说起那些过往的旧事，她才知道，能站在如今这个位置，有如今这番成就的师父，一路走来，是多么辛酸和不易。

她也忽然明白了，在师父家里乱逛的时候，卧室里、洗漱间里、书房里，她看到的那些有着裂纹的落地镜子，是怎么一回事了。

不敢有朋友，不敢有爱人，那些他们笑着唱着的时候，他却一个人忍受着，长久的孤寂。

她眼角湿湿的，在风中冰凉一片。

“师父，我不是因为一时热情，我是真的，想成为黑客，想成为师父这样强大的存在……”

强大到可以保护自己，保护朋友，不再被欺负，不再被看不起，小小的姑娘，也想成为能独挡风雨的人啊。

“师父，我不后悔，我想和师父一直走下去……”

而你，是把我从泥潭里拉出来的那个人，哪怕地老天荒，一辈子，两个人，也请你不要丢下我。

关小熙仰起头，夜风吹着她的鼻涕眼泪，眼中的盈盈光亮，如星般闪动。

燕归来一身黑衣，立在暗处，仿佛整个人都会随时被夜幕吞噬，他依然没有作声，只是静静地沉思。

“师父……”

关小熙急了，又不敢再说什么，只是低低地唤了一声，便抬起手……

一、二、三!

她一把握住师父的手。

可是好凉……

“啪！”轻微的响声传来，他另一只手上的烟落到了地上，而那几根被她握着的手指，明显颤抖了一下。

只是他并没有抽离自己的手，就这么僵硬地被小徒弟握着，屋内已开饭，喧哗不断，座无虚席，清冷的院落里，只剩下这对师徒吹着夜风。

关小熙的肚子不争气地叫了起来。

“饿了？你去吃饭吧。”燕归来轻声道，“做一个游戏策划，这才是正当职业。你以后还要结婚，生子、养家……而不是跟着师父受罪。”

关小熙咬着嘴唇，她不知道师父这是试探她还是真心话，她也不知道该说什么，只好抓着师父的手，又抓紧了一些，她认认真真地对着他说：“我不想做策划，也不想写什么游戏剧情……我只想跟着师父学本事……和师父一起……”

她声音哽咽，手指紧握，无论如何都不想放手。

这一个月的相处，尽管他沉默寡言、严厉刻板，就知道让她埋进英语词典里苦读，可她还是喜欢和他在一起。

能和他在一起，什么游戏策划企业精英成功人士，都不要啊都不要!

“师父”这两个字，一旦喊成了习惯，就如烙在生命里，再也不能忘记，她就该是他的。

“你真不后悔？”

燕归来用指腹轻轻抹干她眼中的泪水，冰凉的，却是又温暖的。

“不后悔！”

她用力地点头。

“那就好好地学，师父会教给你一切的。”

燕归来蹲下身子，掏出纸巾仔细地给她擦脸，而她第一次如此近距离地看师父，顿时心又“怦怦”地跳起来，同时又听到他说道：“不只是编写剧情，师父会教你，编写这整个世界。”

她的心跳就猛地加速了，好像装了动力马达一样。

他们回到屋里的时候，几个大圆桌都被坐得满满的，众人喝着孙老家里酿的酒，吃着山肴小菜，谈笑之间，好不快活。

见到大门口忽然走进一高一矮两个人，许多人好奇地抬起了头。

孙老正琢磨着这两人是吃完了就走，还是自己年老健忘不记得燕归来这个最尊贵的客人了……想来想去，他还是叫人再添了餐具和椅子……

程教授喝了足量的酒，趁着酒兴，那闪着愤怒小火苗的眼神就毫不避讳地射向燕归来。

至于星光王子叶江城，他直接就猛地一下站了起来，朝燕归来瞪去。

那速度之快，如一枚发射的小型导弹。

连带他那一桌的几个同行，前一刻还谈笑风生，这一刻也住了声，你看看我，我看看你，然后不约而同地抓着椅子不着痕迹地挪远。

若他是大炮，他们可不想当炮灰陪衬。

若他是炮灰，他们……更不想陪葬。

只不过叶江城忘了，没说话的大炮，那便等于哑炮。

所以燕归来的眼神只是淡淡地扫过“哑炮”，连停留都没有就带着关小熙穿过人群，往孙老安排的椅子走去。

“这位朋友，请留步。”

叶江城终于开口了，如他在媒体上露面那样，声音充满了男性的魅力。

他给自己倒了一杯酒，又拿起一个空杯子，倒满一杯，直接拿着走到燕归来面前。

“我是叶江城，江城科技董事长，敢问朋友如何称呼？”

说着，叶江城无比潇洒地一仰脖，把自己杯中的酒一饮而尽，同时把另一杯递上前。

叶江城的名字，在座的人都知道。

这个国内 IT 业近年来杀出的黑马，多次在精英访谈栏目中亮相的风云人物、无数名校女孩海归白富美们追求的梦中王子，能得到他敬酒，那可是莫大的荣幸。

“那家伙是谁？”

在座的人窃窃私语着，能让叶江城称一句“朋友”，那更是八辈子积来的荣耀。

而这一场属于光明的盛宴，除了孙老，没有人知道燕归来的真实身份，连程巨伟都不知。

关小熙看看叶江城，又看看师父，师父依然冷着脸，一句搭理都没有赏给叶江城。关小熙心里明白，这世上和她家师父以朋友相称的人是非常少的，至少，这位叶家表哥，不在师父的朋友范围内。

不过叶家表哥本是一番好意，关小熙也不忍心他热脸贴个冷屁股，于是扯扯师父的手指，轻声道：“师父，我们吃饭去吧……”

燕归来正要绕过去，叶江城却不依不饶，伸出一只手拦住他。

“你就是小熙的英语老师？”

他声音中带着挑衅和轻蔑，以及微微的火药气息，刚才关小熙的话语尽数落在他耳里，又看两人这副亲密模样，心中更加冒火，不就一个开补习班捞外快会点英语的家伙吗，也不知道孙老先生是否老年痴呆了，会请这种货色到场，而且也不知他使了什么手段，竟让他的宝贝策划师如此依恋他！而且脸还臭得跟张扑克牌似的！就算小熙和盈盈一样爱看花痴偶像剧，也不至于迷上这种臭男人啊！

叶江城有些想不通。

“无名之辈。”燕归来语气淡淡地吐出一句。却见叶江城依然拦路不放行，索性就拿过他的酒杯，在叶江城“算你识时务了”的眼神中，手一晃，那杯酒就泼在了地上。

“啪！”

孙老的茶壶盖摔在桌上，他赶紧哆嗦着捞起来。

“你……你不要给脸不要脸！”

叶江城怒了，随着一声清脆的响声，手中的水晶酒杯也被他摔在地上。

这让孙老的心又是一阵抽搐，怕是心脏病又要复发了，他想，以后打死也不摆宴席了，他死了都不让家人摆丧宴……

“你知道小熙是我公司的新任策划师吗？企鹅老总都不敢跟我抢人，你以为你是什么玩意？”叶江城的额头有青筋暴起。

这是爆发的前兆。

在座的人纷纷议论着，他们还没见过叶江城这枚大炮发射呢。已有好事者偷偷打开手机摄像头准备拍照发给媒体朋友了，哇，江城科技老总当众爆发，简直是年度大新闻啊。

关小熙张了张嘴，刚要说话，只听师父的声音响起：“我不知道。”燕归来的声音和脸色一样冷，“我只知道 waitxiaoxi365 这个密码。”

说完，他拖着关小熙，径自绕过哑了的大炮，若无其事地坐上椅子，开始吃饭。

周围的人，又齐齐把屁股挪了挪。

“你……你到底是谁？！”

叶江城听罢这串密码之后，脸色迅速发白，又发烫变红，接着又变黑，然后又变白，在璀璨的灯光下，他仿佛在表演变脸。

waitxiaoxi365。

这个密码，别人不知道，只有叶江城清楚。

这是一个月前江城科技官网被黑客入侵导致全面瘫痪以后，他花了大价钱请人维护好，打好一切漏洞补丁，又加装硬件级防火墙，安全措施做到天衣无缝后，他重新更改的后台管理权限的密码，全公司除了技术部的总监，只有他一个人知道。

像被人戳穿了心事，他此刻全身都冒着火焰，只是他敢怒不敢言，只能瞪着一双迷死人的电眼不可置信地遥指燕归来，活像是见到了鬼。

他这么一来，在座之人，都齐刷刷地把目光投向燕归来师徒，只有孙老依然笑呵呵地抚摸着他心爱的茶壶盖。

“吃，吃，大家吃。啊哈，大家不要客气，赶紧吃，菜都凉啦……”

孙老站起身热情招呼众人，像是什么事都没发生过，这让大家更加认为他得老年痴呆了。

如果说叶江城的眼神能杀人，那么燕归来的眼神则让人想自杀。叶江城被几个同行朋友拉了回去，他们都不敢再往燕归来那边看一眼。

这一顿晚宴，就在喧哗的交谈中结束。

叶江城一直喝着闷酒，一杯接一杯，渐渐上头，他一直喝到散席，终于坚定决心，对，他要去找关小熙深谈，这臭男人是人是鬼都不可怕，没有什么能阻挡他把宝贝策划师带走！对，他需要深刻的……谈话……去告诉小熙，人生掌握在自己手中，绝不能任他人摆布！而且……他也需要小熙的笑容，来治愈自己……

这样想着，他走过去，果然看到了那甜甜的笑容，以及那清脆的让他无限回味的嗓音。

“喂？妈妈，我在外面吃饭呢，嗯，对，很快就回来，您别担心啦……”

关小熙正在接电话。

于是叶江城默默地等在门口。

只是……好像有些不太对劲？

叶江城想了想，终于发现小熙拿着的是一款黑色的手机，并不是他送她的那款。

……

叶江城掉头而去。

这天之后，关小熙更加努力地啃英语词典，连吃饭睡觉蹲马桶，她都抱着那本砖头看得津津有味。

燕归来很欣慰。

关妈也很欣慰。

叶盈盈却很担心，以为她学英语学到疯魔了。在一次通话中，清华才女以不可置信的语气说道：“我哥说你拒绝去他公司上班，是为了学英语？！小熙，你知道吗，我开始还以为他骗我呢！什么？你现在非常非常热爱英语恨不得拿英语当 KFC 吃？我的天啊，你怎么做到的！老娘考试正头疼呢！啥？热爱英语就像热爱老师一样？你……我……我们英语老师是个六十多岁的老头啊……喂，小熙，你不会是想做翻译吧？待遇不见得比我哥那儿好啊，我哥他那么优秀，他们公司多少人排队挤破头都挤不进去……”

关小熙笑眯眯地说道：“我只是单纯地喜欢上了英语。”

“顺便喜欢你的老师？”

“谁说的？”

“我哥说的。”

“你哥才喜欢我老师！”关小熙毫不犹豫地挂断电话。

如此几番，在叶盈盈的日夜骚扰下，关小熙终于败下阵来。

“小熙，其实不管咋样，我都是支持你的，我哥那边，你不要管他。”叶盈盈语重心长的声音听在耳中，关小熙可以想象叶江城要是知道自家妹妹胳膊肘往外拐，会伤心到什么程度。

“教你英语的老师，你真的喜欢他？他一定很帅吧，等我寒假回去，约出来看看？我请你俩吃饭！”叶盈盈以美食来诱惑她。

“不是喜欢……”

“那是什么？”

“我也不知道。”

关小熙坐在马桶上，抱着手中的大词典，又是两个月过去了，单词已经背到了字母“G”，很快就是“H”了，她想，一定要在天亮前攻到这个有爱的字母下。

因为天亮后，师父就要走了。

关小熙满眼的血丝，去师父家门口为他送行。燕归来早先就和她说了，夏天一过，他不得不回法国去，当时以为孙老要挂了，他才匆忙赶回国，其实那边仍有许多事等着他处理。

具体是什么，他却一个字都不肯说，关小熙想帮忙也帮不上。

她知道，该说的，师父都会说，不该说的，问了也没用。

只是她越是装作不在意，偏偏越是纠结，她一直希望时间过得慢一点，这样师父就可以慢一点走，可她终究是亿万众生中最普通的一个，时光不会因她快一秒，或者慢一秒，该走的终要走。

她去送行的时候，正好看到师父拖着行李箱出来。

“刻苦是好事，但不要熬坏了身体。”

微亮的天色中，燕归来腾出手抚摸着小姑娘的脑袋，看着她一双由于通宵未睡而布满血丝的眼睛，他再是铁石心肠，也不免有些心疼。

关小熙张了张口，欲言又止。燕归来拍拍她的肩膀，又摸出车库钥匙和车钥匙给她：“师父这里的东西，你都可以随便用。”

“师父……”

直到他转身要走了，关小熙才忍不住上去拉他的衣袖。十一月底的江南，秋末冬初的时候，燕归来一身黑色风衣，坚毅冷峻的背影，在晨风里像是夜色最后的凝聚。

关小熙的手往下滑，直到钻进宽大的袖口里，覆住他的手背。

他说：“最多一年，我忙完，就会回来的。”

她仰头：“师父你去法国是……”

燕归来不动声色地收回手，揉揉她的头。

他只道："好徒弟。"

关小熙望着计程车发动离去，眼泪终是不争气地掉下来。

# 时の魔法师

SHI DE MO FA SHI

“这一年，我遇到了他，我喊他师父。我想可以喊一辈子。他走之前，第一次那么郑重地喊我徒弟。我听了很开心，就像这么久以来的努力终于得到了承认一样。不知是不是我背单词很用功，让他也开心了。希望他一直都能开心吧。可是眼看他走了，我又很难过。我不知道这样的心情，是依依不舍？还是依赖？抑或是盈盈说的……喜欢？”

关小熙在师父家空旷的客厅中，用键盘一字一字地敲下一篇日记，用的是中华黑客会论坛会员个人空间里的日志功能。

自从关小熙看到许多大牛[15]都用日志写心得、感想等等东西后，她也开通了日志空间，不过一直是“今天到了bed，这个单词我认识，就兴奋地念了很多遍，不知道师父为什么生气了”“今天到了condom，朗读的时候把师父吓了一跳，该死的，看到解释的时候我也吓了一跳”“今天看到small，忽然觉得它是sm-all，师父对不起，我真的不该那么拼的”……等等猥琐气息满满的日志。

而且，无人回复。

因为说“不好看”，作者熙马拉雅会生气，这个掌管着论坛币生杀大权的站长爱徒，再嚣张的人也不敢惹。

要是说“好看”，那么熙马拉雅会高兴，可是站长会生气，站长一生气，后果更严重……

所以熙马拉雅的日志，一直是点击爆满，却无人敢回复，看上去冷冷清清，好不凄凉。

关小熙把新写的日志发上去后，想想这是少女心事，绝不能让那群人看到，于是她设了密码。

师父的英文怎么念？她歪着头，想起词典里那几个单词，但师父说了，都不确切。

好吧，那就用汉语拼音……

waitshifu1314。

关小熙自我感觉良好地设置了密码。

15　业内对高端技术大佬的称呼。

可一切弄好之后，她心里那点小小开心又飞得无影无踪，抬头四望，空旷的屋子里只有她一人。

“喂，我说，你没事吧？还是神魂颠倒了？不就是他走了吗？”

QQ“嘀嘀嘀”地响着，关小熙在屋内游荡一圈，回到电脑前，某个家伙已经从刷屏演变到狂弹视频了。

这就是另一个认为她学英语学到疯魔的人，颜可。

自从师父送她电脑又做好了全部的防护措施后，师父并没有干涉她和别人聊天，关小熙也机智，知道颜可是花阡陌的人，就一直把紧口风，绝不和他聊内部机密——尽管所谓的内部机密，师父也并未告诉她多少。

关小熙相信，以颜可目前的本事，是进不来师父亲手设置的系统防御的，但平时怕师父生气，也就没有和他多聊天，他似乎也懂得收敛，眼下师父一走，他就开始不安分了。

“喂，程巨伟你在干啥？”

“背单词。”

“背什么单词呀，出来玩啊！我带你去溜冰！给你看看什么叫冰上小王子！”

“我要背单词啊，有什么比背单词更好玩的吗？没有！”

“今天我师父来城里看我，巨伟宝宝你一起来吃饭啊！我师父比你师父好多了，嘿嘿，燕归来你在看着吧？嘿嘿，气死你气死你气死你！”

“我没空啦，单词还没背完呢，你休想怂恿我叛出师门！”

两人之间一般都是诸如此类的聊天。

而现在面对颜可的刷屏，关小熙哭笑不得。

“呸！你才神魂颠倒！”

她“噼里啪啦”地敲过去这行字。

很快，他回过来一串长长的省略号，以及一个咧嘴嘲笑的表情。

颜可这个人很奇妙。即使她知道他是花阡陌的徒弟，他也依然有一种神秘的说不清楚的感觉，他那样狡黠地笑着，站在光与暗交接的地方，对她伸出手，做着最盛情的邀请，明媚得就好像是正午最暖的一缕阳光。当她以为他就是阳光了，他背后又显现出无穷无尽的黑暗，仿佛置身迷雾中，以她现在的层次和水平，什么都看不清楚，也看不懂。

所以关小熙并不奇怪颜可这个家伙一直掌握着她和燕归来师徒俩的动向。

比如她下线晚了，他会气鼓鼓地敲过来一句：“猪啊，你想变成熊猫啊！”

比如她和师父出去吃晚饭，第二天就能收到他的嘲讽：“和那种老男人有什么好约会的，我告诉你，他是个禁欲狂！性冷淡！还是个自闭症！燕归来在看吧，看得到吧，气死他！哼！”

比如师父前脚出门了，他就会后脚上线来，怂恿她趁此机会叛出师门：“只会教你背单词的师父有什么好啊，他怕是脑子里还装着塞纳河的水吧，我师父教我技术可从来没让我背单词啊，我说你成天和一个老男人关在屋里你像话吗巨伟宝宝……”

他害得关小熙每次都要心惊肉跳地清空聊天记录。

而今天，果然燕归来前脚一走，他后脚就来幸灾乐祸了。

“出来玩吗？”

“不，我要背单词。”

“去游乐园不，你们小萝莉不都喜欢去游乐园吗？我请你吃糖葫芦。”

“不……”关小熙吞了口口水。

“出来吧，少背一天单词你又不会死。”

“师父说时间是珍贵的，一秒都不能浪费。”

“哟，一口一个师父，这么挂念他？那你就不想知道他去法国干什么了？”

“……”

“他不肯告诉你吧？嘿嘿，你出来，我告诉你！他在哪儿开房睡哪个法国妞我可都是一清二楚噢！不过以他的老眼昏花没准会睡到男人，嘿嘿嘿……”

“你才睡男人！”

关小熙气鼓鼓地望着少年那得意的笑脸表情，心想有朝一日自己学艺精熟，第一个查你的开房记录去……

最后她还是被好奇心勾着，神魂颠倒地飘出了门。

三个月不见，颜可还是那副嬉皮笑脸的模样。

关小熙还未下车，就远远地见到他倚在车站的广告牌上，垂头把玩着一个 PSP ，手上还戴着手套。

有钱人。

关小熙撇嘴。

只是这家伙似乎……

秋末冬初，并不是最冷的时候，关小熙穿着裙子都还挺得住，但颜可这家伙已用大棉袄把自己裹得跟个粽子似的。见到她，“粽子”立刻高兴地蹦跶过来，仿佛两人是失散已久的兄妹，关小熙皱眉望着他。“你怕是非洲来的吧。”她说，“没见过这么怕冷的人。”

“我怕风。”

站在云霄飞车下，颜可哆嗦着把手缩在袖子里。

“我怕水。”

站在水上乐园旁，颜可哆嗦着把帽子戴在头上，帽子边沿一圈毛茸茸的雪白兔毛，关小熙忍不住伸手摸了一把，软软的，特别舒服，再看他水汪汪的小眼睛，关小熙不得不阻止自己掐他脖子的冲动。

真是的，他明明怕冷怕得要死，还把自己拖到露天游乐场来玩。

“不自量力！”她鄙视他。

“我……我怕鬼！”

站在鬼屋旁，关小熙死活不肯上前。

“我还恐高！”

颜可又拉关小熙去玩空中滑索，关小熙又死命地抱着柱子，任凭颜可又拽又拖，也不肯去玩。

“胆小无趣！”他鄙视她。

在拉扯中，小姑娘的包包拉链滑开，一本厚重的硬皮大词典掉了出来，正好砸在颜可的脚上，颜可顿时“嗷”的一声跳着叫了起来，要不是他穿得厚，怕是会被这凶器砸断脚趾。

“你……你……”

颜可望着凶器的封面上“牛津英语词典”六个大字，一时间气得咬牙切齿。

“高有什么好害怕的？”

最后，颜可还是用一串糖葫芦把小姑娘引诱上了摩天轮。

密闭的座舱，还开着热空调，关小熙嚼着酸酸甜甜的山楂果子，趴在窗口往外看，地面正一点点地远离自己。

“你从来没有尝试过站在高处的滋味吗？”

慵懒的语调和空调暖风一起拂过耳边，颜可站在她旁边，侧着头，发丝轻巧柔软地垂下，午后的阳光照进窗口，给他大片大片的头发镀上金色。

关小熙看看他，又看看窗外，座舱缓缓升高，地面上的人渐渐变得模糊，远处的湖面上有人泛舟，粼粼的水色让她一时迷花了眼。

这就是站在高处的滋味吗？

当座舱上升到最高处时，整个杭州的景色尽收眼底，她认出了西湖，认出了钱塘江，认出了自己家的方向。

有那么一瞬间，关小熙仿佛感觉整个灵魂都飞了出去。

飞出去……自由地飞翔在这个世界的上空……甚至，自己的意识能看到自己的身体……自己那一张傻兮兮的大脸，身旁坐着一个眯眼笑着的优雅少年。

“喜欢吗？”少年轻声问她。

“喜欢。”她听到自己的声音。

这座游乐场建成好几年，关小熙路过几次都没有进来消费过，毕竟家里条件不好，每一分钱都要掰成两半花。颜可，这个无论何时都慵懒地笑着的家伙，是第一个带她到游乐场玩的人。

游乐场竟然这么好玩……就像自己重新回到了童年一样，她一点儿也不怕高呀，她想，颜可，也是第一个让她站在高处的人吧……

俯瞰众生，远望天下，一时间诸多豪情壮志从小姑娘心底涌出来，她多想一直留在这里，至少让她多待一会儿，多看一会儿。

“既然喜欢，那就让时间停下来吧。”

颜可又嘻嘻一笑，从口袋中摸出他的 PSP，又从另一只口袋里翻出一个微型键盘和数据线以及天线，三两下把一堆装置接上。关小熙还望着窗外，他双手已飞快地按着小键盘，关小熙没有看到，这时他 PSP 的屏幕上，不再是游戏，取而代之是一个黑底白字的窗口。

代码在屏幕上飞速流淌。

和时间相比，哪个更快？

关小熙不知道。

她只知道，自己正学着少女漫画里的台词喃喃念叨着“是啊，要是时间停下来该多好”的时候，本该下降的摩天轮座舱，竟然真的停了下来！

关小熙先是大惊失色，随后不可置信地望着颜可和他的 PSP，他眼中泛着笑盈盈亮晶晶的光。

“你看，我就是把时间停止的魔术师。”

他像个孩子般，神气地扬着手中的犯罪工具，PSP 光滑的镜面外壳折射着光影，仿佛这一刻，他真的是操纵时间的神。

关小熙先是感觉不可思议，佩服得五体投地，接着叹了口气，说道：“你入侵控制台……是不是有点……嗯，不道德？”

小姑娘尴尬地摸着鼻子。

“这一趟除了我们，好像就一对情侣了，喏，就在隔壁那一舱。”颜可眉眼弯弯，笑得像一只狡黠的狐狸，他说，“我相信，他们也希望时间停下来的，估计心里正感谢我呢。”

关小熙一时竟无言以对，她只知道，这里的摩天轮，五十块钱一个人，一轮十分钟，价格并不便宜，在有免费暖空调的情况下，人们应该……嗯，应该希望待更长时间吧……

“各位游客，各位游客，由于摩天轮系统出了一点故障，目前正在全力维修中，大家不要惊慌，最多半个小时就能修好……大家不要惊慌，经总部同意，我们将补偿大家每人五张摩天轮门票，欢迎大家再度光临……”

座舱内广播不失时机地响起，颜可听了，更加心满意足。

“哎，我告诉你你师父的事。”

他招招手，懒洋洋地靠在椅背上，眯着眼，感觉说不出来的舒服。

关小熙一听，立刻乖乖在座位上坐好。

“不过……”

颜可眯着眼，又看见了她怀中抱着的《牛津英语词典》，好像看到让他深恶痛绝的防火墙一样，对他来说，这是在这幸福的时间里，唯一大煞风景的东西。

“喂，我说真的，程巨伟，一个只让你背单词的师父，有什么用啊？”他歪着脑袋又扬起手中的PSP，说道，“不如你叛出师门吧，跟我回家，我和我师父教你，一个月就让你站在高处，一年就让你和我差不多厉害！”

关小熙刚咬下一颗山楂，顿时噎在喉咙里。

一个月？成神？！

哪怕不成神，只是一头驴，也能镇住一般人，那种感觉，也是十分销魂诱人的。要是没有遇到师父，她相信自己绝对会毫不犹豫地跟他回家做他的小师妹，而不是像现在一样奋斗在单词的海洋中，不见天日，也根本还没触碰到英语这个大门背后的世界。

“你还是和我讲……我师父的事吧。”

关小熙终于把黏在牙齿上的糖舔干净。

颜可眯了眯眼，把脖子往围巾中缩了缩，然后舒服地伸了个懒腰，双手枕着头。

“说到燕归来，就要说到两个人。一个是我师父，花阡陌，真正被称为大神的男人。”

“是我师父燕归来！”

“花阡陌！”

“燕归来！”

“花阡陌！”

“好吧……你继续……”

颜可像一个最终抢到玩具的小孩一样笑起来，眼睛快眯成了一条缝。

在关小熙鄙视的目光中，少年清了清嗓子，继续往下说道：“这第二个人，你可能没听说过，他的真名叫陆萧，他在网上的代号叫‘魔怪’。”

“我师父讲过！”

“哦，你师父还真三八……”

“你才三八！”

“这个陆萧，当年妄图挑战我师父花阡陌，哈哈，结果差点连自己的小命都丢了。”

“是吗？”关小熙发现颜可说的版本和师父说的似乎有些不一样。

“陆萧对传统攻防技术都没兴趣，他只玩病毒，只做病毒，他的几个杰作到现在还有杀伤力。所以从另一方面说，他也是个天才。”颜可顿了顿，继续说道，“说到燕归来和陆萧，还不得不说到另一个人，如意。”

关小熙张了张嘴，她听到了这个预料中的名字。

颜可继续说道：“陆萧一生从未收过徒弟，他自己原本是车厂职工，铁饭碗，但偏偏那一年开始国企改制，他下岗后过着穷困潦倒的日子，又坚持着他无比自尊的原则，慕名而去的人给他再多的钱他也不收徒弟，也不接单子，也不要救济。我师父去看过他一次，听说他穷得都吃不起饭了，好心带了十斤大米两桶油给他，结果他该死的自尊心作祟，一样都不要，就一心等着厂里喊他回去继续做他的铁饭碗工程师。可惜一辈子到头，他没好好享受生活就被关进去了。不过在那之前，如意跟他学过一段时间技术，可谓得到了他十之八九的真传吧，说是他半个徒弟也不过分，但他不承认，如意也不承认。两个人都挺狠的，对别人也狠，对自己更狠，你有朝一日会发现，如意和陆萧，这两人出奇地像，如意简直……就是陆萧的翻版。”

关小熙清楚那年代，自己老妈也是在国企改制的时候下岗的，至今只能靠做超市收银员的兼职工作糊口，把她拉扯到大，真是不容易。

“那陆萧和我师父，哪个厉害？”关小熙好奇地问。

“现在的燕老贼不知道，当年他肯定没有陆萧厉害，怕是还在擦鼻涕玩弹珠呢，哈哈哈。”颜可不放过一切可以嘲讽燕归来的机会，“这些都是我师父和我讲的。算算时间，陆萧那家伙也进去八九个年头了吧，这种危险人物，要是不肯被招安，怕是早就死在狱中了。所以出来混是迟早要还的。当年陆萧事发，如意连夜逃回法国，她毕竟是拥有法国国籍的，无法追究她。那时还盛传，陆萧铤而走险去入侵国家政府的计算机系统，是如意在背后煽风点火，说什么给她拿到资料她就嫁给他。”

“哇，师徒恋？”关小熙道。

颜可顿时满眼古怪地望着她，这就是少女漫画看多的结果吗？他决定以后一定要给她看热血少年漫画！

“那之后，燕老贼就去了法国留学。”颜可又舒服地往围巾里缩了缩，然后望着窗外，那遥远的地面上，有许多忙碌的工作人员，再远处的湖面上，似乎搭着几个钢丝架。

“怎么不说话？”他只促狭地笑，“你怎么不问，是不是燕老贼也喜欢如意？”

又一颗山楂噎在关小熙喉咙里。

仿佛有一面镜子被打破，成千上万的碎片，明晃晃地，扎在心里，映出的分明是自己。

她的脸开始发烫。

“那边是在拍电视吧……”她试图转移话题。

“好了好了，告诉你吧，那时燕归来身为中华黑客会的接班人，肩上不但扛着整个网站数十万会员的信仰，还负担着抵抗外国黑客入侵的使命。当然，这方面我师父花阡陌是做得最出色的。”他继续道，“燕归来他们那群人怀疑如意借陆萧之手，利用陆萧对她的感情之后窃到了一些机密情报接着逃之夭夭，所以陆萧入狱后，燕归来就一去法国近十年，估计是想销毁如意手中的东西吧……”

“那他成功了吗？”关小熙听得心惊胆战。

“不知道。”颜可一脸无所谓，“这些都是我师父告诉我的。十年前那些陈年烂谷子般的所谓的机密，放到现在早就发霉了，其实没什么用处。至于在那之后，他为什么逗留在法国，又是谁吸引了谁，谁利用了谁，谁喜欢上谁，谁为谁日夜相思，谁睡了谁——啊，法国，世上最浪漫的国度……”他眨眨眼道，“那我就不知道了。”

“你才看少女漫画看多了！”关小熙一脚踹过去。

而这时，飞往法国的飞机上，燕归来正埋头看着一份报纸。

飞机上人不多，他坐在普通舱的一个靠窗的角落，身旁的位子空着。

“前方即将遇到强气流，请各位乘客系好安全带，回到座位。前方即将遇到强气流……”广播里响起甜美的女声。

燕归来身旁的位子上，坐下来一个穿风衣戴墨镜的男人。

燕归来继续翻着报纸。

“燕归来。”

男人说话了，声音低低的，分明是一个女声。

“你来了。”燕归来头也不抬。

“哼！”她一声冷哼，摘下墨镜，扯下了帽子，长发顿时散落一肩，化着浓妆的脸，赫然是三个月前他曾见过的如意。

那张脸上，连眼影都不曾淡去半分。

“下机后，你随我走，老爷子要见你。”如意声音冰冷。

而燕归来却继续翻着报纸，仿佛没有听到她说话。

“我告诉你，出了中国，你就由不得自己了。”

如意冷笑一声，从黑色风衣口袋中摸出一个无线电收发器形状的盒子，不同的是，它上面外接了全字母键盘，俨然一个小型电脑的模样。

“把密码告诉我吧，你明白的。”她手中把玩着盒子，浓密的长睫毛微微抖动着，眼中是不可一世的冷傲，“给你一分钟时间考虑，不，你不用考虑，现在整个飞机的系统，都在我手上，要是你再不吐出来，那么……”她凑近了，阴险地笑着，“这里的人，全部要死。”

温热的气息，如毒蛇吐芯，覆在燕归来的耳垂边。如意伸出戴着渔网蕾丝长手套的右手，软软地滑过去，搂住他的脖子：“就算下地狱，我也要你陪我。”

她低哑的声音，危险得可怕。

下了摩天轮，关小熙拿着手中五张赠票，又抢过颜可的五张，无耻地去和糖葫芦小贩换了二十串糖葫芦，握在手里，满满的一把。

“这你都能想得出。”颜可鄙视她，没见过这么贪吃的。

“十张票，值五百块钱呢，换吃的有什么不可以？”

关小熙乐呵呵地蹦跶在前面，而颜可双手兜在衣袋里，慢悠悠地一路跟在后面。

罢了，只要她开心，怎样都好。

有那么一瞬间，颜可忽然理解了，那个许多年前被关进狱中的男人的心情。伸手间，阳光从树叶的缝隙中洒下，闪耀在这个幸福而温暖的午后。

“那边好像在拍电视剧，去看吗？”

游乐场占地千亩，依山傍水而建，除去大型的游乐设施，也是一个山明水秀的绿化胜地，时常有剧组来这里取景。

关小熙于是好奇地拖着颜可去围观，远处，一个大红条幅挂在路中央——“《仙宿 online》前期宣传 MV 拍摄基地”，而几个身穿古装的演员正吊着钢丝，模拟着一出水上武戏，那飒飒飘动的纱裙，在山水之间更显仙姿迷人。

有许多人围观着，被工作人员拦在外围，关小熙好不容易挤进去，忽然看到内围的空场上，在忙碌的工作人员中间，站着一个西装笔挺，相当熟悉的身影。

“你怎么走啦？刚刚是谁说想看的？”

颜可又悲愤又莫名地拖住企图逃跑的小姑娘。

“我肚子疼……真的……”

关小熙挥舞着手中的糖葫芦准备三十六计走为上，结果大概是二十串糖葫芦太显眼，叶江城捕捉到她的身影，匆忙和身边的下属交代完事情之后，大步向她走来……

午后柔和的阳光自百叶窗透进来。

这是游乐场里最高档的五星级酒店，关小熙趴在窗边的桌子旁，一脸黑线。

是的，该来的，逃不掉，她还是被他逮到了。

叶江城不知道她爱吃什么，干脆把菜单上冷的热的菜，以及各种冰激凌、咖啡、果汁点了一桌。

颜可正毫不客气地扫荡着所有热饮。

关小熙用脚在桌子下狠狠踩他。

“小熙，这位是……你的同学？”

叶江城请的人是关小熙，而关小熙一动不动，倒是旁边这个乳臭未干的小子吃得欢快，吃完两杯价值五百多块的黑咖啡、价值八百多块的冰淇淋、价值一千多块的鸡尾酒后，又招手让服务生上了一桌。

那架势，就好像……免费吃的一样。

叶江城的眼皮开始跳。

如果这是小熙的女伴，他根本不会心疼，但这是个……

“他叫颜可，是我朋友。”

关小熙咳嗽了两下。

只是朋友？白吃他的，白喝他的，又带着他的宝贝策划师来游乐园，好像青梅竹马约会一样……叶江城心里仿佛有什么堵得慌。而光影下的这个女孩，眼中的光芒是如此清澈，好像世上最美的水晶，是的，她是宝贝，是公主。叶江城一直认为，小熙是他一个人的宝贝，之所以这么多年未见她，是因为自己的事业还没有达到巅峰，他没有资格作为一个王子去给她爱情。

他能做的，只有等待。

幸而她也落在凡尘，那些尘土遮蔽了她本该拥有的光辉，寻常人都发现不了她的美好，叶江城感谢着命运的安排，只等着上天指引的那一刻，他正好出现在她的面前，他可以低下头，深情款款地对她说："亲爱的，你不是灰姑娘，你是我等待一生的公主，是我最珍贵的宝贝。"

只是，命运系统似乎……出现了漏洞。

就像他公司的系统出现漏洞后全线被击溃一样……

"服务员，再来一份烤肉，热咖啡也要，哪种？哦，最贵的就行。"

颜可像一个暴发户一样大大咧咧地指着菜单，眼睛眯起，脸上是狐狸般的笑。

"小熙你不吃吗？浪费了可惜啊。"叶江城有些着急，"可惜"两字说得很重。

"我不饿。"

关小熙一脸淑女样地摇头，底下却使劲踩着颜可的脚，可是这家伙穿着厚靴子，她踩他如同隔靴搔痒，实在无效。

叶江城拿这臭屁小子没办法，最后，决定无视他。

"小熙，你英语学完了没有？来公司上班吧。"他殷切地说。

"我才背到字母 J……所以，谢谢你和盈盈的好意，我想我不能胜任一个合格的游戏策划。"

"我觉得你可以的，小熙你要相信自己……"

叶江城话音未落，颜可却忽然从美食中抬头，插嘴道："你真是《仙宿》的创始人？哇，难怪有点眼熟，网上经常看到你的新闻呢，你那游戏真不错，我通关两遍了。"

叶江城哈哈一笑，他终于燃烧起自信，说道："我就是《仙宿》的创始人，在杭州几乎没有年轻人不知道我的。"

"对。"颜可叉起一块烤肉放进嘴里，说，"新闻上的照片，比你真人帅很多，可惜把你的腿修长的时候，背景都修歪了。"

叶江城的额头有青筋跳动，要不是看小熙的面子，他真想把这个小破孩扔到窗外湖里去。

"我吃饱了。"颜可喝光最后一杯咖啡，摸摸肚子，站起来招呼关小熙，"我们走吧宝贝儿，我和你讲圈子里一些好玩的事。"

"有没有我师父的？"

"当然有啊，你想知道中华黑客会有多少女神暗恋过他吗？"

"好好好，你快讲。"

关小熙一听，立刻两眼发光，从椅子上跳下来，对叶江城说了声拜拜就追了出去。

“等一下，我借个纸笔。”

颜可走到吧台旁忽然停了下来，借过纸笔，“唰唰唰”写了几个网址。

“这是你网站维护后的漏洞页面，就当我感谢你请我吃饭了。——从不吃免费午餐的‘神之一脉’。”关小熙看到他在最后写了这么一行字，还有一个想让人痛扁的笑脸。

“把这个一起送过去。”颜可指着远处郁闷石化中的叶江城，让服务员把字条送了过去。

随后两人走出门，外面阳光很好，湖面波光粼粼，颜可头缩在围巾里，舒服地眯起了眼睛。

时间飞快流逝，一分钟很快过去。

十分钟的时间也过去了。

他修长有力的手指不紧不慢地把一张报纸折叠又展开，缓缓地，却留下一道深深的折痕。

“你到底是说不说？”

如意把玩着手中的组装盒子，出奇地有耐心。

“密码有很多，我不知道你要哪一个？”

报纸终于经不起折腾，在二十分钟后，燕归来再一次展开时，“唰”地把它撕成了两半。

声音划破空气，在宁静在机舱里，惹来一个路过的空姐的侧目。

不过她也只是看了一眼，只当这是一对依偎着的情侣，便走开了。

“你分明知道我想要哪一个。”如意冷笑。

“这种卖国的交易，我不会做。”燕归来依然平静，语气淡淡地道，“你也费尽心思调查了我这么多年，想必知道我的原则。”

“原则比生命重要？”如意本还有笑容的脸，骤然变冷，“你还是不肯合作？”

“原则比生命重要。”

“那你就去死吧！”

如意猛地把他往窗上一撞，然后自己收回手，手指按在小键盘的回车键上。

“下地狱，那就全部下地狱吧！”

她死死地盯着燕归来的脸，企图从他脸上看到犹豫、后悔，抑或妥协的表情，手指颤抖着。只要她一按键盘，那么整个自动飞行系统都会随之崩溃，更会让主机超负荷运转，使得电路都发生故障。

那时，弹指间上百人命将灰飞烟灭。

要知道，她可是燕归来与花阡陌之后，踩在陆萧肩膀上的第三个神。

“没有人能挽救。”她轻声说道，像是在下最后的通牒。

只是燕归来的脸，依然是古井沉水般的模样，连一丝微澜都没有。没有得到她想要的答案，如意十分失望。

“如果你真有下地狱的决心……”燕归来终于开口，转过头，目光淡淡地望着她，“那么陆萧，就不会还在狱中了。”

“你怎么会知道我……我对他……”

听到“陆萧”这两个字，如意的瞳孔猛地一缩，仿佛心里某块地方被人狠狠地掀了起来。

随之而来的，是惊恐，是不信，是被回忆汹涌噬咬带来的痛楚。

“这天下没有我不知道的事情。”

燕归来也不顾机身颠簸，直接解了安全带，站起来，趁如意迟疑间，一把夺过她手中的盒子，狠狠一扯，那临时组装的盒盖、线路、键盘被扯了个七零八落，落在地上，成了一堆垃圾。

“真要下地狱的人不是陆萧，而是你。”

这声音如亘古玄冰，叫人不寒而栗，而他垂目望着她，仿佛望着一只早该去死的蝼蚁。

“八年前，病毒之王‘魔怪’，也就是你的老师陆萧，破坏政府系统，窃取国家机密，被捕入狱。可怜他，当了你的替罪羊。”燕归来望着如意，冷冷地道，“我与他虽没有什么交集，但他的为人处事我还是清楚的。如意，你是个出色的间谍，但不是个有良心的人。”

“你认为怎样就是怎样吧。”如意冷笑，“反正你查了八年，有证据你就来抓我啊！倒是你，良心良心，你就有良心了？我们老爷子好心资助你……”

“我说了，出卖良心的事，恕我无法报答，其他，悉听尊便。”

“你……”

“走吧，去老头那里，我这次回来，就是要做个了断。”

伴着轰鸣声，飞机缓缓降落在巴黎的土地上，走出来的这一对气质非凡的男女，人们见了，都以为是相约旅行的情侣。

冬天来得很快，关小熙趴在窗口，静静地看着第一场雪落下，缓缓地，覆盖了这个南方的城市。

词典放在桌上，已经熟记了大半本，她爆发出来的惊人记忆力，连颜可都佩服不已。

“说不定，你三年后真的能赶上我呢。”

颜可正盘膝坐在地上，对着超大屏幕的电视机打着《拳皇》，地上乱七八糟躺着一堆电线，以及各种零食，而他疯狂按着摇杆，玩得不亦乐乎。

这显然是燕归来的屋子。

关小熙无奈地踹他这个大粽子，可是踹不动，这家伙，还真是没有鸠占鹊巢的自觉啊！

自燕归来走的那日起，颜可这家伙就三天两头来找关小熙玩，一边鄙视她怎么还在背单词，一边怂恿她叛出师门，叽叽喳喳，像麻雀一样，关小熙只得拼命忍着拿词典砸他的冲动。

再后来，这家伙更是得寸进尺，既然她不愿意出去玩，他就直接待在屋里不肯走。

“我自己的出租房好破好冷哦，一个人待着太孤单了，宝贝儿你行行好，收留收留我吧，我保证不打扰你背单词！”

他笑嘻嘻地说着，关小熙恨不得掐死他。

到最后，颜可像这里的主人一样，一边说着燕归来的坏话，一边盘踞在燕归来的屋子里，吃饭睡觉打游戏，偶尔还下厨做饭吃。这家伙手艺还不差，所以关小熙勉强容忍他留下来。

但她总还是有些……心虚的感觉。

关小熙检查了好几遍屋里有没有摄像头，生怕远方的师父看到这一幕后暴走……

这一天，颜可无耻的程度，更是达到了一个极限。

“小熙，午饭没有菜了。”

颜可望着空空如也的冰箱，肚子很饿，尽管两人盘踞着让这空旷的屋子生色不少，但大冷天的还下着雪，没人愿意出门买菜。

“别吵，我忙着呢。”

关小熙埋在词典中，头也不抬：“s-a-d-o-m-a-s-o-c-h-i-s-m，sadomasochism，啊哈哈，我又掌握了一个单词！”

“哦，那只有吃鱼了，尝尝我做的水煮鱼吧。”

颜可看她不应，立刻奸笑着走到鱼缸前，里面是燕归来心爱的几尾热带鱼，他还特意查过了品种，是可以吃的那种。

燕归来走后，关小熙生怕这些鱼饿死，于是一天一包饲料地喂着，忽然有一天她明白了师父把钥匙留给她的原因了——如果师父回来，鱼饿死了，估计她也会被师父饿死。

一想到师父那张凶巴巴的脸，她更加不敢饿着这些鱼，几个月下来，这缸漂亮的热带鱼，明显肥了不少。

而颜可一直想吃掉它们。

终于在这个大雪纷飞的下午，它们惨遭毒手……

“哇，水煮鱼片！”

关小熙惊喜地坐到餐桌前，看到热腾腾的鱼汤鱼片，夹了一块，又鲜又嫩，叫道：“太好吃了！谢谢你啊颜可，这么冷的天还出去买鱼。”顿时她满脸的感激，“今天盘子我来洗了！”

“嘿嘿，不客气。”颜可美美地喝着汤，脸上是狐狸一样的笑。

“真好吃啊，要不以后天天煮鱼吃？”

“好啊，我没意见。”

……

日子一天天过去，终于有一天，关小熙发现不对劲了。

“咦？怎么鱼缸里空了好多似的？一、二、三、四……啊啊啊，怎么只有九条了，我记得有二十多条的。啊啊啊，难不成它们都长翅膀飞啦？”

她百思不得其解。

当鱼缸彻底空了的时候，已接近年关，颜可识趣地离开了这个他盘踞数月的地方。

# 少女与老男人

SHAO NV YU LAO NAN REN

南方的雪，缠缠绵绵地落在眼睫上、眉间，橘黄色的路灯下，两个女孩子倚在桥栏上，吃着烤番薯。

“你和你的英语老师，现在如何了？”放寒假回来的叶盈盈盘问关小熙。

“我才没喜欢他……”她赶紧狡辩。

“谁问你喜不喜欢他了？”叶盈盈挑眉。

“啊？我……我真的不喜欢他啦！”她惊慌失措。

不是喜欢，那又是什么？

为什么日志一篇篇地增加，你却还未回来？

在那个遥远的国度，你是否也和我一样，灯下孤影，相思如雪？

喜与欢，都是那样快乐的字眼，如这即将到来的新春。

我不知道，这两个字和我有无关系。

我只是，很想你。

素色的雪，伴着华人街的灯彩，迎来了又一个新年。

燕归来走在街头，身旁是穿着紧身红黑皮衣的如意。

“你真的不考虑吗？只要你说出密码，Dubois 家族的一部分股权都可以转让给你。”

“不用考虑。”

燕归来自顾自地往前走，根本不理会身后那个女人天花乱坠的说辞。

这番话，他在这几个月里已听了不下一百遍。

“那你就一辈子服侍老爷子，休想回国了！”如意操着一口流利的法语说道，“你大概是忘了八年前，谁把你从这儿救了的！”

燕归来正在街头一个小铺里驻足，铺上挂的，有原汁原味的中国灯笼、剪纸，以及各种大小的中国结。

“老哥，想家了吧，买回去吧，纯手工工艺……”贩子用中文热情地介绍着。

燕归来细细地看着那些中国结，精致的手工，柔软的流苏，在这雪天，握于手中，竟有一番故乡的温暖，更有些上面还用金丝绣了各种代表吉祥的字，“吉”“祥”“安”“乐”“喜”“欢”等等，他本随意地翻着，却忽然停了手。

黑色大袖里，修长的手指伸出，款款勾起一枚。

“就要这个。”他说。

这一枚中国结上，用金丝绣着一个“熙”字。

“Kiki，不知道为什么，我就是喜欢斯内普教授，特别特别喜欢他。不管你们怎么讨厌他鄙视他，我就是喜欢他嘛，尽管他不年轻，又严厉，又刻板，又讨厌 harry 和小天狼星，又报复欲那么强……”

转眼又是一个夏初。

颜可走进屋子的时候，关小熙正趴在沙发上噼里啪啦地敲着键盘。

她正在中华黑客会论坛的动漫影音区发帖，和包括版主 Kiki 等人在内的一大群邓布利多的粉丝，以发帖形式展开着唇枪舌剑。

而关小熙的语言表达能力显然是不差的，为了自己心目中斯内普教授的地位，舌战群雄，在大量的口水和板砖中，竟丝毫不落下风。

“你再发你喜欢斯内普的帖子，我就去改你账号密码了啊，哼！”

颜可望了眼她的屏幕，直接无视她的语言能力。

2004 年的这个夏天，正是风靡世界的魔幻神作《哈利·波特》出到第五册，并在国内引发热潮的时候，随着小天狼星的死，几乎是有哈迷聚集的地方，就有他们表达对小天狼星的追悼，以及对斯内普教授的声讨的种种帖子。

关小熙也很喜欢小天狼星。

可是，她更喜欢斯内普教授。

她终于背完牛津大词典 A 到 Z 的单词，又找了一些音频教程来训练听力，眼看夏天来了，也不知道为什么师父还没有回来。

“你这人，比机器还恐怖啊！”颜可曾望着那本翻烂的大词典说道，“你去考六级都能得九十分以上了吧。”

师父说过，千分之一秒都是珍贵的。六级是什么滋味，关小熙不想去测试，她早已不是那个世界的人，她只知道把一本词典以及一沓听力光盘内容吞下肚之后的滋味，销魂得好像脱胎换骨一样。

她不是小说中那些掉下山崖的主角，捡到了上古法宝瞬间飞升成仙。

她这一切，都是她一个字母一个字母，一个单词一个单词，背了整整十个月，在某种动力的驱使下，痛并快乐着，坚持着，才到今天这个地步。

有这本词典在心里，仿佛世界都缩小了一般，如今她浏览起英文网站内容已没有任何难度了。

到底是世界缩小了，还是自己变强大了，她没有认真去想，只是一想到师父，甚至看到面前晃来晃去的像苍蝇一样的颜可，她就会发现那个世界依然很大。

很大，很远，却不再是遥不可及的绝望，也不再是无边的黑暗。

有那么一道光，就在目所能及的地方，就在英语这扇大门的背后，即使它依旧如山海，如地平线，可到底是有了追逐的方向——那是太阳，吸引着我们的飞蛾扑火，如许许多多前人一样。

我不再是那个混沌迷糊的孩子，从此我有了钥匙，有了资格，有了力量，只等着你来带我走。

身如琉璃，明眸清澈，我依旧藐小，依旧瘦弱，可哪怕用十年，百年，无数年……只要还在这人世间，我就要追逐光，因为总会有那么一天，我可以站到你身边。

穷我一生，追寻你的足迹。

关小熙在一个深夜里，把这些话写进了日志中。

师父还不回来，关小熙一时无事可做，又不敢乱学东西，就动起了看英文原著练习口语的念头。她最先看的是师父书架上那些厚厚的英文著作，但大多是学术资料，她能看懂字面，却不知在讲些什么，除了学到几个专业短语，好像并没有什么用。

于是她开始看小说。

在 Kiki 的强烈推荐下，关小熙迷上了看《哈利·波特》原著，一口气看完五本。原汁原味的描写，最真实的欧洲巫师风情，她彻底喜欢上了那个叫 Severus Snape 的男人。

油腻的头发、鹰钩鼻子，像黑蝙蝠一样终年栖息在黑暗中的男人，是颜可、Kiki 等许多哈迷讨厌的角色，可她就是喜欢，从他一出场就喜欢，在第五本看到了他的少年时光后，仿佛精神找到了什么寄托一样，她喜欢他，无法自拔。

难道自己的本性，也是黑暗的吗？关小熙有时候会望着夜色发呆，似乎在等待着夜色中走出来这么一个身穿黑色大长袍的男人，也许喜欢就是没有任何理由的。

在邓布利多和小天狼星粉丝大军的围攻下，我们悍然不动的熙马拉雅，也用各种匪夷所思的理由反击他们。

“猥琐男？你才是猥琐男！你全家都是猥琐男！”关小熙激烈地敲打键盘回复一个自称喜欢马克西姆夫人的男人的帖子，她的打字速度在这一场论坛内部大战中得到了飞速提升。

“禁欲？禁欲有什么错，也许是曾经受过情伤，封闭了感情呢？！”关小熙回复着另一篇帖子。这时她还不知自己的猜测会在几年后得到证明，只是她心里却希望这样的教授从来都与狗血爱情无关，甚至不希望有女人出现在他的生命中，她喜欢的教授就是这样一个男人，不会为任何人改变自己。

包括爱情。

不属于自己，也不该属于任何人，远远地看着他，一辈子，就好，很悲伤，又很好。

“老男人？喂喂喂，校长比教授更老好不好？！”

关小熙在又一篇帖子奋战着。

可回帖的众人，似乎都抓住了这一点，嘲笑她，“哦，熙马拉雅思春了，喜欢一个油腻的老男人”等等回复层出不穷。

关小熙暴走了。

他们终于逼得她使出撒手锏……

“论坛版规新增第六十九条——不得再出现‘老男人’三个字！违者按第一条‘说站长坏话’处罚！财产一律清零！”

此回复一出，果然效果显著。

而这时，在巴黎众多渗透着各种艺术气息的建筑群中，一座位于街巷深处的巨大的哥特式复古宅邸的议事厅中，一个年逾花甲、中欧混血的老头，正和一群西装革履的年轻人开着秘密会议。

与场中昏暗的灯光以及严肃冰冷的气氛不同，老头穿着睡袍，随意地把玩着一柄玉骨折扇，扇面是丝绸刺绣的中国龙，他口中讲的却是流利的法文。

这不伦不类的搭配，竟全然被他眉宇间那股不怒而威的气势盖了过去，而在场两排年轻男女，每个人都散发着冷血机器般的气场，仿佛是与生俱来的特工精英，他们本该是像关小熙和颜可一样意气风发的年华，却一个比一个低眉顺目，仿佛生命里除了忠心顺从和执行命令就再无其他。

这就是如意口中的老爷子，欧洲资本圈名列前三的巨富——Th é o Dubois。

正在这个时候，议事厅的大门忽然被推开了，逆着光，狭长的圆桌另一端，Dubois 老头抬眼看到那个熟悉的男人走了进来。

“这东西，不知够不够报答您八年前的恩惠？”

燕归来甩手把一张光盘扔到桌上。

他说的是中文，一字一字，淡然如滴水，却能穿石。

开会的大部分人都不认得这个口说中文的男人，只是冷冷地望着他，那目光好像在看一个即将成为枪下亡魂的家伙。

Dubois家族的会议，紧要关头，竟然有不请自来的人！还一副盛气凌人的臭屁样！

而燕归来全然不知自己正在祖国被一个花痴少女惦记着，甚至被用来狐假虎威，他只看着自己甩出的光盘，在狭长光滑的桌面上，一直滑向桌子的另一端。

仿佛那些年轻的岁月、记忆，全部从手中抛下，从此不再属于自己。

从此，再无关系。

阳光越过尖角屋顶与重重楼阁，入了门中，只剩一道，斜斜地滑过燕归来的肩膀，投到桌子上。但光就是光，无可阻挡，无可抵抗，无论黑夜多深，这道光依然明亮，像是把这张长长的桌子一刀分成两半一样。

“看来，你是真的不愿意合作？”

Dubois 老头接过光盘，然后用手指轻轻地敲打桌面，脸上是淡淡的微笑。这个纵横法国商界的老狐狸，一跺脚整条巴黎大街都要震三震的人物，微笑的背后隐藏的是怎样的阴险，燕归来是深深明白的。他披着慈善外皮开办修道院收养孤儿，却用万中挑一的残忍手法把他们培养成只忠于他的特工机器，如此所作所为，恐怕希特勒在世时都没有他狠毒。

有多大的成就，就有多大的手段。这话一点也不假。

如果关小熙在场，也能轻易地发现，这老狐狸的微笑，不是颜可那种一人睥睨天下无往不前的自信与骄傲，也不是燕归来那种沉冷如水却让千万人拜服的气概，而是数十年在人吃人的环境下摸爬滚打养成的奸猾与老辣，到最后都隐去棱角，变成一颗浑圆光滑的珠子，一眼看去是没有任何危害，甚至可以用慈祥来形容。

这就是阅历，多出来的数十年阅历手段，是燕归来无论如何也比不上的。

有神的心性，有神的本领，却没有神的阅历，这便不算真正的神，所以燕归来的确是没有将花阡陌一脉的嫡传弟子颜可放在心上。他天赋出众，也不可能立地成神。

而燕归来本身也深知这一点，自他十九岁来到法国留学，一住就是八年，调查陆萧一案之外，也品尝过人世百般酸甜苦辣，当初他在华人街一家餐馆刷盘子打工，也在深夜回屋的路上，被一伙流氓抢劫。

当时，就是“偶然”路过的 Dubois 救下了他。

很快他就知道，这个“偶然”路过的人，是被如意喊作“祖父”的只手遮天的 Dubois 家族族长。以这老狐狸的势力，故意指派人盯梢自己，然后扮成流氓抢劫，他再施以援手，是轻而易举的事，而那时燕归来在里昂大学里改名换姓，接近如意，也是轻而易举的事。

如意，大概是这么多年 Dubois 培养出来的特工里唯一与众不同的人，在无比残酷的竞争与训练制度下，她还能毫不掩饰地保留自己的人性来为 Dubois 效忠，也因此受尽宠爱。

八年里，燕归来也为 Dubois 家族出力，打击商业对手、帮老头扩充实力。Dubois 家族也为燕归来提供过资金和人手助他查案，而如意就算知道他是来调查自己的，不但不避，还口口声声说喜欢他。

这中间，诚心实意，虚情假意，真真假假，谁利用了谁，谁又背叛了谁，谁也说不清。

八年了，也该清算了。

“Dubois 先生，其实很久之前，我就查清楚那天我遇上的劫犯真实身份是你在美国加州一处工厂的员工，真是麻烦你了，千里迢迢把他们运过来。”

燕归来修长的身影挡在门口，说的依然是中文。

老爷子的手指停止了敲动，脸上却依然是一副皮笑肉不笑的表情，他只微微抬了一下眼，仿佛连话都懒得说一句。

“不过，你这些年也资助了大量的经费给我，我也得到我想要的东西了，算我还你一个人情。”燕归来仍旧语气淡淡地说道，“那光盘里的数据，仅此一份，不比你要的研发资料差，你可要……保管好了。”

Dubois 这才轻咳一声，拿过旁边的笔记本电脑，把那光盘塞了进去。

一份别国的科研资料弄到手了，卖出去那可是会一夜间巨富的，就算是会被判死罪的非法生意，也有无数骇客、间谍、特工在欧洲资本巨头Dubois的指使下，前仆后继，拿钱卖命。

陆萧当年就栽在了这里。

Dubois 这样的家族，若安稳做白道生意，不可能做到今天这个地步，他要麻烦燕归来这种顶尖技术强者去入侵系统窃取的东西，明显是一个国家级别的绝密资料，老狐狸几乎可以断定，燕归来手上必定有着开启这些绝密资料的后门与密码。

他是顶尖黑客，亦是国家机密的暗中保护神，中华黑客会，以及花阡陌“神之一脉”，不但一代代传承着技术，还肩负着防御外国间谍入侵的使命。

就好像一件宝物，外敌觊觎，要防止被他们看到，你就要把它藏好。

只有你知道它在哪里。

而眼下花阡陌已退隐多年，只剩燕归来一个大神，所以 Dubois 家族不惜一切代价都要和燕归来做这桩生意，燕归来不答应他就回不去。这十个月里，Dubois 任由他把服务器从法国转移、交接，把这边他所有的东西都运回国，到最后，一个人，一台电脑，几件衣服，随时都能抽身离去。

Dubois 终于把他软禁了起来。

不但没有网络，他们还没收了他的手机、电脑，将他软禁在阁楼里，只给他一台没有网卡的老式电脑，反正他插翅难飞，若不肯做这笔生意，他就一辈子别想出去。

老狐狸倒也知道，燕归来这样的人物，只能和他做生意，不可能为他人所用。他不忍心杀掉他，就算要杀掉，也得在榨干他的利用价值之后，他可以软禁他很长时间，反正，他最不缺的就是时间，谈生意，先失了耐心的，肯定亏。

所以他在比耐心，这途中，燕归来要电视机要冰柜要烤箱，甚至要电脑，他都一一满足他，反正电脑被拔了网卡，就好比鸟折了翅膀，什么都干不出来。

他却不曾想到，等来的，竟是一张光盘。

“这是……你……这这这……竟然……”

笔记本开机，他终于看到了光盘里的东西，以他的定力，却也在这一瞬间差点把眼珠子瞪出来了。Dubois 本以为如果光盘里面不是载人飞船的研发数据，就是他手下财团一些非法交易的证据，不过，他也想好了，若真让燕归来抓到了把柄，那是万万不能放他回去了。

连活口都留不得。

这是 Dubois 看向电脑屏幕前一瞬间的念头。

在这里，任你再高的技术，也只是人，不是神，只要你是人，那就有无数种办法可以杀死，而人死了，再造一个就是了。Dubois 家族自二战时就开始着手建立的 morocc 修道院，每年收养无数孤儿，在无比残酷的淘汰机制下，每一批孤儿最终都只留下十二个，对应十二个月份为代号，送到他这里来，作为一生为他卖命的特工机器。

如意是个特例，她从小就和别的孤儿不一样。她极为出色的天赋和学习能力让她在十四岁就学完了 MOROCC 全部课程，成了那边神父的掌上明珠，还给她破例取了个名字“如意”——来自东方的瑰宝。

这名 morocc 史上最优秀的女特工，被送过来之后自然也获得了他最多的宠爱。只是后来，她接连对两个男人生出感情，让他渐渐地有些把控不住，甚至有了杀死她的念头。

第一个男人倒还罢了，Dubois 当年命令如意欺骗那个男人的感情，再利用来窃取机密，最后，如意虽然在家族的帮助下平安回来，却还妄想着去救那个男人。

在一场严厉的惩罚之后，如意才不再提那个人。

他花钱栽培出来的精英，怎么可以凭自己的感情行事？那么多年，修道院里那么多孩子，也只出了如意这一个天才，只要她听话，他对她简直比亲孙女还亲。

而第二个男人，就是这燕归来。

燕归来接近如意，如意也接近他，尽管如意一直对 Dubois 说，这是为了拉拢他，可那眼神中的真情流露，又岂能瞒过 Dubois 老头子这种人物？

而几年前如意的性情大变，他更是猜出了她的感情。

伤口，一个又一个的伤口，为什么人要有感情？ Dubois 能训练出没有人性的杀人机器，却训练不出没有感情的计算机精英。

如意有感情，所以她至今超越不了燕归来。

Dubois 非常恨她不争气。

不过，这些念头也是一闪即逝，他心中酝酿着杀意，脸上依然是似笑非笑的老狐狸表情，在看到光盘的内容后，他才发现并非他所想的那样。

一排排罗列的文件夹，文件夹里一个个分门别类的 TXT 文件。

源代码。

九十多份源代码。

每一份，都长达几千行几万行，一旦编译后，就是一个足以横扫数据世界的程序，而这里，足足有九十多份。

把代码编译成程序很简单，而真正值钱的是源代码本身。市面上出售的大部分软件，都是编译后的成果，可以供人随意使用，而其源代码，作者都要想方设法加密起来，防止被人反编译破解。

大型软件，或是知名程序的源代码，价值连城。

燕归来，现在就给了他九十多个城。

哪怕是四年前的程序，本身效果过期了，但代码的价值还在。

不错，这正是四年前的中美黑客大战，那一役中美国黑客们用到的九十多个著名程序的代码。

代码全部用低层汇编编写，Dubois 一眼就看出了其中的价值，美国黑客的技术，他早就想掌握在手中了。而且，在他的全力监视下，在没有任何网络的情况下，短短几个月时间，燕归来能手动写下这些源代码，也可见他记忆力之佳，手中掌握的东西之多……也许整个数据世界，在他面前，真的没有秘密可言。

“燕，你不愧是一代人物，可惜……”

他更加不打算让他活着了。

神，无欲无情，燕归来他是神，再来一万个如意，只要她还有感情，就不可能从他口中撬出一个密码。

神与人的唯一差别就在于坚守原则、不感情用事，这也是燕归来最恐怖的地方。不过，燕归来不会把 Dubois 的非法交易证据捅出来，Dubois 也不可能当场杀了他。

心中一阵盘算，老狐狸微笑着抬起头，竖起了大拇指：“厚礼啊！”他称赞着，站起身准备送他，他摇着扇子说，“希望以后还有合作机会。”

“没有了。”

燕归来冷冷撂下一句，不顾 Dubois 的客套，转身大步离去。

Dubois 又坐下，望着他转身出门的背影，脸上的笑容渐深。他一招手，厅堂的暗处走出来两个人，皆是一身黑西装，面容阴鸷，而腰间鼓鼓囊囊的一块，明显是别了枪。

“你们两个，去送他一程。”

Dubois 干瘪的嘴唇抿起一个冰冷的弧度，从抽屉里抽出两份事先准备的机票，塞给两人：“等到了中国再动手。”Dubois 叮嘱道，“还有，别让如意知道。”

“什么？！燕归来走了？！”

如意提着大包小包逛街回来的时候，已近黄昏，她看到 Dubois 正在庭院中悠闲地喝着茶。

“爷爷！你怎么就放他走了，你不是说让他一辈子陪我的吗？！”

“他要背叛我们，我们又没办法的，不过他走之前，留下了四年前中美黑客大战的一些资料，你不是一直很想要吗？”

Dubois 把一张光盘放到小桌上。

“爷爷你……”如意一脸不可置信。在她的意识中，老爷子应该比她更想留住燕归来啊，怎么就这么让人家走了呢，还说什么没办法？连个燕归来都留不住，morocc 这下可以关门了吧……她开始觉得老爷子是不是脑袋被门板夹了。

“你去准备一下吧，今天晚上爷爷邀请了 Thomas 家的孩子来做客。”

Dubois 依然不紧不慢地旋转着手中的景泰蓝茶盏，斜阳给茶盏映上金色的光泽，一道道地，直刺如意的眼。

“我知道了。”

她垂下头。她暗中一直拿不下 Thomas 家的数据库，这次 Dubois 干脆把人请来做客，让她去套话。

老爷子要她办的事，她从来没有违抗的道理。

哪怕是感情。

只是到了晚宴的时候，如意依然没有出现。

“据调查，小姐在机场。”管家欠身，在脸上挂笑心中震怒的 Dubois 老头耳边低声说道。

Dubois 紧紧抓着手中的茶盏，仿佛要把它捏碎，忽然又放松了。

“由她去，也正好。”他紧绷的脸上笑容又缓缓地展开。

一片叶子落下来。

关小熙拾起来，叶子依旧是青葱的颜色，却已戛然停止了它的生命。

唯有归于尘土，等待下一个春天的满树芳华，也许这是生命延续的真正意义，可是人不如这苍茫自然，能把光阴无情延续。

关小熙放下膝盖上的《初级汇编入门》，站起身，望着窗外。初秋了，草坪依然葱郁，一大片的空旷，往下倾斜，低处是湖水，平滑如镜。

离背完词典，又过了四个月，关小熙实在无聊，就自学起了电脑基础——当初花八百块培训费买来的教材还留着呢，看完后，她又找了几本基础书来自学，最后干脆学起了编程。

“师父怎么还不回来啊，连一点消息都没有，一年快到了呢。”

关小熙闷闷地拧着一根草，这汇编果然难学，但是听论坛上的朋友说，燕归来精通所有编程语言，却独爱汇编最底层最接近机器的代码。他们甚至谣传，燕归来这个恐怖的生物再修炼下去，很可能直接用“0”“1”两个数字来写程序……

《初级汇编入门》第一章，关小熙勉强看得明白，但第二章以后，就看不懂了。一行行代码，高深如山岳，浩瀚如烟海，冰冷，更没有感情，比英文单词还要枯燥，她想象不出师父又是怎么对它们产生感情的，而且还情有独钟。

关小熙叹了一口气，她果然不是天才，还是回去再学一点基础吧，她甚至想起了颜可那句话——“女孩子学这个干啥，不如回家看漫画去。”

她正想着，头上更多的树叶落下来，偶尔还有小虫子从树上落到脖颈里。

“颜可你要死啊！”

关小熙歇斯底里地尖叫起来，一边手忙脚乱地把树叶撣下去，一边艰难地把手伸进后背抓虫子，同时不忘狠狠一脚踢到树干上。

可惜她力道不够大，那坐在树上的少年依旧笑嘻嘻地摇晃着树枝，企图抖下更多的虫子。

关小熙抓起《初级汇编入门》往树上甩去。

“哎哟？把你师父书柜里的书都扔了，好心疼啊……”颜可像只猫一样，轻盈地翻到另一根树杈上，砖头书砸了个空，而他“嘿嘿”嬉笑起来。

听到这话，关小熙顿时红了脸，只得憋足了劲大吼：“你！你有种就一辈子躲树上吧！你要是下来，你看老娘不一脚把你踹进水里去！”

“那我要是淹死了，谁来教你汇编啊？你师父在法国，又有女神在旁，哎呀，日夜相伴，谁还记得你这个徒弟啊，人家早就不回来了。那叫什么？见异思迁？乐不思蜀？流连忘返？你还是去当我的小师妹好……嗷！”

一把小石头抛去，终于有一颗打中这家伙的脑袋。

关小熙气鼓鼓地仰面躺在草地上望天。

颜可这个乌鸦嘴，话虽这么说，这几个月倒也帮忙留意着燕归来的动向，只是自三个月前，也就是七月份的时候，燕归来的账号最后一次登录论坛后，就再无动静。

颜可也在关小熙的威逼利诱下，去尝试入侵世界各地的航空系统搜索燕归来的信息，结果也没有任何用处。

“他的护照身份证，都是马甲，你还不明白？”

入侵航空系统可是个体力活，忍无可忍的颜可终于怒了：“那玩意儿我和我师父都有好几套，不管平时还是应急时，都是套了马甲出去的，没有人能查到，更何况是燕归来！”

说着，他顺便把正在注册一个动漫论坛的关小熙的网线一脚踹掉了。

“告诉你多少次了，不要用相同的账户密码去注册！”

颜可有些恨铁不成钢地怒道：“虽然燕归来那网站安全性好，别人盗不了你的号，但是在这里呢？”他戳着屏幕上那个名不见经传的小型动漫论坛说道，“这种地方，我三分钟就可以拿下你的密码，难道你师父没教过你社工学[16]吗……”

“那我用不同的账号密码就是了嘛。”

关小熙有些委屈，又不得不服，颜可说的话是难听，却是真话，她到处用相同的账号密码的习惯也该改改了，否则一处密码被盗，处处都要受牵连。

于是她把“熙马拉雅”改成了“娇颜可沉鱼”，又把密码添了几个字母，顺便又记了一笔账：“颜可，于2004年7月20日下午说站长坏话三分钟，违背站规第一条……”

关小熙已经记录了厚厚的一本，包括南宫大侠的二十三次调戏站长、三十二次赞美站长、三十八次说站长坏话，以及颜可、老鸨、Kiki、小SO等人的详细记录。除了Kiki、小SO这两位对关小熙非常照顾的小姐姐，记上了好多笔“帮助站长培养新人、赞美站长”等，其他人，大多是要面临论坛币存款扣光甚至存款变负数的命运。

关小熙一直等着师父回来算账。

冬去春来，夏去秋来，从2003年一直等到2004年秋，在颜可嘲笑了她第一百二十八次“你都成望夫石”了之后，她的手机终于亮了起来。

“我回来了，正在路上，你单词背得怎样了？”

是一条短信。

关小熙当时在家里帮老妈收拾床单，天已黑了，关妈正一个劲地问她：“小熙你去不去当翻译啊，看你英语学得那么努力，我朋友介绍了一个开场子的老板，正缺一个翻译呢……”

关妈话音未落，只看到女儿拿着手机风也似的冲出了门。

关小熙一口气跑到公交车站，车子刚开走，她心急如焚，可又忘了带钱包，那个年代还没有支付宝，她一跺脚，索性开始跑。

外套甩开，风声吹过耳旁，关小熙一路狂奔在夜风中，城市喧哗，灯影流光，这些又有何干？宁愿一生都狂奔在黑暗里，只要有你在尽头等着我。

用一生来想念，用一生来追逐。

记了多少账，背了多少单词，写了多少日志，这些都已不重要，在这个清醒又空白的人世，我只记得两个字——师父。

关小熙也不知哪里来的力气，一路奔跑，越过数条马路，再沿着湖边林荫道一直跑到别墅门口。

天黑了，门关着，她这才觉得眼冒金星，口干舌燥，整个人跟从水里捞出来似的，一阵虚脱，过了几分钟，脑子空白一片的小姑娘依然站在门口吹着夜风。

她感觉嗓子疼，舔了舔嘴唇，又摸摸口袋，钥匙和钱包都落在家里，她顿时感到无比懊悔。这时，一辆计程车停在了花园外。

关小熙眼睛一亮。

---

16　社会工程学，黑客必掌握的课程之一。

她看着他打开车门下车，依然一身黑衣，面孔是不变的清冷。

“师父……”

关小熙像个傻子一样站在原地，强忍着不让泪水流下来。燕归来大步走到她面前，什么都没说，只是伸出手轻轻抚平她被风吹乱的额发，可她到底是不争气，瞬间哭了出来。

“师父你以后再也不要走了好吗？”

有一股血，蠢蠢欲动了许久，终于在这一瞬间，涌到了脑门，关小熙脑子一热，心一横，眼一闭，她用力一把抱住面前的身体，任凭眼泪鼻涕糊在他价值不菲的衣服上。

她低低的呜咽伴随着怦怦的心跳声。

“我好想你。”

满腹相思，化为出口的四个字。

如果这算是任性，那就原谅我这一次。

# 师父最近很奇怪

SHI FU ZUI JIN HEN QI GUAI

“放虎归山，那可不得了。”

Dubois 手中紧紧捏着他心爱的景泰蓝茶盏，里面茶水已尽，而他的指节因生气而绷紧发白，仿佛只要一用力，手中这价值连城的古董就会化为齑粉。

燕归来离开已经三个月了。

本以为是水到渠成的事，却足足拖了三个月，他派出去的精英杀手，由两个增加到二十个，而现在，这二十个人黑压压地在他面前站成一排，齐齐垂着头，像是运行失败的代码。

“一群废物。”

以 Dubois 的修养，依然忍不住低低地咒骂一句，他知道不管他怎么责骂他们，他们都不会有任何人类的感情。

Dubois 面前的笔记本屏幕上是一张刚刚弄到的照片，照片是如意从中国机场的监控摄像里截来的画面，正好拍到了燕归来的半张脸。

“他实在太狡猾了。”

二十个“失败代码”里有个领头的低声回答：“那天他直接飞往伦敦，等我们去订票，机场系统又出了故障，后来在机场碰到如意小姐，小姐也在找燕……”他抬头看了看 Dubois 身旁坐着的如意，却看不出她的面色喜忧，于是他继续往下说，“小姐也在找燕先生，等小姐修好了系统，航班已经起飞了……不过小姐查到燕先生会从伦敦转卢森堡，我们就直接飞往卢森堡，但是没等到人，小姐说航班系统的数据库被人混淆了，后来小姐又查到燕先生在墨西哥，我们赶去，迟了一步，又让他溜了……”

在他们的叙述中，Dubois 听到了这三个月来一场并不愉快的环球旅行。

“后来您增加了人手，又有小姐的帮助，我们终于在格尔德兰的一个农场找到了他，可惜……”领头的平静地说，“他太敏感了，我们还没露面，他已经感觉到了我们的存在，也知道了我们的意图，我从morocc毕业十年，他是我第一个没能成功打死的人……”

Dubois的手指顿时更加紧绷，终于狠狠把价值连城的茶盏摔到地上，“哗啦”一声清脆的响声回荡在空气中。

领头的继续平静地说道：“但子弹也仅离他心脏不到一英寸……”说着，他又望了望如意，如意却一脸淡漠，自顾自地低头把玩卷发，似乎根本没有在听。

“再后来，农场主人开车带他跑了，我们没能追上，他被人藏了起来，一直没能找到……”

“直到今天他露面，已经回到了中国？！”Dubois怒气冲冲地站起来，盯着那二十个他花大价钱栽培出来的特工杀手，胸膛剧烈起伏着，处于随时爆发的边缘。

“如意，你觉得该怎么办？”他问他最宠爱的姑娘。

“他回了国，我们确实奈何不了。”如意低头，冷漠的声音从抹了深紫色唇膏的口中吐出来，只有性感，没有感情。

“你不能把他变成那个“病毒之王”吗？像八年前那样？”

“他和陆萧不一样，他不会……有感情。”如意咬着嘴唇，睫毛微微颤抖，犹豫着说道。

“我的势力目前还没有发展到东亚那一带……好了，你们下一次，绝不能再失手。”Dubois朝着二十个特工挥手示意他们可以退下了，然后他仰起苍老的面孔朝向远方刚破晓的天空，眼中是不符合年龄的奕奕神采，仿佛燃烧着一颗勃勃野心。

“但是Thomas家肯与我们合作的话……如意，你觉得呢？”Dubois眯缝的老眼中闪着精光。

“我知道了，爷爷。”如意起身道别，“我会尽快搞定他们的。”

这时的杭州正是华灯璀璨的时候。

“师父本来七月就回来的，后来有事耽搁，硬是拖到现在。”

关小熙埋在他温热的胸前，只感受到他的体温以及自己疯狂的心跳，这个身子，第一次拥抱的这个身子，好像比一年前更消瘦了。师父过得不好吗？她想着，更加不愿放手，直到他的声音响起，如往常一样冰冷，似当头一盆冰水泼下。

啊，我在干什么？！我干了什么？！

关小熙揉揉模糊的眼睛，这才意识到自己还在往他的衬衫上蹭着眼泪鼻涕，顿时脸就红了，一边慌忙说着对不起对不起一边手忙脚乱给他擦，结果越擦越脏，连她自己都开始恶心……好吧，相隔一年，久别重逢，给他这印象，完了。

“师父我……徒儿给你开门……给你洗衣服……咦，钥匙呢钥匙呢……”

关小熙急得忘记了自己根本没带钥匙。

最后还是燕归来自己开的门。

他的脸上依然没有表情，像是冰冻了似的，刚才发生的一切，根本没有让这张脸紧绷一点或是松弛一点，欢喜、紧张、愤怒、惊诧，关小熙从来没有在师父脸上看到过这类表情，最多只是……只是在大厅明亮的灯光下，她发现师父的脸色有些苍白，那薄如纸的、让她无数次想入非非的嘴唇，几乎看不到血色。

“师父你……”

关小熙站在门口，不知道用“营养不良”这四个字来形容合不合适，更不知该不该进屋，会打扰长途劳累的他吗？还是她应该现在就回家？还是先给有洁癖的师父洗衣服？啊，她的鼻涕和眼泪还在他的衣服上，闪闪发光……

犹豫着，她还是换了鞋，走进门去。

燕归来上楼，换了一身衣服，他发现自己离开一年，屋子依旧一尘不染，落地窗、窗帘、书桌、台板，都没有像想象中那样蒙灰，连那些破碎的落地镜子——他曾经打破的镜子，都用胶带纸细心地粘好了——虽然是那种彩色的、印着 Hello Kitty 的女孩子用的胶带纸。这一发现，让他镜中的表情变得有些古怪。

不过，至少这干净光滑的地板，显示出她经常来打扫。如此用心的徒弟，是在等他回来吗？他想起她在门口说的那句话，夜风吹散她的额发，那小小的却温暖的怀抱，让他不由得心中一颤。

是慌张吗？

他不知道。

只记得那些呼啸的子弹，在格尔德兰的风中擦过他耳边的时候，甚至打入他身体的时候，他都不曾慌张过，依旧疼痛的左肩，让他无法忘记那一个噩梦般的清晨，他闭了闭眼，长舒一口气。燕归来走到书柜前，那本《牛津英语词典》安安静静地摆在最初的角落，是他走后，她就没有再看吗？

燕归来开始反省着自己是否太严厉，当初他自己的英语，也是从小到大花了许多年一步步学的，背词典，实在有些难为那个孩子，毕竟她还那么小，那个瘦弱的、哭泣的、颤抖的，却紧紧抱着他的身体……该死，他怎么又想起刚才那一幕？！

不过这一年来，她都干了些什么？

“小熙，上来。”

他遥遥地朝楼下喊，然后目光掠过书架下层的柜子，那里似乎新添了一些东西……

关小熙应了一声，特意给师父泡了一杯热茶，预约了干洗店上门来取衣服，顺便把厨房里颜可买来的烧烤炉藏到壁柜里——她认为那是师父最不容易注意到的一个角落。随后，她又把冰箱里那些颜可未喝完的饮料、没吃完的水果罐头，以及啃了一半的 KFC 全部倒进垃圾桶。

最后看看，似乎还有破绽，哦，对了，那个师父心爱的、如今却诡异地变得空空荡荡的鱼缸——关小熙一直坚持是家里蹿进了流浪猫，而颜可一直坚持是那些鱼掉线了，不见了，为此两人争论了许久。现在关小熙直接扯了一块桌布，把整个鱼缸盖起来，期待师父不会发现……

迅速收拾了一切，看着没有破绽了，关小熙才端茶上楼。

燕归来面色阴沉地站在楼梯口。

从书架下层扯出一堆电线，燕归来发现柜子角落里藏起来的一对废掉的游戏机摇杆。

他丢到一边，又扯出一个鞋盒，里面竟然装着脏兮兮的一双轮滑鞋，鞋子还散发着潮湿的臭汗味。

他又扯出一个大盒子，打开来，里面是锃亮的麻将牌，牌面上还沾着辣椒油和不知名食物残渣，明显是一边吃一边打麻将留下的。

燕归来顿时有些站不稳。

在一个抽屉里，他找到了散落的扑克牌、未拆包的干脆面、瑞士糖、薯片、烤鱼片，还有夹杂在花花绿绿的零食中的围棋盘，他发抖的手不小心打翻了围棋盒，黑白棋子“哗啦啦”地散落一地。他又在柜子的更深处找到一辆遥控飞机，遥控器却似乎被拆了一半，零件散落在一堆花里胡哨的魔术道具和拆了一半的旺旺仙贝里面，而他的手指正好被一个魔术齿轮卡住拔不出来……

敢情这一年，她都吃喝玩乐去了？！还把他的书房搞得乱七八糟！素来有洁癖的燕归来终于忍无可忍！

关小熙来到书房的时候，她家师父正忍着肩膀的疼痛，愤怒地把这一柜子他认为是垃圾的东西全部倾倒在地板上。

而出乎他意料的是，柜子并未因此干净。

所以，关小熙隔着老远，就感觉到师父身上散发出来的怒气。

“颜可，你完蛋了。”

关小熙望着地板上那一堆杂物，心里替颜可哀叹着，却忘了颜可身份的敏感，若是让师父知道那个少年几乎在这房子里盘踞了一年，那么……

“关、小、熙！”

她正想着，就听到师父从牙缝里挤出了这冰冰冷冷的三个字。

燕归来看到柜子里还摆放着一堆堆的漫画书，那些都是颜可高价托人代购回来的正版珍藏品：《霸王爱人》《绝爱 1989》《夫妻成长日记》……

“你把别的都扔掉，没关系，可是我的绝版漫画……”

“我说多少遍了，我师父回来了，所以你的漫画都掉线了！”

“是不是燕归来把它们扔掉了？我、我今天非要破了他的藏经阁不可！”

“我还帮你背黑锅呢，哼，反正它们就是掉线了！不见了！失踪了！”

“书怎么可能掉线？！”

“你还说热带鱼也掉线了呢……”

“燕归来人品不好，他的鱼当然会掉线，我英俊帅气人品那么好，怎么可能……”

听到这里，关小熙心疼地替他叹息一声，挂断了电话，揉了揉发胀的脑袋。她仰面躺在床上，此时已是凌晨三点，除了幽幽亮着的电脑屏幕，四周漆黑一片，万籁俱静。

燕归来已经回家一个月了，而她也为了那堆被师父责令扔掉的“垃圾”而被颜可整整纠缠了一个月。以颜可的本事，她相信师父回来的当天他就得知了消息，所以他很自觉地再也没来找过她。当然，电话骚扰除外，不为别的，就为那些他心爱的漫画书。

这家伙好像总不罢休似的，关小熙心里烦躁，又看到电脑上亮着的满屏幕算术公式，心里才舒畅了一些。

她还记得一个月前师父回来的那个晚上，就直接扔给了她一摞厚厚的数学教材，说半年之内他要把这些内容教完。

原来不是说学完一年英语后，要学一年数学吗？关小熙心中好奇为什么师父把时间缩短了一半，却也没问。师父那张依旧阴沉的脸，吓得她问不出任何话来。而她也绝对不会认为是因为自己不到一年背完了英语词典，因此师父对她刮目相看。

不过，关小熙对自己刮目相看了。

她的数学基础本就不差，短短一个月时间，不但把过去高中的数学来了个系统的巩固，还把高等数学也看完了上册。

有吞下一本英语词典和大量英文原著的底子在那里，关小熙发现自己不知不觉中练就了一目十行和过目不忘的本领，在应试教育书中浑浑噩噩了二十年的头脑仿佛一朝开窍，阳光和新鲜空气灌进去，从此神清气爽、脱胎换骨，一切知识都不再是枯燥乏味的东西，不再令她昏昏欲睡，看书自学根本不怕。关小熙如鱼得水般，渴求着一切知识，累积着一切能让她有朝一日与他并肩而立的生存资本，她唯一需要发愁的，是一天时间怎么只有二十四个小时这么短呢！

白天在师父家里听他讲算法，晚上就看教程自学、做题目，关小熙发现她就像爱斯内普教授一样疯狂地爱着数学，如果说背英文词典是一个吸收的过程，那么看大量英文原著就是一个消化的过程。就像游戏中打怪升级学技能一样，关小熙的等级飞速地增长，而有了这些学习经验，以及因此锻炼出来的大脑，她去学别的东西也十分神速。

又过了一个月，关小熙合上了高等数学下册的最后一页，她心满意足地闭了闭眼，爬到沙发的另一头。

“师父，我把数学书看完了。”她轻声说，“习题也都会做了。”

“不错。”

燕归来只是语气淡淡地回应了一句，腾出手摸摸她的脑袋，又自顾自地“噼里啪啦”地开始敲打键盘。

仅是如此，已让关小熙满心欢喜，师父短短的一句认同，她也愿意用一生的时间去换取。她要告诉他，他没有选错人，有朝一日，她一定会成为他最得意的徒弟。

这两个月以来，在关小熙的记忆中，师父一直都在电脑前，仿佛有打不完的字，虽然她还不会编程，但明显地看出师父并不是在写程序，也不是在写论文，更不像潜水在论坛里一个个地扣他们钱，反而有点像在写小说，第一章、第二章、第三章……

这个荒唐的念头从她脑中一闪即逝，随即她又否定了，她不敢去看，也不敢去问，偶尔几次不经意地瞥见，只看到屏幕上文档里那大段大段的中文汉字。

“我觉得师父最近很奇怪，好像在写小说。”有一次深夜，关小熙终于忍不住对颜可说。

“他在写扔掉我漫画的忏悔书！”颜可依然沉浸在悲痛中。

“你的漫画掉线了，你不要逃避现实。”

“好吧，就算燕归来在写小说，哼，他以为他到哪个领域都是大神吗？现在未来文学网有个网络小说至高神‘天佑大帝’，我就不相信燕归来能超过他！”

“天佑大帝，那是啥玩意？”

“一个写黑社会小说的大神，我强烈推荐你看啊，相当精彩！”颜可发来一个热烈的表情，“就算燕归来去写小说，你们中华黑客会上百万注册用户都去捧场，也绝对不可能超过大帝，除非他刷点击，嘿嘿，我就知道他有技术没人品……”

“喂喂，谁说我师父真去写小说了！我只是有点奇怪而已……”

关小熙无奈地抚额，如果师父去写小说，她绝对是第一个难以接受的，但是她也一定会支持的，嗯……她要给师父写读后感，连题目她都想好了！

沉默一会儿，颜可又发过来一张截图：“你看，你们的中华黑客会又有一个著名程序被我推倒了。”

关小熙看了颜可发来的源代码截图，顿时一阵无语，却又不得不佩服他，所谓“道不同，不相为谋”。颜可这家伙，一直没有放弃砸中华黑客会的场子，业余程序全部被他推倒后，他又盯上了那些专业程序，那些发表至今无人发现过漏洞的程序，一个接一个，竟然都终结在他的手里。

他就像一个死神，收割着历年来无数人的心血，却没有人奈何得了他，技不如人，谁也怨不得。

而且燕归来也持这副态度，颜可以少年之身，不但创造了历史纪录，还成为中华黑客会成立至今唯一一个得罪了站长却没有被驱逐的人，竟然连论坛币都没有扣他的。

“他毕竟也是花阡陌那一脉仅存的徒弟了。”燕归来曾解答关小熙的疑惑。

关小熙更加疑惑了，问道：“师父和花阡陌不是死对头吗？”

“你总有一天会明白。”燕归来说，“有些事情，并非你想象的那么简单。师父年轻的时候，也曾认为这个世上除了黑就是白，除了好人就是坏人，就像机器语言，除了‘0’，就是‘1’。”说到这里，他微微蹙了蹙眉，他并不知道小熙已自学了基础，怕她听不懂，便解释道，“虽然编程语言五花八门，同一个结果，可以用不同的语言来实现，但无论你用了什么语言写程式，最终，它们都会被编译成‘0’和‘1’。‘0’代表断电，‘1’代表通电，最终机器执行的，仅仅是一个通电断电的物理过程。无论多么繁复的程式，屏幕上多么惊人的结果——它们的出生地与毕生去处，殊途同归，只有‘0’与‘1’。”

“所以师父最喜欢汇编？”关小熙脱口而出。

在有限的基础学习中，她也了解到，燕归来最拿手的最精湛的汇编，是一种最接近机器的编程语言，那些繁复、冗长、枯燥的十六进制字符串，却拥有着让人难以想象的魔力。

那么，把时间停止的魔法师呢？

关小熙想到那天摩天轮上沐浴在阳光中的少年，心中有一些许久不得解的问题，忽然就顿悟了。

除了“0”，就是“1”，在这看似遥远，茫茫黑暗的路途上，其实只有“0”和“1”。哪管那么多是非恩怨，世故人情，如果只认这“0”和“1”，那么这条路……

有限的“0”和“1”，构成的直线大道，却被无数的红尘纠葛所埋没，那些灯红酒绿、鬓香衣影，有多少人，在那之中迷失了一辈子，也找不到那条真正的路？他们兜兜转转，仍在原点。关小熙想起她遇到过的程教授、孙老、CM、戒指，还有如意，他们的天赋在光阴中消磨，他们迷失的心沉沦而不得解脱，等到醒悟却已年岁无多……关小熙想着，心里竟有些凄凉。

不知道花阡陌，那位垂垂老矣的神级人物，用了多久才走到尽头？

关小熙只知道，花阡陌的弟子颜可仅用了两年的时间，就已走得很远很远了，虽然想起他的漫画很无聊，他关于掉线的说辞很无耻，但她清楚，他的心，从来不在这些东西上面，仅是……一种消遣吧……

消遣，仅此而已。

颜可清楚自己要走的路，他的眼神中只有骄傲，从未有多余的东西，哪怕他和她在一起度过的那些快乐时光，也仅是……年华不经意的交错啊！那些流年里的光影，尘缘中的聚散，皆随之来，随之去，而他依旧一身独往，无牵无挂，到最后，立于群山之巅，只剩风，吹过世间。

果然如师父说的，这条路，注定孤独。

那一瞬间，窗外下起了雨，闪电划开夜空，大风吹进厅堂，水晶吊灯光影摇曳，关小熙忽然理解了当初师父说的话。她一腔热血，义无反顾，也不曾想那话语中的犹豫包含了多少辛酸和不忍，她就这么答应下来，身为一个女孩，一个没有充足体力也没有充沛精力的弱小的女孩，她决定要走这条路。

“师父都走过来了，颜可也走了好远好远……”

关小熙努力不去想身旁灯下的男人，这个被她唤作师父的男人，常年面对电脑而略显单薄的身体，因长久通宵工作而憔悴的面孔……可是他把憔悴也冰冻了，喜、怒、哀、乐，那些挣扎的年少时光，那些一个人头破血流的过往，那些与镜子一起裂开的伤，他把自己的一切都冰封埋藏，如万年寒霜，埋进夜幕的深处，无人可触。

燕归来，人们只看到他的名字，只看到他依旧年轻的、稳重如山的绝代风采。

那么我呢？

关小熙忽然有想哭的冲动。

“累了？”燕归来看着她通红的眼眶，以为她是这些天熬夜看书累坏了，不由得习惯性地摸摸她的脑袋，“努力就好，但不要逞强。”他叹了一口气，又道，“人都有年轻气盛的时候，现在的颜可，就像当年的师父，自以为天下第一，不把任何人放在眼里，也不认同老一辈的理念……那时花阡陌是公认的神，而师父是新秀。”

一瞬停顿，他见关小熙没什么反应，又继续说道：“那时师父心高气傲，也专门和花阡陌作对，企图击败他来赢得属于自己的名声和掌声——就像现在的颜可。那时师父也以为，让花阡陌服输一次，师父就是神了——可师父没想到一件事，那就是他已经老了。师父和他甚至从来没有真正意义上地较量过，师父就如愿以偿地站在了黑客圈的顶端，不是师父胜了，而是他被岁月带走了。一个老人，又哪来的时间和精力和年轻人去较量呢？多数人当时都来到中华黑客会门下，规模空前壮大，那时候，师父才十九岁，还沉浸在胜利的喜悦中，从来没想过这些，没想过胜之不武，甚至，卑鄙……”

“师父，你本来就是天才啊，那么强……”关小熙不知该如何对答，生平第一次，她听到师父说出内心深处的话，她不争气地又想哭了。

燕归来离开桌子走到窗边，任凭风夹着雨丝打在脸上，仿佛回忆起那些久远的时光。关小熙从未见过师父这副模样，不像一个神，反而像一个落魄的书生……师父改行写小说发到网上然后扑街了？还被天佑大帝打击了？关小熙脑中闪过一个念头，不管怎样……她摇摇头，秋天的夜雨已是冰凉，在他转身的一刹那，她终于忍不住有眼泪落下。十九岁，天才，那又如何？依然是一条孤独的路，只有无数的“0”与“1”，没有别的色彩……她快步走到衣柜前，拿出一件外套跑过去给他披上。

“没有经过真正较量就获得的胜利，喜悦过后是更大的失落。小熙，你明白那种感受吗？人们都喝彩着，仿佛你本就该得到这个位置，可只有你心里明白，这种不战而胜的胜利，实际上是一种耻辱。花阡陌那浑蛋为什么这么快就老了呢？没有等我找他，没有等我们公平地较量一场，没有等我成长……如果时间能等他，他能等我，我宁可什么都不要的，神的名头，他要他就拿去好了，可他连选择的机会都没有给我。”

“十九岁那年，那浑蛋，给了你师父一辈子的遗憾。”

燕归来在回忆中叹息，而关小熙站在他旁边，似懂非懂地点头，那些旧事，虽然她很感兴趣，可是师父你也别站在窗口吹冷风啊……她不由得抖了一下，却未料到一只有力的手臂直接把她揽了过去。

师父的衬衫……体温……心跳……

关小熙顿时有些恍惚，刚刚还下定决心只认“0”和“1”的她，差一点就因此沉沦了。

嗷！师父！你这是在用美男计考验我的定力吗！关小熙强忍着鼻腔中热乎乎的感觉，却一抬头发现师父的脸上依然没有表情，那双漆黑的、深邃如夜空的眸子遥望着窗外，微微仰起脸，仿佛穿过纷乱的雨幕，看到了许多年前那些不忍忘却的时光。

时光若有痕，那又是谁的“0”与“1”？

时光若肯等，那你会等我长大吗？等我变得……能配得上你的一天……

他没有等你，你可以等我啊……关小熙一句话憋在喉咙里，想了想，终究没有说出口。

“所以你要努力学习，打败颜可，完成师父的夙愿。”关小熙本以为师父会说这类励志又狗血的话，只是待师父低沉的声音响起，她听到的竟是另一番话。

“也许你已知道那一年发生的另一件大事，让师父为此追寻八年，却也因此明白了……”燕归来抿了抿嘴唇，不知是不是笑，关小熙从未在师父脸上见过笑容，只是那如纸般的薄唇依然那般好看，让人想……该死，她又被诱惑了！

燕归来却不顾他这小徒弟的脑袋里装了些什么，只把手臂揽紧了一些，这个瘦弱的、颤抖的小小的身体，让他不由得心生怜悯。

“后来，师父明白了，”他说，“这世上，并不仅有‘0’和‘1’两种色彩，就像逍遥法外的不一定都是好人，关进监狱的，也并不都是坏人。”

雨打在窗棂上，嘈杂繁乱。

这是一个让关小熙永远难忘的夜晚，在很多年后，她依然会想起这一刻让她依偎的胸膛，原来，黑色也是可以温暖的。

而她依偎在他的胸前，听他讲述那些散落在风中的往事，或许人们都已淡忘，可是他记得，说起来，竟是恍如昨日。顺着那些依旧鲜明的色彩，她仿佛站在了他的时代，甚至都不在乎脸颊贴着的温暖，关小熙沉浸在他的叙述中，雨声里的低哑，遗憾却不悔的年华，关进狱中的男子，一代病毒之王的陨落，和女学生纠葛不清的爱情……

“陆萧为了如意，毁了自己，也毁了自己的爱情……”

当燕归来终于讲到“爱情”两个字的时候，表情瞬间有些僵硬，犹豫一下，那极薄的嘴唇才不情愿地吐出这两个字。

关小熙也回过神来，仰头望着他。

果然，师父和她讲这一番话，讲陆萧和如意的故事，比颜可的版本详细了很多……所以，这是有深意在里面，想告诉她一些什么吗？

不能轻易信人？

不能违背自己的准则？

要看清自己的路？否则哪怕是“病毒之王”，也会被爱情冲昏头脑以致万劫不复？

还是……身为老师，不该爱上学生？不该越过那道底线？

如意算是陆萧的半个徒弟，她和他都清清楚楚。

关小熙慌忙缩回手，退后了好几步，低下头，脸上一阵红一阵白，她承认，她意乱情迷了，即使她心中十分坚定要沿着“0”和“1”的直线大道心无旁骛地走下去，坚决不因别的东西而迷失……可是，可是师父在身旁，她还是忍不住去想那些超越师徒感情的感情……

这个清冷又孤独的男人，她是多么想陪着他，就算一直当他的徒弟，只要能陪伴在他身边，那无论如何都是幸福的吧！

他是她的目标，是她的动力，是她无数个通宵熬夜背单词时的温暖，是她每每无法坚持而绝望时的慰藉……这比高三最后复习冲刺时段还要黑暗艰苦无数倍的一年……她都不敢相信她竟然走过来了，只因“师父”这两个字绕在唇边，每当想起，都觉得有一种莫名的力量指引着自己。

燕归来，你不但是师父，也是我一生的倾慕。

你是我的光。

“晚了，送你回家吧。”

燕归来似乎有些不明白，是什么事让这个原本安静听故事的小徒弟突然缩了回去，还露出一副垂头丧气的模样，就像那天他扔掉她的漫画书时她的表情……

是打击到她了？

还是陆萧那个从“病毒之王”堕落到“情圣之王”的家伙的那些乱七八糟的爱情，她并不喜欢听？也对，她年纪还不大，和她讲爱情干什么，他也是脑子被风吹坏了，对这个年纪的她来说，游戏和动漫明显才是他们的兴趣所在……

燕归来去车库取车，一路上想着，要是以后她再买那些花里胡哨的漫画书回来……好吧，他会记得腾出一层书架给她放。

# 北平冬雪

BEI PING DONG XUE

一晃又是几个月过去。

2004年的秋雨下成了冬雪，窗外飘着飞絮，屋里开着热空调，在燕归来的指导下，在心中无比澎湃的动力的驱使下，关小熙不但学完了数学基础，还学了和计算机相关的物理学基础、社会工程学基础，甚至还有美术学……

天冷了，关小熙抱着热水袋缩在沙发上，她宁可多花一点时间去看社会工程学的技巧——她承认她对这门学问相当感兴趣，可师父又让她学美术，明明自己看了那么多漫画，审美观还是不错的啊，她苦恼着。

“你希望你的软件界面，与天佑大帝的小说一样难看吗？”

燕归来冷冷地把一本《中西美术欣赏》丢到沙发上。

果然。

师父真的去写小说，还被打击到了！

关小熙极不情愿地放下《欺骗的艺术》，打开《中西美术欣赏》。她完全不认为这些美术知识对成为一个黑客有什么用，从建筑到器皿，从服饰到人体——好吧，还有赤裸的人体像，师父，这真的是您的书吗？抑或这就是您的审美意趣——裸奔的软件更加具有美感？

一页页翻过去，她拿眼睛偷偷瞄着书桌旁敲打键盘的男人。

你就在眼前，我却无法抬头看你。

只能心中一遍遍地想着你……

这么冷的天，她真的很想抱住那个身体取暖啊！

可是自从她认为师父用“陆萧的堕落情史”警告她之后，她就再也不敢生出那种念头。

直到晚上回家，关小熙才从《中西美术欣赏》里解脱，照例打开论坛找乐子。这几年随着网络小说的兴起，论坛上数百万的注册用户都相继爱上了更新快速、每天都能看到紧张刺激新剧情的网络小说。其中，以当时最大的文学网站“未来文学网”的天佑大帝为至尊大神，年轻或是不再年轻的男人们，都被天佑大帝写的黑社会热血小说所吸引。论坛的动漫影音板块上，不再是铺天盖地的对斯内普、邓布利多或是哈利·波特的争论帖子，取而代之的是大量的小说讨论帖，讨论的多数内容，都是天佑大帝的小说剧情。

黑暗中的人们，也是追赶潮流的！

关小熙试图寻找师父在写小说的蛛丝马迹，可一来师父不给她看，二来以师父的性格，肯定不会大张旗鼓地在论坛上宣传自己写的小说，更不会用技术给自己刷点击。一切都尊崇实力的师父，肯定想以真实实力和天佑大帝较量一番吧……

关小熙想着，又找了几篇社工学的例子来看。

虽然她也很想看小说……连颜可都对天佑大帝的小说津津乐道，她看了几章，确实很有趣……可是她没有时间啊，师父已经把三年的计划缩短成两年，让她超过如意、超过颜可！现在仅剩下不到一年的时间，她才刚刚开始学编程，编程光是语言就有那么多，她都要一样样地学起来，虽然有着坚实的基础理论，但她……真的能做到吗？

为了抵制诱惑，关小熙关掉论坛，不再想着那什么天佑大帝的小说。嗯，师父说不好看，那肯定不好看。她自我说服着，师父肯定不是因为写小说被打击了才说天佑大帝坏话的……

关小熙拿起一本 VB 编程详例，对着电脑一边看书一边实践一边思考，实在弄不懂的地方，就问师父，白天在他家，晚上他一直在线，只要她把疑问发过去，很快就能得到解答。师父甚至还举一反三给她列举出哪些资料帖子可以在这个问题上帮助她开拓——自从她开始学编程后，师父就给她的论坛账号开放了藏经阁的权限，所有文章教程，永久免费浏览权。这一点，让握着八千万论坛币的南宫大侠泪流满面羡慕不已。

“藏经阁的永久免费浏览权”是数百万用户垂涎的权利啊。

由于和关小熙同期被收为徒弟的几个人都还没到这个进度，燕归来只给自己徒弟一个人放了行，算是另一种形式的特权吧。关小熙有些自豪地想。她没想到，她的账号因此成了众矢之的。

有多复杂的密码，就有多高明的盗号贼。

自她的账号开放权限后，每天就有无数盗号软件扫着她的密码，也给网站服务器增加了不少负担，燕归来不得不对此做出规定，比如，“扫熙马拉雅账号者，按论坛规则第一条‘说站长坏话’处分！”。

但人的野心是无止境的，各种严密措施下，熙马拉雅的账号，还是被人盗走了三次。

燕归来倒没说什么，那些盗号的人，也只是想享受一把盗号的乐趣而已。在燕归来的威慑下，没有人敢真正盗走藏经阁的资料——那将受到他无休无止的追杀，简单地说，就是这辈子与网络无缘了，而且被清空的，不是论坛币而是银行存款……

不过这还是让关小熙觉得很难过，是她被盗号导致丢了师父的脸，所以她迫切地想学习技术，短时间内至少也要有南宫大侠的水平，可以写个软件来自动改密码，保护账号里的八千万论坛币不被盗走……

不知不觉间，已经凌晨四点多了。

关小熙习惯性地给师父留言，写出疑问。

谁知转眼就有了回复。

“师父你还在线？”关小熙惊讶地发问。

“嗯。”冷冰冰的，一个字。

“师父你早点睡，熬夜太辛苦了。”

“嗯。”依旧是冷冰冰的一个字。

“师父？”

“什么事？”这回是三个字。

又过了一个小时，凌晨五点多了，关小熙顺利调试完一个简单程序后，也忍不住想睡觉，关机前试探性地敲了敲师父，他竟然还没睡！

“师父你要好好爱惜身体啊！小说这种东西，你写着玩就好，别像研究算法那样呕心沥血……”

关小熙终于忍不住敲出一行字。

小说？

这时的燕归来，正坐在冰冷的书桌前，昏暗的灯光下，他看到对话框中的这行字。

他不由得把嘴唇抿了抿，要是关小熙在场，定会以为这是笑容——尽管，他此刻有些哭笑不得。

只望了一眼时间，燕归来继续“奋斗”，直到敲完最后一行才收尾。他把整个文件夹里上百个文档、图片、资料，连同别的数十个层层叠叠的文件夹，一起打包压缩加密，变成一个 2G 的压缩文件，然后装进了一块指甲盖大小的储存芯片里。

握着手中的芯片，燕归来在房间内走了一圈，仿佛手中是一颗原子弹，他正思考着放在哪儿保险。

最后，他打开书桌最底部的抽屉，拿出了他在巴黎华人街买的那枚中国结。

由于是纯手工制作，他很轻易地就解开了一条缝，好像一个张开的小口袋，他把薄薄的芯片放进中国结的内部，又把绳子重新编好，放回抽屉原处。

做完这一切，他满意地点点头，整个人似乎轻松了不少。他转回电脑前，缓缓地在对话框里打字。

“如果你认为写小说有助于提高社工学，我不介意你去写天佑大帝写的那种弱智剧情……”

他不是没看过天佑大帝的书——在论坛众人的推荐下，他勉强看了天佑大帝最新的那本小说的前几章，书中的热血男主角，为了赢得一个地头蛇的好感，很干脆地把自己的一个倾慕者送给了那个地头蛇以取得合作，这里大概用了一章的篇幅，然后就是那可怜女孩被地头蛇凌辱的一系列的色情描写，这里大概用了至少十章的篇幅……

弱智，低俗，无聊。

这就是燕归来对这本小说的评价。论坛上众人对剧情津津乐道，为下一个色情篇幅什么时候出现而讨论得不亦乐乎。于是燕归来每当看到自家的影音板块，就很想把它关闭。

又过了两个小时，见熙马拉雅的头像还亮着，身为师父的燕归来戳了戳，她却没有回复。

估计这孩子又在电脑前睡着了，还真是，比当年的他还勤奋……他叹了一口气，继续缓缓地打出一行字："师父的事告一段落了，最近有空了，出去玩？"

想了想，他又删掉重打："师父的事告一段落了，最近有空，师父带你出去玩？"

想了想，他还是觉得不对，又删除，重打："师父的事告一段落了，最近有空，我们出去玩？"

想了想，他还是觉得别扭，又删了重打："快回床上睡觉！给你放三天假！然后收拾行李！出门去！"

嗯，终于，他满意地点击发送。

关小熙拖着箱子走下楼的时候，天刚刚亮，她揉了揉眼睛，眼睛里布满了血丝。略微一犹豫，她就蹲身打开箱子，掏出一本《VB 编程详例》，倚在楼道口，安静地看了起来。

小雪已经停了，江南的雪下得十分吝啬，师父说要带她去北京看大雪，关小熙当时简直是不敢置信的，过了很久她才相信自己不是在做梦。她家师父，确实要带着她出门去旅游，去享受二人世界！

薄薄的小雪覆在楼外的人行道上、花坛上。街边的小店都还没到开门时间，整条马路冷冷清清的。关小熙也像雕塑一般冷冷清清地站着，尽管手中的书让她看得心潮澎湃。

"原来广搜[17]还可以这么写，太厉害了。"自言自语赞叹着，她又翻过一页书，看时间，七点还差五分。想着不早了，她便把书放回箱子收拾好，起身的时候，面前却忽然晃出一个人影。

"颜可！你要吓死我啊！"

待关小熙看清了，才狠狠地瞪着面前无声无息飘出来的少年。

"你这是要……出门？"颜可望着她的行李箱，好看的眉毛微微皱起，"我以为你不学完 VB 不会舍得出门的……我还在想着，要过几年才能见到你呢？"他扯着嘴

---

17　广搜：广度优先搜索，计算机术语。

角故意嘲笑她，手中一袋沉甸甸的东西晃悠着。

“是啊，我也很遗憾，天佑大帝的小说由于色情情节被勒令下架，网站也被下令整改了……”关小熙轻哼一声，心想她一定要在两个月内就把 VB 学完，过几年？他当她是猪吗！

果然，一提天佑大帝的书被勒令下架，颜可脸上的笑容就黯淡下去，没有小说看没有剧情可以讨论的日子，对他来说绝对很痛苦。他想，算了，不和女娃娃计较。

“喏，这是从我老家寄来的烤鱼片。”颜可把手中袋子往她怀里一塞，“拎一袋给你。”

颜可的老家在大连，从小住在海边，吃着海鲜长大，直到拜了花阡陌为师后，才搬到南方来发展。关小熙时常想，上帝的确是公平的，给了颜可 CPU 运转般的头脑，也剥夺了他别的一些天赋，比如，这家伙二十岁了，还是怕水，更不敢游泳，关小熙不止一次地嘲笑他。不过，现在吃人嘴短拿人手软，她可不敢提这一点。

正闲聊着，清冷的马路上，一辆车停在路边，车窗摇下，露出那张冰霜一样的脸。

燕归来一来就看到他的爱徒正眉开眼笑地和花阡陌的爱徒聊着什么，顿时脸色变得更加阴沉。他打开暖气和音响，又摇上车窗，双手抱在胸前闭目养神，只有唱片一首接一首地放着外文歌，低沉沙哑的女声令他却越听越心烦，他很想去拉她上车，又一遍遍地阻止自己对这个少年人嘲笑的想法。

关小熙不是没看到师父的车来了。

颜可也看到了那辆当初他一直怂恿着关小熙开出去兜风的车。

可是……

“颜可，我得走了。”

“喂，我还没说完呢，十号未来文学网有天佑大帝的访谈，直播哦，听说他修改后的小说剧情更好看了呢。”

“哇，好想去围观啊。颜可，我得走了。”

“等等啊，我听说杭州大厦新开了一家漫画店，里面有卖日本原版漫画书啊，我们一起去嘛……”

“嗯？我怎么不知道，是刚开的吗？啊，好想去看看啊……不过，颜可，我真的得……”

“我朋友在伦敦一个报社工作，他准备去采访 Alan，你不是做梦都想要他的签名吗？”

“啊啊啊啊啊，那是真的吗？太好了！太帅了！颜可你太伟大了……”

听到一阵花痴的尖叫，车中的男人更加皱紧了眉头。

终于，车门猛地被甩开，燕归来恶狠狠地走过来，全身上下都散发着杀气。

“完了，师父生气了，他……他他他他过来了……”

关小熙一吐舌头，才发现时间又被颜可耽误掉一刻钟。

她连忙拖了箱子，和颜可匆匆挥手告别，谁料颜可却跟了上来。

“师父，我们走吧。”关小熙哆嗦着说道。

她心说，颜可啊，如果你不想银行存款集体掉线，那么你最好赶紧离开……

“早上好啊，燕老贼。”颜可嘿嘿笑着，冲上去打招呼，完全不理会那张阴沉得可以压死人的脸，“你别板着脸啊，哎哟，你这表情怎么跟便秘似的？你都不吃蔬菜的吗？我师父说便秘的人很容易生气啊，而且还会有口臭，小熙你可离他远一点，这老男人口臭啊！啊呀，单身生活果然不是人过的，连早饭都没的吃，啧啧，当时小熙给我做早饭，那叫一个好吃啊，香喷喷……”

燕归来的脸更阴沉了，他确实没吃早饭。

关小熙的脸色也变了，她只给颜可做过一次早饭啊！他怎么就挂嘴上了！

“燕老贼你怎么了？生气了吗？难道你昨天连晚饭也没吃？小熙没叮嘱你吗？不会吧，去年她天天盯着我吃晚饭啊……”颜可一边吧唧着嘴仿佛在回味那些和她一起享用的早饭、午饭和晚饭，一边继续笑眯眯地扬着一张俊脸。

关小熙恨不得掐死他，她当时只是“驾驾驾”地抽打着他去做晚饭啊！

燕归来紧抿着唇，咬牙切齿，他昨天确实没吃晚饭……

“燕老贼你身体不舒服？看来不只是便秘啊，你还胃疼？失眠？内分泌不调？还是肾亏？”颜可一颗脑袋埋在毛茸茸的领子里，双眼弯弯，笑得狡黠，“啊，肾亏！这可不行啊，堂堂中华黑客会站长大人竟然肾亏？哈哈哈哈，你果然老了啊，哪像我这种年轻人，去年我每天都……”

关小熙终于忍不住一把按住他的脑袋，塞进他的围巾和毛绒大领子里面，压着他拼命不让他探出头来！让你说！让你说！让你再说！

颜可“嗯嗯”的声音还隐约从里面传出来:“去年我每天都……小熙那是相当的……满意我……唔……唔唔唔唔……”

她只不过，很满意他每天做的鱼汤而已！

十二月早晨的寒风吹过，燕归来看着面前这两个小孩打闹成一团，心里的怒气却像烧起了火。他不说他也知道，也能想象到，他出国的那一年，他心爱的家被颜可这小子糟蹋成了什么样！

比如他满缸的热带鱼……没有问小熙，但他想想也知道它们惨遭了什么厄运，这让他心痛至今。而且，据这小子刚才说的，好像他还不止糟蹋了他的家、他的鱼、他的床、他的书柜，还糟蹋了他的……徒弟？

想到这里，燕归来心中更加恼火，他很少生气，在 Dubois 老头把他软禁的时候，他都能心平气和地看着日升月落，在冰凉的子弹打入他身体的时候，他都没有惊慌，甚至依旧心如止水，最多只是有些遗憾……

可是，现在，明知是夸张的玩笑，为什么他会恼火？还会有些慌张和不知所措？

“燕老大，你这状况可不能开车啊，要不要我和你们一起去呀？我开车可稳了！”颜可终于挣脱了关小熙的手掌，从大围巾里探出头来，大口地呼吸着新鲜空气，白皙的脸上微微泛着红晕，而眼中依然是亮晶晶的笑意，没有忌妒，没有嘲笑，有的只是纯真如孩子的笑容。

“如果你希望把你的银行存款都捐献给中华黑客会，那我可以考虑带上你。”燕归来终于开口冷冷地讽刺，“不过在你的存款还没有你师父的百分之一以前，我建议你还是留着去找一个保姆伺候你。不然，你哭鼻子了花阡陌还会以为我欺负小孩。”

“走！”燕归来又重重地吐出一个字，然后抓着关小熙的手，把她拉上了车。

关小熙在后座上不安地扭来扭去。

颜可，那个可恶的家伙，为了挑衅师父，竟然什么都“招供”了！可恶！可恶！关小熙捏着可怜的包装袋。她决定这次旅游回来第一件事就是攻破那家伙的电脑！哼！虽然她现在还不会写软件，但是有论坛上那些长老作为她的坚强后盾，而她扎实的基础和脑中储存的大量算法技巧，配上他们写的软件，她就不信一群人还攻不下一个人！

事实上，中华黑客会软件组最近出的几个软件，就有关小熙不少的功劳。

程序有别人写，而她提供核心思路，以及关键地方的算法技巧，比如验证码的破解与反破解，针对各种杀毒软件的快速加壳，针对新型病毒的核心识别……她发现这个世界让她热血沸腾，而他们也发现，这个名叫熙马拉雅的女娃娃，跟着他们站长混了一年还不会写程序——这对他们来说就好像一款杀毒软件被另一款杀毒软件当成病毒杀掉那样幼稚而可笑。但他们也不得不佩服熙马拉雅在别的方面表现出来的强大能力，理论、技巧、经验，以及她脑中比搜索引擎更庞大的算法库，这俨然就是另一个燕归来。

虽然这只燕子目前还不会飞，但他们可以肯定，只待她学会了程序的写法，有了实战经验后，迟早会展开翅膀，像鹰一样称霸天空，而且凭她的基础，这只是一个时间问题。

“燕老大果然没收错徒弟。”

人们期待着，又抱怨着，他们的钱将要受到严重的威胁了。

而现在，人们期待中的鹰，正像抱蛋母鸡似的窝在车后座上。

“系安全带，上高速了。”燕归来憋了半天的声音终于响起，“如果你想回去继续你的保姆生涯，我现在停车还来得及……”

颜可你等着瞧……关小熙默默地诅咒一句，然后灰溜溜地系好安全带，师父果然还在生气啊，她望着左前方的半张侧脸，知道自己已经跳进黄河也洗不清了。

看雪散心师徒同游二人世界什么的让关小熙激动得一宿没睡，于是在飞机上，她很容易就睡着了。“咚！”她身子一歪，砸在旁边一座冰山的肩膀上。

睡着了吗？

真是……麻烦啊……

燕归来无奈又习惯性地揉揉身旁小家伙的脑袋，然后拉下遮光板，又脱了大衣外套给她盖上。犹豫了很久，在闷头喝光第五杯热咖啡后，他终于伸出一只手，把那个盖着衣服的身体轻轻揽进怀里，生怕惊醒了她。

关小熙做了一个梦。

梦中仿佛是动物世界，她似是一只小鹿，奔驰在碧绿的草原中，微风拂过草尖，拂过她欢快的蹄子，草原上没有怪物，也没有打怪的人，只有无边的风景。她是自由的，也是孤独的，就这么奔跑着，不知跑过多少岁月，她终于化身为人。她看到冰原下被白雪覆盖的古城，她在人群中，却听不懂他们的话语，她茫然失措地行走在尘世里，有一队法师、战士、盗贼指着她，他们要杀了她去交任务。她又开始逃亡，没命地逃亡，箭贴着她的脑袋飞过，而她忽然撞进一个人的怀中。

“师父……”

她在他的胸口抬起头，看到黑色兜帽里他冰霜般的脸，她在一瞬间便认出了他。像是隔了几个世纪的重逢，她的泪水猛地涌出来，而他的法袍如永夜长卷，吞没盛世灯火，他用力把法杖一挥，雕刻着死亡的水晶球倏然炸响，那追着她的满城人马就瞬间被黑夜吞没。随后，他带着她，衣袍一展，飞上天空……

“好帅……”她花痴似的呢喃着，依偎在他怀里。

燕归来额头有青筋暴起。

真是的，睡个觉还……流口水！他可怜的衣服上无疑又出现了亮晶晶的一片。

不但流口水，还说梦话！好帅？在说谁？早上那个小子？燕归来望着睡梦中一脸花痴神色的关小熙，真想把她的脑袋敲开来看看里面除了那些幼稚零食、暴露漫画、弱智色情小说，还装着别的什么东西！

关小熙醒来的时候，发现飞机已经着陆了，正在滑行。

燕归来穿戴整齐，正往架子上拿行李。

“到了？”

关小熙揉揉眼睛，望望窗外，又望望师父。这是她第一次来北京，大雪覆盖下的首都格外漂亮，她想起曾在一个民国纪录片里看到的一个词：北平冬雪。特别优雅，特别美。

她忽然又想起就在前两天论坛上有篇帖子，发帖者询问着冬天上哪儿比较好玩。

回复很多，有说上西藏的，有说上北京的，有说上南极的……还有说上床的。

当然，最后说上床的那个，被扣光了论坛币，因为楼主正是燕归来本人的一个新注册马甲。

“师父，我们……上哪儿？”

出了机场，燕归来直接把关小熙扔进计程车，于是她继续不安分地扭动着。一想到那篇帖子，她就想笑，所以师父说得对，你永远不知道一个马甲的背后隐藏着什么恐怖的东西。当然，他原本说这句话的时候，是很严肃的，那时他正在教她不要轻信任何马甲。

可是，她想不到，原来马甲还能遮羞……师父啊，问个问题都要披马甲，实在是……关小熙憋着笑，半边脸通红。

“酒店。”

燕归来从牙缝间挤出两个字，真是的，这丫头又在傻笑什么，还沉浸在她和那小子的梦中？

“哦，上酒店啊……哎？酒店？”

关小熙想到那篇帖子，整张脸都红了。

“冷？”

燕归来看她像乌龟一样缩着脖子，犹豫了一下，然后拉过她的手，放进自己的大衣口袋里。那一瞬间，关小熙觉得，自己的脸简直可以和猴子屁股比红了。

那只并没有多少肉却温暖有力的手，紧紧握着她的手，两只手在他的大衣口袋里，汲取他的体温。燕归来的手只比她的暖和一点点，这点滴的温度，却似高压电流一般瞬间通遍她的四肢百骸。关小熙只觉得全身都酥酥麻麻的，胸口的地方更是热得厉害，而且，她自己的手指正在脱离她控制似的悄悄地挣脱他掌心，舒展开，再缠绕上去……

好像有什么东西要炸裂开来了……

十指交缠，她真的是不由自主啊！关小熙压根不敢看身旁的人，只觉得掌心都是汗，而他的手指挣扎一番，却挣不脱，便由着她缠扣了。

所以，马甲是网络中的遮羞布，而他的大衣口袋，则是现实中的遮羞布。

在酒店开了套房，放下行李后，燕归来带着关小熙去吃饭，餐馆就在附近，只隔一条街，两人走着去，而关小熙多么希望这路无限漫长。

只是，燕归来原本自在的步伐，却越走越艰难，他是多么希望餐馆就在面前！这口袋里的手真不老实！

他是如此后悔自己的冲动，此刻是如此想把她扔出去，他下过无数的决定，偏偏在面对她时，每次都犹豫再三。这只在他口袋里的、紧紧缠着他五指的、不安地躁动着的手，像一片羽毛，轻轻撩拨着他心中的某一块地方，让他不敢接受，又不想放开。

见鬼！燕归来心中暗怒，只能闷头往前走，一路沉默，关小熙只觉得自己是被拖着走的。

两人好不容易到了餐馆门口，她的手还来不及被扔出来，迎面就走来三个“啊哈哈哈哈哈哈”怪声大笑着的男人——师徒俩都相当熟悉的三个人。

两人的身影瞬间就映入他们眼中。

“哎哟喂，燕老大！真的是你？！”

“啊呀呀，燕老大，好久不见！巧遇啊，啊哈哈哈……（笑声渐渐弱下去）……啊？老大你……你……你们……”

“嗨，老大好，小熙好，嘿嘿，原来你们已经……老大，看来你要给我们封口费啊……”

从左到右，依次是刚刚吃完饭的CM、戒指、南宫大侠，三个家伙正在挤眉弄眼。

有句话说得好，智者千虑，必有一失。

关小熙现在是深刻明白了，师父再怎么算无遗策，还是会遇上不确定因素……比如面前这三个该死的家伙。

她在心里诅咒着这三个家伙赶紧掉线，却忘了自己的手还放在身旁男人的口袋里，直到南宫大侠淫荡的目光逐渐打量过燕归来阴沉得快要滴水的脸、关小熙红得像猴子屁股的脸，再缓缓往下移动，终于，南宫的目光停留在两人合体的地方。

“啊哈——”南宫顿时阴阳怪气地拖长了声音，他身旁的CM和戒指，也是一脸心领神会的表情。

“老大，恭喜。”他们纷纷点头弯腰祝贺。

看到燕归来冷如寒冰的脸，关小熙恨不得找一条地缝钻进去。在三个男人的淫笑声中，她连忙把自己的手抽出来——既然你们不掉线，那我主动断线总行吧。呜呜呜呜，关小熙拼命地想切断自己和燕归来的连接，可是，这一次，轮到燕归来不肯放手了。

师父，你是在惩罚我吗？

发出一声低低的冷哼，燕归来继续拖着她大步往前走，直接撞开挡路的三人。两人到了餐馆里，找了一张角落里的桌子坐下，他才放开他可怜的小徒弟。美丽的服务员小姐拿着菜单过来，也被燕归来凶狠的目光吓得险些报警，仿佛他是来收账的恶霸。

当然，关小熙知道，师父不会对服务员小姐那么凶的。她顺着他的目光望去，一转头，就发现门口的三个男人竟然跟了进来，脸上明显地写着“八卦”两个字。

“论坛又有头条了。”南宫的嘴快要咧到耳朵边。

“冬天里的一把火。”CM乐呵呵地搂着南宫的脖子说道。

“我一直以为老大是没有荷尔蒙的，看来是我错了。”戒指一脸若有所思的表情。

“想不到老大的泡妞经验比我还丰富。”南宫说。

“小熙真可怜。”CM痛心疾首道，“想不到竟然落到老大的爪子里，这是啥，老牛吃嫩草啊。”

“不对，这是鲜花插在……”南宫大声笑着。

“估计寨主和老鸨要哭了，不是有爆料说这两人为了熙马拉雅决斗过吗？还有，南宫你声音轻点，别让老大听到了……”CM拿胳膊捅了捅南宫，提醒他小心八千万论坛币被扣光。

“嘿嘿，老大沉醉在温柔乡，哪会管我们说什么？哎，对了，你有看论坛吗？早上还有个小号爆料说老大不但有便秘加口臭，还肾亏。我的天哪，我们小熙怎么这么惨啊！后半生幸福就这样毁在一个臭烘烘的老男人手里了？！”

“哇，便秘口臭还肾亏！真的吗？我认识北京一家著名的男科医院的专家，找他做手术的患者已经排队排到明年去了，我觉得可以介绍给老大看看的！我可以托关系拿一个月内的号，啊呀，我对老大这么好，老大是不是应该给我发个一百万论坛币意思一下啊！”

“是我提醒你的好吗！一百万你至少分我五十万吧！”

“四十！”

“四十五！”

……

两个家伙激烈地讨论着分赃，仿佛燕归来此时已老老实实躺在男科医院的手术台上了。

忽然，戒指严肃地说：“老大应该已经听到了。”

……

他们这才发现，燕归来的杀人目光正狠狠地瞪着他们。

CM、戒指、南宫大侠，以及他们谈话中提到的梅大寨主和妓院老鸨，燕归来默默记下了这五个名字，他决定一回去就直接在他们的存款面前添加一个负号好了！

“我是否可以认为天佑大帝的弱智小说使你们都变成鸡婆男了？”

燕归来望着凑过来的三人，冷冷地从牙缝里挤出一句话，如果他没记错，论坛上这三个家伙也是天佑大帝的狂热粉丝。

“老大，我们只是……”南宫还要狡辩，忽然CM用手指比画了一个“八”字在他面前，忽然意识到自己的存款可能不保，他立即面如死灰。

南宫琢磨着是不是放过这千载难逢的调戏机会，趁老大现在手上没电脑，赶紧回去转移资产……他正打算开溜，又听到燕归来说出一句话：“今天的事情，我不准你们去发帖……”

“师父，其实我们没做什么啊。”关小熙小声地说。

不准他们去发帖？怎么好像真的被现场捉奸一样？她有些茫然，抬眼偷偷望望师父，后者听到她这句话后，整张脸更加黑了。

“我说错什么了吗？”关小熙挠着脑袋问。

在戒指、CM、南宫三人的热情招待下，关小熙期盼已久的二人世界成了五人世界。

所以，她很快乐，也很痛苦，这一趟痛并快乐着的旅程，也许她将永远记住。

燕归来本想把他们赶走，可戒指主动提供了自驾车并充当驾驶员，南宫迅速弄来了各个景点的门票，CM主动掏腰包请吃饭。这三个让他哭笑不得的家伙，燕归来实在没法把他们赶走。

半个月的时间，他们几乎逛完了京城所有好玩的地方，戒指和 CM 请了年休假，而南宫在中关村开了一家电脑城，这会儿直接把店甩给别人打理，自己跑出来，反正对他来说，在燕归来回去之前，说服他放过自己的论坛币，才是他目前最大的心愿。

所以关小熙一路上就看着三座火山对一座冰山的连番攻势，而她叼着冰糖葫芦看得不亦乐乎。

冰糖葫芦，京城地道的风味，关小熙记不清自己已经吞下多少串了，再加上有师父在身边，这辈子她知足了啊！

关小熙知道，燕归来并不喜欢人多嘈杂的地方，更何况人挤人的旅游景点，寻常情况下，汹涌的人潮只会让他厌恶疏离。好在这些天，他一直都紧紧抓着她的手，生怕她走失在人海中。

关小熙感动得泪流满面。

南宫等人的论坛币最终还是逃过一劫。

"明天中午的飞机回去？"

这天晚饭后，与三个家伙道别，师徒俩就回到酒店收拾行李。关小熙红着脸想，终于又是清净的……二人世界了！

仿佛京城的热闹繁华在这一瞬间悄然退去，空旷的客厅里，落地灯的光晕下，只剩下两个人的影子交叠，宁静而温暖。关小熙吃完买回来的最后一串糖葫芦，嗯，要不要再吃点什么……呢？她望着燕归来的背影，舔了舔嘴唇。

相比白天，显然燕归来更喜欢夜晚，清寂的，一个人的夜晚。在十九层楼的顶端遥遥望着流水浮灯的世间，繁华如风烟，没有人看见黑暗中的孤影，遗世而独立，所有的寂寞酿为美酒，他一个人斟饮。

这样的夜晚，他享受了许多年。

而现在，好像……又多了一个享受者。

燕归来右手一暖，那只属于她的纤细的左手，熟练地缠上来，十指相扣。

人海之中，人海之外，她好像已经习惯了牵着他的手。

燕归来的喉咙顿时有些发涩，张了张嘴，却终究没说出什么话，只能忍着，同她一起欣赏京城的雪夜美景。

"这几天玩得开心吗？"

不知过了多久，燕归来的声音终于打破沉默，低低地，却如夜色温柔。

"嗯，因为和师父在一起嘛。"

关小熙顺势又靠紧了一些，脑袋往燕归来的胳膊上蹭，有贼心没贼胆的她，心中那个饥饿痛苦啊，却只能做到这一步，她怕食物没到口，他已经把她从十九层楼上扔下去了。

“喜欢像这样子出来玩吗？”燕归来淡淡地问她。如果她喜欢，如果他还有时间，他会尽可能带她出门开阔眼界的，他想带她去意大利，去冰岛，去日本，去埃及，去格尔德兰的晨风里……

“喜欢，不过……”她眨眨眼，说，“我更喜欢师父。”

他的手明显僵硬了一下，他想抽离，她却不让他如愿，只剩下他们指尖的肌肤厮磨。

“师父……”

关小熙扬着脸，窗外是雪夜灯火，落在她眼中的，却只有他。

她认真地注视着他的表情。

燕归来闭了眼，别过脸去。

她的目光如火，点点星火越烧越旺，他能感受到那之中的热度，也许终有一天，她会把黑夜也烧化。他不敢看，亦不忍看，只是转过身去，不再看她，可心中竟然有个细微的地方，莫名地开始撕裂。

心已经被她烧了一个洞吗？

关小熙咬着唇，拉了拉他的手，又渐渐松开，假装……什么都没说过吧……

燕归来的沉默，说到底只是他常年一人习惯了。常年的疏离与淡漠，与所有人都保持着距离，更不用说触摸到他，也许她的所作所为，已经是他能忍受的极限了。她想，她应该知足了，否则，怕是连师徒都做不成。

“师父，我先去睡觉了，好困呢。”她尽量愉快地说，掩着声音中的落寞，然后低头跑回房间，一步都不敢停下。她怕听到他的拒绝，她怕她的贪心让她最后失去好不容易拥有的一切，她怕忍不住哭出来。

她轻轻地关上了门，所以她没有看到燕归来举起了自己的右手，那只被她拉过的手，那种有着温度的厮磨感觉依稀残留，他举在眼前怔怔地望着。

在十九层楼的窗前，他整整站了一个晚上。

# 第十二章

# 发财大梦

FA CAI DA MENG

燕归来。

他是黑暗中最耀眼的光芒，耀眼到极冷，耀眼到极烫，他却不是火，他只会隔岸观火。

那么她呢？她是扑火的蛾子吗？她是溺水的傻子吗？

关小熙很想说“不”，可心里又清清楚楚，没有他，她只会在黑暗中迷失方向，扑火也好，溺水也罢，哪怕倾尽一生，她也想到达他所在的地方，去触摸他飞扬的衣袍。

她还记得那个梦境，小鹿努力地想进化成人，并非为了强大自身，而是那样，就与他更近一步了……

一瞬间，关小熙恍惚明白了，自己的努力不仅仅是为了变成强大的黑客，她所做的一切，她付出所有，终究只是卑微又倔强地为了他不至于嘲笑自己的感情。

所以，如意这么强大的人都被他拒绝了，那么她一定要比如意更强才能有资格把感情认认真真地放在他面前而不至于被嫌弃吧。

关小熙从箱子里拿出笔记本电脑和一本 VB 教程，忽然间动力十足。

她是真想学习，却又一个字都看不进去，眼前全是他转过去的脸，挥之不去。

无声的决绝，哭不出来的疼痛，关小熙郁闷地插上网线，很久没看她心爱的动漫新番了，她想看点轻松的东西治愈一下自己吧——可是，似乎人倒霉了喝凉水都塞牙。

关小熙盯着屏幕上的下载速度，欲哭无泪。

3KB/S，好吧，连酒店的网速都和她过不去，这就是所谓的拥有 100M 光纤的四千多人民币一晚上的五星酒店套房吗！

整个酒店的网络构成是常见的局域网，局域网争抢带宽很常见，但关小熙意识到网速低到这份上，就绝对不正常了，她想着，立刻从硬盘里翻出一款局域网网速管理软件，是不久前她和老鸨他们一起开发的最新版。她启动软件一检查，果然发现局域网里有三台联网的机子，几乎霸占了所有的下载带宽。

哼哼，很好很好……关小熙心中正郁闷着呢，终于找到发泄怨气的出口，选中这三台电脑，然后点了软件界面上一个叉叉的图标，瞬间，这三台电脑就被断开了网络。

关小熙的下载速度飙升到 10MB/S。

很快，就下完了一集动漫。

关小熙心情舒畅了不少，但是仅过了几秒钟，她的网速又跌了下来。关小熙望着重新回归 3KB/S 的网速，咬牙切齿，一刷新软件界面，竟然又是那三台机子重新霸占了带宽，看机器名好像是同一个人的电脑。这也太缺德了吧，关小熙一点鼠标，又切断了他的网。

结果那人似乎与她耗上了，关小熙还没得意多久，发现自己的网也被断了。

于是时间就在她和那三台机子的带宽争夺中流走，终于，她再一次连上后，通畅了很久。

“嘿嘿，放弃了吧。”

关小熙拆了一包零食准备看片，却听到防火墙“嘀嘀嘀”地开始报警。

“呵呵，老娘不发威，你当我是病猫啊！”

关小熙捋起袖子，目露凶光，看来对方不但不放弃，竟然还试图入侵她的电脑。这防火墙由燕归来亲自编写，当初为她装电脑的时候就装上了，那时候她不懂，后来随着自己学到的知识越来越多，就也越来越深刻的认识到师父写的这个防火墙有多厉害，怕是瑞士银行和美国联邦局的防火墙都没燕归来这个防御力强。

个人电脑……世界顶级防火墙……燕归来为了她，还真是不惜血本，投入所有啊，关小熙想到他，心情又低落了。

若是有选择，她必定不会选这些，她也不想要师父付出这些、教她这些。

爱。

你能教我怎样去爱你吗？

“怎么了，老公？”

“哼！碰到一个不识相的家伙！”

同一个酒店十三楼，某一间房间内，一个汗涔涔的男人怒气冲冲地盯着自己的三台笔记本。

而他的女人裸着身子，在床上催促着他。

“快点嘛老公，你不是说要给我下日本动作片全套的嘛，下载了几部了？我们快开始嘛……”

“别急，我的香香小宝贝。”那个男人眼中写满欲望，但显然又被这网速折腾得心头窝火，他骂道，“哼，竟然有不知天高地厚的人敢切老子的网，真的当自己是正义使者啊！香香你过来，看你老公给他点教训瞧瞧。”

“老公你本来就是电脑牛人嘛，怪不得那个老女人不肯离婚呢……”小香香一边发嗲，一边迫不及待地爬到了他的背上。

“哼，提到她就心烦，香香你放心，我肯定会离婚娶你的……”男人兴奋地握着鼠标，而另一只敲打键盘的手激动到颤抖，“现在我就给你看看，你老公有多厉害。嘿嘿，有我在，这酒店的带宽就是我们的，谁敢来抢？老子要让他连系统都启动不了，哈哈哈，那些傻子还花四千块一晚住这里，结果网都上不去，一群傻子，哈哈，人傻钱多……”

“哇，这些都是老公写的软件吗？”小香香睁大了眼睛。

“是啊，你老公厉害吧，啊哈哈哈……”男人得意地大笑。

防火墙警报响得更厉害，指示灯从黄色变成红色，看来，对方还是一个不弱的家伙嘛！

关小熙点开防火墙的界面，查看那家伙的信息。我的天，三台电脑同时轰炸她！

燕归来一直没有说，但随着关小熙的研究发现，她已经知道这防火墙不仅能抵御入侵，还可以反入侵。

反正她心情不好，正好有送上门的家伙。关小熙的嘴角浮出一丝冷笑，“唰唰唰”地勾选了那三台机子，然后切换到指令界面，输入一条简短的英文指令，反入侵程式就开启了。那三台机子很快就被破解了登录口令，关小熙成功接入三台主机，又在自己机器上输入一条英文指令，瞬间这三台主机的所有硬盘数据列表，齐刷刷地出现在屏幕上供她观看。

哎？好像除了一些色情片和自拍视频，没什么有趣的东西啊。

她翻了翻对方的硬盘，觉得无聊，又看防火墙的警示灯，依然红亮着，看来对方还不想罢手了。

关小熙悄无声息地接通对方的桌面安静欣赏，三台机子，三个屏幕上，是各种不同的入侵软件。

她颇觉好笑地望着对方的操作。

看样子，这还是个熟练的老手，而且用的入侵工具都是中华黑客会出品的软件，其中有一款最新的封包拦截器还是关小熙参与策划的。

但是……

关小熙仔细一看，嘴里的薯片“嘎嘣”一下被她咬碎了，差点咬到舌头——那些软件的界面，原本写着“中华黑客会出品”的地方，竟然全部被涂改覆盖了，一眼望去，这些软件都变成“张正义出品”“张正义制作”“张正义原创作品”……

张正义？

那家伙的名字吗？

人无耻则无敌啊！关小熙又好笑又好气，一瞬间，她怒从心头起，恶向胆边生，切换到指令框，继续输入指令：

format[18] d:

format e:

---

18　format 是格式化的意思，关小熙一怒之下把对方的三台机子的所有硬盘都格式化了。

format c:

……

几分钟后，世界安静了。

张正义很痛苦。

他捂着脑袋躺在床上，用仅剩的理智思索着如何拯救他可怜的硬盘。

这回算是踢到铁板了，他泪流满面，他三块硬盘里的数据不仅全部被格式化，而且还被彻底粉碎，连渣都没剩下，更因此出现了无数的物理坏道[19]。

而他，绝不可能上门与对方拳脚相向——网络上的事，当然要凭网络技术解决。牵扯到现实中的打架斗殴，他自认还没强壮到那种地步，他平时在家，除了打打老婆，出门可是打不过任何人啊。他这细胳膊细腿的，万一找上门挑衅不成反被对方打了，那就不只是丢脸那么简单了……

可是，这三块硬盘里的数据可是绝版珍藏啊，全是他和历任劈腿对象的自拍视频，都毁在物理坏道里了，出一大笔钱都不一定修得好，很难把数据恢复过来……张正义想着他硬盘里的小甜甜、小亲亲、小丽丽、小美美、小滟滟……心疼到要哭出来。

“老公，你的电脑怎么黑屏了？”这种时候，他的小香香显然非常关心他。

“没电了！”他没好气地吼道。

关小熙第二天早上醒来的时候，阳光已经晒到了屁股。

航班是中午的，她并不急，慢吞吞地洗漱整理，牙齿刷了三遍，脸洗了五遍。

饶是如此，她依然不敢面对燕归来。

万一他说出“回去之后，分道扬镳”或者“小熙，我们不适合”之类的话，那她会把肠子都悔青的，会伤心死的……

而且，昨天晚上她还干了一件明显是“驴”干的事。

利用了师父的软件，她才一怒之下把别人的硬盘格式化了，且不说过分与否，以她自己的水平定然做不到这样。她实践经验太少，说不定还会被对方干掉，只有在燕归来的武器的保护下，她才能变得无敌……关小熙在房间里纠结着，昨晚一场战斗，她没有任何成就感，反而整颗心都悬着，这种“驴”的行为，会让师父更加厌恶她吗？

在她的磨蹭又磨蹭中，时间哗哗地流走，再也磨蹭不下去的时候，她打开了房门，完全忘记自己还穿着单薄的睡衣。

哎？门口有人吗？

“大哥，小弟名叫张正义，知道您很厉害，您是牛人，是我瞎了眼了和您抢带宽……”

“大哥，是我有眼不识泰山，我给您赔罪……”

19　硬盘由于大量读写所产生的物理性损伤。

“呜……这位大哥啊，我不该班门弄斧的……您惩罚我我也认了，可是我的硬盘不但格式化了，还出现很多物理坏道，大哥您这就有点过分了啊……”

燕归来正站在客厅的正门口，双手抱着胸，似乎在和一个人交谈，但只有对方在说话，叽里呱啦的一大串，而燕归来默默听着，只是全身散发出冷气，让客厅另一端房间门口的关小熙寒毛竖起。

而门口几乎要哭出来的家伙，正是找上门来的张正义，他可怜兮兮地向燕归来哭诉着，明显把他当成了昨晚踢到的铁板。

听到“抢带宽”“格式化”和“物理坏道”这几个词，燕归来瞬间就明白了。

硬盘坏道，分为逻辑坏道和物理坏道，逻辑坏道是长时间软件使用不当造成的，可以用软件修复，而物理坏道，则是硬盘这玩意儿本身出现了物理上的损伤，只能屏蔽或更换，无法修补。

通常，硬盘的物理性损伤，是因为年深日久的使用，才有了老化、磨损现象，而要短时间内人为造成，除非把硬盘拆下来往墙上砸……

显然，张正义宁可选择把自己脑袋往墙上砸也不会这么干。

那么剩下唯一的办法，就是在短时间内对硬盘进行大量的重复读写操作，导致笔记本硬盘的娇弱身躯最终承受不了这狂风骤雨般的蹂躏……燕归来自己写的破坏工具就可以在不被机主发现的情况下做到这一点，当初在给爱徒装的防火墙中，他也把这个武器融入进去了……

所以看到关小熙打开房门出来，他很快就猜到这丫头昨晚一直亮着灯到底在干什么了，于是，他把他以为她在哭而准备的一肚子安慰话又咽了下去。

张正义只看到，燕归来的脸色更黑了。

而关小熙的出现，却让张正义眼前一亮。

阳光如金子般铺洒了一地，而那一个从房间里出来，穿着一身 Hello kitty 睡衣的小姑娘，她赤着脚，一双眼睛睁得大大的，正好奇地盯着自己的方向。素颜的脸并不漂亮，但那迷糊迟钝的表情却平添了几分可爱，那娇小的身躯更让人忍不住心底柔软，真想把她拥到怀里成为他的下一个小香香……张正义吞了一口口水，瞬间开始羡慕起燕归来。

“大哥，您真是好眼光！”张正义说这话时可是十分真诚。

燕归来眯起眼睛，顺着张正义的目光回头一看，就看到了他亲爱的小徒弟……

关小熙着一身睡衣，阳光下，曲线并不明显的身材若隐若现，还有那 V 型敞开的大领口，露出的大片白皙皮肤，以及领口下方，那不可描述之处……偏偏她还一无所知地望着自己，这丫头还嫌惹的事不够多吗！燕归来的眼角从没像现在这样抽搐过，他相当不自在地别过脸去，没想到又迎上张正义讨好奉承的笑脸：“看来大哥喜欢这一类清纯的啊，嘿嘿，小弟我有一些高清的珍藏，您要不要……”

“砰！”大门被狠狠地摔上。

燕归来站在窗口，手上点着一支烟，思考着该怎么教训一下这个该死的小徒弟，明显，小熙昨晚一夜奋战好好地干了一件“驴”的事，欺负了那个什么张正义。现在人家苦主找上门，自己不得不替她擦屁股……好吧，他堂堂中华黑客会站长燕归来，竟然要给一个小姑娘擦屁股，这还算了，这孩子实战经验太少，锻炼锻炼也是好的，毕竟谁都是从“驴”过来的。他最担心的是她从此满足于当一个“驴”的乐趣，如果沉迷在这种杀戮掠夺的乐趣里，那一生都将止步不前，枉费他的一片心……

一片心？

该死，他怎么会想到这上面去！

燕归来狠狠地在窗台上摁灭烟头，像是要把这三个字赶出脑海。

关小熙看到燕归来懊恼的样子，就知道大事不妙，师父果然生气了！

这么久的相处，她知道师父很少抽烟，也很少发火，除非心里实在烦闷……她果然是闯祸了吗？

“师父，我错了……”

她弱弱地向燕归来的背后靠去，既委屈，又忐忑，一颗心怦怦乱跳着，她全然没注意燕归来正好在这时转过身，想好了一番说辞准备教育她……

“砰！”

面对面，胸贴胸，两人撞在一起。

关小熙脚下不稳，下意识地想抓个扶手——于是她抱住了现成的人肉柱子。

这一瞬间，燕归来心头狂怒狂恨，不亚于山崩海啸、宇宙爆炸、沸水烫青蛙……他如触电一样想要躲开，只是他能躲开子弹的迅捷身手，却躲不开这个抓紧他的怀抱。

该死！

她知不知道这样俯视她的大 V 领睡衣可见一览无余的春光啊啊啊啊！

这让燕归来的防御值降到负数，在他的理智也降到负数之前，他使出最后的力气推开她。关小熙脚下一绊，不知道是不是她故意的，他的肋骨撞击着她的胸，两个人滚到了地毯上。

关小熙大脑有那么一分钟的短路，待她重新接通电源后，才意识到……

“咕咚”，空气中只剩她吞口水的声音。

电光石火间，脸如火烧的小姑娘开始庆幸，幸好自己脖子上长的是脑袋而不是硬盘，否则真会被身上趴着的人一怒之下格式化所有数据——嘿嘿，脑子里的记忆，他可无法格式化。

关小熙想着，嘴角不自觉地浮现一个得意的微笑，却猛然发觉浑身一寒，燕归来凶狠如冰锥的目光仿佛要把她冻入地底杀人灭口……她竟然忘了，他……他他他他还压在她身上啊！

但是，与他冰冷刺骨的目光不同，他的身体分明是滚烫的，贴着薄薄的布料，她能清楚地感应到这个胸膛……

俗话说，眼睛是心灵的窗户。

俗话说，身体是心灵的先行者。

那么他的眼睛和身体，到底哪个才是诚实的呢？关小熙舔舔嘴唇，再一次浮想联翩，全然不知自己的满脸呆傻与花痴尽数落入他的眼中。

空气……似乎更冷了……关小熙打了一个哆嗦。

极冷与极热，两个人以一种极不和谐的姿势，压在地毯上，燕归来的眼中，有震惊，有愤怒，还有一丝隐约的……不知所措。

这也是他会压在关小熙身上短时间“死机”的原因。

当然，身为师父，重启速度肯定比徒弟快，他是绝对不会让自己的慌张被别人发现的，尤其是被这个死丫头发现！他一向是能把情感掩饰得很好的人，看着关小熙那副神游不自知的模样，他发出重重的一声冷哼，又恢复面无表情的扑克脸，挣扎着爬起来，弄平衬衫上的褶皱。

“你准备一直躺到飞机起飞吗？”

燕归来瞪着关小熙，竭力让自己的声音听不出起伏——该死，她就不能穿一件正常的衣服吗？！

关小熙依然四仰八叉地躺着，从这个角度看过去，师父的身影逆着光，格外威武。

她眨眨眼睛，还在回味着刚才身体与身体的触感，那厚实而温暖的胸膛，让人喷薄而出无法抑制的激情，人生果真是充满了狗血和意外，而意外竟是如此美好。

脚边是让她刚刚绊倒的茶几，发出绛红的光泽。关小熙从没有像现在这一刻爱着茶几，如果有意外，她是多么想再摔一次啊！

燕归来皱起了眉，见关小熙的目光飘向茶几，他也注意到了这个罪魁祸首，而依然没有站起来的他的爱徒，让他很快心生一个不好的猜测。

“你摔伤了？”

听到这话，关小熙错愕，老实说，她只是屁股摔疼了而已。而且，用屁股换吃豆腐，这也很值得，不是吗？可是不等她说话，燕归来已然蹲下身，那带着血丝与倦意的眼中，难得地出现波澜——关小熙觉得，那是紧张。

原来，师父也会为她紧张的，不管她做了多少蠢事，惹了多少麻烦！关小熙的心里满满的都是暖意，脸上不由得绽放一个灿烂的笑容。

“你到底在想什么！还是摔成脑震荡了？！”

看她的模样，明显没有摔伤，她这是在戏弄他吗？燕归来再一次恼羞成怒，这让他口中蹦出的话语，带上了浓浓的火药味。燕归来开始意识到自己的紧张完全是多余的，就在刚才两人摔下去的一刹那，他是那样紧紧地抱着她——如果有一个人要摔伤，那他宁可是自己，不管下方是地面，还是万丈悬崖，抑或是永无止境的黑夜。

不忍她受伤，不忍她落单，不忍她离去，明明没有亲情的牵连，没有爱情的缠绵，更没有血浓于水，没有相濡以沫，没有相依为命，只因她喊了他一声师父，在那个夏天的午后，在这个孤单的世间，他就有了从此无法放下的人吗？

到底是什么时候，他的生命开始有了另一种颜色？

燕归来闭了闭眼，放下那些忽然涌出的无聊念头，这只是作为师长的责任，他告诉自己，只是责任而已，就像他有责任不让她躺在北国寒冬的地毯上让感冒病毒侵入他很想格式化的她的大脑一样。

既然她没受伤，那他也就不客气了，一把抓住她的衣服后领，想直接把她从地上拎起来——可惜，和各种病毒代码搏斗多年的中华黑客会站长，却严重缺乏和蕾丝花边少女宽松睡衣搏斗的经验。

好吧，人生的确充满了狗血和意外。

在关小熙的高声尖叫中，拎人衣领却差点把人剥光了的中华黑客会站长从脸到脖子都黑了，黑中还带着红。他羞愤地甩开手，终于掩不住尴尬的情绪，几乎是慌不择路地冲进房间。

“砰！”房门被狠狠关上，只剩下关小熙一个人站在客厅里整理睡衣，睡衣……这该死的睡衣。他看到了吗？他全部看到了吗？呜……不要啊……她纯洁的身体啊……

想到燕归来很没形象地逃跑的背影，关小熙伤心了半天，终于找到一点心理平衡，哼，原来堂堂燕归来，也会有狼狈的一天啊！

可是……

“师父，你刚刚进去的，是我的房间啊……”

关小熙望着自己大门紧闭的房间，想起自己起床准备洗完澡换上的小胖次和小胸衣都还放在床上啊……

将近一个月，从首都回来之后，关小熙都没有去师父家，她脸皮薄，所以只能窝在家里，让时间去消化那些人生中的狗血和意外。

“师父很忙，我不能去打搅他。”

她是这样对好奇打探的颜可解释的，一脸义正词严的模样。

颜可从她的神色里看不出什么来，但心中绝对不信。

“吵架了？”他笑眯眯地问着，一副幸灾乐祸的模样。

“才没有，我们师徒感情那么好。哼！”

在颜可无比怀疑是燕归来的便秘、口臭以及肾亏吓跑了小姑娘的日子里，叶盈盈和苏牧放寒假回来了。

这次再见，她发现叶盈盈比一年之前出落得更加动人，还有着她从前不曾见过的干练与成熟。盈盈长大了，这是关小熙的第一印象，只有她自己还像个小姑娘一样停在原地不肯长大。

关小熙、颜可、叶盈盈、苏牧，四个年轻人坐在小吃店临窗的桌子旁，望着窗外车水马龙，各怀心思。

叶盈盈终于忍不住说：“小熙，我和苏木头正式在一起了，打算今年过年就见家长，虽然高中的家长会上已经见过无数次了，哈哈哈哈。”

“哇！那你结婚我一定要当伴娘啊！太好了，你们终于修成正果了！”关小熙高兴地跳起来。

叶盈盈原本以为闺蜜泡走了暗恋自己的男神这种狗血剧情会让小熙多少有些难过，可小熙的高兴全然发自内心，一点都没觉得有任何不妥，顿时叶盈盈也放下了悬了很久的心。

到底是好闺蜜啊，叶盈盈想着，也高兴地说：“小熙你和你的英语老师咋样了？”她笑嘻嘻地问道，“有没有……更进一步发展啊？”

关小熙：“盈盈你在说什么我听不懂。”

颜可：“你们在说谁？英语老师？便秘口臭还肾亏那位？”

关小熙顿时和他扭打成一团。

最后还是叶盈盈阻止了他俩快要把桌子掀了的年度大乱斗。

“我和苏木头打算架个小型网游来玩，趁着市场好，有投资。”叶盈盈说，“小熙你要不要……来当策划？”

“啊？！”

这下轮到关小熙吃惊了，记忆中，一年前，她表哥对她说过同样的话，现在轮到表妹亲自上阵。

“小熙你别误会啊，和我哥没关系，这是我们自己的游戏！”叶盈盈连忙解释。

“这可不是小工程啊，盈盈，你是当真的？”关小熙在脑中搜索着网游架设的相关资料，感觉有些头痛，“这需要服务器、服务端、带宽、硬件、游戏程序、美工、安全、策划、宣传，以及大量的人力物力财力啊。哪一个都缺不得。如果我没记错，你和苏木头报的都不是计算机系吧？为啥你们会有开发网游的念头？”

“因为我哥也在弄网游，他告诉我这个能赚钱，现在时机好，是暴利。”叶盈盈眨着眼睛，眼波流转，“我爸虽然有钱，我也不想一直啃老啊，苏木头也有此意，所以我们俩一商量，就打算靠这个来把结婚买房的钱挣出来呢，你都不知道现在北京的房价有多可怕……”

关小熙听着，淌下了宽面条泪水，虽然她也不想啃师父，但她还是认为叶盈盈这想法太不现实。她说道：“盈盈小姐，你明白成本吗？纯原创的端游，比如你哥的公司，单说人力，成百上千人，研发个两三年，还没上市呢……”

“搞网游真有那么麻烦？”叶盈盈被她一说，好像也意识到自己有点异想天开，拍拍脑袋，望向苏牧。

“盈盈她哥弄的，是大型端游，”苏牧说，“我们打算弄个小型的就可以，最好能内嵌入电脑桌面的，一开机，一联网，随时能在桌面上玩，再弄成像素风，这样各方面成本都小了很多。”

“这主意倒是不错。”关小熙想了想，说道，“大型网游做起来确实麻烦，简单小型的，比如你说的把游戏嵌入桌面吧，理论上可以办到，再加上迷你的界面，做成手机屏幕那种大小的，嵌在桌面上玩起来简单又方便，上班族的最佳选择，制作成本也不高，哎呀呀，生财之路啊……”

“那是真的可以实现咯？”叶盈盈一副星星眼地问。

两个爱财的女孩对望一眼，四只眼睛同时开始放光，她们仿佛已看到无数的钞票从天上降下。

“你们想做网游？”

三个少年的发财梦，把正在论坛上恶意散发男科医院广告的颜可也吸引了过来。

“这么好玩的事情都不叫我吗？我可以提供技术支持、安全支持、人力支持，还有……资金支持也可以，嘿嘿。”颜可抓起可乐，豪爽地喝了一大口。虽然燕归来打击过他，说他的银行存款不足师父花阡陌的百分之一，但他不是那种纠结于过去的人，他相信等他达到燕归来的岁数时，存款后面一定还会添上几个“0”，况且，钱要花出去才能生出更多的钱来。

在关小熙的介绍下，叶盈盈和苏牧都明白眼前这个外表玩世不恭的少年，其实是一名资深黑客，这让两位北大清华才子佩服不已。

“目前只是个设想，如果真要干，那就大干一场吧。”关小熙深吸一口气，说道，“盈盈，我也加入你们，说实在的，我能支持的东西，除了资金，我想绝不比颜可少。”

“不过现在很多人都开始分吃网游这块肉了，《极乐》圈钱，但是死而不僵，而盈盈她哥的江城科技也在做新的游戏，甚至张大牛的万厦房产，都转行做网游了，咱们空手起家，路途艰难啊。”关小熙分析着市场，俨然一副市场专家的做派，在师父的要求下读了几本经济学教材的她，对这方面也有些了解。

“那也做了才知道，而且我们的创意史无前例，说不定能得到巨大成功。”叶盈盈显然已沉浸在她的发财梦里了，“木头啊，你是北大才子，你说咱们的游戏名叫什么好？”

“理想国。”苏牧推了推眼镜，三个字脱口而出。

谁都没想到，在不久的未来，那个风靡全球的桌面内嵌式网游《理想国》的名称，竟然诞生在一家路边小吃店里。

一株细小的嫩芽，缠绕了一代人的年华。

而它的几位创始人，直到很多年后，也会回来这里，哪怕小吃店早已拆迁，原址上已建成大厦，他们也坚持着每年回来这里，缅怀此刻少年梦里的萌芽。

# 救赎

JIU SHU

为了研究网游架构，关小熙从藏经阁资料库里挖出一大堆相关教程，专心地在电脑前熬夜阅读，教程用各种各样的程序语言编写的都有，其中多半她都看得懂，经过这一个月来几乎通宵达旦的奋斗，她已掌握了 VB 和 VC 两门语言。

她一窍通而百窍通，越学到后面越觉容易，也越觉得不够。

虽然常规的入侵很少需要编程，但对一名顶尖黑客来说，掌握编程就意味着可以编写自己的工具软件，不再搭乘别人的风帆，而是自己长出翅膀，那就意味着天下之大，可以自由翱翔了。

而学多门语言于一身，那就更是飞天遁地，无所不能。

燕归来说过，团队合作固然重要，但关键时刻唯一能依靠的只有自己的实力，一个人的艰苦与孤独，一个人的坚韧与专一，这里面的收获，是远远大于两个二分之一的。

这也是燕归来仅收了关小熙一个徒弟的原因。

关小熙揉了揉布满血丝的双眼，又给自己倒了一杯浓咖啡，拉开窗帘，天竟已蒙蒙亮了。

“八点之前，再看五章 JAVA 吧……”

关小熙关上电脑，从手边拿起一本《JAVA 基础与提高》，翻过前面的基础篇，她直接从提高篇开始，津津有味地看了起来。

旧城区的黎明，平静而安宁，六点过去，七点过去，八点过去，九点过去，直到九点半的时候，关小熙才放下书，疲惫不堪地缩进被子里。

“哎呀呀，一不小心看过头了。”

她拿起手机一看时间，正要设闹钟睡觉，手机响了起来。

来电人：师父。

“喂？师父……”关小熙战战兢兢地接起电话，她知道，若不是非常紧急的事情，师父一般不会直接打电话给她。

“你……还在睡觉？”电话那头的声音似乎有点犹豫，还有点说不清的别扭感觉，他问，“又通宵了？”

“啊，没有没有，我已经睡醒了，师父什么事啊？请我吃早饭吗？哈哈哈……”她赶紧打起精神。

“中国最大的手机运营商服务器被入侵了，双方交战中，一个好机会，你要不要来观看？”时隔一个月未见，燕归来终于再次开口邀请她过去。

十分钟后，她就洗漱完出门，燕归来正好开车来接她。

关小熙拿起手机、包包就冲下楼，却在楼道里碰到一个人，一个胡子拉碴、双眼血红，穿着一件破旧的皮夹克，神色比关小熙更疲惫的中年男人。

“爸……关鹏飞？”

关小熙皱着眉，不确定地向这个四年未见的男人打招呼。

男人只抬头望着她，头发乱糟糟的，而他眼中的目光，已不再有记忆中的慈祥，相反，冷漠得……近乎可怕。

关小熙懒得去想象这个背弃她们母女外出四年不归家的男人干了些什么勾当，又因什么原因不得不回来。大概是他赌博又输光了钱，身无分文回来借钱。而记忆中善良的母亲总是会把仅有的积蓄都给他，在他厌恶的眼神和转身离去的决绝背影中不放弃地劝说着他，而母亲生病住院的时候，却不见他的踪影。

记忆中只有无休止的争吵、搬家、打架，发展到他们离婚前为了争夺房产的那一场掂刀相向。

那是关小熙一生中挥之不去的噩梦，破碎的家具、邻里的议论、绝望的母亲、撞门而入的警察——四年前的噩梦，足以让关小熙记恨面前这个男人四十年。

不过，自他们离婚后，他还是第一次回来。

“你妈在家吗？”关鹏飞嗓音沙哑。

“她上班去了。”关小熙绕到一边，不想面对他。

“上班的地方在哪儿？我没在百货公司找到她。”

“早就换地方了。”关小熙没好气地瞪着墙壁，多看这个男人一眼她都觉得讨厌，当年的噩梦如附骨之疽，紧紧将她缠绕，她不想这平静的生活再被打破。

他以为她会告诉他妈妈在哪里再让他去借钱？

只是她没看见，关鹏飞眼中的凶狠目光一闪而逝。

“哦，那我改天再来。”关鹏飞挠了挠那不知多久没有清洗的头发，转身蹬着破皮鞋下了楼，临走还不忘回头一笑，“小熙啊，你越来越漂亮了。”

那笑容让关小熙一阵恶心，她看着他走远，才小心翼翼地下楼朝燕归来的车子走去。

燕归来为什么能屹立在巅峰那么多年不见衰败？为什么能让百万会员趋之若鹜拜投门下？为什么能让国外财团与黑客组织纷纷忌惮避退三舍？为什么会被称作花阡陌

之后唯一的神？

关小熙现在是知道了。

“这种重要的地方，怎么可能没有我的眼睛？”

面对小姑娘的惊讶表情，燕归来只是语气淡淡地说道。而他口中的眼睛，则是一款线上运行的监控软件，全天二十四小时监控着目标服务器和端口的数据异常，并自动分析、即时发回报告，而其踪迹完全隐形，就像空气一样，无处不在，又无迹可寻。

关小熙毫不怀疑全世界的重要网站都在他的监控之下，而且一举两得的是，服务器一旦被攻击，那么攻击者用到的手段也会暴露在他的眼皮底下。茫茫黑暗之中，他坐观它们的兴盛衰落，而他，立于不败之地。

无疑，这应该就是燕归来最大的秘密，也是他的撒手锏。

现在，他呈现给她观赏。

位于中国最大的手机运营商某个服务器上的某个端口的一场如火如荼的攻防战，中华黑客会站长既不掺和，也不声张，反而坐在屏幕前，邀他唯一的徒弟一起观战。各种数据的动态被传送回来，在屏幕上模拟一场没有硝烟的庞大战争，似乎两方都不是省油的灯，也都不肯半途而废。随着时间的推移，两方参战的人数逐渐增加，一台笔记本的配置再好也无法负载这庞大的数据，燕归来起身又多接了五台机器，而关小熙紧紧盯着屏幕上的战况演化，生怕错漏了千分之一秒没有看到。

国内的安全部门当然不是吃素的，而对方的人马也有着强大实力，看上去似乎是一个训练有素的黑客团队，对于攻陷大型服务器有着自己的一套作战方案，每个人之间的配合与交替，行云流水、天衣无缝，显然是专业人士，熟稔于这一行当。

就像国足参赛再怎么是一群太监上青楼，但真正出战时，祖国十三亿人都希望他们能胜利，而坚定地支持着他们。

手机运营商安全部门的技术员们，尽管在网上常常遭到鄙视，所谓同行相轻，但每当面临国外入侵者而防守无力时，平常互相轻视的人们，总会在第一时间联手奋战于前线，同仇敌忾，至于各自抨击嘲讽的事，那都要等战事结束后再说了。

所谓技术宅的友谊，有时候就是这么奇怪。

而燕归来泡了两杯热茶，悠闲地欣赏着。这种战况他见得多了，也经历得多了，但对于缺乏实战经验的关小熙来说，却是一个绝好的观摩机会。因此，他把她喊来，耐心地为她讲解，到了关键之处，他还会倒回去重播一遍，以便她记住。

富有磁性的男中音流淌在空气中，如热茶一样，清淡又销魂。

俗话说纸包不住火，在数据世界里的消息传播，简直可以用光速来形容，特别是这么一场大火。

五大洋，七大洲，全世界越来越多的人加入观战，因修改话费余额一个小摩擦而产生的单纯双方暗战，变成了明战，又演化成混战。

有搬板凳嗑瓜子和燕归来一样围观的，也有摩拳擦掌跃跃欲试的，还有披挂上阵一试实力的，更有悄无声息浑水摸鱼的，还有网警出没想把这些人一网打尽。

螳螂捕蝉，黄雀在后，而燕归来作为猎杀黄雀的狙击手，只在场外远远欣赏这一切，像是欣赏一件艺术品。

各路黑客，各种战术，各家之长，长中之短，他皆是了如指掌。他扼要而不失条理地认真讲述着，并且加上自己的见解，以及此类战术的缺陷、该如何利用、何时利用等等说明，这绝对是关小熙这辈子上过的最珍贵的一堂课。

他一针见血的解释，让她感觉如醍醐灌顶。

关小熙眼界大开，她熟读无数算法技巧，但毕竟是纸上谈兵，读一辈子的兵法，也及不上亲身临战一场获得的经验。

她感觉她的认知在飞快地升级，原来团队配合可以有这么多花样，原来社工学并不只是尔虞我诈，原来她所不知道的东西还有那么多，原来国外黑客们竟可以做到如此地步……原来，世界那么大。

关小熙想到她当时对张正义电脑的入侵，即使那入侵程序是她自己写的，和眼前这场大战里各路世界强者们的战术比起来，也简直是小孩过家家。

蹩脚、生疏、笨拙，甚至漏洞百出，原来，自己是那么“驴”，偏偏还自我感觉良好。

燕归来依旧讲解着，语调平静，没有波澜，关小熙的心里，却波澜起伏。

“师父，对不起……”

她站在他背后，她知错了，她到这一刻，早已明白他将一切都看在眼里，可他根本不骂她，只会通过让她成长的方式来让她明白，她自己是什么水准，该弥补什么，该反省什么。

他好像根本没听到她的道歉一样，依旧讲解着眼前所见的各种世界性先进战术。他让她知道了什么叫天外有天人外有人，他让她自己领悟，他把她从泥地里挖出来，把一切都教给她，却没有规定她应该怎样去生长，他只是保护着她，然后彻底给她——自由。

这才是真正灵魂意义上的救赎啊！

这才是真正的黑客精神——FREE 啊！

燕归来，此生得你为师，我何其幸也。

燕归来，此生你为我师，我又何其不幸也！

“师父……谢谢你……”她的眼眶热热的，不争气的眼泪又掉了下来。这么久了，她学会了很多，却学不会不哭。她不由自主地从背后环抱住他，臂中人的讲解瞬间变得没那么流畅，他不着痕迹地移开她的手。

“我不知道你在说什么。”他拍拍身边的椅子，说道，“给我坐好，不要乱想。”

“嗯！”

关小熙乖乖回到椅子上坐好，她知道他言语中的意思，师徒俩都是聪明人，一点即通。她也不再多说什么，继续听着他讲解，当作什么都没有发生过，只是心里悲戚着，伴随着疲惫和难过，以及汹涌而来的沮丧。她隐忍的感情，她不忍让它熄灭，也无法让它熄灭，更不敢让他来扑灭——她怕一旦放弃，世界漆黑，永生沉沦，也许她会和陆萧一样，那样疯狂而决绝，最后自毁于此。她不要那样，可她的感情像一团烈火，时刻吞噬着她身体的每一个细胞，从情感到理智，她怕有一天，理智也会不存在。

那时候，你会后悔教给我所有吗？

燕归来，为何此生你不与我为友、为伴、为邻里、为同窗？偏偏你为我师，是我出生太迟，还是你我相识在错误时代？

“怎么了？”她的心不在焉自然是被他发现了。

“没什么……”她低头看着手指，再仰头时，露出的是一张灿烂的笑脸。

燕归来被她弄得有些莫名其妙，甚至还有一丝心慌，低咳一声，看回屏幕：“这个是戒指，看到了吗，他们也来了。”

他指着屏幕上某个无人问津的端口，忽然涌入的奇怪数据。

一看之下，关小熙也发现了戒指的存在。她知道只有戒指才会在混战时从某些寻常人都认为无用的废弃端口，带着人悄悄渗入，再出其不意地来一个大反击。

在陌生的战场上遇到熟悉的人，有一种特别舒心的温暖。

战争一直持续到傍晚。

到后来，人们认出了对方是如意麾下两个代号为“GHOST”“DOOM”的著名黑客团队，而在中华黑客会论坛上看实况直播的一群闲得发慌的爷们儿，在得知对方是如意的人后，立刻手握重兵倾巢而出，以国内最大的手机运营商各大服务器为战场，展开决战。中法双方黑客为主力的一场大战，最终以中方的人数优势而取得压倒性的胜利，把“GHOST”和“DOOM”赶出了中国。

而对方似乎也不愿多做纠缠，不像以往的攻击那样，倾巢出动、死缠烂打，这一次，如意相当果断干净地撤退了她的人马。有人说这很诡异，很不合常理，因为往常就算失败了，如意也会让她的人马进行一番大肆破坏，而这回，她却像一个谨慎的将领，不愿手下有任何损伤。论坛上，很快就有人发帖子分析，她今天的挑衅也许只是试水，而这试水的背后，她应该正在酝酿更大的计划。

更大的计划是什么，关小熙猜不到，却从燕归来郑重的眼神中可以看出如意这次的举动非同寻常。

“你 VB 和 VC 学完了？”吃晚饭的时候，燕归来看似不经意地问起。

“嗯，现在在看 JAVA。”饿了一天的小姑娘大口地扒着饭。

“先学 PHP。”他话里是不容置疑的语气，“明天开始，到我这里来，你一个人自学太慢了。”

“嗯……好的……”关小熙偷偷抬起头看他，不明白为啥师父也会说出“太慢了”三个字。

他不是一直劝她循序渐进，不要着急的吗？PHP这种和网络紧密相关的核心语言，她以为很久以后才会学到，现在他却让她先挑重点的学，而且还亲自授课……难道有什么迫在眉睫的事吗？

关小熙想不明白，只能大口地扒饭，直到吃完晚饭回家，才知道什么叫多事之秋。

她一向冷清的家门前，围满了探头探脑的邻居，而厚重的防盗门大开着，门板上的红漆冰冷，在昏黄的灯光下，折射着梦魇般的身影。

“真是造孽啊，这娘儿俩……”

“是啊，竟然摊上这么个前夫，赌光了就想回来卖房子，啧啧……”

“关婶离婚的时候，这房子已经判给她娘儿俩了吧？那个渣男怎么还有脸回来啊，讲不讲道理啊……”

“拳头就是道理吧，唉，关婶真可怜。”

“幸好警察来得快，要不然可真要出人命了。”

“嘘，他们女儿回来了……”

在一群邻里八婆的议论中，关小熙大概听出了家里发生的事，她只觉得脑袋“嗡”的一声，在围观人群怜悯却不怜惜的目光中，跌跌撞撞地挤了进去。踏进家门，她第一眼看到的，就是满地的碎片。

家具、餐具，能碎的，都碎了，一把菜刀砍进木柜里，一把水果刀半截都没入了沙发之中，碎玻璃杯、破碗片、热水瓶胆、电视机屏幕的残片，凄惨地躺在地上，大摊的水，“哗哗”地响着，也不知是从哪儿流下来的，依稀还有温度。浸泡在水中的，还有她的书。

那些燕归来送给她的、她珍爱的、曾伴她无数个通宵的读本，此刻如折翼的鸟儿，被粗暴地扔在地上，书页在水中脆弱而模糊。空气如结了冰，四下一片安静，一个人都没有，左邻右舍的议论都已被她远远隔离在意识之外。她只听到自己的灵魂被一刀刀割开的刺响，如钥匙划在金属上，让人感觉冰冷而绝望。

如同四年前的一切重演，仿佛地上淌的不是水，而是温热的血。

关鹏飞，这个男人，他毁了她的家，还要毁了她唯一的希望吗？

她缓缓地蹲下去，将那些书一本一本捡起来，小心翼翼地抱在怀里。她温柔地抚平那些皱褶的书页，像安抚它们受伤的心——如果书也有心，如果这样可以让自己好受一点。可是玻璃的碎碴滑过手掌，长长的几道伤口瞬间添上，苍白的掌心里鲜血不要本钱地流出来，可是，为什么毫无痛觉？

她固执地把它们捡好，抚平，放回原本待着的地方……可那是哪儿呢？持续运转了三十多个小时不曾休息的大脑有那么一瞬间的迷茫，地面上的水映出一张疲惫消瘦的脸。好丑啊，好傻啊，她想，这肯定不是她……关小熙两眼无神地站起来，起身那一瞬间，感到一阵天旋地转的眩晕如潮水般袭来，怀中的书，再次“噼里啪啦”地摔在地上，不行，要捡起来……关小熙扶着墙，感觉浑身一阵无力，脑袋沉重得像要爆炸，而那不肯退去的眩晕感让她什么都看不见，她努力地睁大眼睛，可是为什么明明开着灯，眼前还是一片黑？

这个世界，停电了？

“低血糖，过度疲劳，高烧……你是她的男朋友吧？真不知道你怎么搞的……这孩子差点就割到动脉了……啊，行行行，只要挂三天水就差不多了，我这就走，有事按铃……”

燕归来在医院病床前黑着脸听完了医生的一通责备，又黑着脸用无声的抗议把试图唠叨下去的医生赶走。

安静的病房里，他轻轻握着她缠满绷带的手掌，那一双手缝了十针，连他都不忍见那触目惊心的伤口，麻药已退去，她开始了昏睡中的呻吟，泪水从眼角滑下来。他想，一定很疼吧。他伸出手轻轻拭去她的泪水，那绷带中依然渗着血，带着点点的鲜红，她苍白纤细的指尖，柔软地垂在他的手心。

他握住她的手，他从未想过会有一天见到这么脆弱的她。

他想到那张记忆中一直嘴角上扬着的笑脸，他知道那是她的假面，而他无心去探求那假面后的真实面孔。就像他自己，这么多年来，他早已忘记了如何去展现他的喜怒哀伤，在这个现实的世界里，或许他本就没有喜怒哀伤，也不该有喜怒哀伤，他宁愿在数据世界里板着脸生气或是平静地与故人聊起往事，那是属于他的世界。至于现实，只剩下麻木与无奈。

可是她呢？

燕归来，你真的不明白她的感情吗？

他懊悔，又庆幸，幸好当时他的车还停在楼下，一份来自网站管理组的“‘12·28’入侵事件分析报告”，让他在起程前耽误了那么一刻钟。

他正要离开的时候，看到了慢吞吞驶过来的120急救车。在楼上抬下的担架上，他看到了她。

他很快就从八卦的邻居们那里打听到了事情的来龙去脉，然后一路陪着她直到现在。他看着她昏睡中蹙着眉的侧脸，忍不住伸出手轻轻抚过她的额头。

是的，他懊悔。他当年收她为徒之前查过她的全部底细，他知道她有一个劣迹斑斑的已和母亲离婚的父亲，他以为那关鹏飞早已远走他乡不会再回来。他以为人们崇拜他为神而他的确掌控了一切，可他还是低估了。人心、现实，它们血淋淋地展现在他的面前，他想逃避也无用，它们狠狠地撞击着他的神经，它们告诉他，作为她的师父，他终究没能保护好她。

燕归来第一次意识到自己的手也十分冰冷，冷到无法给她温度。

他于是把她的手放回被子里，动作尽量地轻柔，生怕吵醒了她。他就这么静静地看着她，在这个寒冷寂静的冬夜，只有葡萄糖水落下的点滴声，依稀可闻。

“如果你愿意……”不知过了多久，他忽然迟疑着开口说道，用一种不确定的语气，不管沉睡中的女孩是否能听到，“也许……如果……当然你不愿意更好，我是说如果……有可能……你可以住到……我那里去……”

除了把她放在自己身边，他一时间真的想不出更好的保护她的办法。

这么多年来，除了自己，他不相信任何人。

被窝中埋着的人微微动了动，不知是否听懂了，只见她眉间舒缓不少，浓黑的睫毛抖动着，也许正做着一场关于来年春天的梦。

那些冻雪下的种子，沉埋多少年华，终有一天，要开出盛世的花。

“而且……”他微微合眼，用一种连自己也听不到的声音，犹豫地说道，“我离开后，那里……就是你的了。”

“师父，我再也不乱想了，对不起……”梦中的女孩口齿不清地呢喃着，“我不想离开你，也不想被你讨厌……盈盈，你说我会不会把师父吓跑呢？……盈盈你不要被大风吹跑啊……颜可？颜可你在哪里……颜可你个浑蛋怎么变成大树了！呜……师父呢……师父你真的不要我了？你们都不要我了？别丢下我一个人啊……呜……师父……”

她不安地挣扎着，手掌的伤口再次渗出血丝，额头细密的汗珠一层接一层。床边沉默的男人俯下身去，轻轻搂住她。

“我在这里。”他低下头，哄道，“别怕。”

可是，你终要独立为一人，终有可能成为真正的自由个体。

如果无法独当一面，那么他离去后，她开出的花儿再美，他也无力保护她了。

如果真有那么一天，他想，他宁可她是一朵不起眼的花，甚至是一棵草。

起码，那可以保证她平安地长大。

只睡了一个晚上，关小熙就跳下床，重新活蹦乱跳了。她不顾燕归来的抗议，当天就把自己的衣服行李兴冲冲地往燕归来的别墅搬，燕归来对她因手掌受伤而“行动不便”的借口痛恨万分，不得已，只能帮她搬东西。

“你多大了，关小熙！”

额头青筋暴跳的中华黑客会站长左手抱着一个超大号毛绒熊抱枕，右手拎着一袋言情小说口袋本，咬牙切齿地从楼道口走出来，愤怒地把这些玩意丢进车子后备箱，好似它们在他身旁多停留一秒，都是一种精神折磨。

“可是，我不能没有抱枕，不然我晚上睡不着啊……”小姑娘睁着无辜的一双大眼道。

“你……”好好好，真是他教出来的好徒弟。

“难道师父想让我换一个抱枕？”她毫不遮掩的目光开始上上下下打量可怜的老站长。

“你够了没有！”

站长大人愤恨地甩手上楼，继续帮她搬东西，上帝啊……希望这是最后一趟了……

而他的徒弟幸福地笑着，像一朵灿烂的食人花。

关鹏飞入室斗殴一案，燕归来早已拜托给了他在警局和律师事务所的朋友去接手处理，相信他们不会让这个罪孽累累的男人逃过法网。而关小熙的母亲，住院休养，也无大碍。为了女儿的安全，她很干脆地把关小熙托付给了燕归来照顾。燕归来也把一处地段繁华的房子免费租给了关妈居住，那里保安森严二十四小时监控，关鹏飞即使找到也无法入室作案了。

稳重、踏实、靠得住，除了脸太臭、不善言辞，一切无可挑剔——这是关母对女儿这个"英语老师"的印象。

而一个小时后，已整理完房间的关小熙兴高采烈地在客厅沙发上打滚。

她终于顺理成章地住到这里来了。

燕归来说，以后，她可以把这里当自己家。

虽然，他很想把她的房间从这块地上划出去……

"好好吃饭，不许挑食，医生说你低血糖。"

"嗯，好的……"

"以后不许通宵了，每晚十二点准时睡觉。"

"可是师父你还没睡啊，我想和你……"

"这几天你的手注意别沾水，别乱动，如果你不想再缝一次针。"

"好的，师父……可是我洗澡怎么办……"

"咣当！"筷子摔下的声音响起。

时间过得很快，在愉快的同居生活中（至少关小熙是这样认为的），2005 年到来了。

2005 年，注定是风起云涌的一年。

燕归来虽然大部分时间都在家里，但关小熙明显感觉到他比前两年更加忙碌了。

接电话、收邮件、修改网站、调试代码、督促她学习、亲自给她讲课，甚至专门抽出时间与她进行模拟实战，常年深黑色的背影，在每天有限的二十四小时中，忙得团团转，两三天不睡觉，是常有的事。

关小熙也忙，忙着学习，忙着实践，忙着为两人准备可口的饭菜，她沉浸在这种忙碌的快乐中。无论多忙多累，对她来说，和他朝夕相处的日子，是弥足珍贵的，足够用她一生来换取。

她贪婪地望着他的正面、侧脸、背影、倒影，她仿佛永远都看不够，她无比珍惜着这样的生活，她几乎变成黏着他了。她怕这一切的美好，只是梦魇的玩笑，她怕他一转身就不见了。

关小熙一直想送个有意义的礼物给师父，以感谢他的栽培之恩，可具体送什么，她也没想好。与师父相处那么久，她依然摸不透他最喜欢什么，仿佛这世间一切，除了电脑相关，没有一样东西能让他特别提起兴趣。

当然，他对什么也说不上讨厌。只是心无所属，便无执着。金钱权势、红粉佳人，在他眼中，都与电路图无二。

关小熙也问过燕归来的生日，却被一句“你有这个空，不如多研究研究你的程序BUG”打发了，于是她满怀希冀的生日宴就无法送上，这个愿望就一直拖到了2005年。送一份新年礼物，想必他不能拒绝吧。关小熙如此想着，就披马甲上论坛发了一篇帖子询问。

“送玫瑰花吧，九十九朵，天长地久。”有人回复。

关小熙觉得，燕归来第一时间就会把玫瑰扔出窗外，再第二时间把她扔出窗外。

“不如就送论坛币吧，实惠点。”南宫大侠扭着屁股炫耀着他的论坛币。

嗯，我可以考虑从你这里扣了钱去送他，关小熙想。

“送给男的还是女的啊？如果送单身男人，就送充气娃娃吧。网购，快递，隐私保障，我朋友说挺好用的，我正想再送一个给站长。”妓院老鸨建议道。

关小熙吓得赶紧关了网页。

“你在干什么？”燕归来正好从她背后走过。

“我在看有没有人说师父的坏话呢，嘿嘿。”她贼兮兮地笑。

“好，给我盯着点，不用留情。”

“……”

关小熙熟门熟路，准备去后台把老鸨的论坛币清空，但发现他已经是负数了——“妓院老鸨，欠中华黑客会网站二十四万论坛币，限三月内缴清。”

哭笑不得的关小熙，望着老鸨可怜的负存款，忽然灵光一闪，对啊，为什么不送师父一个程序呢！

和电脑相关的东西一向是他最爱，而一个智能化的、能自动识别发帖内容是否说了站长坏话、是否有辱站长声誉的论坛插件程序，一定会让他欣喜若狂的！

关小熙不是不知道自家师父的嗜好。燕归来自国外回来后，拒绝一切讲座、采访、导师聘请，他视名利如粪土，却唯独爱着自己在网络世界里的名声，也许那已成为他的一种生活习惯，或者一种无足轻重的玩笑。他扣钱毫不留情，却能让大家都聚在他的周身，他扣钱扣得越狠，不甘寂寞的人越是想调戏站长——以论坛管理层为首，带领着数百万注册会员，让这个原本严肃的网站时常充满笑声与热闹。

只不过，原先的手工劳作确实很累嘛，就像师父说的，这都是科技时代了，他早已把很多琐事交给电脑程序去干，为什么单单忘了这件事呢？

关小熙坚定了要送一个“站长名誉助手之熙马拉雅终结版”给燕归来当新年礼物。

她说干就干，脑袋里、手头上，所有资料都被她挖出来，几乎把燕归来吓了一跳，不过得知她要送他礼物时，他就也由着她折腾。

与论坛接口契合、自动获取帖子内容和作者信息、自动在该作者的存款后台清空论坛币、自动在被处置的帖子下方发表醒目的处置结果、自动发短信给发帖者告诉他“你在（具体）时间发的（具体）内容涉嫌有辱站长声誉，已被清空论坛币，站长名誉助手之熙马拉雅终结版向您表示遗憾”。

这一切都好办，关键是如何智能判断发帖内容是否有辱站长名誉。

关小熙开始着手研究AI方面的资料，并把各大网站的敏感词屏蔽系统的模板弄来当参考。

而AI，显然要比那单纯搜索敏感词并加以过滤或屏蔽的系统高级许多。

昏天黑地忙了两天，完成了别的部分，就差智能判断这一部分的代码空着。关小熙又来到网站上的藏经阁资料库，在里面翻找了很久，终于从一堆文献里面找到一点实用的东西。

只不过，那是日本某个公司出品的人工智能充气娃娃的系统源代码，可以由使用者的温度、湿度、力度、硬度等等，影响到充气娃娃的“感情”，从而做出一系列符合当前环境的举动，比如尖叫、扭动、呻吟、打开水控开关、播放事先录制好的各种日常用语等等，和站长名誉助手比起来，虽然没什么关联，但人家好歹也是一AI产物，非常值得研究，而源代码又比理论文献直白许多……

关小熙之前在AI方面研究不深，为了节省时间，只能去研究这唯一的源码来寻找思路，她发誓等程序写完后，绝对不能告诉师父她是参考了什么资料才折腾出来的。

又埋头折腾一天，关小熙的“站长名誉助手之熙马拉雅内测版”终于诞生了。

这是她的第一个独立完成的程序，之前都是与别人合作、给师父打下手，而现在，她一出手，直接就是超级高端的AI技术，就像是小说中那些身怀绝世武功的大侠，要么不出手，一出手必震撼全世界。关小熙幻想着激动着，她把测试版在自己模拟的论坛系统中测试了一遍，修复了几个BUG，再试验，几乎毫无问题。

Aaa：燕归来你这个弱智！——Aaa在2005年01月03日19时01分09秒涉嫌“有辱站长声誉”，违反站规第一条，论坛币已被清零，站长名誉助手之熙马拉雅终结版向您表示遗憾。

Nnnn：我就是比你钱多，妒忌吧，燕老大！——Nnnn在2005年01月03日19时02分22秒涉嫌“有辱站长声誉”，违反站规第一条，论坛币已被清零，站长名誉助手之熙马拉雅终结版向您表示遗憾。

Mm：我比燕归来帅。——Mm在2005年01月03日19时04分40秒涉嫌“有辱站长声誉”，违反站规第一条，论坛币已被清零，站长名誉助手之熙马拉雅终结版向您表示遗憾。

Yyy：燕归来和如意的绯闻啊，最新爆料，大家快来看！——Yyy在2005年01月03日19时05分10秒涉嫌“有辱站长声誉”，违反站规第一条，论坛币已被清零，站长名誉助手之熙马拉雅终结版向您表示遗憾。

关小熙满意地望着她的测试效果。

应该没有问题了，她想。然后她把内测版改成了终结版，刻进光盘里。

“师父，新年快乐！”

关小熙捧着光盘，乐呵呵地向燕归来奔去，脸上有着掩不住的欢喜。

# 站长名誉助手之熙马拉雅终结版

ZHAN ZHANG MING YU ZHU SHOU ZHI XI MA LA YA ZHONG JIE BAN

2005 年 1 月 3 日，历史永远记得这一天。

中华黑客会数百万注册会员也永远记得这一天。

这一天，熙马拉雅完美的杰作，光荣地被人们载入网站史册，甚至比她的师父站长燕归来，更让人津津乐道。

当然，现在，关小熙这位当事人尚不自知，她把写好的程序交给燕归来验收，并说明了功用之后，燕归来十分高兴。他嘴角一抽，以示高兴，又摸了摸她的脑袋，以示赞赏。

如果关小熙有尾巴，那么此刻一定有条毛茸茸的影子在灯下摇啊摇的。看到她讨好的模样，燕归来嘴上不说，但心里是相当愉悦的，养一个徒弟就是好啊，他想，这下南宫大侠迟早要破产了。

出于对关小熙的一如既往的信任，燕归来只是粗略地浏览了一遍她的代码，干净、简短、犀利，完全继承了他的风格，并且有些地方还有她自己的构思，如他在收徒大会上见到的她，生涩拙劣的表达方式，依然不能掩盖她敏捷的思维与常人意料不到的解题思想。而经过这一年多的训练，她彻底打好了基础，更找到了一条可以完全展示她的思想的道路——这份她奋斗了三个通宵的、精湛完美的代码，便是她这一年多来拼命学习的成果。

他确实收了个好徒弟，燕归来不得不承认，这份礼物，带给他巨大的惊喜。

特别是带着 AI 功能的关键词屏蔽系统的那一部分，他大致看了一遍，她确实写得很出色，虽然其中涉及具体语言逻辑的部分他没空去仔细琢磨（那将花很长时间，而且逻辑错误光看字面很难发现），不过她测试好了应该没什么问题。

燕归来直接把程序处理成论坛插件的格式，“站长名誉助手之熙马拉雅终结版”被他上传到网站服务器上，与现有论坛功能完美契合。

燕归来决定发一篇帖子，来公告这一历史性伟大新功能的诞生，来宣告财富榜榜首南宫大侠的命运终结。

而且，这篇帖子还要加亮，置顶，强制弹出到每一个人的登录首页，让所有人都看到！

关小熙蹲在旁边，看着自家师父一副打算“发圣旨昭告天下人”的架势，心里那个得意啊……

几乎在论坛缓存刷新、伟大新功能开始运营的同一时间，燕归来的“圣旨”发布了出去。

该帖的点击量在十秒内飙升到五千，在三十秒内飙升到两万，在两分钟后飙升到十万。

可是，出乎燕归来预料的是，上千层的回复楼层里，几乎没有人表示哀悼的。

连财富榜前列的几位大财主，都纷纷冒泡表示“支持”，“好”“顶老大”“恭喜老大”等等赞同性回复屡见不鲜。

燕归来一边潜水，一边觉得奇怪。

关小熙也觉得奇怪。

按照她的了解，在这种“圣旨”下，以南宫为首的一群唯恐天下不乱的家伙，准会不怕死地冒出来调戏楼主一番，可现在关小熙爬到第两百三十八楼时看到了南宫的身影。

“老大好样的！我辈楷模！我们永远支持老大！”他只说了这么一句话，就站到一边看热闹了。

关小熙继续爬，爬到第五百八十楼看到了CM的身影。“老大以身作则，好榜样啊，我们永远爱你！”他也说了这么一句赞扬话，就不见了人影。

由于都是正面的表扬，所以他们都逃过了一劫，燕归来和关小熙师徒俩相当失望地没有发现英勇献身者。

啊啊啊！就没人出来为她展现一下效果吗？一群浑蛋啊浑蛋！

关小熙有些抓狂。

终于，在她爬到第二十页的时候，在某个楼里，看到了妓院老鸨姗姗来迟的身影。

第九百五十七楼，妓院老鸨：哈哈哈哈，老大，几日不见，您就和熙马拉雅生出了这么个猥琐的娃啊？看来你们当初的北京一夜过得很充实嘛，专门抓坏话，哎哟哟哟，我好怕怕啊，我还欠着网站二十四万论坛币呢……

第九百五十八楼的系统自动回复：对不起，您在2005年01月03日20时33分26秒涉嫌“有辱站长声誉”，违反站规第一条，论坛币已被清零，站长名誉助手之熙马拉雅终结版向您表示遗憾。

第九百五十九楼，妓院老鸨：我的钱清零了？啊？我不欠钱了？啊哈哈哈！啊哈哈哈哈哈哈！老大我爱你！小熙我爱你！你们都是好人啊，哈哈哈哈，我爱死你们和你们的孩子了，哈哈哈哈哈……

趁燕归来爬到这个楼额头青筋暴跳之前，关小熙赶紧删掉了老鸨的两篇帖子，顺便给他禁了一天的言……

看来还是有 BUG 啊，她抓抓脑门，把负钱清零这一点她确实没考虑到……嗯，等会儿做个 V2.0 终结版吧，原本就已负钱的人，应该在后面再加个“0”。

她正想着，燕归来忽然站了起来。

“关——小——熙——”硬邦邦的三个字，几乎是从他牙缝里挤了出来，一个字一个字蹦进她耳朵里。关小熙顿时吓得面如土色。

呜……师父你不要这么吓人好不好……

灯下，巨大的阴影迅速笼罩了缩成一团的小姑娘。

她颤抖着抬头，发现燕归来顶着一张漆黑的脸，高挑的身子已经立在她的面前，长而有力的五指伸出，恶狠狠地揪住她的衣领。

“这——是——怎——么——回——事？！”中华黑客会站长几乎是在怒吼。如果他的爪子有目光一半的锋利，那么关小熙的衣服就已被他撕碎了一万次。

“师父，我……我今天……”可怜的小徒弟不明所以，面对这个男人的突然举动又奇怪又沮丧。她朝思暮想的他的脸近在咫尺，鼻子尖几乎都贴到她的了。她那么近那么清楚地望着他，虽然脑子一时迷茫，她不明白他忽然暴起的意义何在，不过，此时此刻，这一切都可以抛到回收站里。她只记得师父说过，千分之一秒都是珍贵的。于是，在这与跳崖穿越或者车祸重生差不多概率的万年难遇的千分之一秒内，英勇的熙马拉雅战士闭眼、深呼吸、挺胸而上——冲动吧！变身吧！心中的禽兽啊！这一刻，世界因你而激情无限啊！

冰凉如夜雪的唇。

仅接触了千分之一秒的时间，也许已足够回味一生。

关小熙满意地舔舔嘴唇，像一只偷腥成功的猫。

她抬头，发现燕归来的脸更加黑了。他恼怒地瞪着她，却在她的目光中不敢对视，最终咽下一肚子的怒气，夺门而出。

关小熙听到那巨大的关门声，不禁拍拍自己发烫的面颊……天啊，她刚刚做了什么？

空旷的屋子里，前一刻还英勇无敌的女战士，此刻一个人捶胸顿足。

冲动是魔鬼，而她内心的魔鬼，已经无可救药……

关小熙仰面望着天花板上的吊灯，独自发呆，朦胧的光影晃花了她的眼。这一片迷乱又单一的华彩中，她依稀见到一个人影——他伸出手，说：“来，我们回家。”他的声音低缓又温柔，像是夕雾中悠远的大提琴音。只是她看不清他的面孔，黑色的身影，模糊的脸。她握住他的手，他们一路走着，可他的面孔一直隐在雾中，无论再走多长的路，她都无法触及真实的他，在她身边的永远都是这样一个凉薄而遥远的影子。

如果内心真的住着魔鬼，那么魔鬼也会难过吗？

关小熙趴在桌上，沉沉地睡去，完全忘了燕归来那台依然亮着的笔记本的屏幕，以及屏幕上让他暴走的真相。

冬夜的街道，漫长而冷清。

燕归来一个人走在路上，沿着湖边的小道缓步而行，路灯把他的影子拉得老长。当他最终理清混乱的思绪，让头脑恢复以往的冷静之后，他已不知不觉走到西湖断桥上。桥下湖水泛着幽光，伴着灯火，明明灭灭，一阵夜风吹过，吹得湖水生出褶皱，吹得他脸颊发冷，可是唇边恍惚还是发烫的，如触上了十万伏电压的战栗，使他差一点就把持不住自己的心神。

沦陷只在一念之间，是的，只差一点，他就会忍不住回应她。他清楚她想要什么，可是他给不起。

不是他不想给，而是给不起。

给不起却硬给，只会害她更加伤心，他不愿那样。

从他在如意的侮辱中收她为徒那一刻起，他就发誓从此呵护她。在初到法国的那几年十分落魄，他已深知人间冷暖，而他如今有了唯一的徒弟，他不想让她也落魄一生。她是种子，她本该开出倾城的花，只是她被上帝埋在了冻土下，从未有人发现过她的才华，所以他把她挖出来，然后教给她一切，想把她培养成神，让她独立一方。可是，他终究还是让她伤心了吗？

偏偏让她伤心的不是别人，是他自己。

夜风吹来，冰冷刺骨。

燕归来从来不是心软的人，更不是犹豫不决的人，他从未对她狠心过，可是似乎只能狠一次了，唯一一次，最后一次，哪怕她恨他，再也不做他的徒弟，永远地离开他。

燕归来站在桥边，望着湖水出神，他整个人影在灯下的雾气中看上去显得那么孤单清冷，可是他已经打定主意了，他回去就告诉她，他迟早要告诉她的，再怎么说不出口也要告诉她的。他要告诉她，他不可能接受她的感情。

他给不了的东西，他不能阻止别人给她，身为老师，他应该鼓励她去追求属于她的幸福，而不是吊死在他这棵无情树上，他更不能自私地把她绑在身边。

自从八年前陆萧一案后，他已非常清楚，他们这样的存在，不该与世人感情有所纠葛，那样只会害了更多的人。

漫长的一生，都注定沉沦在黑暗中。默然的守护、无声的信仰、外界的冷眼、世人的误解，这一切，他自己一个人承受，就够了。

正想着，手机铃响了，燕归来接起，手机里传来墨非的声音。

“老大，我没打扰你和熙马拉雅的好事吧？”墨非这样一向正经的人，在今天的闹剧面前，也乐得直不起腰来。虽然他没有跟帖回复，可每次看到楼主燕归来的“圣旨”下面，紧跟着的一行红字“对不起，您涉嫌‘有辱站长声誉’，违反站规第一条，论坛币已被清零，站长名誉助手之熙马拉雅终结版向您表示遗憾”，他就忍不住捶桌大笑。

墨非不知道这个所谓的站长名誉助手智能到何等程度，但单从燕归来自己发帖就被清零这一点就可以知道，这玩意是多么有趣。因为是小熙的杰作，站长依旧置顶，不顾自己存款被清零的悲剧，他这是有多么重视她宠溺她啊。这个让人笑掉大牙的帖子，至今还明晃晃地全站置顶示众，这对一向严肃的站长来说，就像他的裸照被发上去一样不可能。在管理层一众的商讨下，得出了“站长对小熙的爱胜过一切”这个显而易见的结论。

而在这个寂寞的冬夜，导致站长老大甚至顾不上删除自己的笑柄帖子的原因，众人很快猜到了，除了老大正在和熙马拉雅抓紧时间造人，已经没有别的可能了……

若不是事关紧急，向来正经的墨非，可不会在这个关头冒着被老大把银行账户扣成负数的危险，给他打这么一个电话……

“我和她没什么。”燕归来冷冷地说道，“你说正事。”

燕归来心里倒是清楚，墨非不像南宫大侠他们那么淫荡猥琐，大晚上的找他，肯定有什么要紧的事。

“是这样的，我和南宫、老鸨他们打麻将输了，所以由我给你打电话……咳咳……”墨非一阵咳嗽后终于说出正事，“我们查出这一个多月来国内各大运营商连续被攻击的事情，都是一伙人所为。”

“GHOST、DOOM？”

“对，都是如意那边的人，今天刚刚把线索连上了，而且这些攻击事件都只是掩护。他们真正的目的，是盗取破坏今年十月即将发射的神舟六号载人飞船的研发资料。”

“果然……”

燕归来听到这里，眼睛不由得眯了起来。

这一个多月来，全国各大运营商的服务器，包括移动、电信、铁道部门，甚至机场系统，都遭遇了不明来路的流氓攻击，而且对方狡猾得狠，打一枪换一个地方，让人头痛又措手不及。

燕归来一开始就怀疑其中很有问题，便部署了人手去反查，现在，终于有了收获。

果然是如意，他就知道，Dubois 那伙人，从来都没安好心。

电话里，墨非接着汇报：“本来还没有证据，但是今天，有个我跟踪了很久的‘DOOM’的成员单独入侵了一台个人电脑，想拷贝文件，被我逮到了。”

“个人电脑？”燕归来皱眉，什么人的个人电脑会放着值得间谍窃取的机密资料？就算放着机密设计资料的个人电脑，也不该连公网啊。

“是的，好像是一家什么企业的座椅设计图纸，秘密给航天中心研发的，竟然连了网……我看到的时候，那个设计员正在网上斗地主，结果中了 DOOM 的木马……”墨非平静的声音里也带着恨意，“怎么会有这种蛀虫？！我们辛辛苦苦保护的东西，他为了打牌就把带着机密资料的电脑拿去上网……"

"那有什么办法。"燕归来语气淡淡地道，"比起永远除不完的蛀虫，我们还是永远被蛀虫恨的害虫。"

"老大……"

"墨非，谢谢你们，早点休息吧，剩下的我会去查的。"温暖的话语，却依然是冷淡的声音，"对得起自己的心就好。"他说完之后挂断电话，疾步回家。

是啊，这个社会上，黑客的名声，已被一些驴和败类弄得一落千丈。

寻常人谈起黑客，第一印象总是"不学无术的害虫"。

蛀虫们谈起黑客，他们清楚真正意义上的黑客——黑客的存在，会威胁到他们的财产与名声，那些黑暗中无处不在、无所不能的眼睛，看着蛀虫们从搜刮民脂到出卖国家，历史上从来不缺蛀虫。漫长的岁月里，那些黑暗中的眼睛从江湖来到了网络，再怎么式微，他们也会守护着自己的信仰，不容蛀虫败坏的信仰。

而那些心惊胆战的蛀虫，忙着运用各种手段去消灭那些让他们害怕的眼睛，也忙着向世人宣告"黑客是多么道德败坏不学无术的一类人"。

尤其是，作为道德败坏不学无术的一类人的老大。

燕归来回到家门口，掏出冰凉的钥匙，心想，这门外的一切，他一个人承受就够了。

趴在桌上睡得香甜、口水流了一桌子的战斗少女，让中华黑客会站长准备了一肚子的语重心长的话，最终化成嘴边的一声叹息。

他把暖气开足，又进房间拿了一条毯子盖在徒弟身上。燕归来望着她微微起伏的后背，竟有些出神，在调暗了的灯光中，他狠狠一闭眼，收敛了心思，转身回到自己的电脑前，开始了彻夜忙碌。

墨非的调查结果证实了燕归来的判断，Dubois 家族，这个站在如意背后的巨大势力，他一开始就知道他们是不会这么轻易放弃的。他在法国被软禁的时候，他们原本就在逼他交出中国航天局核心数据库的秘匙，他用四年前中美黑客大战的绝密资料打发了那老头，他不会做出有违自己良心的事，哪怕要他的命都不行，祖国的一切都是他要守护的东西。

可是他不干，也还有别人去为那老头卖命。

世上肯为钱赴死的人，千千万万，而凭他一人之力，真的能阻止他们吗？

燕归来把大灯全关了，唯有屏幕亮着幽幽的光，寂静的黑夜里，除了燕归来点击鼠标的轻快声音，就只剩下睡梦中的关小熙偶尔一两句的梦呓。

她说的什么，燕归来没有在意。他皱着眉，闻着浓咖啡的气味，分析着屏幕上那些被传送回来的数据。密密麻麻的数据，它们没有生命，却比有生命的东西更让他头痛，严峻的形式，一触即发的危险，在这些没有生命的表象下，掩藏的是他难以估计的损失。

GHOST、DOOM、WIND、DEVIL……Dubois 老爷子麾下，四大老牌的骇客团

队，二十四名精英骇客，Dubois 财团的二十四把利刃，拥有世界顶尖的技术与财力的支持，他们可以破开世上任何一道防火墙的拦截。若要燕归来与这二十四人正面交锋，他并不怕，数据的世界里，比拼的是技术与智谋，人数那点优势可以忽略不计，在他眼里，二十四人和一个人没有差别。

但如意永远不会选择正面交锋，以她臭名昭著的盗号作风就可知，她心中根本没有道德底线。

这是燕归来最担心的地方，和一个不择手段的人去交锋，能怎么办？恐怕还没开始交锋，人已经疯了。就好比两人上擂台比武，其中一方下迷药、放暗器，甚至动用生化武器，极尽下三滥的手段，哪怕死了也要拉上你垫背……这样的人，才是最可怕的人。

破坏永远比守护来得容易。

根据分析出来的结果，燕归来发现这几个月的攻击，如意仅出动了 GHOST 和 DOOM 两个小组，十二个人。这样就已经把国内各大网络要脉折腾得够呛，如果四大团队一齐出动，那某些薄弱的网络节点，估计得瘫痪了。在这个网络和经济紧密挂钩的时代，这种情况下造成的损失，简直不敢想象。

况且，他们的目标，根本不是破坏网络节点那么简单。

泡好第七杯咖啡，燕归来揉了揉发胀的太阳穴。他知道那些骇客团队的人员都是和他一样的年轻人，是由 Dubois 老爷子从 MOROCC 领回来的。那是一家披着修道院外衣的人间地狱，Dubois 家族花巨资把里面的孤儿培养长大，用残酷的淘汰制给予最严格的训练，而如意就是他们中的一员。如意当初跟他提起过，所有被淘汰的孩子，无一不是被执行安乐死的下场，而有幸活下来的孩子，从小服用的营养药剂里的其中一款，就是由那些被淘汰的孩子的身体组织做成的。Dubois 要把他们培养成没有人类感情的特工机器，不肯吃同类的都会被判定还有人类情绪，然后惨遭淘汰。

这样环境中培养出来的骇客间谍，显然是什么事都做得出来的，他们不管对错，只服从命令。

这些骇客精英，到最后层层筛选，精简为四个小组，其中 GHOST 和 DOOM 已交由如意调配，DEVIL 负责家族其他产业的工作，而 WIND 小组最为神秘，连燕归来都没有见过他们，也未听说 WIND 在什么重要的战役中露过脸。

隐藏在黑暗中的未知，如风一样无影又随行，这样的敌人，比生化武器更可怕。

一时之间，燕归来也没有针对性的办法，他在明处，对方在暗处，他费尽心力守护的东西，对方很轻松就能破坏殆尽。

只是，他的责任与信仰不会让他退缩。他轻敲键盘，熟门熟路来到航天局的核心数据库，这里一切安好，没有任何被入侵过哪怕是窥探过的迹象。他留下的眼睛，也没有记录到任何痕迹。可正是如此，他才觉得不正常。

在这一个多月的掩护战里，他知道，Dubois 必定已派人窥探过这里，这里有他们真正想要的东西。

可是没有痕迹，这不太正常。

燕归来双眉深深地皱起来，这是一个可以瞒过他眼睛的对手。他究竟是谁？

他不认为是如意，他清楚她的实力，那么，是最神秘的 WIND？

虽然最机密的数据都做过硬件级的防护，要进这扇门难于登天，但能窥探到这扇门外，也是一件了不得的事。而 Dubois 此人，比如意更加心狠手辣，得不到手的东西，他不会让别人得到手。燕归来最怕的就是这一点，如果这里的数据被做上手脚，精密的科学，一个毫厘的修改，就可以让结果发生天翻地覆的改变。

他不能眼睁睁地看着悲剧发生。

再次把几个漏洞的防御加固，燕归来依然不敢懈怠，如果这样都无法拦住他们……

窗外是沉沉的黑夜，他把第十杯咖啡一饮而尽，目光悠悠望向很远的地方，那里依稀有湖水泛光。而他的手覆在窗棂上，金属的冰凉质感直刺心底。他想，如果真的要走到最后，走到那万不得已的一步，他会做好准备的。

至于名誉什么的，也不必在乎了。他嘴角抿起一道苦涩的弧度，他曾以为生命中还有名誉这一点可以供他娱乐，现在，恐怕最后的娱乐也要失去了呢。

人们都说，燕归来爱名节爱臭美，说他坏话的人都要扣钱。

可人们不知，他最不在乎的，恰恰就是这些。

名誉、名声、名节，都是泡影，他真的不在乎。他告诉自己，他只在乎他的信仰。兴许到时候还能从人们的惊愕恼怒反应中来获得最后的娱乐效果呢，他想。

关小熙醒来的时候，看到了一件让她差点掉下巴的事——燕归来，她的师父，她那纵横网络十数年，战无不胜无所不能的，被称作计算机之神的，终日和键盘鼠标打交道的，打字比说话还快的师父，正在一笔一画地写信！

“醒了？”燕归来皱眉看着小徒弟嘴角和衣服上的口水，说道，“下次别这样睡了，容易感冒的。”

“师父，你在……写信？”关小熙有些难以置信，在她的印象里，从未见师父拿过笔，她更没见他写过字，何况是如此郑重其事地写字。

一个打字比说话快、思维比 CPU 快的人，竟然不发 E-mail，而用如此原始的方式给人写信？到底是什么人，才有这样的荣耀啊！

关小熙显然不会认为这是在给她写情书。

燕归来挥挥手，让她不用多管，关小熙自然也不敢去看。

在洗漱间照着镜子，摸摸自己的嘴唇，关小熙还回味着昨天晚上的激情……看师父这样子，已经不生气了嘛，还装得跟个没事人似的……关小熙低头抠着牙刷毛，要不要再来一次袭击呢？呜，师父师父，心里满满的全是这两个字，低头抬头，脑中尽是那个蜻蜓点水般的吻。

嗯？等等！不对！

刚脱光了衣服，一只脚跨进浴缸准备洗澡的关小熙，忽然间一个踉跄，她想起她的“站长名誉助手终结版”里的一个巨大错误！

AI的语言逻辑部分，她参考的是充气娃娃的源代码，那是日本某公司出品的，日语……日语……天啊！她怎么就忘了日语的语法和中文的差别啊……别小看这个差别，只要是稍微复杂一点的语句，都会因此变得逻辑混乱、判断错误……哦，上帝啊，杀了她吧。

关小熙慌慌张张地冲出浴室，直奔电脑前。

开机，输入密码。啊，密码，密码……想起来了。开机，加载好慢！啊，破电脑，快一点啊拜托……程序文件夹，它们在哪里？哎呀，该死的脑子怎么这么混乱……找到了！赶紧打开修改，啊，不对，这是上一版本的备份，她最新保存的版本放哪儿去了……D 盘？哦，对，她记得转移到 D 盘去了，赶紧打开，语言逻辑部分……找到了！是这个文件，修改，修改，主语，宾语，谓语，都要交换一下顺序……还要修改判断结果，啊，对，还要把负钱清零的错误修正……对，加条 if 语句……

当她满头大汗终于忙完的时候，她抬头一看，师父又不见了。

师父呢？

她记得刚刚好像听到屋门再一次被摔破的声音……

还有，嗯，她身上的衣服呢？她刚刚好像是准备洗澡的……

时间平静地往前流淌，没有在任何人身上多停留半分。一转眼就是 2005 年的春节，街上张灯结彩，关小熙的心，也在裸奔事件过后重新雀跃起来。

一个更好的消息，则是在燕归来的人脉的帮助下，关鹏飞的各种前科都被挖了出来，这个嫖、赌、毒无一不沾的男人，最终因累累的罪行，被判了十五年刑，还要向关家母女赔一大笔钱。当然，这笔钱关小熙是不指望拿到手的，她只盼望着这个男人十几年后被放出来不要再来报复她们娘儿俩就万幸了。燕归来趁此对她说：“你终究要独立的，小熙，你是我的徒弟，也是我的骄傲。”

那漆黑的眸子比往日更加深沉，关小熙听清了他的话语，却看不懂他眼底最深处的东西。

“可是，我想永远和师父在一起。”她仰起头，看着他的眼睛，认真地说。

一只微凉的大手覆在她柔软的额发上。

“那怎么可能？”燕归来眼中连一丝的波澜都没有，沉下声音说道，“你以后，要谈恋爱，要结婚，要……生孩子，你应该有正常人的生活，不可能永远跟在师父身边的。”他语调尽量平静，尽力掩藏着心中的不舍，装出他最无情的样子，就像面对财富榜上踩在他头上的南宫大侠。

“那……师父呢？”

“我也有我的生活。”中华黑客会站长转过脸去。

没想到，他胆子越来越大的徒弟迅速地伸出双手，强行把他的脸扳过来，她搂着他的脖子，不顾他开始发烫的耳根，不顾一切地喊道：“什么和别人谈恋爱结婚生孩子，除了师父，我才不要和别人生孩子！”

燕归来第三次摔门而去。

关小熙懊恼地在沙发上滚来滚去。

呜呜……她太冲动了，她会吓坏师父的，哪怕他的神经再坚韧，也禁不起她的暴击啊……关小熙揪着自己的头发，一遍遍想着，根据博览言情小说的叶盈盈教她的经验，师父对她应该也没什么抗拒吧……起码，他不讨厌她，不然也不会强自忍受着和她在一个屋檐下待了那么久，在她的种种暴击下，他依然没赶她走……

要是他不喜欢她，肯定会拒绝吧？可是他没有。

那么还是有希望的。关小熙安慰着自己，摔门什么的，才不是拒绝呢……可是，他为什么总不肯接受自己呢？

纠结无比的关小熙进了洗漱间，开始折腾镜台上一堆稀奇古怪的化妆品和假发。

倒不是她要打扮，习惯了素面朝天的关小熙一向觉得化妆是一件麻烦的事情，可这化妆的技术恰恰是燕归来让她学的。

这几个月里，燕归来不但把网络中的伪装术教给她，还连带着强迫她学习现实中的伪装术。

关小熙从来不知道自己的师父竟然是一个化妆界的高手，那娴熟的手法与闪电般的速度，不亚于他指尖流淌的代码。伪装后的燕归来，和现实中的判若两人，毫无破绽。关小熙觉得，要师父瞬间伪装成一个性感美女，也不无可能。当然，她现在还没胆子向他提这个无理要求。

各种各样的化妆窍门、秘籍，甚至是民间的土方子，只要是有用的，燕归来都一股脑地教给她，并强迫她抓紧时间练习。幸好这玩意并不枯燥，关小熙抱着好玩的心态去学，短时间内，竟也练到了燕归来的七分火候。

“这是关键时候保命用的。”面对她的疑问，他郑重其事地告诉她，“我是你师父，但不可能永远保护着你，万一哪天……我是说，万一哪天，我不在你身边了，我希望你能保护好自己，这一生都平平安安的。也许这些东西，你这一生都不会用到，但身为你的师父，我所学的一切，必定是要传授给你的。这些技术、经验，都是许多年的实战里得来的东西，珍贵无比，不管以后怎样，你都要记好了。”

他说这番话的时候，关小熙还未能明白“珍贵”两个字的真正含义。

她只觉得自己很幸福。

每天的生活，平淡又忙碌，匆忙过完了年，她又投身到数据的世界里，她越发迷恋着指尖敲下代码的感觉。这空旷无边的世界，不再充满让她一无所知的黑雾与迷茫，而是绚烂得让她无法自拔的精神繁花。她像是掉进米缸的虫儿，贪婪地享受着这个世界里的一切。不仅如此，她还能用双手敲打出代码，来表达她的思想、她的创意，来探索那些不为人知的领域——她仿佛就是一个创造世界的神。

新的一年，伴随着早春的到来，叶盈盈带回了网游《理想国》研发小组正式成立的消息。大文豪苏牧负责整个剧本的策划与宣传，叶盈盈负责美工的制作，并在她的社团里以低成本招募高质量的画手，关小熙和颜可负责程序员的招聘——尽管颜可只想着出资金，并不想干编写程序之类的他所认为的“苦力活”。叶盈盈甚至鼓励关小熙在中华黑客会论坛上发起了义工招募——在那个并没有众筹概念的年代，他们募集的不是资金，而是一个个怀着同样梦想为他们当义务劳工的会员，有钱出钱，有力出力。一时间，程序、策划、画手、音乐人、动画师、测试员、剧本作者、安全顾问……样样都有分工，不图名利的热心群众干得热火朝天，俨然是一个走向正轨的制作团队。

尽管几个还是学生的程序员常常出漏子被颜可嘲笑，尽管画手们都是无名草根，尽管做场景音乐的几个人都只是业余爱好，尽管剧本作者在未来文学网上全部是扑街党，尽管策划写出来的任务流程大家都说太死板，尽管两个安全顾问之间经常因“NPC[20]该不该露大腿来吸引玩家”或者“升级是否要难一些来取得虐待玩家的快感”或者“坐骑除了动物之外，还可以加上萝莉女仆来吸引宅男玩家们——最好再加个面瘫闷骚黑衣老男人当坐骑，我敢保证中华黑客会百万注册会员都会闻风而来”之类的问题吵得不可开交……但这一点也不影响整个团队的热情洋溢奋力拼搏。

热情是最好的指引，热情感动了所有人。

当某一天晚上，关小熙把她参与游戏制作的这件事正式告诉燕归来后，燕归来既没有说她异想天开，也没有说她不务正业，更没有表示任何的不赞同。事实上，他做出了完全出乎关小熙意料的反应。

“缺多少资金？”燕归来几乎是拍案而起，“我赞助你。既然做了，我们就要做得最好。”

关小熙都来不及说拒绝的话，第二天，就有一笔让她“数了半天0”的资金，打到了她的账户上。

她也终于明白为什么每次说到燕归来的存款，颜可都会底气不足了……

关小熙幸福得直想把师父家的屋顶掀了来庆祝。

在同一天，云南大理，一户偏僻的农家小院里，年过花甲的老主人收到了一封信。

---

20 非玩家控制角色，Non Player Character 的缩写，指游戏中默认存在的，由系统本身控制行为的角色。

已现花芽的紫藤架下，老人颤抖着手，看完了这封长长的信。

那沉静犀利的笔触，隐约还带着当年的锐气。将近十年的时间过去，他知道，当时意气风发的少年，如今已成一手遮天的人物，像是茂盛得永远不会凋零的大树。而他也以为他能安安心心地退居乡下，在田间地里愉快地做他的乡下老农，可这一切，终于还是要被打破吗？

可惜了，陆萧那个孩子。燕归来，你是想做第二个陆萧？

偏偏他还无能为力，只能接受信中的安排——他不得不认为，这是最好的安排，最大的保全，所以他无力反驳，只剩下一声叹息。

“最在乎名节的是你，最不在乎名节的也是你……”老人倚着紫藤架，翻来覆去地读着手中的信，喃喃自语，“只是我想不到，你这种性格，竟也会收徒弟？不知是你的徒弟厉害，还是我的徒弟厉害，我想以你的性格，肯定会要比上一比吧，可惜你不能见证了……说来，我好像很久都没有见到小可了？不行，我得把那野小子喊回来训上一训，果然没徒弟可以教训的日子很是无聊……”

老人自言自语着走进屋里，从橱柜里挖出一堆蒙上一层尘埃的零件，开始组装电话机。

# 第十五章

# 天堂与地狱的间隙

TIAN TANG YU DI YU DE JIAN XI

关小熙不知从什么时候起，师父的脸上，有了忧色。

无论他掩藏得多么好，与他朝夕相处的徒弟，总是能细心地发现他平静的表面下，那几乎不可捉摸的心事。她是那么用心地留意着他的一举一动，他凝神的时候，他沉思的时候，他远望的时候，他忙碌工作的时候，她是那么想看清楚真实的他，或者说，她倾慕着每一个时刻的他。

可她不知道他的心事到底有多深，一种有意不能说、有疑不能问的压抑在她的心头，他到底有什么瞒着她？

女人的第六感向来很准，也很难说清，这个没有怪兽入侵的地球，这个没有魔王肆虐的世界，这个风平浪静、和谐安宁的年代，她想不出有什么事能让师父这样的大神也难以应付，以至于心事重重。

可是他不说，她也无法过问。她深知他的为人，他不想让她知道的事，他是打死都不会说的，而已牵连到她的事，他总能滴水不漏地安排好一切。

看上去，似乎一切都那么圆满，除了她的心。

关小熙想让师父开心，趁着元宵佳节，她千方百计用尽一切折磨手段，终于把满脸黑线的中华黑客会站长拐带出门，美其名曰“散步”。

“整天闷在家里会憋坏的。”她絮絮叨叨地对着身旁沉默的男人说道。见他不语，她干脆挽了他的手，他慌乱地想把手抽出来，关小熙当然不会遂他的愿。

她紧紧扣着他的五指，让他最终只能妥协，选择了一路沉默抗议。当然，关小熙可不认为他这是抗议，见他依然不说话，她想，那就让她再吃点豆腐吧。

她柔软的爪子离开他的手掌，开始往他的胸腹上游走……

“关——小——熙——”

忍无可忍的师父大人终于发出凶狠的咆哮。

武林广场元宵灯会，行人如流水，漫天烟火此起彼伏，在这繁华的人世间，在无尽的喧嚣与璀璨中，关小熙忽然有些后悔。

她喜欢热闹，可是，他不喜欢。

她不该强迫他来这种地方，洋溢快乐的笑脸，甜蜜相携的身影，在烟火爆竹声中耳鬓厮磨的情侣，随处可见。“我要娶到章子怡”“我要嫁给周杰伦”“我要连中五百万”“我要去竞选美国总统”……人们互相说着自己的梦想，哪怕梦想并不现实，哪怕它如烟火一样转瞬即逝，人们也享受着这一刻彼此相拥的幸福。灯火耀如白日，而他们在白日梦中大声地、毫不掩饰地把心事说出口，在这元宵花灯之下，没有什么比这来得更加畅快。

可是，燕归来呢？

除了他的电脑，关小熙几乎找不出他喜欢的事物。

可是，她喜欢……他啊。

抓着他的手，走在张灯结彩的灯会中，关小熙加快了步伐，他不喜欢热闹，也许早点回家比看烟火这种“无聊空虚的事”更合他的心意。

“如果你喜欢，那就多待一会儿吧。”

他却忽然这么说，同时不着痕迹地抽出手掌，覆在她的肩头，陪着她倚栏而望。

他总能轻易地看穿她的心事，而她却看不穿他的。

“可是，我更喜欢师父……”她终于下定了决心，她转过身，双手从他的大衣里伸进去，她紧紧抱住他的腰，把脸埋在他的心口，她一字一句地说：“师父，我、真、的、喜、欢、你。”

她不会放开手，她不会让他像之前一样逃走了。她用力地抱紧他，如果他说不，那这就是她最后的留恋。她听着他瞬间变快的心跳，甚至能听到他血脉里血液流动的声音，这一刻，烟火的喧嚣全然退去，她只看到他一个人，她只听着他一个人的声音——可是，他还是不说话。

似乎有一声低低的叹息。

“我知道。”他轻抚她的脑袋，轻声地说。

他竟然这么说。

“那师父呢？”

她下意识地追问，声音却因底气不足而小了很多。

他张了张口，刚吐出半个字，关小熙的耳畔突然传来一声高亢的呼喊：“小熙——关小熙——”

这声呼喊打断了他的话。

一瞬间，那些被她忽略的声音都回到了她的世界，小贩的吆喝、人潮的喧哗、烟火的爆炸，这个世界的声音重新在她耳边响起，她看见了一切，听见了一切，却唯独听不到他说的了。

燕归来的声音淹没在这个世界中。

而阔别多时的叶江城大步流星地朝关小熙走过来。

人山人海中，他还是一眼就认出了他的宝贝策划师，漫天烟火中她仰起的脸，在时隔一年后依然让他心动。他高兴地问道："小熙，好久没见到你了，近来好吗？对了，你有没有看上周的《环球时报》？"上面有他的大幅照片和独家专访。

关小熙郁闷地望着这个突然出现的男人，她几乎都快要忘记他了，而此刻他的大白牙以及手腕上被他刻意露出来的钻表在她面前不要本钱地闪闪发光。关小熙面带僵硬的微笑，勉强打了个招呼，如果有可能，她真想在他屁股上点一把火把他炸到天上去。

什么《环球时报》独家专访，她订了报纸，但只看她喜欢的内容，其余的一概不关心，就像现在，她只关心刚才师父他究竟说了什么。

很显然，师徒两人都对叶江城这位突然冒出来的深水鞭炮十分不满。

关小熙恨他打破了她的世界，燕归来倒还记得他，又转目看到不远处他带来的那位珠光宝气的女伴，顿时觉得这个江城科技的总裁实则是一个花花公子。

这样的男人，配不上他的徒弟。

她应该得到最好的。

于是，她满意地被他往家里拖去，留下江城王子满腹情意无处诉说。

而这个美好的元宵夜，《理想国》的制作团队许多人请了假，群里只剩零散几个亮着头像的人。为折腾这游戏忙了快一个月的关小熙，也决定给自己放一晚上的假。

她所谓的放假，其实就是逛论坛、刷帖子、去看她的"站长名誉助手重生版"忠实地执行程序扣着人们的论坛币——只可惜，一个月未登录的论坛，在她此时登录时，居然提醒她：对不起，您输入的账号或密码有误，请核对后重新确认。您还剩下四次尝试机会。

四次机会很快被用完，关小熙脑门冒汗，她的密码没有输错啊，所以就剩下一个可能——她被盗号了。

在她还没有正式学习计算机相关内容之前，她的账号被盗过几次，那也是论坛上几个家伙的恶作剧，而燕归来发声警告众人不许"调戏"她的账号，再也没有人觊觎过她的账号了。

"熙马拉雅"这个拥有藏经阁资料库永久浏览权的账号，稍微混迹这圈子的人，都知道她的账号有多珍贵，但碍于燕归来的存在，的确没有人胆敢染指。那么这位盗号者，应该是圈外人？至少不是中华黑客会的人。

关小熙第一个想到了盗号女王如意。

但她稍微一想，就否定了，如意的目标一直是燕归来，而不是燕归来的徒弟——和小辈较量，传出去是很没有面子的一件事。而她熙马拉雅在如意眼里，恐怕连小辈都不如，所以如意从来没有找过她的麻烦，甚至不屑于把她当对手。

那么，会是谁呢？

显然，这不会是恶作剧，大过年的大家都忙着呢，比如颜可这家伙，不知跑到哪里潇洒过年去了，将近半个月关小熙都没见过他上线，游戏制作团队里两倍的工作量都压到她身上……想到颜可，她就咬牙切齿。

那盗号者到底是从她的电脑上种植木马盗走了账号的，还是拦截了她的 cookie[21] 信息进行破解？或者直接破解了服务器的数据库？……三种情况，关小熙觉得哪种都不可能，又觉得哪种都有可能。

她并不急着用管理员账户登录后台把自己的密码改回来——燕归来安全教程第一课就告诉她，如果发现自己被盗号了，在确认电脑中是否存在木马之前，不可做任何会造成更大损失的愚蠢举动。

关小熙开始手工杀毒，如果真有木马，连燕归来的防火墙都能骗过去，那可是个厉害角色……关小熙偷偷看了眼二楼书房亮着的灯，近来，燕归来已把他的工作场所从客厅搬回了书房，让她不好意思再去搅扰他……所以那么忙碌的师父，她是绝对不想麻烦他的。

全身心的忙碌，总是会让人忘记时间。

二楼书房一直亮着的灯表明燕归来又熬了一个通宵，以至于他都忘了提醒他的徒弟去准时睡觉。平静的表象下，是绷在弦上的局势，入侵航天局核心数据库却一次又一次逃过他监控的对手，如果对方真的是神秘的连他都摸不清底细的 WIND 小组，那他就不得不……在更大更愚蠢的损失造成之前，幸好命运已给他足够的时间安排好了一切。

“小熙，就算你没有我这个师父了，你也要好好的。”

他低低地说道，终于站起身，合上笔记本，从柜子里拿出行李箱。

而窗外，是彻夜繁华的烟火，游玩的人们，相互交流着明天杭州大厦有 Chanel 专柜打折、再明天有黄龙体育馆王力宏的演唱会、再再明天有好莱坞热门影片的首映、有日本女星新写真的发售、有天佑大帝的新书出版……明天明天，那么多的明天，那么美好的世间。

2005 年 2 月 24 日凌晨三点，夜幕最黑最沉的时候，燕归来提了他最简单的行李下楼，却发现客厅的灯还亮着。

关小熙。

他的徒弟，忘了他关于准时睡觉的告诫，依然奋斗在电脑前。

她全神贯注，甚至没有注意到他下楼的脚步声，而桌子上几包拆完的咖啡袋子，

21 cookie：有时也用其复数形式 Cookies，指网站为了辨别用户身份、进行 session 跟踪而储存在用户本地终端上的数据，通常经过加密。

显然就是让她彻夜兴奋的原因——燕归来的心头，忽然有莫名的火起。

以往每次都是他催她去睡觉，让她好不容易有了正常的作息时间，她不可以和他一样，她还年轻，她该有身为一个女孩子的正常生活……可是，今天他忘记了提醒她睡觉，她就真没有一点自觉心了？！

她就是这么把他的话当耳边风吗？

他走了之后，还有谁……

不知是不是因为离别在即，各种各样的情绪充斥在燕归来的心里却只能忍着，也找不到宣泄口。今天之后，她也许再也不会见到他了，也许她很快就会忘记他了。这几年来他是她的师父，却不是她一辈子的……伴侣？对于这两个字，燕归来多少觉得有点可笑，他不奢求也不指望这两个字，哪怕摆在他面前，他也不可能接受。自从花阡陌退隐的那一天起，这命运的钢丝绳上就只剩下他一个人的独舞，上不了天，下不了地，他游走在光明与黑暗的边缘，游走于天堂与地狱的间隙。为了信仰他把一生都系在这里，命运的丝线上，和他共舞的只有他的影子，那么华丽优雅的圆舞曲，可是圆不了他的情，上帝是那样公平。

关小熙，这朵在他生命中乍然绽放的花却不属于他，一夕的师徒情分，换来的只有道别时的痛苦。

是的，痛苦，他的心里第一次出现这种难受的滋味，看到那个伏案忙碌着的小小身影，他的脚步像是被粘在了楼梯上，颤动着双唇，却说不出话来。他站在暗处，就那样望着她，心头是他不想承认的痛苦，它们慢慢地燃烧，酿成更大的火，它们不是侵蚀系统的病毒，他无法扑灭，他无能为力，而他难以启齿更是耻于启齿的感情，只能让他把心门牢牢锁上，如他最终苦涩紧抿的唇，情火憎火欲火怒火所有的火都在心底磅礴又孤独地燃烧，在光明与黑暗的边缘，在天堂与地狱的间隙，在元宵夜璀璨烟火翩然落下的刹那。

她为什么不去睡觉？为什么不肯听他的话？为什么还要待在楼下？为什么……不能让他一个人悄悄地离开？

时间一分一秒地过去，他必须尽早赶到机场，他用各种身份订了许多份的机票来伪装，他不能给任何人留下可以追查的证据，特别是他亲手教出来的徒弟……而事实上，他离开杭州后还要先去上海，在那一个曾是十里洋场的地方，有他可以信任可以托付的人，他的基业，他的网站，最终还是要交到另一个男人的手中，而不是给他的女徒弟。

她瘦弱的双肩，他真的不忍她去承担那一切，她本该过着平凡女孩的生活的，而他燕归来自己，却不得不淡出人们的记忆，甚至还要亲手在自己的肖像前画上一个鲜红的大叉！

“呜……还是找不到问题，到底是怎么盗的号啊……”

关小熙苦恼地往桌子上一趴，网站不太可能被入侵，拦截她的封包信息再破解这一条，貌似也是个体力活，最轻松的是在她电脑上植入木马，可是她的电脑有燕归来亲手打造的防御工程，而她也不再是粗心的小白，被人植木马……听起来，也是挺玄幻的事，而将近两个小时的全盘扫描，她仅发现了一个可疑的 DLL [22] 文件。文件创建时间是一年之前，很正常，文件很小，文件内容她也分析不出什么头绪来，这也很正常，文件更没有加入任何运行中的程序，这更加正常……但正是这一连串的正常，让她觉得不正常，因为她深知师父那绝不拖泥带水的作风，这种鸡肋一样无用的文件，是不会出现在他亲手打造的系统里的。

正想着，她忽然一抬头，就看到了楼梯上站着的男人。

“师父，你还没睡觉？”她几乎是脱口而出的询问。

燕归来皱起眉头。

这句话，应该是他问她才对吧，她真是……从来没把他的告诫放在心上吗？偏偏还用那么无辜的眼神望着他！心头的火烧得更加旺盛，燕归来扔下行李，大步地走下楼，硬质的拖鞋底在木质楼梯上踏出巨大的响声，一声一声，都在泄露他心中的恼怒。

“那你呢？都几点了还不睡？还是在念念不忘着《环球时报》的头条人物？”他反问道。

关小熙拄着脑袋想了半天，才想到《环球时报》的头条人物是谁，顿时冷汗从后颈流下。天啊，师父怎么会首先想到叶江城的？连她都没什么印象了，虽然几个小时前才见过他……

所以说，师父这是在……吃醋吗？

关小熙不由得偷笑，完全没意识到自己这副吊儿郎当的模样，让她师父的脸更加冷了。

“关——小——熙——”他拖长了代表生气的尾音，“如果你认为我教你技术，是让你用来通宵花痴不睡觉的话，你最好不要认我这个师父。”

燕归来滚动着喉结，沙哑又艰难地吐出一句话。

关小熙蒙了。

不是吧，他这就生气了？

“不是的，师父，你听我解释……”她低着头，像往常一样想去拉他的袖子撒娇，却被他冷冷躲开，她只好继续解释道，“是我的账号被盗了，在论坛的账号。我很多天没登录了，今天登录发现密码错误，我又怕吵到师父惹师父生气，所以想自己解决。可是忘了时间，没想到这么晚了，对不起师父……”

“你眼里还有我这个师父吗？”燕归来眯起眼睛，说道，“我告诉过你多少次？如果发现网站有不对劲的地方，第一时间告诉我，千万不要贸然行动，你又记住了没有？自己解决？你是不是认为你的脑袋已经比《环球时报》的头条人物更加发光发热，

22　动态链接库文件类型。

以至于让你可以眼里只有荣耀的光环而忘了我这个师父，也忘了你自己的身体？”

“师父我错了，对不起……”她的声音已带上哽咽。

“你不用再喊我师父了。”

凉薄的双唇，那她曾留恋过的地方，如今吐出的凉薄话语，伴随着窗外最后一朵烟花的落下，在她垂首的泪水中，他心痛得简直无法自制，他曾发誓不再让任何人伤害她，哪怕害她哭泣都不行，可他自己做了这个罪人。是的，他是罪人，很快他会被天下唾弃，所有人都会知道他燕归来是祖国的罪人，是黑客的败类，可这些他都不在乎，他只在乎她。

原来，他真的那么在乎她。

但现在明白了，还有什么用？他心里的难受如潮水翻卷，可他只能这样说。

若她不死心，又怎能忘了他？

神。

这个世上，到底有没有神呢？

如果世上有神，那为何从不告诉我他的心？

如果世上没有神，那为何会有他这样一个人来到我的生命里？

关小熙从来没想过，她有一天会惹得师父这么生气。以前，她也被盗过几次号，可师父从没有一次生气，不但替她收拾残局，还会安慰她不要在意。而今天，她是有错，但也是为了不麻烦于他，他至于说那么重的话吗？

不喊他师父？那她喊谁去？

“师父，你别生气了，我……”关小熙委屈地辩解，伸手指指电脑屏幕，“有个DLL文件我觉得不正常，可是分析不出来，我本来准备睡觉了，想着明天再请教师父的……”

“你没有听到我的话吗？”燕归来看到那台笔记本屏幕发出的幽光，心中又生出莫名的火气来。那些网络上的事情，他不需要她去承担，她还不明白吗？也对，既然要让她死心，就更彻底一些吧。他大步走过去，拿起那台他送给她的，被她小心翼翼地用了那么久的笔记本电脑往桌子上猛地一砸，只听“咔嚓”一声，屏幕的轴整齐地断裂，笔记本摔成两半。

在她惊愕的目光中，他用他这一生最绝情的语气说道：“你不用再喊我师父了，我没有你这个徒弟，你也没有我这个师父，连个账号都会被盗，连个DLL文件都搞不定，我教给你的技术都被你拿去想方设法上《环球时报》头条新闻了吗？你这样的徒弟我教不了！”

“师父，我……”

“别喊我师父！”

“你怎么还想着叶江城！我和他没有任何关系！”关小熙也火了。看到那台摔成两半的笔记本，就那么凄惨地躺在她脚下，她心里想着他怎么可以这样过分？他明知道这是她最爱惜的东西，他给了她所有，又要夺走她的所有——连她的感情都要夺走，却又不给任何回应，她就像这台笔记本，可以任他予取予夺？她还没有那么……贱！

“你和别人怎么样，都和我没有关系，从前没有，现在没有，今后也不会有。”

“我……你明知道我喜欢你！我爱你，你怎么可以说这种话！”关小熙咬着嘴唇，倔强地抬头看那张漠然的脸。此时，他不再避开她的视线，他任她直勾勾地望着他，他闭上眼睛，脸上没有任何表情。

“可是我不爱你。”他一字一句地说，“我可不是你，脑子里除了情情爱爱的东西就只剩拿技术当衣服穿。”

似乎有什么东西破碎的声音……她听不到，又分明听到了，那样空旷的绝响，心底乍然撕裂的壑谷，他终于还是说了这句话，这么久了，他终于给了她答案。

“那你为什么不早点说？为什么一直要模棱两可地，什么都不肯告诉我？对，你是神，你是伟大的神，你有千百万的崇拜者，你享受人们的崇拜，享受着我爱你的滋味，你脑子里没有情情爱爱这种无聊的东西，你有牛气无比的技术，牛气到可以让你拿你徒弟的感情当儿戏！你早就知道我喜欢你，你既然要拒绝，为何不一开始就拒绝？你非要等我……”关小熙仰着头，大声地宣泄让她的眼泪扑簌簌地滑下。他几乎下意识地想伸手替她抹去，最终还是忍住了。在她越来越控制不住的抽泣声中，他只能紧紧皱着眉，可是这样又让她以为他更加生气了。

“燕归来，我知道你生气了，知道你开始厌恶我了，放心，我不会再让你心烦，我这就走。我这身技术都是你教的，所以你放心，我以后不会再出现在你的圈子里，也不会再用你教的本领去讨生活，你……你不用那么看着我！每次都是你摔门走，好，今天我走！你那么狠心赶我走，别指望我再求你！”

关小熙一脚踢开摔成两半的笔记本，穿着睡衣拖鞋，用力摔门而去。

英勇的熙马拉雅战士的人生第一次夜游，就这么拉开了序幕。

她拼命地告诉自己，她这叫作骨气，她也是拿得起放得下的人，她才不会在一棵树上吊死，叶江城再怎么草包王子也比燕归来温柔许多……可是，在凌晨冰冷的寒风中，她的眼泪鼻涕还是不争气地落下来，拼命地流拼命地流，流到嘴里，那咸涩的味道更让她觉得心里难受得很。她游荡在深夜空无一人的街上，瑟瑟发抖，睡衣口袋里倒是还有点钱——中午叫外卖找剩下来的，她揣着钱，却没看到计程车。

见鬼的凌晨，游人四散后空旷安静的街道上，只有路灯忠实地履行它们的使命，偶尔一两辆呼啸而过的车扬起一片尘土，刺得她脸颊生疼。

终于，她看到对面街上还有家二十四小时营业的便利店，她不顾形象地冲进去取暖，可是店里竟然没开暖气，只有一个昏昏欲睡的店主。关小熙郁闷地转了一圈，她忽然想起，她强拉着燕归来逛街的时候，他在这里，曾亲手买过饮料开罐给她喝。她走到饮料柜前，眼泪再次流下来，而目光从那些花花绿绿的饮料罐上扫过，她最终赌气地拿了两罐啤酒去结账。

由于深知熙马拉雅战士的酒量，自从在那所谓的“拜师宴”上喝酒后，燕归来就再也没让她沾过一滴。

哼，反正现在和他一刀两断了，她想怎么喝就怎么喝，他再也管不到她了！

熙马拉雅战士坐在便利店门口的塑料椅上，跷起二郎腿，开始借酒消愁，仿佛一个失恋离家出走的堕落少女。

呜，好苦，好涩，心里……好难受……

眼泪鼻涕一股脑地呛出来，她还是拼命往喉咙里灌酒，慢慢地，也就麻木了，麻木了，就不会痛了……她一边哭一边喝着，身体因酒精而燥热起来，凌晨的寒风，并不显得那么冷了，她沉溺于这种麻木后的感觉，转眼喝完两罐，又进门买了三罐，不要命地往嘴里灌。

当第五个罐子空了的时候，她已醉得迷迷糊糊了，歪斜着靠在椅子上，眼前是渐渐亮起的天色，眼泪和鼻涕在她脸上糊了一层又一层，她都几乎分不清自己在哪里，自己是谁，自己在干什么，意识混乱一片，根本不想清醒。

“你怎么还是不肯听话？”

她只依稀听到一个熟悉的声音在耳边响起，那么低沉又那么温柔，温柔得像是要哭出来。模糊的意识中，似乎有一双手臂横着抱起了她，那么温暖的胸膛。那人抱着她又走了一段不长的路，她好像回到了她最爱的床上。

“师父？”她迷迷糊糊地呓语，抓着那双手臂不肯松开“别走……”她呓语着哀求，“我喜欢你，师父，我再也不惹你生气了，对不起……呜……”

温暖的被子盖在她身上，她依然紧抓着他——燕归来懊恼地望着这个醉得不成样子的女孩，他走也不是，不走也不是，再看她泪眼模糊的脸，他的心痛得像刀割一样。

而她的脸颊一片通红，不会是发烧了吧？他惊慌地去抚摸她的额头，却摸不出什么温度。而她的睡衣依然湿答答地沾满了眼泪和啤酒，他觉得不把她的衣服换下来她说不定会感冒的。反正，她醒来后应该会忘记一切的，他这样想着，伸出了手。

并不丰满的身体展现在燕归来的面前，他已经不是第一次看到了，可心跳得比以往任何一次都快。

他是那么舍不得她——但天明后，他终将要走，他不再是她的师父，她也不再是他的徒弟，日后他臭名昭著也好，举世讨伐也罢，都不会牵扯到她的头上。他不在乎自己的名声，可是他必须保全她的，从前她是怎样，以后还要是怎样，他是她的师父，他有这个责任，他一直这样认为，这是身为师长的责任，可是……

醉意蒙眬的女孩，在他挣脱了双手后，又拼命地想抓住他，燕归来慌忙去扯开她的手，却重心不稳地被她扯到了床上。

将近一米八的身躯直挺挺地压在她身上，她的脸如此近地贴在他面前。这张脏脏的小脸上，一道道的泪痕，像一把把割在他心上的刀，他听到她呓语着他的名字，柔弱到让他不忍的语气，他再也抑制不住地对着她嚅动的唇，狠狠地吻了下去。

关小熙的身体原本蜷缩在被子里又湿又冷，又因酒精内部发热，冷热交加，好不难受，再加上脑袋涨痛，眼眶、喉咙干涩，她几乎睁不开眼睛，也喊不出声来，连思考“为什么衣服裤子会消失了”的能力都像负荷百分之百的 CPU 一样迟钝而转不过弯来。

她只是迷迷糊糊地把手伸出被子，下意识地不想让那个温暖的怀抱离开——无论是谁都好，她不想一个人，不想那么孤单地飘荡在深冬的长街上等着天明，而下一刻，忽然两片湿凉的唇覆上了她的嘴。

那么熟悉的味道，是他吗？

她努力睁开眼睛，眩晕感与昏暗的光线让她看不清眼前的景象，只模模糊糊看到面前的人有着一双沉黑的眸子。他深深地望着她，只一瞬后，又紧紧箍住她的身体，忘情地吻着她。

那一双敲出无数代码被世人景仰十数年的属于神的手，就隔着被子，绕在她的肩膀后，坚硬的骨节硌得她后颈生疼，而他吻她的力度，重得让她认为嘴唇应该已经出血了。如果她还有思考能力的话，会发现这个男人的吻，就如他的为人一样坚忍、深沉，甚至还带了点笨拙的粗暴。很明显，中华黑客会站长的吻技，远没有他的计算机技术娴熟，他仅能用最原始的方法吻着她，唇与唇相贴，带着苦涩与绝望的感情，他深埋在心底的一切，像是都要在这一个吻中得到了结。

他听到自己的呼吸加重的声音，一个吻就该结束了，可是他离不开，他的身体，他的唇，他的舌尖，都已不听他的使唤。在数据的世界里，呼风唤雨的他，最终竟使唤不了自己的身体，他竟是那么留恋着她的唇，这个青涩而发烫的躯体，他听到她模糊的呓语。

“师父……”

她这么喊他。

她是他的徒弟，而他是她的师父，他怎么可以……

尽管她爱他。

他离开了她的唇，重新睁开他深渊寒水一般的眼睛，其中倒映着她的脸，可她竟伸出了双手去抚摸。屋内逐渐饱和的暖气，使她又甩又踢地扯掉了被子，仅剩下几 KB 的空间可以思考的脑子，让她想不明白为什么身体这么热——她把这归结于被子，果然，踢掉之后，凉快了不少。而她的双手依然牢牢地圈紧他的脖子，唇上的疼痛感觉消失后，反而让她不适应，她并未想到自己光滑而青涩的身体暴露在空气中对于一个成年男人来说是多么撩人，她只是本能地仰头去吻他……

如果这是一场梦，那么，也请让我别再醒来。

如果世上有神，神，你听到我的乞求了吗？

燕归来单薄的衬衣并不能阻隔他燥热的胸膛，以及胸口越发加速的起伏——他破解过各种加速软件的原理，却阻止不了自己的身体，不再有棉被的阻碍，他的欲望也清晰地暴露在黎明时分的天色中。

“小熙，别……”

他连说一句完整的话的时间都没有，她的吻是那么热烈而缠绵。她闭着眼睛，而泪水重新流出眼眶。她依然被他压在身下，却紧紧地攀附着他的身体一动不动，像是恨不得就这样融入他的生命里。

“小熙……”

他的声音已开始变得嘶哑，他想推开她，却被她箍得更紧，而她脸上的泪痕让他绝对无法狠下心来用什么暴力的手段挣脱开，直到她最后昏昏沉沉地睡过去，将近二十四小时的劳累，她到底是体力不支，她双手的力道终究是松懈了。燕归来趁此机会挪开了她的手，替她重新盖好被子，然后低声咒骂着冲进浴室，再出来时，又是那一个严肃的、冷漠的中华黑客会站长。

最后看了一眼熟睡在床上的英勇雄武的熙马拉雅女战士，他提起行李，默默地走出门去。

他不是不爱她，他也不是不负责任的人，可他的命运注定了让他无法负起对她的责任，那么他只有负了她，他只有不爱她，他没有资格霸道地把她据为己有。

他只是她的师父，也许连师父都不是了，情人也好，师徒也罢，对再也不会相见的人，任何关系都没有意义。

时间能磨平所有的伤痛，聪明如她，想必也会理解的。

当燕归来重新规划了他的行程路线，当天色明了又暗，当他双脚站在魔都的土地上，当他把网站和基业转交给另一个男人，当他挺拔的身形隐没在呼啸的北风中，当那些霓虹光亮穿过他的影子不留下半分色彩，当深沉如黄浦江底千年来泥沙厚重的脚步走过繁华的不夜城……

他的心里，除了素未谋面的 WIND 小组，已不再装有任何人。

# 没有神的世界里

MEI YOU SHEN DE SHI JIE LI

“燕老大那么久都不见上线，是不是娶老婆生孩子去了？”

——by 一脸淫荡的南宫大侠

“男人怎么能生孩子？”

——by 非常正经的墨非

“男人当然能生孩子啦，只要（以下过滤一万字百科资料）就可以啦！墨非你想试试吗？”

——by 娱乐版版主 Kiki

“所以让我们尽情地幻想他吧，啊哈哈哈，谁让他不上线来扣钱。”

——by 盼望着燕老大回来，哪怕清空自己的论坛币也好的南宫大侠

“山中无老虎，猴子称大王啊，老大不在，害得我们只能自己抵抗如意团队啊，偏偏趁着这时候来……老子多少天没睡个好觉了！”

——by 用黑眼圈当烟熏妆 cos 如意的妓院老鸨

“这么久了，连小熙都不怎么上线，还好有仙仙这位帮手，喂，仙仙你要不要考虑当技术区总版主啊？我们都很看好你哦。”

——by 对美少年永远没有抵抗力的小 SO

“临江仙，你是不是哪位大神的马甲？从未见过你这么牛叉的新人，哪天有空了我们来单挑三百回合？CS、红警、WAR、星际，随你选。”

——by 有点吃醋又不得不佩服新人的戒指君

“我只是燕归来的朋友……而且，我只玩可以赚钱的游戏。”

——by 现任论坛实习版主临江仙

忙中偷闲的大家在论坛里聊着一些随意的话题时，关小熙正趴在屏幕前默默地望

着他们。

由于论坛用户资料会显示“最后登录时间”等信息，不登录又无法看帖子，存心下潜的她便注册了一个马甲，名叫似曾相识。

似曾相识燕归来，一个曾愿与他并肩站立的妄想，可惜，妄想终究是妄想，她潜着水，连扣钱什么的都懒得冒泡了，都随他们去吧，她想。无聊地把帖子翻了一页又一页，忽然她看到有一层楼里，那让她朝思暮想的名字和头像。

“南宫大侠，在背后说站长坏话，扣除所有论坛币，如你所愿。”

严肃到极点却让人实在想笑的口吻，那么熟悉的人啊，这层楼的回帖量继续见涨，大家各自聊着先前的话题，没有一个人注意到他。

师父……

关小熙忍不住用指尖去轻抚他的头像，谁料身体竟瞬间坠入一片黑暗里，她慌张地奔跑，却四处碰壁，最终看到前方有个放光点，她不要命地跑过去，她看清楚了那是一个背影，挺拔的、在黑暗中微微泛光的熟悉背影。

“师父……”关小熙下意识地询问，而那人转过身来，是一张面目模糊的脸。

她看不清他，走得再近也无法看清无法触摸，他的眉目隐在浓浓的雾气之后，他们一步之间，是咫尺天涯的距离，“我很想你”这四个字被她吐出口后换来的只是那人影的消散，她疯狂地抓着黑暗深处许久，仿佛要把这个世界抓穿，可是她抓到手的只是更多的黑暗，她无能为力，她也不知自己站了多久，周围的景致一幕幕地转换，她依然找不到她想看的面孔，尘世如潮，她只不过是人海中的一粟。她听着人们的私语如春草疯长，如夏花盛放，她的花也开了，种花人却已失落在茫茫时光里，芳华无人赏，不如归于土壤，她把自己重新埋入地下，从此不见天日。

原想终有一日他会回来，可她在岁月里徘徊了那么久，久到她都几乎快忘记了自己的名字，只记得他的。人们说他结婚了，她不信；人们说他孩子多大了，她不信；人们说他退休了，她不信；人们说他死了，她依然不信。她是那么执着地寻找着他，直到有一天她的土壤边上来了一个高贵优雅的妇人。妇人没有牵着小孩，也像她一样孤孤单单地一个人，透过她徐娘半老的面孔却依稀还能见到年轻时的傲然与冷艳，只不过如今老了，岁月磨平了她大部分的棱角。她弯下腰轻声地对着冻土中的花儿说：“其实我们都一样，爱着他，却又被他抛下，他谁也不爱，他不属于你我，所以……你要不要来，和我一起？让我们去毁了他，去报复他……”

“不！不要！”关小熙歇斯底里地喊起来，“如意你这个妄想症缠身的蛇蝎女人，你给我滚开！少拿我来垫背！”

“妄想？呵呵呵……”妇人笑起来，面孔恍惚又是那张年轻不可一世的脸，“如果这世上有一个人比我更妄想，那就是你，关小熙，你只不过是他一个小小的学生，你永远不可能得到他……”

“滚！”关小熙嘶声竭力地大喊，眼泪却止不住地流下来，而如意的鞋底往她的花叶上踩去，她绝望地闭上眼睛。

盛夏，又是一个闷热的早晨。

关小熙汗流浃背地清醒过来，揉揉眼睛，又是一个噩梦。她望着天花板出神了好一会儿，直到有关梦境的记忆彻底模糊了，才起床去洗漱。这半年来，她一直用这种办法去忘记噩梦中的情景。

她努力地让自己忘记……他。

她下楼买早点，和房东打招呼，回到自己的小房间一边吃早餐，一边写前一天未写完的稿子。她早已从湖边的小洋楼搬了出来，在旧城区不怎么昂贵的地段，自己租了一个小单间，靠着给游戏公司写半兼职的策划稿子、给楼下的照相馆当PS助手过日子，每周六周日，还会给教辅中心的小孩当英文辅导赚外快。

想来也好笑，当年高考英文不及格的她，现在却欢乐地辅导着即将高考的孩子——而且，她也是课堂缺席率最少的也是工资最高的那一个“大学生辅导老师”——天知道她是什么大学毕业的！

简单的田园风格碎花窗帘下，她自己组装的笔记本放在书桌上，当然，这比他送给她又被他摔了的那台廉价了许多，性能也差了许多，但对她来说已经足够。今天是工作日，她并不用去上课，悠闲地吃完早餐，顺手敲完了一份支线任务设计稿。虽然是投给一个给江城科技提鞋都不配的三流山寨游戏公司的，但她还是写得很用心，她的创造力在网游策划中得到了极大的发挥，她尽情地写着她想写的故事，尽情地拒绝着江城科技一次又一次的高薪正式聘请。

她已习惯了自由自在的日子，没有很多钱，也没有很多烦恼，过着如此悠闲快乐的生活——如果，从来没有他出现。

时间真的能磨平一切伤痛吗？

她只知道，这半年来，她再也没碰过任何与编程与黑客相关的东西。

即使她每日都去论坛上潜水观望着最新时事，即使她从前写的收费软件放在下载区，每天都能赚到许多付费用户的银子，即使她把这些银子都兑成现金，拿去打理燕归来在湖边的别墅。偌大一所房子，每月的清洁费、维修费、物业费等等加起来，是一笔不小的开支，幸好，她从前写的付费软件足够多，让她不至于再次去从事黑客这个来钱很快的职业。

她告诉自己，这只是一种偿还，一种对于过往的清算，对于救赎的偿还。既然他不再认她这个徒弟，既然他痛恨他教给她的东西，既然他那么决绝地离去——偏偏他给的不是钱，是技术，是她削骨剔肉也还不了的东西，她只能不再去触碰。

如果这样，能让他满意，那么，她也很满意。

写完稿子发了邮件，关小熙照例登录马甲潜水逛论坛，什么“似曾相识”燕归来，梦中的ID她不愿回想，她现在的马甲，叫作“暴走菊花狂战士”，瞧瞧，多拉风多牛气的名字，简直太适合她了！

论坛上除了如意那边骇客团队隔三岔五地攻击，照例没什么新动向，她又回到《理想国》制作团队的内部论坛，制作人员日渐增多，QQ群早已塞不下，于是大家掏钱自办了内部网站。关小熙照例潜水，这里的一切都已走上正规化的道路，用不着她瞎操心，她也早就辞去了安全顾问的职务，那里颜可一个人就够了，她这么对大家说，然后开始抢苏才子的饭碗。无疑，相比苏才子写出来的充满教科书味道的游戏任务，关小熙写出来的文笔并不好却创意十足的点子更受人欢迎，于是最后苏才子被派去专职负责脚本宣传，而策划则由关小熙一手包办。至于燕归来打给她的一笔投资款，她也规规矩矩以燕归来本身的股份名义用作游戏开发的经费，一分都没有挪作私用。

这个团队暂时还处于负收入的状况，所以关小熙会把众人投票淘汰下来的创意润色一把投给别的游戏公司，竟也大多数都被录用，给予了不菲的稿酬，她一个人真是过得有滋有味。

当然，前提是，如果不会再想起他。

去斑、除皱、拉皮、液化、调亮……一系列的熟练操作，关小熙把照相馆昨天送来的第十五张照片上的阿姨修得年轻貌美，再用素材花朵装饰一下背景……嗯，她对自己的手艺很满意，有时候，她甚至觉得自己是个化妆师，而不是照片美化师。

化妆师……她想起这三个字，脑袋里又闪过一些她不愿想起的片段，罢了，她还是老实玩她的图像处理软件吧。

忙完一天的活儿，下个月的生活费就又有着落了，关小熙伸了个懒腰，打算下楼去溜达一圈，正在这时，门铃响了。

“莫爷爷？”

她打开门，看到来人是她的邻居，一位眉目慈祥的老人。说来也怪，自她搬来这里后的第二天，这位老人就租下了她隔壁的一整套房子，没见他有什么儿女同住，他却相当地自来熟，人缘也特好，不是给她这个邻居送吃的，就是给她送好玩的，搞得关小熙每次都很不好意思。

“呵呵，小熙啊，今天天气那么好，有没有空和我这个老头一起出门钓鱼？”

老人说着，晃了晃手上的一大包钓鱼用具，甚至还有两个便携式板凳。

“钓鱼？”关小熙顿时愣住了，她被邀请去参观过这老头的屋子，里面除了奇奇怪怪的电器零件，就是奇奇怪怪的花草盆栽，真不知他什么时候开始喜欢钓鱼了……望了望外面毒辣的太阳，犹豫中的关小熙被老人递过来的一顶大草帽和一袋新鲜草莓打败了。

好吧，钓鱼。

也许这就是美好的现实生活。

关小熙收拾了干粮，跟在老人屁股后面走下楼，她连这个老头叫什么名字都不知道——他只让她喊他莫爷爷，她就喊了他莫爷爷——天知道她为什么对他有种亲切感，就好像是久别的亲人一样。

如果没有火热的太阳，这确实是风和日丽的一天，两人搬着凳子在鱼塘边坐下，渔场的承包人是老爷子的旧友，随便他们钓多少回去——只要能拎得动，就可以免费拿走，所以这一老一少的心情格外好。关小熙在莫爷爷的指导下，很快学会了穿饵、甩线、观察浮子、提线等一系列技巧。当然，她坚决放弃了据说效果更好但看上去特恶心的活蚯蚓，而坚持用可爱的小面团当饵。这样的后果是，一整个下午过去，她吊在水下的网兜里，只有寥寥两三尾小鲫鱼，而旁边的老头子已用蚯蚓和糠粒钓了沉甸甸的一大兜，看得她格外眼馋。

“小朋友，你太固执了。”老人望着她手里可怜的小面团，意味深长地微笑，“对一种东西的固执，会让你看不到更多的东西，利益是这样，别的也是这样，你守着你的固执，永远也到不了外面的世界。你甚至抗拒着去多看一眼，对吗？”

“外面的世界吗？”关小熙低下头，远远地望着池塘边的水草在夕阳下镀上一层柔和的光芒。她不知道这位老人了解她多少，也许是远房的亲戚，也许是来看她过得好不好的他的朋友，谁知道呢？有一个人关心她，对她好，这是她渴望的简单生活，她不愿去了解其中的复杂关系。她只知这位老人的一番话如这夕阳下的水草，那么柔和，却带着倒钩的锋芒，直直地刺进她的心里，生疼生疼。

“我家那小子一直对我说，你是一个坚强的女孩，更是个聪颖的女孩。”老人收拾了东西，走到她身后，继续用那种柔和的声音缓缓地说，“那个小子告诉我说他看着你成长，连他都佩服得不得了，总是在我耳边说着你有多么潇洒多么强大，我起初还不信，能让那个骄傲的小子认可的人物，原本只有燕归来一个人。”

“你……认识我师父？”关小熙依旧望着远方太阳落下的方向，听到老人这么说，她竟没有多少惊讶，只是蹙起细眉。她并不想听到“燕归来”这三个字，或者说下意识地抗拒这三个字从别人口中说出来——这三个曾让她魂牵梦萦的字。

“燕归来不是你的师父了，你还不明白？”

老人直接绕过了她的问题，乐呵呵地拍着她的肩膀，嘴里却说着让她心凉的话语。

关小熙的瞳孔瞬间缩紧。

是啊，她已经不是他的徒弟了，只不过她一直欺骗着自己，从很久之前的那一个冬夜起，他们之间最后的关系就已荡然无存，而她却逃避着已经发生过的一切。

她告诉自己不可以消沉，她就用充实而平淡的生活去学会遗忘，她对自己说她不是为了一个男人要死要活的女人，她一个人坚强地生活着，用灿烂的笑脸掩埋着前夜梦回时的痛苦与失落，去迎接每一天的清晨。她口口声声说着这就是坚强，他不要她了，她一样可以过得很好，她完全可以忘了他，在一个没有他的世界，却不知她逃来逃去，还是逃不开一个字——“他”。

本以为远离了心底的执念，却未想跳进了更大的深渊——她徘徊在一个没有他、又处处有着他的世界，寻寻觅觅，不得出来。

她到底，还是忘不了他吗？

把那些过往，那些记忆，那些朝夕相伴的日子，统统压缩成一个单音节的字眼——她刻意地不去提他的名字，却因此让心底的沟壑越发撕裂、变大，那深深的裂缝里，是一道又一道流着血的疤痕，在她淡然而完美的外表下，没有人看得到。

这个老头却看到了。

“你是谁”这种问题在她充满茫然的双眼对上老头那张依旧慈祥微笑的面孔时被瞬间打消，她只听到老人喊她回家吃饭的邀请，她只听到自己没有多少犹豫就答应了。于是，西下的夕阳中，纠结的少女就被有着狡猾笑容的老爷爷稀里糊涂地拐回了远郊一个小别墅里。

“晚上煮鱼吃吧，哈哈哈，家里那小子说你最喜欢他熬的鱼汤了……”

下车的时候，老头的这句话在关小熙耳边响起，怎么听怎么耳熟，来不及等她有所反应，已看到面前的院门被打开，一个白色的身影飞快地朝她扑来，就好像一条等着主人回家的摇尾巴的大狗。事后，关小熙如此形容，换来颜可夹着一个鱼头砸进她碗里。

“小熙，很久没看到你了。”

少年热情地拥抱着她，完全没顾及她晒了一天太阳汗涔涔的衣服后背。

“颜……颜可！你……你你你……你们……怎么在这里？”

脑沟回路迟钝的小姑娘终于开始蒙了，她望望远处乐呵呵进屋一声不吭的老头，又看看面前灿烂笑着的少年，顿觉自己像是在梦中。

长久的独居生活，整夜混乱或是绮丽的梦境，时常让她分不清现实和虚幻，有时候，她甚至怀疑自己精神出了毛病。

“这是我家呀，师父他从大理来杭州都有半年了，说是来监督我生活，但他又很嫌弃住我这里，还去城里租了个房子，唉，这老不死的真是的。”少年挠了挠后脑勺，说道，“他没和你说吗？那他怎么把你带回来的？我不信啊！这回又赌输了……嗷！师父你这个老奸巨猾的浑蛋你太龌龊了！”

半年未见，他的个子又高了她半个头，连带头发也长长不少，柔顺地垂在耳侧，俨然一副文艺青年的模样——如果不清楚他的底细的话。

关小熙也从来不知道身为一个徒弟，竟然可以在师父面前如此嚣张，如此不敬，如此……没大没小……

颜可的表现挑战了她的认知极限，而为人师父者竟也是背着手，只留个得意摇晃的屁股给他们瞪着。哦，天啊，居然有这种为老不尊的师父。

莫爷爷，原来是陌爷爷。

原来这个老头，她长达半年的有爱邻居，就是花阡陌。

不过，关小熙的性格注定了她没有过多的好奇心，或者说，不想过问太多，既然来了，那就好好享受晚上的大餐吧，说实话，她的确很怀念颜可的……水煮鱼。

而这农家的小别墅，远离了都市的嘈杂与尘灰，清新的空气和自然环境是这里最美的享受，关小熙一直都很羡慕这样的日子，在这种环境住久了，说不定真的能让心灵平静，彻底告别那些混乱的噩梦。

颜可去厨房给灶头烧火，熬大锅的鱼汤，而关小熙好奇地在屋里打转，欣赏花阡陌师徒那些稀奇古怪的收藏与杰作：手摇发电机，投币电话机（不知道这有什么意义，关小熙汗颜），能插手机 SIM 卡的小霸王学习机（这年头竟然还能见到这古董玩意，关小熙想），还有带着收音机和扬声器的脚踏自行车——天知道这对师徒有没有把这辆自行车骑上街然后被警察扣留过。

末了，关小熙还想参观一下他们的厕所，兴许里面还有高科技的玩意等她发掘，不过在厨房传来鱼汤香味后她打消了这个念头。

只是，花阡陌在哪儿？

转了一圈，关小熙发现自回来后，她一直没见到那狡猾到一眼看穿她心事的老头。

花阡陌正在二楼的书房里。

他锁着门，从枕头芯子里抽出一沓信纸。

他翻开来，有十数张之多，纸张因翻看多次而变得柔软，边角甚至已破裂。花阡陌看着纸上安静而飘逸的字体，心想，一切只剩下这些手写的笔迹了，它们恍若无价之宝，这个和他争执了一生的人啊……静静地从头又看了一遍，此刻花阡陌的脸上既没有慈祥和蔼的微笑，也没有玩世不恭如小孩的调皮，他只是一个老人，一个垂老之人。他端详着纸上的笔迹，良久，才从抽屉里拿出一个打火机，挑了信纸中的最后三张，点火烧了。

满篇的嘱咐与请求——这个与他争斗了一辈子的人，这辈子对他仅有的一次请求，在这火中，变成了灰烬。

拿着其余的信纸，花阡陌走下楼。

“这是燕归来留给我的信，也是留给你的。”他对关小熙说。

“这样……就没了？”

“没了。”

反反复复把手中信纸看了许多遍的关小熙，却越看越难过，最终她还是有些无法置信地仰头询问，却看到花阡陌慈祥微笑的面孔，这张让人心暖的老人家的脸，十分温和。

伤心伴着失落狠狠地敲击在她心中的某个地方，可她只能装出不在意的模样。

“嗯，我看完了。”她故作轻松地说，却掩不住那颤抖的声线，最终抛下一句“我去看看颜可的鱼汤做得怎么样了”狼狈逃开。

历经七十载风雨的老人的目光，满含笑意却能看穿人心，她一刻都不想面对。在老人眼里，也许她就像一个漏洞百出的可笑等式吧，偏偏她还固执地认为那是一个完美等式，如同童话故事中美好的结局，相爱的人终能幸福地生活在一起……

而终有一天，她看到了他的信，那么熟悉的让人想落泪的笔迹，书写的却是与她无关的故事，洋洋洒洒十数页，并无一字提到她。

最后的幻想被彻彻底底地击碎。

她爱他，不等于他爱她。

他在信中说着年少时对花阡陌的崇拜，说着他年少时做过的与来不及做的一些趣事——大致是针对老人的无伤大雅的玩笑。她看到他用那飞扬未退的笔迹书写着那些缓缓流走的旧时光影，少年潇洒的他，青年壮志的他，流离海外的他，痛失挚友的他，念念不忘的他，漠视一切的他，满怀遗憾的他……

是的，她从未想过的他的冰霜扑克脸下深埋的感情。

陆萧，他的信中多次提到了这个人，若陆萧还在，若阡陌未退，那说不定现在就是三分天下，真正属于他们的繁盛时代，而不是他孤单的一个人，空有这一切，却无人可分享。

那样温柔的口吻，是关小熙奢求而不可得的，他会对着他的挚友笑，会对着他的敬仰者笑，会对着电脑屏幕对着冰冷的代码笑，却似乎从来没有对着她笑。

她无法获得的温柔，再怎么努力追赶，也不属于她。她只是他生命里仅仅存在了两年的过客，只是他到手又抛弃的徒弟——她竟然敢奢求一个当年与花阡陌、陆萧两大神人把酒笑谈的另一个神的感情。

她心中的等号，到头来只不过是可笑与荒唐。

这是他最后留下的信，他在信中那么温柔地缅怀了三个人的过去，缅怀了他视为无价之宝的友情。他似乎要去干什么大事，信中并未详细说明，只交代了他走之后中华黑客会的一切让花阡陌帮忙照料着，包括具体到条条框框的细节，罗列了许多张纸，最后还不忘感慨花阡陌是个半路洗手的老浑蛋，以及对他们最后也无法一决高下的惋惜。

“只可惜，也许等不到你老死，我也无法和你一决高下了。”

深藏在平静的永夜中的狂傲年少，让人止不住地落泪。

厨房的烟囱又被东西堵住了，颜可正在里面手忙脚乱地疏通，满屋的烟气呛得刚进去的关小熙咳出来，咳着咳着，双眼已忍不住一片模糊。她到底还是没有找到自己，看了好多遍，最后几乎是一个字一个字数过去的——她颤抖疲软的手指告诉她，他的信里，真的没有提到她。

他提到了花阡陌，提到了陆萧，提到了颜可，甚至提到了如意，提到了中华黑客会上到管理层下到普通会员等等许多人，可他不曾提到她。他说，他很爱他们，网站是他们的家，而他们就像他的家人，他们曾陪伴他走过那么多的年华，他温柔地说着他舍不下他们。

像是有什么把心挖空了，偌大的记忆库里，只剩下孤单的倒影，她能看到光束投进来，光束下的人却早已不见了。他交代了一切，他远走他乡，他要做一件大事，他奔向自己的信仰，只剩她一个人固执地抓着他当初的倒影，烙在心里，谁也带不走，谁也看不到，一个人伤痛不已。

这封信，把那抹影子也打消了。

心中空落落的一片，又如窒息般难受，像是有什么东西梗着，关小熙无力地靠在厨房的墙角，也不知站了多久。

“你……怎么了？”颜可站在她身前，奇怪地在她眼皮底下挥了挥手，而她无动于衷，只是双眼微微抬起——那眼眶一片通红。

“刚才的烟呛到你了？嗯，对不起……”颜可不好意思地抓抓头发，又舀了一勺鱼汤，凑到她嘴边，“刚煮的，你尝尝好不好喝？”

关小熙机械地张嘴，咽下，味蕾像是中毒了，吃什么都是苦涩。

“好吃。”她机械地说。

“哈哈，那就好，我还怕盐放多了呢。”颜可满意地笑了，有关小熙这个免费实验品在，他就不用自己去遭罪——刚刚他确实不小心打翻了盐罐子，没想到咸淡竟然刚好？

“锅里有好多，你自己随便舀吧，我先盛一碗给师父送去。”颜可调皮地拍拍她的脑袋，自顾自端着鱼汤走了，完全没看到关小熙再次缩紧的瞳孔。

师父。

她又听到了这两个字，心里猛地刺痛起来。

师父。

那是别人的师父，不是她的，她的师父早就不要她了，早就远走他乡了，她还傻傻地等着他回来，没想到自己在师父的心里，竟没有留下任何地位，连论坛里与他仅有过一面之缘的人，她都比不上。

原来，她只是他无心的播种，而她却想以身相许，想涌泉想报。她有心开出的花，直到败了也无人来赏，她的感情，在他眼里，那会是多么可笑和丑陋……所以他才走了吗？他不想再看到她。

客厅传来夸张的叫骂声。

“你小子想毒死你师父是不是啊？是不是认为你师父老了不中用了你就可以……”

“我呸！你个不识好歹的老狗，这可是人间美味！你不想喝也别糟蹋了……我都一口还没喝，就先来孝敬你，你竟然……”

“好啊，你个臭小子越来越不像话了是吧，你喝啊？你怎么不喝？你到底放了多少盐？你别是撒尿进去了吧！”

“哎？不会吧，小熙都说很好喝啊，我尝尝……嗷！怎么这么咸！啊啊啊……”

很咸吗？

关小熙茫然地望着那老式灶台，为什么她不觉得？

鱼汤很咸，而颜可更加苦恼，自打他回大理师父老家过年的时候偷看到师父压在枕头里的那些纸张后，就一直心神不宁。

他还以为是什么最新出炉的微软公司最新漏洞报告，让师父如此小心翼翼地珍藏——他从门缝里见到自家师父甚至多次想过把它们烧掉，最终又依依不舍似的塞回了枕头里面，强烈的好奇心终于让他在师父某一次便秘中潜入他的卧室，成功偷看到了那些纸张。出乎他意料的是，这并非什么价值连城的研发报告，而是那个便秘口臭外加肾亏的老男人写给他师父的信。

看到燕归来在信中叙写的往事，温柔的语气，他忍不住地发笑，也许什么时候他可以用这个去嘲笑一下关小熙，甚至直接去嘲笑燕归来本人，哼，谁让他嘲笑他的银行存款的！

然而看到后面，他又隐隐觉得不对，那些详细的叮嘱，关于网站安全系统的原理，他师父花阡陌一直想弄明白的秘密，燕归来居然无一遗漏地把要点写在里面，而颜可已经对这些秘密没有兴趣了，他只关心让燕归来和自家师父之间如此通信、如此托付的原因——他究竟要去干什么？

怎么看都跟个弥留遗嘱似的，虽然他便秘口臭又肾亏，但他挂掉了的话小熙肯定会伤心的啊，是什么，让你交代后事一样，然后一个人远走——他还没有成为神，他还没有打败他，他怎么可以走？！

当看到倒数第三张纸时，颜可更加吃了一惊。

关小熙。

他亲爱的的熙马拉雅。

燕归来，竟然……爱她？

身为她的师父，身为年长她一辈的人，最关键的是身为一个比他颜可大了将近十岁的老男人，他竟然爱着她？！

在信中，他提到了对于这份感情的迷茫、自嘲、羞于启齿、难以忍受，以及“花阡陌，也许你活了那么久都没有过这种心情”之类的语句，但不可否认的是，他确确实实是爱上了她。

他怎么可以爱上她？

如果他们结婚了，到时夫妻联手，他就再也无法打败他了。

怎么可以这样？

来不及再往下看，颜可就已经被从厕所冲出来的花阡陌抓了现行，臭骂一顿之后，就把他赶回了杭州。

再后来，他又得知燕归来不知何事恼羞成怒（大概是表白遭拒了，颜可认为），在圈子内公开与关小熙断绝师徒关系，孤身一人离开杭州后不知去向。而与此同时，花阡陌也从大理来到了杭州，在颜可的别墅里住下，说是什么再指点他一些更高的技术。双重喜事之下，颜可简直高兴得想放鞭炮庆祝。当然，在花阡陌认为他要“欺师灭祖、图谋不轨”的状况下，他的鞭炮都被扔到了池塘里喂鱼。

又过了一段时间，颜可的高兴劲逐渐冷了下来，他师父也走了，说是去看小熙，却不允许他跟着去。

颜可一个人被关在空荡的别墅里，开始感到寂寞，是的，他一点都不开心。

燕归来就这么走了的话，那他又找谁去比试去证明他的实力？他宁可他们都还在，他一个人……可以单挑他们师徒两人的。

他开始想念关小熙，开始担心她一个人过得好不好，即使他告诉自己这只是出于他还想和燕归来决一胜负的愿望。

然而他的行动很诚实，他开始心神不定，开始魂不守舍，他把师父的收音机拆了却装不回去，奇怪他以前三分钟内就能装好的，他开始把烟囱莫名地堵住，开始把灶头烧穿，开始把盐罐子打翻……直到今天看到师父接了关小熙回来后，他本来高兴的，但高兴的心情转眼又被破坏——他看到师父把那封信交给了关小熙。

他重新回到了把盐罐子打翻的生活。

吃了并没有吃出什么味道的晚餐后，花阡陌亲自开了一辆外形类似拖拉机但据说价值不菲的车子——关小熙严重怀疑这是老头自己组装的，而老头又是无证驾驶，她浑浑噩噩地坐了上去，并且平安地被运到家门口。

“哎呀呀，住城里空气多不好，小熙你干脆以后就住我家去吧，有小可呢，年轻人就是要和年轻人一起才好。”临走时，花阡陌意味深长地笑道，“那小子虽然皮，但人还是不错的，他一直说想要个师妹。”

“我……”

“你考虑考虑，如何？你资质那么好，不发展下去可惜了。”楼道的灯光把老人脸上的皱纹映得分毫毕现，看到关小熙茫然的目光，他趁热打铁说道，“你不会是信不过我的实力吧？嘿，想当年要不是我隐退了，现在圈子里的老大可轮不到燕归来那小子。多亏了小可天天跟我说他想你了，我才知道有你这么个聪明的姑娘，怎么样，入我门下吧？包管你将来比燕归来还要厉害。”

“他真的……没有提到过我？”灯光下，女孩惨白如纸的脸上，是不甘放弃的眼神。

“没有啊，他直到最后的来信都没说起你。要不是小可说起你，我恐怕会错过你这么好的苗子了……”

老人依旧和蔼地笑着，笑中有渴望，有鼓励，有惋惜，有让人不忍拒绝的慈祥。

他就这么看着女孩眼中最后的光彩渐渐地暗淡下去。

他笑得更加开心。

# 神之一脉

SHEN ZHI YI MAI

有没有什么能比爱情更久远？是生命还是记忆？

如果神陨落了，如果星星从夜空消逝了，如果世界变幻了模样……百年之后，还有没有人会记得你？

一身黑衣，依然是孤孤单单的一个人，他再也听不到她的声音了。

师父，师父，她总是那么热烈地呼唤着他，而他总是不在意，而如今他想听也听不到了。师父，师父，空旷的时间长廊里的绝响，是谁在喊他？无论是谁，再让他听一次吧。

“肥水不流外人田。”

那时候，他死要面子地说。

然后，他登上了三万英尺的高空。

花阡陌……

燕归来望着窗外的城市建筑、马路、梯田、江河，它们纷纷缩成小点消失在视线中，而他轻声念着一个名字。

他知道那个老浑蛋的狡猾。

他知道那个老浑蛋一向阳奉阴违。

他知道那个老浑蛋一定嘲笑着他的感情。

他知道那个老浑蛋说不定会把他的一切都毫不留情地据为己有——幸好他的大部分资产和杭州的房产都已转到小熙的名下，而上海的房产和中华黑客会的基业也都转交给了另一个他看好的后辈，他现在一无所有，他现在毫无留恋，他不知道那个老浑蛋往后会干出什么事来，但至少，他信任他不会去伤害小熙。

仅这一点，就已足够。

他是他仅存的旧友，他再混账也有自己的把握和分寸，七十年的年龄摆在那儿，吃过的盐比他走过的路都多——当然燕归来不知道花阡陌最近确实吃了很多盐，但至少他会照顾好小熙，对他来说，没有什么比这更重要。

也许那个老混账会不顾他的感情，不顾他这一脉的断绝而把她收到门下，他也管不到了，有那对活宝师徒在，她不会孤单，不会受苦，这样，已经很好了。

肥水不流外人田，他勉强把他当作自己人吧，也是他注定浪迹天涯的命运让他无法在一个地方过多停留。

当初，若不是为了陆萧，他不会一去法国八年。

当初，若不是为了孙兴国，他不会特意回国。

当初，若不是为了小熙，他不会留在杭州那么久……或许是他知道花阡陌当年金盆洗手洗得并不彻底，心里潜意识地已开始为把小徒弟托付给那浑蛋做准备……可是他不知道，自己会陷得那么深，他也不知道，当自己狠心斩断一切的时候，心里会那么难受，难受得他整日站在黄浦江边，看太阳升起又落下，看那混浊的江水浸透了眼底。

他知道以这样的状态去面对 Dubois，面对 WIND 小组，哪怕是面对如意，他都可能一败涂地，身死异国。

命运不是游戏，命运不会给人任何假设，没有任何后悔余地，他的指尖能操纵一切代码，能修改一切规则，却修改不了命运，改不了他自己的，也改不了她的。当他在黄浦江边的日升月落中终于明白思念的味道时，他已没有机会再去斟酌了，与这江水一样，西来东去，皆是混浊的苦涩，波涛卷起心底深埋的砂石，硌得他千疮百孔。

原来，爱是这样的。

可是，也只能这样了。

他只能希望着她能好好地生活，让漫长的时光来磨平他带给她的伤痛。整整半年时间，其实他都在国内，一边搜集和伪造资料，一边牵制着对手，但随着夏天的到来，随着神六飞船发射日的临近，欧洲资本势力的耐心明显烧出了火——他们再也不满足那些芝麻大的情报秘密，如意率人频繁地攻击中华黑客会网站以探虚实，而燕归来明白这只是他们在为真正的大动作打掩护。

他不能坐以待毙，他不能再耗下去了，对方显然不可能真人来到中国，所以只能他主动出击。

如果牺牲自己一个，能挽救这一切，他心甘情愿，只要……她能过得好。

而他从不奢望后半生能与她一起，那对于他没有意义，从来都没有，包括他的出现、他成为神的契机、他走到今天这一步的注定，他认为那都是理所当然的。他的使命，只不过是把基业从前辈手里传到后辈手里，一代一代，代代相传。而他，只不过是黑暗深处一点光芒，时间一到，他需要欣然奔赴命运安排。所幸的是他这一生没有做过对不起自己良心的事，他勤勤恳恳，忠于职守，不曾背叛过组织，不曾出卖过祖国，他坚守黑客精神，把一生都奉献给了正义事业。他已经很满意。至于那些奢望华美的时光，那些璀璨的烟火……那些，都是别人的。

飞机在香港着陆，在候机厅里，他不出意料地见到了如意。

如意依然是一身哥特系打扮，对此燕归来并无表示，除了那浓重的香水味让他窒息——根据约好的航程，她来香港同他会合，随后两人一起从香港直飞巴黎，再由 Dubois 族长亲自主持他的“入股大宴”。

对燕归来这个不输于 WIND 的神级人物的加入，Dubois 老头的怀疑多于高兴，但眼下时间紧迫，能多一个哪怕他并不信任的手下也是好的。他自信只要燕归来去了，他就不会再轻易放他离开，他知道他是一个重感情的男人——重感情的人，往往不会放弃生命。

所以，他不信他不会乖乖听话。

“其实这次老爷子派我过来，我并不想来的。”临登机前，如意忽然说。

“为什么？”

“因为我不想你加入，我不信任你，更不想看到一个神的坠落。”

“我没有选择，我也不是神。”

“你那套说辞，也只有老爷子会相信。就为了你的挚友陆萧被莫名加长刑期不肯放出来，你就因此仇恨国家要做国家的罪人？我爱的燕归来，可不是这种人。”

“你爱的人不是我，我对你而言，只不过是陆萧的替代品。”燕归来淡淡地扫她一眼，“你说对吗？”

“我只是希望他能早点出来而已！”如意重重地踢了一下自己的高跟鞋，说道，“如果我真的爱你呢？如果我不把你当作替代品，老爷子肯定会希望我们结婚的……反正你从此是 Dubois 家的人了，你还能找谁结婚？”

“没有那一天。”

“你……你这人真没劲！”如意气得咬牙切齿，忽然又忧伤地说，“其实我也没有选择的……”

消失许久的燕归来，再次出现在大家的视线中的时候，是在如意的博客首页上。

中华黑客会上百万注册会员的访问几乎快把如意的博客挤爆了。

第一黑客燕归来正式加入法国 Dubois 财团，代号 MYTH。

醒目硕大的标题，巨幅的现场照片，伴随着 Dubois 这六个罪恶累累的字母，背后是纸醉金迷的灯火，是世上最奢华的宴会，是如意傲然的曲线和优雅的笑容，是燕归来疏离淡漠的微笑，以及他手中刺目发光的钻石高脚杯，折射着各路宾客的笑容与恭喜。

汉奸！

两个赤色大字重重地盖在燕归来的脸上，他的照片被网友们争相涂改，面目全非。

失望、谩骂、争辩、谣言，网络信息传播起来的光速与广度在仅仅一天之内就让燕归来臭名昭著，无数不明真相的群众、围观群众、未曾接触过黑客世界的人，也纷纷知道了燕归来这么一个“卖国求荣”的家伙。

一时间，舆论纷纷扰扰。

“黑客都是臭虫，燕归来更是臭虫头子”之类的流言在混乱中被别有用心的人放出来，导致原来那些不相信新闻、依然对燕归来身怀崇拜的追随者，也只能慌张地向流言低头。“不要把汉奸和黑客相提并论”“我们和燕归来无关”“燕归来只是害群之马，不要误会了别的人”“中华黑客会并不是燕归来一个人的”……墙头草们纷纷与燕归来撇清关系。

但依然有“取缔中华黑客会这个臭虫网站”之类的呼声在网络中响起，某些痛恨黑客的腐败官僚，更是趁此机会落井下石，携着儿女家眷出大笔资金去投赞同票，美其名曰“代表广大网友”。

花阡陌就是这个时候跳出来的。

在南宫、老鸨、墨非、小 SO、Kiki 等网站最后的忠实人员誓死捍卫家园与网友互喷时，花阡陌，这位金盆洗手、退隐还乡数十年的昔日大神，在这节骨眼上现身了。

花阡陌代表真正的黑客，要与燕归来一派划清界限。

“我，参加过当年中美黑客大战红方保卫战的花阡陌，在此时此刻，正式宣布与汉奸燕归来断绝一切关系。他是祖国的罪人，就是我们的敌人！对于敌人，我们不必手软！还在犹豫的你们，请擦亮眼睛，燕归来已不再是黑客！他只是一头卖国求荣的驴！只是一头不爱惜羽毛的驴！难道你们会以被一头驴领导为荣？不必再犹豫了，这是十年来最考验我们团结的时候！对于外界的流言、对于燕归来造成的我们名誉的损失，这正是需要我们团结起来弥补的时候！难道你们甘心堂堂的黑客被一个汉奸损坏了名声？这是历史对我们的考验！团结起来吧！还在流离失所的人们！我花阡陌‘神之一脉’（网址：http://×××）期待你们的加入！让我们摒弃败类，让我们的血液再次沸腾，让我们重新回到鼎盛时代吧！”

花阡陌这一番宣言说得声情并茂，澎湃激昂，很快他的官方博客日均访问量超过了未来文学网这种大型站点，而他关闭了许多年的“神之一脉”官方网站再次开放注册，天时地利人和，他几乎把一切都占尽了。被他点燃热血重拾信心的人们，纷纷团结起来投入他的门下以他为领导者，中华黑客会在一夜之间冷清下来，只剩不到一千人还坚守着自己的家园。

如果说这是一场没有硝烟的战争，那么花阡陌就是笑到最后窃取战果的人，在沉寂许久重新出山的一日，他依然能一飞冲天，依然有着不输当年的王者风范，以及与年龄成正比的手段与胆识，他没有退化，甚至……像是没有老去一样。

仿佛时光在他的身上静止了，那么多年的散漫生活后，他不弱反强，他的实力重新展现在天下人面前，他振臂高呼，天下呼应。

网络上一些别有用心或是阴阳怪气的指责，在花阡陌各种手段和人脉的干预下，渐渐地平息下去，偶尔还有人倾诉不满，也只会针对燕归来一个人破口大骂，再不把整个黑客界都牵扯进去。

花阡陌，一棵不倒的大树，一个不老的传说，圈子里因此把他奉为“拯救黑客世界的神”。

访问量的节节攀升，导致服务器一台接一台地增添，花阡陌现在是乐得合不拢嘴，今天飞去北京开网友见面会，明天飞去上海开爱国教育讲座，后天又接受各大网络媒体采访，大后天又被多家出版商抢购他博客上的文章——无论是计算机安全方面的知识，还是他本身的自传，在这个人人都爱花阡陌的时代充满着无限商机，他代表着正义的形象频频亮相在各家主流媒体网站的首页，而这不但没让他心烦，反而让他越发地红光满面、精力充沛起来，简直就像是一个二三十岁的青年壮士。

他欣喜地发现，当年他被时代所限制的梦想，在如今一点一滴都偿还了给他。

当年，燕归来也曾经历过这一切，可他尽数拒绝了这一切，如他与他一辈子的理念相争。

燕归来与代码相处了一辈子，也孤独了一辈子，闪光灯与麦克风对他来说就像苍蝇一样受不了，在他成为中华黑客会站长、名声如日中天的时候，他毅然抛下那些著书立说、名垂青史的机会，选择了远赴海外，他一边求学，一边为入狱的挚友找出罪魁祸首。再过许多年，当狂热的人们都已忘记他的名字的时候，他也不觉得有什么遗憾。

名垂青史抑或臭名昭著，他什么都不在乎，他只做他认为对的事，他把黑客精神的“free”理解为真正的自由，他也一直这么教育关小熙。

可花阡陌与燕归来不一样。

在计算机技术上，比起燕归来，花阡陌也许难分胜负，但商业上的头脑，花阡陌无疑是领先的。

花阡陌是一个成功的商人。

黑客圈子很大，但放在十三亿人里面也只是很小很小的一部分，绝大多数的人，甚至只是听说过“黑客”这个神秘而遥远的词汇，而不理解也无处理解黑客是怎样的一群人。

花阡陌抓住了这个商机，在极短的时间内组织一批文字枪手，由他本人提供资料，再加上复制粘贴抄袭（大多数是从中华黑客会论坛的精品区上搬来的），他以自己的名义编写了一系列“走近黑客”丛书，趁着广大人民群众声讨燕归来这个汉奸的余热未退，以赶鸭子上架的速度把《走近黑客系列丛书》出版上市发往各大书店，来满足正在膨胀着的绝大多数人对于“黑客”一词的好奇心。

事实证明了他的商业头脑的确惊人。《走近黑客系列丛书》面市不到一个月，就蹿升到了畅销榜第一名，打败了一直高居榜首的天佑大帝的新书。

花阡陌不知道他这套丛书的热销严重打击了天佑大帝的信心，这未来文学网第一大神从此一蹶不振，再也写不出他拿手的黑帮探险色情，噢不，奇情故事，只好改写三宫六院言情小说去赚回人气。显然，在竞争无比激烈的三宫六院小说圈里，人气并不是那么好赚的，可怜的天佑大帝后来又遭到了一位新作者笑墨白的打击，笑墨白的一本《人间》彻底把天佑大帝压得再无翻身之日，不过，那已是另一个故事了。

现在的花阡陌，只看到了滚滚的钞票向他的腰包飞来，他绝不会放过任何一个赚钱的机会，《走近黑客系列丛书》新一辑紧接着面市，再加上他高价卖出的自传集《神之一脉花阡陌》，一切都让他赚了个盆钵满盈。

于是他抓住机会，宣布自家网站下载区的软件统统免费，又博得网民的无数好感和赞扬，并因此使他的黑客系列丛书的销量翻了三倍。

人，总对免费的美餐没有免疫力。

由于燕归来对他的全部信任，交给他的中华黑客会网站的后台管理权限，足以让他自由地穿梭其中。帮忙打理网站？花阡陌满眼嘲笑。现在的中华黑客会，只剩大猫小猫两三只，昔日的盛况变成如今的门可罗雀，这还用得着打理吗？恐怕他一个月不去，那里也不会长一根毛出来。

那块地方，如今对他唯一的价值，就是收费下载区那庞大的资源。他把它们统统挖出来，搬到了自己的网站上，供人免费下载使用。“这是一条挽回我们名誉的绝好的路。”他这样对那些软件的作者们说。可怜的作者们从此断了财路，但他们没有办法。

“平常，我们要用正当劳动换取财富，但在关键时候，我们就要用正当劳动换回名声，难道还想再出一个燕归来来败坏我们好不容易维护回来的名声不成？”他们被花阡陌说得哑口无言。在这个疯狂的年代，又有谁敢与这位老人唱反调？那等于是自绝死路。兴许还来不及自绝，就已经被花阡陌的粉丝用口水淹死了。

《走近黑客系列丛书》，让花阡陌拥有了为数庞大的支持者，也许其中大部分人只看过纸书，甚至才刚刚学会上网，但这并不影响他们对花阡陌这名黑客大神的崇拜。

在危难的时候，挺身而出，捍卫家园，他们说，他是真的英雄。

金钱、地位、名声，花阡陌卷土重来三个月，就重新拥有了这一切。他更胜当年风采，他领导着大家重建自己的家园——当然，那是他自己的网站，不过大家显然乐于被他领导。

帖子、资料、技术、软件发布，他的网站火热起来，逐渐被粉丝们建设得像模像样，而他的视线中，只有一个人很不满他这位盛装归来的神。

这个人，就是他的亲传弟子，颜可。

“老头，你不是和我打赌要说服小熙做我师妹吗？”

好不容易有一天花阡陌有空了，颜可终于逮着他问。

花阡陌正在试穿一件白色的高档西装，晚上要去出席一个著名企业人士的宴会。为了应酬方便，现在他和颜可师徒俩都搬到了市中心的五星酒店里，酒店从老板到总经理到大堂领班，上上下下都是他的忠实粉丝，他想住多久就住多久，不要钱！

当然，花阡陌一点也不缺钱，于是他趁此把房费捐出来做了一波慈善，把《走近黑客系列丛书》捐往各个希望小学，又赢得一大波网络好评。

“我找不到小熙，她从原来的出租房搬走了。”老人漫不经心地回答。

“你不会查吗？”少年皱起眉头，“那对你来说是轻而易举的事吧，难道你自传书中写的都是在吹牛？”

“小子，别放肆。”花阡陌开始打领带，他说，“你师父现在很忙，做的一切也都是为了你，你要知道这些财富以后都是归你的，你别不知好歹，至于关小熙，既然燕归来恳求我收留她……虽然他做了卖国求荣的龌龊事，但念在旧友一场，我还是会答应他最后的愿望的，不过那要等目前的事忙完以后……”

“燕归来什么时候求过你？”少年打断他的话，“我只是想要一个师妹而已，如果她不愿意，那也没什么，但你别把什么坏的都往别人身上推，把好的都往自己身上揽好不好？师父，我认识的你不是这种人，我认识的燕归来也不是卖国求荣的人！你别忘了，我看过他的信！”

手指僵硬地停住了动作，花阡陌发现他竟然把领带打成了死结。

“那又怎么样，他到底还是不信任我！”

老人怒气冲冲地抛下一句话，大步地走出了门，剩下颜可苦恼地趴在他心爱的电脑前，这里不再有盐罐，所以他开始不小心把水杯打翻。他的笔记本就惨遭了一次洗礼，幸好主板没有烧掉。

现在，他不敢在笔记本周围十米范围内放任何液体。

他习惯性地登录QQ，她的头像是灰的，他又开了隐身探测，她的确不在线。

颜可又登录中华黑客会的论坛，熙马拉雅的最后登录时间依然没有变过，这块火热了十数年的地方，现在一天都不见几篇帖子，像是偌大的戏场散了，戏台拆了，只剩空荡荡的场地，也许檐边落下的雨滴还会记得当时主角脸上的油彩，那么鲜明而动人。

颜可游荡在空旷的论坛上，如今确实没什么人会来这里了，不是与燕归来划清界限加入花阡陌门下，就是重新回归散人黑客的生活，而这里原本吸引着百万网友的东西，像资料、软件、精华帖等等都已被收集整理到自家的网站上，免费开放。

颜可其实一直不认同师父的做法，在他眼里，师父似乎变了一个模样，不再是从前种草浇花、整日以与他斗嘴为乐的退隐黑客大神，而变成了一个唯利是图的商人。老头是如此不遗余力地抢夺故人留下来的财产，并且为自己的强盗行径套上了种种光环，让疯狂的人们认为这是正义的，是理所当然的，是正大光明的。

抢劫是一种伤害，是一种罪恶，但伤害一个人人讨厌的人就是正义吗？

况且，颜可认为自己从来没讨厌过燕归来那个便秘口臭还肾亏的老男人，他只是把他当成目标和对手，一个值得堂堂正正来挑战的对手。

他不相信他会堕落，或者潜意识里让他不愿意相信。

颜可想尽了办法，也找不到关小熙，他发现他离开了网络就一无是处，而不在网络上的关小熙，就像与他相隔了一个世界。

哪怕监控她的手机——他记得中华黑客会的藏经阁资料库里有相关资料，对这一技术并不熟稔的他转到藏经阁一看，却发现里面空空的，什么也没有，曾经浩如烟海的数据，中华黑客会最机密珍贵的资料，不知什么时候已被转移一空。

一刹那的恍然之后，颜可终于明白了自己师父恼羞成怒的原因。

原来，燕老狗给了花阡陌最高的管理权限，却没有告诉他藏经阁资料库的事，当花阡陌发现所谓的资料库只是一个空壳的时候，燕归来已经不知所终。

这只能让花阡陌在暗中调查他最在意的东西——可是遍查了网站运营的各个服务器，以及大量的备份文件，也没有任何收获。他知道，这个如秘籍宝库的地方，已经被提前销毁了，或是转移了。至于转移到了谁的手里，离开网络世界的花阡陌，一样不是神，他一无所知。

他曾怀疑在关小熙手里，虽然燕归来在信中说希望她远离这一切，而花阡陌不死心地去接触关小熙，观察了她半年，还是一无所获，她的眼睛不会骗他，他知道燕归来确实没有把数据交给她。

至于网站其他的管理人，花阡陌从没把那些人放在眼里。他们充其量不过是网站的工作人员，而当不了领导者，所以也不会在他们手里。无计可施的花阡陌最终决定破罐子破摔，既然燕归来不信任他，那他也不必当个傻子。什么情分？都是狗屁。

花阡陌要么不出来，他一旦出来，那必将大干一场，君临天下。

颜可懊恼地合上笔记本，他找不到她，心中越发地担心起来。这几个月，网络上出了这么大的动静，她不可能看不到。

可她没有站出来。

他知道她身为他的徒弟这个身份的敏感，也许会被疯狂的人们推到风口浪尖来泄恨，就像中世纪的时候人们把无辜女孩当成女巫烧死、把无辜处子沉入河底献给“河神”以求降雨——他第一次希望她远离这个网络。可是，他心中又明白得很，他认识的小熙，绝不是懦弱的人，就像他认识的燕归来，是一个堂堂正正的值得尊敬的男人。

那究竟是什么让她保持了沉默？她又在哪里？

颜可宁愿希望她被燕归来带走了，离开这片土地了，可他又是那么矛盾地想见她。

怀揣了钱包和移动硬盘，他冲进了茫茫夜色。这个灯红酒绿的繁华世界，他不知道她在哪里，他只知在找到她之前，他也许是不会再回来这个地方了。

“老头，我真诚地祝你……”他看了一眼高高耸立的灯光绚烂的五星级酒店，说道，

“永垂不朽。”说完，他头也不回离开了。

“今天我们学一个新词，大家跟我念，t-e-a-c-h-e-r，teacher。”

“t-e-a-c-h-e-r——teacher。”

细碎的阳光透过锈迹剥蚀的窗栏，投到斑驳的旧黑板上，散发出一片迷眼的光彩，砖石搭建的粗糙墙壁，与台下一片稚嫩水灵的面孔形成鲜明对比，并不整齐但清脆的童音从这间陈旧的校舍传出来，一直回响在大山深处。

“teacher，是老师、师长的意思。”

讲台上的女教师在黑板上利落地写下一个单词，转过身，面带微笑。

而所谓的讲台，只是一张缺了半条腿的长方桌子。

“那么有哪位同学愿意给 teacher 这个单词造一个句子呢？”

女教师悠然地站在那张缺了腿的讲台后，讲台摇摇晃晃，她却依旧微笑，像是沉浸于这种散漫的悠闲。她给了自己放松，也给了学生放松。她白净细腻的面庞与这些山区的孩子截然不同，但他们脸上，都洋溢着同样的快乐。

是的，快乐，她随着青年志愿者支教大队来到这座大山里面，已经整整半年。除了伙食补贴，她没有半分工资，日复一日的清寒生活，却不减她内心的快乐。

在这里，看着孩子们的笑脸，似乎是天底下最幸福的事，她可以远离城市里繁复嘈杂的一切，她可以忘记自己的年龄、姓名，甚至……过去。

在这里，她只是学生们爱着的关老师。

一个胖乎乎的小男生大胆地举起手。

“好样的，陈峰。”阳光透过窗外摇曳的树枝，落在女教师的眼中，灼灼地跳动着。

“I want be a teacher.”男孩说出他的造句。

女教师赞许地鼓掌：“非常好的造句，不过正确的说法，是 I want to be a teacher。关于 to 的用法，我会在下一堂课讲到。”

又一个小女孩犹犹豫豫地举手。

“二丫，你愿意试试吗？”女教师给出鼓励的笑容。

小女孩从歪歪扭扭的课桌后站起来，仰起涨红的小脸，脆生生地说道：“I……I love my teacher。”

午后的风没有停，深山的天空，井旁的苍树，树梢摇曳着光影，风中沙沙的响声却平添寂静。

女教师眼中的光芒静止了，像是在很久之前就已定格，在那风声不曾到达的时光，那是我年少的轻狂，是距你最遥远的此方，在我最鲜艳的青春驻留的彼方。

I love my teacher.

我们在风中静止的哀伤。

原来，无论是mentor，还是teacher、master、tutor……它们都不重要，重要的是当年她问出这个傻问题的时候，他望向她的那双看似淡漠的眼。

是不是，在那一瞬间，他已看到了结局？

“老师，我……我说得不对吗？”小女孩怯生生地揪着衣角。

女教师用力地眨眼，想缓解眼中的干涩。

“说得很对。”她保持着微笑，“下面我们来朗读课文，大家先听我念一遍。”

被放缓的语速在流利的发音中如一首温柔的夜曲。

这里最后一台外界捐献来的录音机在半个月前的一场大雨中浸坏了，她修不好，也不想修，她用自己的嗓音代替着那机械的磁带伴声，而学生们也显然更喜欢他们的年轻女教师亲自朗读。

“小熙！我总算是找到你了！”

忽然满教室的光线一暗，门口出现了一个逆光的人影，少年欣喜又急切的话语，在她耳边响起。

完美的朗读机，顿时仿佛卡了带。

为了保持光线的充沛以及节省电费，天气好的时候，关小熙总喜欢开着教室门上课。

不时有深山的鸟鸣传来，那悦耳清灵的声音格外让人提神。而今天，天气大好，夏日慵懒的午后，一整排教室间，唯独关小熙带领的班级特别精神焕发。她没有教师证，没有经过专业的培训，也不懂什么叫照本宣读，仅怀揣一张志愿者资格证的她，只会拿着课本随性讲解，却意外地成了大学生支教队伍中最受欢迎的老师。在半年一轮的最短期限后，大部分人受不了这环境纷纷离开，而唯一不是大学生的她留了下来。

有什么，比孩子们渴求知识的目光更加让人动心？

……如果不算上鲁莽冲进课堂的少年的话。

“我找了你好久。”颜可气喘吁吁地倚着屋外大树，眯着眼听女老师讲课，枝丫间的阳光落在他的眼角眉梢，仿佛依旧是那个骄傲不改的魔术师，那么明亮灿烂的笑容，几千里奔波的疲惫，都比不上这一刻的温暖。他遥遥望着黑板上的粉笔字，黑板因使用多年而变得坑坑洼洼。光影一直跳跃在他的眼底，他眼中带着当年初见网络世界时的兴奋，他就这么不声不响地等到下课，年轻的女教师向他走来，他才慢吞吞地开口。

关小熙望着他，没有说话，原来，魔术师也是会消瘦的。

她掏出一块手帕，挑了干净的一角去为他擦拭面颊上的汗水。

“我自己来……我自己来。”颜可一愣，随之欣喜地抢过手帕，自己胡乱擦了把脸，“小熙你越来越贤淑温柔了。”他一边擦，一边咧嘴笑。

“你拿错了，那一个角中午刚给虎妞擦过鼻涕。”关小熙尴尬地吐出一句话。

“……”

一瞬间的失语，接着是少年的惊叫。

“没想到你竟然躲到这个山窝窝里来了！你知不知道我找你找得好辛苦啊啊啊啊！”少年疯狂摇着学生眼中敬爱的女教师的肩膀，“要不是我在志愿者报名网站上搜到你的名字，还不知道哪年哪月才能找到你啊！该死的负责人，我打爆他的手机他也不肯透露志愿者的保密资料！气死我了！”

“所以你对他做了不可告人的事？”年轻女教师挑起一边眉毛。

“哼，什么叫不可告人？你以为我是那个恶劣的老男人啊，我直接给他手机充了两万余额进去……喂，你有在听我说吗？你知道外界都发生什么事了吗？你这个鸟不拉屎的地方连报纸和电话都没有，怪不得……”

“外界发生什么事，和我有什么关系？”如果颜可是为了他来找她的，那么很遗憾……她转过头去，说道，“你恐怕是白来一趟了。”

一刹那的恍然之后，只剩风吹过树梢的声音。

“我知道了，不是为了别的，如果……”比她高了大半个头的少年攀住她肩膀的手忽然滑了下去，用力地拥住她，力道大得快让她窒息，他附在她通红的耳边，轻声地说，“如果只是我想你呢？”

这还差不多，她满意地点点头，她知道教室门口已站满了一排好奇的孩子，甚至有些胆大的已经过来了。

“和我回去吧，别再待在这个鸟不拉屎的地方了，如果你愿意，我也什么都不再管了，我们不是神，我们只是凡人。我想你，小熙，我真的很想你，我们回去，去别的城市，随便你想去哪里，我们还有《理想国》，我们也许可以……幸福。”他一口气说完。

她听了，隔了半晌，摇摇头。

“叔叔，你和老师在干什么？”

名叫二丫的小女孩揪着颜可的衣角，怯怯地问。她 love 着的 teacher，还要给她上课呢，怎么可以被一个奇怪的叔叔带走！

颜可的表情顿时像吞了一个大号火腿肠那么夸张，叔叔？天啊，他有那么老吗？！

他没好气地瞪了小女孩一眼。

“叔叔，你是老师的 boyfriend 吗？”

小女孩继续好奇地问。上节课刚刚学过这个单词，她觉得老师应该表扬她记性不错吧。

颜可的脸上顿时阴转多云。

“乖，哥哥给你吃糖。”说着，他从背包里掏出路上吃剩的大包零食糖果，一股脑地塞给了欢呼雀跃的孩子们。

关小熙答应孩子们，回来再给他们上课——在颜可说出了外界发生的一切，包括花阡陌和燕归来之间的种种，除了燕归来的那封信最后被烧掉的部分，他整整花了一个下午的时间，把这半年来所有的事件，都一一讲给关小熙听。所以，她最终还是选择回去了，在下一批志愿者正好到达的那一天。

她告诉自己，这是责任，就像对这群孩子的责任，在外面的世界，她一样有着未完的责任，她做不到两头都辜负——燕归来对她有恩、中华黑客会对她有恩，她不能眼睁睁地看着他们没落，不能任由老头盘剥吞噬，如果燕归来真的别有苦衷，她也不能让他被误解一辈子，如果她还有当面质问他的那一天。

在二丫的伤心哭泣和颜可手忙脚乱的哄骗下，关小熙和他搭上了回城的车。

“这个世界是属于年轻人的。”颜可回望着一路浅草深山感慨道。

就像你，不是属于老男人的。

# 法兰西之赴

FA LAN XI ZHI FU

关小熙一身黑衣出现在机场。

面戴墨镜，头顶鸭舌帽，胸前一台厚重的单反相机，她现在的身份不是资深女黑客，而是一名去法国实地采风的职业摄影师兼记者——至少她去办签证时是这么伪造资料的。

宽大的黑色长袖掩盖了她清瘦的胳膊，内增高的运动鞋让她看起来拔高了半个脑袋，而墨镜后面经过精心化妆的面孔早已没有原来的少女模样，人们的眼里，这是一个漂亮又干练的成熟女人，行事做派干净利落，又韵味十足。

她甩开了颜可，一个人来到机场安检处。

虽然颜可在她办签证的时候出了很多力，但她自始至终认为，这是中华黑客会自己内部的矛盾，不该连累到别的人，况且这趟出行，不管她能不能见到燕归来，都充满了风险，说不定还有去无回——在她了解到 Dubois 家族的累累罪行后，她更不能让无辜的少年陪她一起冒险。

这一点上，师徒俩的打算出奇地一致。

现实不是少年喜欢的漫画，也不是少女喜欢的童话，站在这里，她几乎要被那充满未知的行程压得喘不过气来。

除去一台笔记本电脑，其余都是最简单的行李，关小熙把它们一股脑儿送到安检口的 X 射线机里去，而一个工作人员例行地拿着金属探测仪对她进行安全检查。

探测仪忽然响了起来。

“把你的钥匙、硬币、手表都拿出来。”好脾气的工作人员习惯性地说。

“我钱包已经放过去了，也没戴手表什么的。”关小熙奇怪了，摊摊手，她身上应该没有什么大块的金属了，连皮带、纽扣都不是，至于裤子拉链……她还不认为这先进的探测仪退化到如此程度。

到最后，关小熙甚至把墨镜和耳环都摘了下来，探测仪还是在她胸口的部位“嘀嘀嘀”地响。

“你身体内……有没有心脏起搏器或者接骨钢钉之类的东西？”工作人员不放弃地问。

“没有。”她是多健康一少女啊！

工作人员的脸色已经开始变得严肃，总不会以为她是去炸飞机的吧……那可是出师未捷身先死，她的计划不能夭折在这里啊！

忽然想起什么，关小熙眼睛一亮，她从外套的内侧口袋里掏出一个中国结，放进篮子里。

探测仪终于安静了。

十分钟后，关小熙坐在候机厅的椅子上，手中是缠了满指的红线，以及掌心的，一块高精度的芯片。

这绣着“熙”字的中国结，是她前天晚上最后一次去他房子里打扫时发现的，尘封在抽屉深处，恍如隔世的回忆。

她不知道为什么他的书桌里会有这样一个饰物，她也不知道自己是出于怎样的心情，把这枚中国结拾起来，放进衣袋里带走——原谅她，临走之前还要贪心地从这里带走一样东西。

也许在面对他的时候，她总是贪心的那一个，哪怕她分明记得他教育过她，有关贪心的算法，是最简单也最无用的一种。

而如今，这些硬质宽厚的红线被她拆开，在指尖缠出重重的结，原来，结，也是有心的。

绣着“熙”字的中国结，结中竟然另藏玄机。

他又是出于什么心情把芯片放进去的？藏在层叠厚重的外壳下，深到让他自己都忘了？

有那么一刻，关小熙的心再一次揪了起来，生疼生疼的，似有什么要呼之欲出，这大半年来她都没有这样疼过了，她淡漠的心态重归紊乱，如她笨拙的手艺再也编不好这个结，结不是结，心不是心，圆满断开了线，相思疯魔。

也许有那么一刻，午后的阳光照在他的书桌上，照进那些深深的木纹，木纹中镌刻了长年的书香，以及书香中他淡薄如纸的侧脸，而他或许会在那么一刻挑起嘴角，他会在没有人知晓的时候微笑，他听着她在楼下的朗读字典的声音、敲击键盘的声音、喊他师父的声音。总之有那么一刻，他可以卸了面具微笑，在没有人知晓的时候，他也许是爱过她的。

无论是 love，还是 like，还是 want。

无论他是 mentor，还是 teacher、master、tutor。

他是世上最好的手工师，卸下的面具，他又能在瞬间编制完好，他站在世界的顶端，他代表了圆满，可她从来没有深信过。她贪心，她不足以相依，她迫切地想确认他的感情，她为此把他拆得七零八落，而她见到了空空的答案，她再也编不回来那日午后的阳光。

她到此才明白。

手中并没有读取这类高精度芯片的装置，这结的心中藏了什么，一切要等着陆后才能想办法，或者说她其实已并没有多少好奇心和热情，曾几何时，桑田已为海。

不觉间，登机时间已到，她匆忙收拾手中七零八落的红线，倏然一只手重重地拍在她肩膀上。

“你是不是打算又一次溜走？”

淡金色头发的帅气少年在她转身的时候顺势拥住她。

“我再也不会放你一个人走了。”

少年凑在她耳边说，像是要把她的耳朵咬下来。

“你怎么认出我的？”她挑眉。

“你不也认出我了吗？正常情况下，你应该在这时大喊‘非礼啊，抓流氓啊’……”他低笑。

关小熙简直想把这家伙绑去飞机发动机上卷一顿。

“这是我的事，你管多了没好处。”关小熙坚决拒绝他一起登机。

“可你就是我的事。”少年认真地说。

“颜可，你是个好人，我一直把你当朋友。”她撇撇嘴。

谁知少年的脸皮厚到面对好人卡依旧无动于衷，甚至脸上绽放出一个大大的微笑：“你不要自作多情好吧？”颜可忽然跟个轻佻阔少似的，坏笑着用手挑起她一缕棕红色的假发，放在指尖把玩，“谁说我喜欢你了？我只不过想跟着你去找到燕归来，再和他一决胜负来着，难道你就忍心阻止两个男人之间的感情？”

“你……我在 ×× 论坛的账号果然是你盗的！”

一时间关小熙气得想用胸前的相机当凶器，那样也不枉她一路背着它当摆设了。

她最终还是妥协了。

颜可吹着口哨和她并排走入登机通道，那模样还真像个花花阔少，关小熙不得不承认，这家伙的化妆技术比她还好，那一头闪亮的金色假发盖在他脑门上，好看得一塌糊涂，他还时不时故意地甩两下头发，在她眼前显摆。这让顶着一头闷热又老气的劣质卷发的关小熙牙齿痒痒，趁少年一个不注意，她伸手就要去掀他的假发让他好看。

谁料颜可痛得大喊起来。

“你不是假发？”干了坏事的小姑娘惊讶了。

“谁说我是假发！你以为我像你那么不敬业啊！……老子花了八百块钱特意染的，那店员小姐姐一直向我推荐 ××× 牌子的染发水，我坚持用 ×× 牌子，果然这个效果闪亮好看，小姐姐都花痴得差点给我免费了……后来她还建议我烫卷，那个加热器哟，烫得我头疼……”少年龇牙咧嘴一番演说。听到关小熙耳里，她总结性地蹦出两个字：“臭美。”

“还不是为了……”看到女孩墨镜后的凶光，颜可识趣地闭上了嘴，随后目光转移到她的胸前，说道，“既然你带了相机，就趁此把我最帅的时候拍下来嘛，难道你不想留作纪念？在我们最伟大的时候……”

“我不想我的相机里塞进一堆卷毛！”

话是这么说，关小熙最终还是乖乖地架起相机为他照了一张相，不过胶卷要到以后才能洗出来了。她为了显示她的“职业素养”，特地选了最传统的相机，也许效果会不错吧，她望着他亮闪闪的后脑勺，鄙视地想。

“喂，难道你真的认为我直发比卷毛好看？”

一路上，颜可这个问题都快把关小熙的耳朵问出茧子来了。

十一个小时后，飞机着陆在戴高乐机场，由于时差的关系，巴黎的天空才刚刚涂上晚霞。

两个年轻人拖着行李寻找的士和旅馆。

一路上他们问了不少人，但就像颜可所说，也许大部分法国人都懂英文，但你不要指望他们会乐意用英文来和你交流。吃了多次瘪后，饥肠辘辘的两个年轻人站在街头吹着凉风。

“嗨，这位美丽的小姐，需要帮忙吗？”

一个金发碧眼的年轻帅哥在不远处观望了他们很久后终于走过来做出一个邀请的手势，好听的音色，说的是一口流利的英文。

关小熙说出他们的需求，而帅哥欣然把自己的跑车开过来，说是非常荣幸能帮助他们。

关小熙很开心，颜可很不满，因为他发现这个男人柔顺的金发比他头上的更闪亮。

“这位美丽的小姐来自中国？”

有着闪亮金发和闪亮白牙的帅气青年开着他闪亮的跑车飞驰在充满艺术气息的巴黎的暮色里，可惜关小熙不是来旅游的，她没有这份欣赏金发帅哥和异乡风光的心情。

听到青年这么问她，她淡淡一笑：“嗯。”

虽然帅哥当前，但她的谨慎告诉她不能对任何人掉以轻心，更不能透露自己的目的，所以，她只能礼貌地感谢他了。

金发青年一听，却更激动：“那我真是太幸运了，又能碰到一位来自中国的女士，我从小就非常仰慕中国文化，可到现在，也没有机会去中国一睹风采……”

青年一边说着一边手舞足蹈，完全忘了自己还在开车……关小熙和颜可同时紧了紧身上的安全带。

“我叫 Justin Johnson，这位美丽的小姐可否告诉我要怎么称呼您呢？”

“Sara Kan.”面对颜可鄙视的眼光，关小熙脸不红心不跳地胡扯。

“哦，Miss Kan，很高兴认识你，看你背着相机，是来法国旅游的吗？”

“嗯，差不多，我是摄影杂志的记者……”

为了感谢青年载他们到订好的旅馆，关小熙不得不陪着他一路瞎扯。而完全插不上话的颜可只能抱着胸，气鼓鼓地瞪在一边，他很不想承认青年的那头直发确实比他的卷毛好看……何况，人家那是纯天然生长的！

颜可决定回去就把头发拉直！

半个小时后，他们到达了目的地。

彬彬有礼的绅士青年还想帮关小熙提行李，被她婉言拒绝，只好礼貌地立在一旁。他的头发柔顺地垂下，遮住了半张脸，一直垂到两腮，而头顶有灯光流转，那些迷人的华彩就在他的发丝上如星河一样流淌，他整个人站在灯下，简直像一幅完美的油画。

“那么再见，美丽的中国小姐，如果有需要帮忙的——”他看到关小熙和颜可手上提着的两台笔记本电脑，便顺势从怀中取出名片，递给两人，“这是我的 MSN，有空常联系。”

关小熙看了一眼他的名片，上面只有一个名字和一个 MSN 地址，她向他道了谢，望着他闪亮的跑车消失在街尾，随手把名片扔进垃圾桶。

萍水相逢，仅此一次的擦肩，不会再有交集的人，她不必留着那些可笑的念想。与颜可两人安顿好了房间，来不及进食，她已开始着手制作芯片读取机器。

颜可带的工具比她多——其中一个单片机烧录器，一个废弃的读卡器，还有一堆零件和电线，她拆拆拣拣，正好够了材料。当受不了饿肚子的少年从街上带回两大袋巴黎美食时，一个简易的读取器已经改装完工，她把芯片放进去，笔记本屏幕上就出现了芯片的内容。

这是一个 2G 的压缩文件。

这究竟是他有意留给她的，还是他无心的遗忘？

解压后的文件依然是加密的，而恰好她才分析了个文件头，就知道这种加密的解法——曾经他亲口传授过她的，他独创的一类非常罕见的加密规则。

关小熙的心都要跳到嗓子眼了，这就是花阡陌一直觊觎又无处可得的藏经阁的备份吗？她仔细一想，又觉得不太可能，毕竟藏经阁的东西浩瀚如烟海，不是这么块小芯片能装得下的，据说燕归来亲自买了几个服务器专门来承载藏经阁的内容……

解密的进度条到了尾端，一百多份大大小小的 WORD 文件出现在列表中。

“小熙，当你看到这些文件时，师父已回不到你身边了。今后的路还长，你要一个人走下去，无论选择继续，还是回到现实生活，师父都希望你过得好。”

这是第一份文件里的第一句话，她看了瞬间泪如雨下。

“但你是我唯一的徒弟，我想我应该尽到身为一个师父的责任，以下的图文，是我来不及教给你的东西，你愿意自学也好，愿意删掉也好，不再做我徒弟也好，不想再看到也好，无论今后发生什么事，希望你记得我教给你的自由精神，何时何地，都永远遵从自己的本意……”

初到巴黎的一夜，关小熙翻来覆去没有睡着。

她告诉自己是时差的原因——可那应该更困更累的，她为自己蹩脚的借口感到可笑。混乱模糊的梦境中，金发少年站在云端对她说他是时间的魔术师，和他同行就可以到达最幸福的地方，而她欣然答应后，又发现自己迈不开步子。她的直觉告诉她她的路不是这一条，是的，她一直遵从着自己的本意，无论是去做游戏还是去支教，她记得他的教诲，即使他已经离开了她的生命，可他教给她的信仰和理念，从来都不曾黯淡过。

这就是当初她认为他在“写小说”的东西，可笑的是她竟还因此怪他冷落了她，因此把他和天佑大帝相提并论过——那些年少轻狂的时光，她是多么幼稚和自以为是，他却一路隐忍，他不言一语，不着一字，不动声色，他转过身，徒然已写满她的后半生。

他却写丢了自己。

关小熙自始至终不认为他真的是个所谓的汉奸，并非因为爱——爱太奢侈，到如今她甚至怀疑自己心中还有没有当初那份爱——但她知道，她对他的信任，从来没有减少半分。

挨过一夜的辗转难眠，天不亮时关小熙就出现在镜子前，用浓妆遮盖了黑眼圈，她背起相机一个人出了门。

Dubois 家的宅邸就在这家小旅馆隔了两条街的地方，关小熙来之前，就事先打探好了一切，她现在要做的就是想办法见燕归来一面，向他当面问清楚真相，不明真相，她心难安。他若有苦衷，为何不让她一起分担？她已不再是当初那个傻傻弱弱的小徒弟了，她现在是熙马拉雅战士！

关小熙蛰伏在附近一家咖啡厅里，一边假装翻杂志，一边盯着路上来往的车辆行人。以燕归来现在人人诛之的敏感身份，关小熙相信 Dubois 家族会把他保护在自己的眼皮底下，而这条路是位于街巷深处的 Dubois 府邸出门必经的一条道路。

至少，地图上显示只有这么一条，至于这种树大招风的家族财团是否留有紧急时刻逃命用的小路，她是无从算计了，只能把概率归于无视。

高度集中注意力容易让人疲惫，关小熙一直盯到下午，眼皮发酸，昏昏欲睡，她忍不住想趴在桌上打盹，忽然眼睛一眯，她看到午后的阳光中，款款而来一行人。

前后两排，是一身便衣的八个保镖级人物——从他们走路的步子，锋利的眼神，以及脑门两旁鼓起的太阳穴，一眼就能看出是练家子。

而被保护在中央，翩然相携的两个人——男的一身风衣，脸庞深沉而坚忍，女的环佩玲珑，眉目精致，他们看上去是那么般配的一对情侣，尽管男人脸上抿起的唇显示着他的不耐烦与不情愿，但在女人的软磨硬泡下，还是配合地缓步向这个咖啡店走来。

关小熙按着狂跳的胸口，努力不让自己失态，果然，她没有选错地方——在如意的博客上，多次提到的这个独特的咖啡店——她迅速地掏出手机给颜可发了一条短信。

“我最喜欢来这家店了，店主亲手做的甜点和现磨的咖啡，口味算得上极品。”如意挽着燕归来的胳膊，笑道，“今天总算把你拐出来了，真是的，一天到晚闷在屋里，也不怕长霉了。对了，等会儿 Jim 来了，我们去看戒指吧，老爷子答应了圣诞节给我们订婚哦。”

“好。”燕归来只是语气淡淡地吐出一个字。尽管在刚进店门的一刹那，仿佛有一种时间漏了半拍的错觉——满堂光影宁然相映，像极了回忆里久远的一幕，他迅速扫了一眼店里的人们，寥寥几位顾客，不是故作姿态的老肥男，就是背着丈夫偷情的女人——窗边的那位一头老气棕色卷发的女人，他格外留意了一下，她低头在桌下发短信的热情让他莫名地厌恶，或者说，他厌恶所有热恋中的男女，而他们皆不是他记忆里的人，确实是他的错觉，他怎么还在可笑地奢望？

“Jim 怎么还不来？不会又去机场泡女人了吧……老爷子都骂他那么多次了……”如意挑了个角落的位子坐下，开始抱怨迟到者。

而他们说的一口流利法文，除了“Jim”这个名字，其他的关小熙是一句都听不懂，她只能拿录音笔悄悄地录下，回去再做翻译。

过不多久，一辆闪亮的跑车停在店门外，门上的风铃丁零作响，风风火火的金发青年冲进来，他一眼就看到了角落里的如意，但在看到燕归来后，又流露出不加掩饰的嫌恶。

竟然是他？！

他不是 Justin Johnson 吗？

关小熙又给颜可发了一条短信过去。

“燕归来，我认为你更适合把自己关在房间里安慰你自己。”口中蹦出一连串英文，青年的眼睛盯着燕归来的位置，嘴角挂着嘲讽的笑容。

“Jim——Green——”燕归来冷笑一声，拖长了音调，反讥道，“我是否可以认为一个拥有华丽外表却依旧交不到任何女朋友的男人更需要审视自己身体的问题？嗯？”

两个男人之间针锋相对的嘲讽，关小熙听懂了。

若不是碍于身份，她简直想一口水喷出来。

燕归来！

哈哈哈哈哈哈！你怎么可以这么毒！

关小熙真想捶着桌子大笑，在她曾经的年岁，从未见过如此彪悍的师父——不得不说，她太遗憾了。

正一个人偷乐着，金发青年眼光一瞥，看到了窗边的她。

“Sara Kan！美丽的中国小姐，很荣幸我们又见面了！”

名叫 Jim Green 或是 Justin Johnson 的金发帅哥为了掩饰难堪，转移了话题，大声朝关小熙打招呼。

关小熙暗骂了一句“麻烦”，窘迫地抬头与他微笑致意。

“你到底叫 Jim green 还是 Justin Johnson？”她好奇地问。

“老实说……我有很多名字，你可以叫我 Jim。”Jim 无奈地耸耸肩膀，“你一个人？”他转移了话题，指了指她对面空着的座位。

“不。”关小熙发现燕归来探究的目光又一次投向她——在这种时候，她只能期望自己的化妆不露马脚了。

这可都是他教的！

“我在等我男朋友。”关小熙微笑着，爽朗地说，声音足以让十米外的人听到。

“哦？”Jim 显然有些失望，还在想措辞的时候，店门又一开，颜可拎着手机走进来。他一眼看到了角落里的燕归来和如意，而燕归来正好也望向他。

“Sara，原来这是你男朋友啊？”Jim 也看到了颜可。

“是的。”关小熙露出一个完美的微笑，这是她和颜可为了行事方便，刚刚在短信里商量好的身份。

“嗯，我们快订婚了。”颜可大大方方地坐下来，又意味深长地看了燕归来一眼，“我很爱她。”他大声地对 Jim 说着，又让招待多搬了一把椅子过来。

Jim 感激地坐下，这里可比坐在让他讨厌的燕归来旁边舒服多了。

“祝你们幸福美满。”他说。

颜可笑得更得意了，这换来关小熙在底下狠狠踢了他一脚，随即便听到 Jim 对着颜可苦恼地抱怨：“可惜我喜欢的女孩子不喜欢我……帅哥，你有什么妙招可以教我吗？”

在关小熙想喷茶又得保持形象的便秘表情中，颜可笑嘻嘻地教给 Jim 一大堆泡妞秘诀——她终于明白，颜可盗了她在那个论坛的账号后，都去看了哪些东西。

关小熙在心里为 Jim 默默垂泪，这浑蛋竟然……竟然把这个论坛置顶帖上的男男生子攻略当成泡妞秘诀灌输给 Jim！

可怜的 Jim 还不明真相地连连点头，相当受用，夸着“东方秘术果然精深”。

关小熙简直想用头撞桌子。

当颜可向 Jim 讲到“取悦你的伴侣不但要靠外表，还要靠你的技巧”时，如意和燕归来起身结账，又走过来站到 Jim 身后，两人谁也没说话，燕归来是一向沉默，如意是鼻孔朝天，一脸傲然，她认为 Jim 还没有蠢到看不懂“我们该走了”的意思。

Jim 原本也准备起身告辞，但颜可偏偏讲到关键处，他只好忍痛割爱，暂时把如意两人晾在一边。

“你说的轻抚……嗯，菊花是什么意思？”Jim 把玩着腕上的十字手链，向颜可虚心请教，刚刚颜可说的秘籍他确实没有听懂。

颜可微觉错愕，才意识到自己讲错了，赶紧语无伦次地补救：“我是说送花，咳咳，送花，如果你伴侣喜欢玫瑰那更不错，玫瑰的色泽和香味可以明显起到催情作用……”

关小熙一口咖啡喷出来，正好溅到前方燕归来的风衣上。

“啊，对不起对不起！”

她连忙道歉，换来如意一声冷哼，反倒是燕归来没什么表示，只是拿了纸巾，轻轻擦干风衣下摆。

他仅用了一只手，关小熙看到，他的另一只手，正被如意紧紧地握着。

十指相扣，就如当年的她和他。

两人宛然一对甜蜜情侣。

他们都没有变，眉目仍是记忆中的俊朗模样，他们活得那么出彩，只剩她面目全非。

关小熙望着咖啡桌上刺目的阳光，心狠狠地疼起来，眼睛一眨，眼里竟然含着滚烫的泪水，她慌忙打了个喷嚏又擦擦脸，为自己的情绪失控做掩饰。

Jim 开着他八千马力的极品跑车载上关小熙和颜可来到巴黎著名的旺多姆广场，他要陪如意看戒指，又舍不得颜可这个“情圣专家”，便索性邀了两人一起去，关小熙当然不会拒绝。

旺多姆广场的珠宝世界闻名，如意拿着她老爷子的卡，在这里挥霍了一下午。这过程中她一直黏着燕归来问东问西，燕归来不置一词，关小熙也一言不发，她和颜可、Jim 两个人，与那对甜蜜的情侣保持着适当距离，而 Jim 继续缠着颜可讨教泡妞秘籍，剩下关小熙一个人背着相机随意晃悠，格外清闲。

她考虑着如何制造与燕归来单独相处的机会。

忽然，Jim 的声音在她耳边响起：“Edward，其实我很羡慕你们，周游世界，旅行摄影，太自由啦，我就只能每天面对计算机工作……”

Edward 是颜可临时捏造的名字，全名 Edward Elric，关小熙知道这厮最爱的《钢之炼金术师》的主角就叫这个名字，当年在论坛上第一次看到他时，他用的头像也是 Edward。

“既然来到巴黎，那就做点浪漫的事吧。”Jim 指了指前方正为一枚戒指上的宝石颜色与店主喋喋不休的如意和一旁无话可说的燕归来，对颜可道，“Edward，你不给爱人买一枚戒指吗？”

关小熙心里咯噔一下，这里的东西不便宜，他们也根本不是真的情侣，Jim 真够多事。果然男人和男人不能靠太近啊，她感慨。

在心里问候了 Jim 的祖宗十八代后，她刚想说“我们的爱情不需要宝石来证明”之类的话语敷衍过去，就感到手心一热。

颜可修长的手指，牢牢地握住她的掌心，他抬起她的手放到自己面前，认真地端详着。

“是啊，你这么漂亮的手，怎能缺了戒指？”

他轻声地说，灯光下，他一双凤目，流光溢彩。

确实有那么一瞬间，在灯光、柜台、地面、琳琅满目的光影折射中，关小熙承认她被打动了。

她很少见到他如此认真的模样，有那么一刻，他不再是那个顽皮轻佻的少年，他同样是能用单薄的肩膀撑起世界、给她一切的男人。

掌控时间的魔术师，他从云端翩然而下，他开着无伤大雅的玩笑，他只为陪在她身边。

此时他一字一句地对她说：“他给不了你的，让我来给你。”

廉价的装扮下，是掩盖不了的他的眼神，那么骄傲、漂亮又深情的一双眼。

原来，这少年也可以顶天立地。

瞬间的恍惚之后，关小熙又看到视线中那一抹深沉的人影。

漆黑的、凉薄的，与这奢华的珠宝广场格格不入的他，孤独地立在这个地方，流淌闪烁的光影绕过他的身侧而去，他像是在广阔的海洋里屹立的一块黑色礁石，冰冷，又坚硬。

他正注视着他们的方向，恍惚间有海浪拍来，“哗啦啦”拍了她一身一脸的痛楚。

“我们还有更重要的事。”

她缩回手，又摇摇头。

Jim 被这对别扭的“小情侣”弄得摸不着头脑，又看往十米远处他的心上人如意。

如意正把一枚钻戒塞到燕归来手里，缠着他要他学电视里那样单膝下跪双手奉戒求她戴上，还要他去向关小熙这个“东方摄影师”借相机把这一幕拍下来，让她把照片贴到博客上去炫耀幸福。

燕归来耐着性子听完她一长串的要求：“不。”他以简简单单一个词拒绝，说完就继续抿着嘴唇，无动于衷。

如意顿时大为不快：“我们的婚约是老爷子订的！你到底有没有诚心啊？难道你要我去告诉老爷子，你其实并不想与我们合作？我想你清楚后果……”她压低声音，恨恨地说，“你不会不知道你的名声在中国臭成什么样了吧？如果没有我们收留你，你只有死路一条，你是他们眼中千刀万剐的罪人。”

燕归来望着她，依旧沉默，过了好一会儿才说：“陆萧明年就出狱了，你想嫁的是他，不是我，一年你都等不起吗？”

“你怎么总认为我把你当替代品？我……”如意争辩着，那模样完全不像人们心目中傲慢的计算机女王，而仅仅是一个为爱执着的小女人。

“好了，就到这里吧，你想拍照就拍照。”燕归来打断她的话，又换了比较温和的语气安慰她，甚至还下意识地伸手去抚摸她的头发——可惜手伸到一半，却停在半空。

连他自己都错愕。

这世上有没有你爱过的人？

这世上有没有你爱过的、却无法在一起的、再也见不到的人？

所以，才有了把彼此当作替身吗？

冰冷的礁石孤傲地屹立在万丈海浪中，当繁华散场，永夜降临，他依旧立在那里，用他漆黑坚硬的外壳裹住心底最深处的柔软，不让任何人得见。

关小熙胸前的相机被如意借走，可惜应如意要求充当摄影师的 Jim 显得并不乐意，最后只能由关小熙亲自给他们拍照片。

传统相机的摄影效果，在这样的场合，比数码产品显得更加庄重和礼貌，而关小熙幸好在照相馆兼职过一段时间，也不完全算是个冒牌货。她熟练地开启相机，架好支架，一路从旺多姆广场为他们拍到蒙田大街，再到香榭丽舍大街，她真诚地扮演起摄影师的角色，为计算机女王留下她一路的幸福风采，看得颜可嗤笑不已。

“这男人脑袋是不是有病？”颜可遥指着燕归来问 Jim，“有那么漂亮的未婚妻在身边，怎么还是一副便秘似的表情？”

Jim 顿时眯着眼笑了，显然这番话让他很受用。

“妄想‘touch the world’的男人，永远是不知足的。”他鄙夷地说。

“他是什么来头？你的上司还是同事？”颜可趁机问道，“我看他总不顺眼。”

Jim 一看颜可和自己是同一阵线的，就高兴地打开了话匣子：“他叫燕归来，也是你们中国人，和我们的爷爷据说很熟，半年前正式加入法籍为爷爷做事，从此就臭屁得不得了，你知道吗？以前爷爷最重视的是如意和我，还说过让我和如意姐姐结婚的，结果这姓燕的一来，爷爷就反悔了，不但把如意姐姐嫁给他，还冷落起我来了。更可恶的是，姓燕的根本就不爱如意姐姐！”

Jim 说得很激动。颜可望着广场上关小熙忙碌取景拍摄的身影，挠挠头发，疑惑地道：“你们都喊他爷爷？那你和如意是兄妹吧，兄妹似乎不能结婚的。”

“并不是亲爷爷。”Jim 忽然低下头，漂亮的金发遮住他碧色的眼眸。

“其实我们都是爷爷从 MOROCC 修道院领回来的，”他闷声闷气地说，“说实话，我连自己真正的名字都不知道，我所有的名字都是我自己给自己取的，我现在的一切也都是爷爷给的……”

这时，关小熙发现相机卡壳了，果然廉价租来的东西不可靠啊！

一卷胶卷并未拍完，电池也是新换的，她懊恼地敲了敲相机外壳，数码相机或许她会修，传统相机她可修不好，天知道她当年物理考了多少分，记那光学原理不如让她去记圆周率……她更不指望颜可，那浑蛋真当是来旅游了，逮着个 Jim 就聊得欢畅，瞧那两个靠在墙角谈笑风生的男人，不知道他又在向 Jim 传授些什么秘籍，不要是《葵花宝典》就好。

关小熙心中对 Jim 越发地同情，决定不去打扰他们。

“坏了？”

这时如意走过来，刚刚摆好完美 POSE 的她被扫了兴，有些不快，当然她更不乐的是燕归来根本不配合，这一路都没配合过她的 POSE，仿佛他就把自己当成了一棵树……如意拿起相机左瞧右瞧，瞧不出个门道，她同样也对传统相机不感冒，便顺手一甩甩给燕归来。

“你慢慢修，我去那边看看 Louis Vuitton 的新包包。”她头也不回地丢下一句，就蹬着高跟鞋走远了。看来，女人靠血拼来发泄郁闷果然是真理。

“看不出来，你还会修这个。”

喷水池旁的长椅上，关小熙扯起一边嘴角对她身旁沉默着摆弄相机的男人戏谑地说。

燕归来低头不语，这个梳着老气长卷的中国女人，总让他有种似曾相识的感觉，可无论是衣着、面目、身高，甚至是声音，都让他无法从记忆中寻找出重叠的影像。

他暗骂自己见鬼了，专心研究手中相机的构造，他看不出是哪儿出了毛病，但他知道自己对这些该是很熟稔的，原本平静的心绪因此而显得焦躁不安。他一抖手，两节电池从掌心掉了下去，他没有听到它们落地的声音，忽然，他看到一只白皙的手掌摊在他的眼前，掌心是两节刚刚被捡起的电池，以及一道长长的疤痕。

时间已过多久了？

苍白丑陋的疤痕，当年玻璃划开她掌心，他因此陪她去医院，如今疤痕划开他的记忆，她因此来这里寻他。

“看来你也修不好。”

关小熙扯起嘴角愉快地说，手掌同时一翻，用力握住他的手。

# 第十九章

# 一晌贪欢

YI SHANG TAN HUAN

燕归来的体温和从前一样冰凉。

很多时候，关小熙真的怀疑他是冷血生物的一种，一个人好好的干吗要把自己弄成一副生人勿近的模样呢？

从前的日子，她从未想过这个问题，就算偶尔想了，也想不出结果，直到许久之后的现在，她才恍惚明白，他是享受着一个人的孤单，也不得不一个人孤单。

“师父，我来找你了。”

她手掌熟悉的温度，如祖国南方吹过海面的风，那潮湿的、温热的气息，海中孤立的礁石啊，你可感受到了？

燕归来一直低着头，关小熙看不到他的表情，而他的手一直僵硬地微微战栗着，她看到他修长光滑的无名指，在不久之后，这里就将被另一个女人戴上戒指了吧。关小熙心里酸酸的，想落泪，可是她忍住了。头顶是灿烂的阳光，那些光影落在他沉默的背上，她还是应该祝福他的，不是吗？

爱不能强求，他毕竟没有爱过她，从开始到结束，她只是他的徒弟，一个在他的绝笔信中都不曾留下半个名字的徒弟，她又怎能强迫他？

她来法国，只是为了家园，为了大义，中华黑客会对她有恩，她不能不报，她只是想向他问个真相，至于他的幸福，她根本无心破坏。人们眼中的计算机女王如意，那才是和他天造地设的一对，他们少年时代在这块土地上早已相处那么多年，青梅与竹马，长久的年华中积淀的感情，又岂是她一个半路插足的小徒弟可以相比的？

她一直想念他，一直追寻他，巧妙化装后一路望着他，直到与他相认了，她反而有那么一瞬间想通了。原来，她曾经啃下的字典，背完的教材，写下的笔记，她曾经努力追赶的脚步，并非为了与他并肩啊。

她只是为了追赶如意啊。

只要能追上如意，她就能站在他身边，他就能多看她一眼，他就能尊重她的感情，他就能……爱上她吗？

原来，她自以为是地成长，到头来不过是自欺欺人，就算她超越了如意，甚至超越了他，他就能爱上她吗？

她赢了神，却输给了时间。

燕归来可以耐着性子陪如意逛那么久的大街，可以耐着性子陪如意挑戒指、拍照片，可以让如意挽着他的手，把他们的幸福发上博客去炫耀，而她关小熙，只是卑微地祈求他一个微笑。她发现她曾经所做的一切其实都没有意义，她决定等这件事一了，就立刻回国，回到她心心念念的大山里。从当时为了逃避而去支教，到后来真心地爱上那种质朴而快乐的生活，她清贫，但她非常满足，她可以微笑面对生活，她在那一草一木之间睡去，再也没做过关于他的噩梦。

她真的可以忘了他的。

师徒，为师者授，为徒者承，为师者为徒，为徒者为师。

世世代代，永无穷尽，五千年历史厚重光辉里的传承，漫长的岁月中沉甸甸的衣钵，一个世纪又一个世纪的相传，越过指尖的细碎尘埃或许还记得千年前的阳光，阳光下他们唱着美好而温暖的长歌，师父，师父，我在歌声的尾端唱着你的名字，起，承，转，结，结后又是起，祖先的衣袍在钟鼓声中被铭记，如这长歌永未绝，为徒者永求索，没有眼泪，没有后悔，这是为师者的尽心与责任。而大半年的教职生涯让关小熙深刻体会到了这种责任，她可以关怀并且爱着她的每一个学生，但她绝不能接受学生爱上自己。

所以，他也是一样的吧，只怪她当初无知，错把他的责任当成了爱。

“你别担心，我不是来纠缠你的，只是为了网站的一些事，不得不和你聊几句，我想你总是舍不得你一手打造出来的家园的。”趁着黑衣的沉默男子还未开口，关小熙抢先说，一连串的话语十分流畅。她在大半年的讲台锻炼中变得自然大方，一口说出来，气都不喘一下，想起当年上课回答问题话都说不清楚的自己，关小熙时常觉得好笑。

“你别说话，你先听我说完，我知道你已经不认我做徒弟了，只不过我喊你师父喊惯了，一时改不了口，你将就着听吧。这半年来网上发生的事情我想你身为当事者应该比我更了解，所以有些内情，我还是想当面向你问清楚。你一直教我不要道听途说不要盲目追随大流，所以我一直没有站到花阡陌的阵线上，无论怎样，我内心还是相信你的。师父，你给花阡陌的信我也全部看了，就算你不给别人一个交代，至少也得给我一个交代吧，毕竟，师父，我曾经爱过你。”

两个字，一辈子，这一辈子，一个人一眼就认出了她，另一个人非要沿着记忆的疤痕才能认出她。“曾经”两字，她咬了重重的音，说完这番话，她深深望着他的侧脸，她眼中是灼灼的光彩，仿佛与千年前那些承道又传道的学子一样纯粹、坚定，没有半分其他的情绪。

燕归来的嘴唇抿成一条线。

在这熙熙攘攘的繁华地，他依旧能那么分明地听清楚她的话，似乎从来他只在乎过她一个人的话。

——师父，你给花阡陌的信我也全部看了。

——师父，我曾经爱过你。

是啊，他听得如此清楚，就如她这张浓妆又清晰的脸庞，在咖啡馆第一眼见到她时，那种似曾相识的、让他心跳几乎停止的感觉——亏他还一路自嘲多情，而在认出她掌心的疤痕时再次心跳停止，大跌又大起，大喜又大悲，这下，他是分分明明地看清楚她了。

我曾经爱过你。她说。

那么，他也真的可以忘记了吧。

忘，亡心。心不死，又怎能忘。

现在，他可以忘了。

他应该为此高兴的，不是吗？她终于走出去了，她可以回到她正常平凡的人生，拥有正常平凡的幸福，像这世上许许多多的人一样，像他守护着的人们一样，他应该为她感到高兴，熙马拉雅她真正长大了，当他这位为师者化为尘土的一天，她就可以坚强地面对，日后成为他人之师，成为他人师之师……漫长的岁月过去，她不必再为他伤怀难过。

难过，他一个人就可以了，而那一天，很快就要来了。

他终于抬起头，明晃晃的阳光映着她明亮的一双眼。

“好了，现在说话不是时候。”关小熙语调飞快地对他说，“如果你愿意给我一个交代，那么今天晚上九点，来我这里取照片。”说完她把一个地址塞给他，又笑着夺下他手中的相机，扬了扬，“你知道用传统工艺洗相片挺麻烦的。”

此时，如意正好挎着两个包包从店里出来。

“好看吗？”她照例亲密地挽住长椅上沉默的男人的胳膊。

“不好看。”燕归来干巴巴地说。

这一刻，如意脸上的表情也许只能用僵硬来形容。过了良久，她才闷闷地说道：“虽然你说不好看，不过，这是你第一次肯对我置予评价。”

晚上九点，不多一分，不少一秒的时候，燕归来准时出现在关小熙住的小旅馆房间里。

他以取照片的名义，一个人来赴约，关小熙已备了桌子和酒等着他。

桌子上是一沓满溢着幸福的照片，关于燕归来和如意，关于关小熙输给的时间，关于如意的终究如愿以偿。

关小熙拿着花了一下午去附近租借暗房洗出来的照片，愉快地递给他。

“既然来了，喝杯酒再走吧，师父。”她说。

灯光下有着明媚笑脸的姑娘落落大方地为两人的酒杯斟满红酒，她推了一杯到对面，又一仰头，把自己那杯一饮而尽。

“你什么时候学会喝酒的？”男人干涩发颤的声音在沉默的房间里隐约显得慌张。

“自你走后……”关小熙扬起头，脸庞因酒精而泛红，双眼却依旧是一片清亮。

“我的时间不多，你有什么话……快问。”两人挑衅似的对望许久，燕归来首先败下阵来，叹了口气，他推开酒杯，双手抱在胸前，把身子往椅背上一仰，双眼漫无焦点地望着对面壁上的油画，好像这样就可以看不到她。

关小熙二话不说拿过他的酒杯再次仰起脖子要一饮而尽，燕归来慌忙起身去阻止她再次被酒精侵蚀，却没有成功，她顺利地喝光了杯中酒，亮如星的眼神盯着他，而慢了一拍的他，错过了按住她的酒杯，只摸到了她的手。

关小熙不着痕迹地抽离。

“第一个问题，你究竟来法国干什么？”

她往沙发上一靠，摆出一个潇洒至极的姿态。

“我没必要告诉你。”燕归来沉声说。他依旧望着壁画，画中的向日葵盛开了大片大片的阳光，颜色鲜艳得一塌糊涂，刺目得几乎让他流泪。

“不要告诉我是网上流传的那种‘因为挚友陆萧被迫害含冤，而致使你做出背叛祖国的举动’只有傻子才会相信的借口。燕归来，你是不是后悔曾教过我‘大流’与‘盲目’的区别？”女孩的双手搭成塔状，唇边是自信的笑。

不知是否因为酒精的关系，她的笑里多了几分不属于她这个年龄的妩媚，就如她第一次醉酒在他怀里的那一夜那样。想起那一夜，燕归来的嘴唇抿得更紧，那个挣扎着说着爱他的女孩，是他亲手扼杀了她的爱。

燕归来分毫毕现的表情全数落在关小熙眼里——尽管他依然是一张不动声色的扑克脸，但跟了他那么久的关小熙，又岂会被这些瞒过？

“师父，”她说，“其实最了解你的还是我，你知道吗，如果一个人爱着另一个人，那么这个人就会拼命地想靠近另一个人，她会拼命地想了解他，包括他每一个呼吸，她都会记在心里，就好像我曾经爱你，哈……”说着说着，她又笑了，“可惜我忘了，我们错开的时间，是永远无法靠近的，所以我想，这世上最了解如意的人，是你吧。”

几乎在她语声落下的同一秒，他一个“不”字就要下意识地冲出口，但一瞬间，他的理智又让他扼住了自己的喉咙，他干脆闭上眼睛，对她自以为是的腔调不置可否。

“所以，我看得出来，你其实是有苦衷的，虽然你不说，敲掉你牙齿你也肯定不会说，但你的反应已经告诉我了。师父，我没有看错呢，我实在太了解你了。哈，看来和颜可的打赌我又要赢了。”关小熙的脸上，是比向日葵更明亮的笑容，“所以我猜，你来法国是做卧底的吧？因为没有人比你更了解如意和 Dubois 一家，你教过我，不入虎穴焉得虎子，想必你下的就是这一着棋？而你什么都不说，是怕人多口杂，你要确保你的计划天衣无缝，最好是所有人都把你逼到死路，让你成为国人公敌，这样 Dubois 一家就能更加信任你，方便你更好地……嗯，怎么说呢，我不幸看过你给花阡陌的信，你就那么可笑地、自以为是地——”

“想要同归于尽”六个字关小熙还来不及出口，燕归来已猛地从椅子上站起来，力道之大，导致他带翻了小圆桌，酒瓶、酒杯，稀里哗啦地碎到地上，红酒溅了他一裤子。他望着冷笑的她，心底最后一丝希望也随着那破碎的酒瓶流尽了，原来他隐忍的感情在她眼里只是可笑，只是自以为是，那么她说爱他，也只是逗他好玩吗？关小熙，他心中唯一放不下的徒弟，到头来竟也是和如意一样的女人。

“是。”他紧抿的嘴唇，一字一段地吐出最冰冷的硬刺，“那是我一时糊涂，关小熙，我从没有爱过你，我做的一切都是为了把如意救出 Dubois 家族的宿命泥沼，我这一辈子只爱她一个女人，关小熙，请你不要自作多情。”

说着，不顾正在地上收拾残片又把双手划得鲜血淋漓的女孩，他抓起自己的外套，转身就走。

墙上是灿烂的向日葵，头顶是复古的水晶吊灯，灯光在散落一地的照片上流淌，照片上的男女依偎着，那么幸福。

残破的琉璃碎片刺破了她的手指，她指尖淌下的鲜血，滴在凌乱的照片上，流淌出绝美的沟壑，她想忘，不得忘，非要亲口听他说出，她才亡心，才得安乐。

她应该笑的，笑容是她坚固的壁垒，她怔怔地伸出鲜血淋漓的手指，试图把嘴角扯出一个弧度，他走了，他们最后以这样的方式告别，他终于走出她的生命了——生命，那么长远又短暂的字眼。

是什么流进了嘴里？咸腥的，痛楚的感觉？她不知道她是蹲着，或是跪着，或是匍匐着，总之以这个卑微的姿势在地上保持了多久——在强大到足以摧毁一切的时间面前，她就算修炼成神，立地成仙，又能如何，她照样是卑微的蝼蚁——也许是一生，也许是一秒，当她决意站起来的时候，竟意外地听到了一个声音。

“燕归来，你以为这样就能走了？”

拎着两瓶啤酒和一大袋烤肉回来的颜可，眯着眼倚在门旁，拦住了将要离去的男人的路。

“小孩，你应该跟在你师父屁股后面当一个明星。”燕归来的视线对于所有人都是一样的冰冷，嘴里喷出的毒液对于所有人都是一样的致命——也许曾经除了他的女徒弟。

颜可依旧眯着眼睛，眼中是从未流露出的锋芒，如果说过去的燕归来对于他是一个需要他超越的目标，那么现在的燕归来对于他则是一个需要猎杀的目标。

少年眼中锋利如刀的光芒，在复古风格的水晶灯下，极度危险地盯着面前的男人。他的个头已和燕归来差不多高，他终于可以直视他，尽管他的面孔还相对青涩稚嫩，但在强大的时间面前，他终有一天会到达他的程度，而不再被他像一个小孩子一样轻视，也不会为他一句嘲笑而轻易地乱了阵脚慌了神。

"小熙，你没事吧？"

颜可忽然看到沙发前翻倒的圆桌，以及桌前屈膝跪下的女孩，满屋的玻璃碎片，女孩指缝间流下鲜血，甚至她漂亮的脸上也沾满了血迹，那样绝望的她，他从未见过的她。

"燕归来？"颜可一双眼睛眯得更细，他确实在门外听到了争吵，听到了燕归来歇斯底里的话语，听到了他嘴中吐出的最冰冷的话语，可情况还是超出了少年的预计，他简直想立刻就冲过去把她拥在怀里，告诉她为这个又臭又硬的老男人伤心不值得，可他的理智又让他不能轻易地放他离开。

"请你让开。"燕归来冷冷地说，"我想你们邀请我来，不是为了让我看电视剧的。"

拦路的少年被硬生生地推开，颜可眯起的双眼就在这一刻忽然瞪大，这就是他等来的解释？这就是她换来的感情？

没有多想，他手中的啤酒瓶朝着那个转身离去的男人的后脑勺上甩去。

"砰！"

有那么一瞬间，世界仿佛静止了。

玻璃的碎片，光影万千，它们染了鲜血，在灯下闪着迷人的光泽，缓缓地、大片地从他风衣的后襟滑下，仿如暗夜里盛放的玫瑰，以不甘的姿态在黎明前凋落，徒剩那一片浩瀚而静止的永夜。

从头顶到脖子，到衣领，鲜红的血汩汩地从燕归来头上流下来，没有人去试图把它们止住，鲜艳的色彩，淋漓不尽，似要把黑夜也染透。

空气中漾起淡淡的血腥味，依然沉默地保持着前一刻姿势的前任中华黑客会站长仍不肯多言，他抿着固执的唇，那两片凉薄得连温度和血色都没有的唇紧紧地闭着，眉头紧锁，即使是撕心裂肺的痛楚，他也不愿向任何人流露。从前到现在，这个孤独而自闭的男人在漫长的黑夜中，倔强着，骄傲着，红尘于他，不过是前生来世。

这孤寂的永夜里，连光阴都飘零。

少年从喘息中平静下来，他望着面前这个纵使鲜血淋漓也不肯倒下不肯言说的男人，目光开始变得茫然。

"你为什么不躲？"少年怔怔地问他。

少时的仰望，努力地成长，那些淌着汗水与辛酸的脚步，三年不眠不休的勤奋，他亦是为了追上他的步伐。传说中的神，连自家师父也不得不避其锋芒的人物，那么久的奋斗，他唯愿有朝一日能与他堂堂正正对决一场，能站在世界的顶端扬眉吐气一回。

却不是用这样暴力的手段。

颜可有些发愣，他不知道自己怎么了，竟然又管不住自己的野性——在被花阡陌收为弟子之前，他由于成绩极差，桀骜不驯，一直是校长与老师的眼中钉。那时，他喝酒，他打架，他与社会青年混在一起，他流连网吧彻夜不归，在父母老师都几乎放弃他的时候，他遇到了花阡陌。

他记得他当时向老人发过誓，他扬着脑袋发誓自己再也不和人打架了，他说，身为男人，就要堂堂正正地决斗，对，用技术，用实力！

过往的记忆，永夜里飘零的光阴，许多不曾回想的事，在掌心沉沉浮浮，颜可摊开自己的手掌，掌纹是错综纷乱的，他记得很小的时候有个算命先生对他说，他这样的掌纹，预示着一生大起大落的命运，但他一直不相信那些算命先生的话。他只知他今天又一次控制不住自己的性子，仿佛许多年前那个桀骜浮躁的少年再次控制了他的心神。他竟然打了他？！打了他一直想用技术来战胜的男人！

燕归来攥紧发白的拳头掩在风衣宽大的袖口里，他不是没听到少年的问话，可他选择了继续沉默。他为什么不躲？天知道。

愧疚吗？他自己也不愿承认。如果这样能让她好受点，那他也无话可说，若让他转身回去向她道歉，他宁可承受这一砸，即使头破血流，他也不想见到她。

“你为什么不躲？”身后少年固执不休的声音再次响起，“小熙说你的身手连子弹都能躲。”

燕归来干脆闭上了眼睛。

他其实很想走，走下楼，楼下就是他的车，他一开就能走，远远地离开这个地方，可他现在一步都走不得了，后脑勺上滚烫的撕裂般的痛楚阵阵袭来，他不知道自己流了多少血，眼前已是晕乎乎的一片，他只能用全身力气维持着身体的平衡，他怕一挪开步子就会因体力不支而倒下。他的潜意识告诉他不能离开，他知道自此一去就真的再也看不见她了，即便她……不再爱他。

“师父……”

少年被推到一边，迟来的女孩慌张地赶过来，踮起脚，手里抓着一块毛巾往他脑袋上包扎。

白色的、沾了她手心鲜血的毛巾。

“不用你多事。”燕归来嘶哑着声音，吃力地推开她的手，跌跌撞撞地往前走去。

“关小熙你又不是圣母！这种男人心里只有他自己，你就让他走，还给他包扎个什么！”

女孩还要追去，被少年拦下。

“我只是本着人道主义。”

这是个连她自己都不相信的借口。

“那、那你也先人道你自己吧！看看你的手，你不要命了？”

双手被少年心疼地捂住，却因用力过大，而导致女孩吃痛，猛吸了一口凉气。

“我小伤而已，你下手太狠了，他失血过多会死人的。”

女孩皱起眉头，少年慌得连忙缩回了手。

燕归来并没有走多远，关小熙在楼道拐角处追上了他。

“既然你这么坚持……”关小熙在离他一步远的地方站住，眼中倒映着昔日是高高在上的神、如今是浑身鲜血狼狈逃离的男人的颤抖的后背，她说，“那把这个也带走吧，这也是你希望的，我们从此没有任何瓜葛。”

说着，她从衣袋里掏出一个做工拙劣的中国结，塞到他手上。

“原谅我，我编得不好，师父……再见。”

故作决绝的姿态到最后还是败阵下来，哽咽的语声中，是女孩眼中止不住的泪水。

人在最绝望的时候总会想起从前的希望，人在最难过的时候总会记起曾经的快乐，可是她编不好这个结，她也圆不了过去与未来，红尘在风雨中埋没，她开出的花无人赏，只剩鲜血落进泥土，年华凌乱一地。

燕归来看也不看，就把手中的东西扔进了楼道拐角处的垃圾桶。

关小熙瞪着他，下一秒，愤然转身离去，却迎面撞上了一直站在她身后的颜可。

“你看到了吧，你圣母了吧，他刚才就说他只爱如意一个人！”少年眼中又是伤感又是愤怒，“你还对他好什么？你就让他走啊！这种混账男人正经的外表下都是花花肠子，你待他好，他从来看不到，说不定还在心里笑你傻！你这样有什么意思？辛辛苦苦来找他，瞧他这狗样子，翻脸简直比翻书还快，亏他当初还那么深情地和我师父写信说他有多爱你……”

“你说什么？”

关小熙睁大眼睛，来不及回味她听到的最后一句话，耳中就传来“砰”的一声重物倒地的响动。

燕归来身体内的大部分力气都随着涌出的鲜血而迅速流尽，视线变得模糊，他依稀听到少年在他身后大声说着什么，还有她的声音，他们似乎在争吵，他已经听不清了，脑袋中一片轰鸣。

天黑了？灯灭了？就这样再也见不到她了吗？她的手……还痛不痛？

眼前有模糊的人影，这是燕归来最后的念头，再接着，世界一黑，他整个人失去了最后一点力气，身躯依旧固执地保持着挺拔的姿态，直挺挺地摔下楼梯。

少年慌了。

有人急中能生智，有人急中能觉醒，有人一急就失言，颜可此时无比懊恼地想用剩下的一个酒瓶了断自己，他竟然把自己一直想隐瞒的内容说出口了，而人家又转眼被他砸晕过去了——悲伤的少年开始后悔自己下手太狠，开始后悔自己口无遮拦，开始害怕失去她。

“师父！”

女孩已手脚并用地抱住燕归来的身子，企图把他扶起来，无奈力气不够，试了许多次都是枉然，反而把自己的双手弄得血肉模糊，又顾不得伤口，慌忙地想找口袋里的手机叫救护车，可转念又意识到他们是秘密见面，到时候弄得医院媒体尽人皆知说不定会破坏燕归来所有的计划——那样，他也许真的会恨她。

可他躺在这里，天知道会不会因失血过度而死掉！

从来没面对过这种场面的女孩，眼泪不争气地落下来，落在燕归来闭目素净的脸上，与她指缝的鲜血混到一起，红的花的一片。她告诉自己要冷静，她一向是冷静的，可怀中到底是最能让她乱了方寸的人，她无论如何都无法冷静下来。

“我去叫医生过来。”最后还是颜可说，“你别担心，他只是晕了而已，没这么脆弱的，我以一个打架老手的经验告诉你……好啦，乖，别哭了。”

少年蹲下身，拍拍小姑娘的脑袋安慰她，又叹了一口气，与她一起把昏倒的男人搬进房间，又转身往楼下奔去。

楼外是扑面而来的清凉晚风，颜可呼吸着新鲜的空气，刚刚一瞬间的懊悔，很快就消失得无影无踪，他忽然觉得现在的心情是前所未有的轻松。他不但打了一直想打的人，还说出了心头隐瞒许久的秘密，他不知道他做这些是对还是错，更不知道以后的结果，但现在他望着朗朗的夜空，直觉心中坦坦荡荡。

“也许师父这辈子做了很多错事，但他说的一句话是对的，他说，男人，就要堂堂正正。”

所以，燕归来，我等着真正与你一决胜负的一天。

少年在风中扬眉微笑。

空旷的卧室里，安静得只剩少女的呼吸声。

燕归来头上缠着层层的纱布，他早已经醒了，依旧紧抿着唇，以一种让人不敢侵犯的姿势侧身靠在床头，无言地注视着床边椅子上环手而坐的少女。

少女瞪着他。

厚厚的窗帘拉得不透一丝缝隙，复古风格的水晶吊灯兀自闪着昏黄的光，近乎窒息的空气里，昔日的师徒如今却似掉换了位置一样，身为徒弟的少女就这么鼓着腮帮子，咄咄逼人地瞪着身为师长的男子。

事实上，在医生匆忙赶来之前，燕归来已经清醒，他不耐烦地赶走了他所谓的满嘴鸟语让他心烦的可怜医生，仅留下一些应急药物清理包扎了自己和关小熙的伤口——尽管在颜可看来，这是老男人对他的另一种嘲笑。

“你是故意不躲的？”

关小熙不记得自己是第几遍问他。

燕归来挪开眼神，依然不语。

“你为什么要挨这一下？颜可还小，容易冲动，可你不小了，你就这么拿自己的生命开玩笑？还有你到底给花阡陌写过什么信？为什么颜可说的内容我并没有看到，你到底隐瞒了什么？还是我看到的那封只是花阡陌伪造的？”

“不。”

在听到“花阡陌”三个字的时候，两瓣紧闭的唇终于肯吐出一个字。

“那又是什么？你那么信任他，他又做了什么？在你走后，他竟然见利忘义地踩着你的肩膀去当明星！”

“他也是为了大局，至少国内现在的圈子重新稳定繁荣了，那种盛况，是我做不到的，至于他的手段，我也管不了……”

“哈？盛况？看来你确实还关注着国内的动向，我猜得没错，燕归来，你从来都不是一个合格的骗子，说吧，你抛下一切跑到法国到底为了什么？不用再给我之前的答案，燕归来，你再怎么装，你的眼睛骗不了我。”

望着那双幽深的、让她迷醉而追随了三年的漆黑眸子，少女眼中闪烁着光芒，那光芒让燕归来不忍直视也不敢直视，他用力地转开头，却因牵动了后颈的伤口而痛得脸色一白，但他紧锁着双眉，依旧选择了移开目光，哪怕伤口裂开，他也不愿意面对。

这一生，他可以面对呼啸的子弹，面对未知的命运，甚至是从容面对死亡，却无法从容面对她，这一生，他不负信仰，不负祖国，却唯独负了她。

那清澈、明净，没有一丝杂质的目光，让他从心底战栗，这是他唯一的恐惧，他害怕自己重重封锁的心事在她眼中暴露得一览无余，就好像烈日下暴晒的咸鱼，他羞于心底最深处的情愫被任何人发现，包括他自己。

“小熙，你还是这么天真。”燕归来吐了一口气，斟酌着语气，用尽量平静的声音缓缓地说，“这个世上，没有永远的感情，只有永远的利益，你还不明白吗？我当年和陆萧是这样，和花阡陌是这样，和如意是这样，和你也是……”

“也是为了利益？呵呵……”关小熙笑了，打断他的话，忽然俯下身子，身体呈九十度逼近他的脸，“燕归来，你还在编着你那拙劣的谎言吗？我说过，你是一个不合格的骗子。”

说着，关小熙伸出双手，用力圈住他的肩膀，把他的身体扳回来逼着他看自己的眼睛：“燕归来……不，师父，”她嘴角漾起一个嘲讽的微笑，不知是嘲讽自己，还是嘲讽面前的男人，她以一种青涩又暧昧的语气一字一段地说，“师父，我现在的一切都是你教的，我跟了你那么久，只看到你的无私，你的奉献，你用不着把自己和花阡陌那个浑蛋相提并论，如果说你真是为了从我这里牟取利益？那么，难道是……你真如南宫他们说的那样，是为了图谋我的身体？”

燕归来不是一个合格的骗子，关小熙亦不是一个合格的骗子，说完这句话，她自己首先脸红了，若不是脸上涂了浓重的脂粉，又曾被泪水冲刷得花乱一片，说不定她就要失败在自己手里。不过，她现在是装备了厚厚的脸皮的熙马拉雅狂战士，她一咬牙决定豁出去了，任谁也拉不回来。

燕归来紧闭的嘴唇发白，他想不到他心爱的徒弟会说出这种不知羞耻的话，他恨恨地一掀毯子，打算穿鞋走人，可关小熙哪里会给他这个机会。

皮鞋、外套、裤子，他的衣物竟然被藏起来了……

燕归来并不介意光着脚回去，甚至不介意赤着胸膛回去。

但裤子……

赤着两条毛腿裸奔在旅馆里的中华黑客会前任站长燕归来……

燕归来第一次后悔自己衣服穿得少，他压根想不起来自己是在什么时候被脱得只剩衬衫内裤放在床上的。

而且，他不希望是关小熙干的。

当然，他更不希望是颜可干的！

他只能气得浑身发抖。

“师父，你不要激动嘛。”望着燕归来乍然见光又猛然被盖上的两条毛腿，关小熙舔了舔嘴唇，嘿嘿一笑，“我是不是说对了？师父，其实你一直想……”

“胡说八道！”

燕归来恶狠狠地把毯子里突然伸进来的一只手打出去。

他简直肺都快气炸了。

“我胡说吗？可师父你也没诚实多少呀，你看你脸上那么冷，身体又那么烫，医生分明说你没发烧的，来，我给你看看怎么回事……”

“不用你管！把衣服还给我！”

燕归来再次把毯子里伸进来的一只手打出去，忽然看到她手上同样缠着的纱布，他心中顿时又难受了几分。

他怎么到现在还在伤害她！

“哎哟，师父，别冲动别冲动，冲动是魔鬼啊师父。”

魔鬼？

GHOST、DOOM、WIND、DEVIL、军火、航天、黑客、卧底、间谍……

关小熙一瞬间念头转了千百次，脑海中零碎的线索一一拼凑起来，对于原本看不清的真相，她心里竟然渐渐有了个大概的轮廓，原来，他是为了那一天。

恍惚间，似有一道光照进心里，那些隐晦阴暗的角落，被照得片片透亮，他竟然……瞒了她这么久！也瞒过了所有人！

关小熙一把扯掉了头顶的假发，又冲到洗手间，胡乱用没受伤的手抓着毛巾抹干净了脸。燕归来本以为她去给他拿衣服了，没想到等了半天，出来的竟然是一个只穿着浴袍的素颜少女。

燕归来原本期盼着衣服裤子鞋子的眼神在对上浴袍少女的一刹那，瞬间眉毛鼻子拧到一块……神啊！再赐给他一个肺让他炸了吧！可是……该死的！为什么身为师父的他就没法在这一刻避嫌？！啊，对，避嫌，该死的，为什么这一刻他首先想到的竟然是"洗去铅华"之类的字眼？！

关小熙挑起一边眉毛，忍不住笑了，湿漉漉的水珠从少女发丝上滴下来，一滴滴落在浴袍上。

由于手掌出血，她并没有办法把身体擦干，只能将就着裹了浴袍出来，而看到燕归来脸黑脖子红的样子，她脚一踮，盈盈转身，一把将房间门锁了，打破了燕归来心中最后的希望。

"师父，你到底要什么呀？衣服？还是……我？"

她凑近他的脸逗他，顺便想着要不要把窗户也锁了，她可不保证这个闷骚别扭的老男人会急中跳窗而去。

燕归来气得嘴唇都快咬出血了！神啊，把他带走吧！

少女脸上还带着酒后产生的红晕，清澈的眼眸渐渐蒙上一层雾水，她是那么倔强又委屈地望着他，她这一双缠着纱布还渗着血渍的手一次又一次不懈努力地想贴近他又被他赶走，他心中羞愤难当，又痛得似要滴血。

一年未见，她就与当初青涩的雏儿判若两人了！

他低声咒骂一句，避开那带着沐浴露清香的让人心醉的气息，他心中有难抑的怒火，但神志还是被她牵了走。想到这里，燕归来怒火中烧，烧得他浑身上下滚烫起来。

可恶的……

他清楚地看见她唇边狡黠的笑容，那如晨曦中娇艳滴水的花瓣一样的双唇，仿佛是有着致命诱惑的罂粟花。他见过纸醉金迷，他历过滚滚红尘，他遗世独立在繁华之外，那么多年近似苦行僧的生活他都过熬来了，可是面对她，他亲手教出来的女徒弟，他竟然快要把持不住。

对自己的羞耻与负罪感根本不能扑灭他心中的火，恍惚间，他记起一年前那个深冬的黎明，他是那样深情地吻着她，她温和的、甜软的，属于少女的气息。

就像……

忽然，他的唇被覆住了。

关小熙圈着他的脖子，闭着眼，狠狠地吻他。

他第一反应是想推开，可是手脚无力，仿佛这一瞬间他所有的力气都被抽干了一样，他沉迷于这个久违的吻中，他这一生唯一贪恋过的气息，清香的、甜美的，和从前的如出一辙，他似乎失足跌进一个漫长的梦里。那是春天的风拂过草尖的清香，那是夏天的花落在水面的轻柔，他眷恋的，渴求的温度……被一个人爱，被一个人毫无保留、不惜一切地爱，生命柔长，岁月静好，在这世上，还有比这更幸福的事吗？

如果一辈子都求不得，那我自陷这一刹那的梦境是不是罪过？

有滚烫的泪水从少女微闭的眼中落下来，它们是陈年的酒，酿在这一个绵长的吻中，他没有推开她，这已是对她最好的恩赐。她忘情地、贪婪地、强势地吻着他，她的酒只为他酿造，她的花只为他盛放，在冻土层中积埋了三年的感情，在这一刻绽裂释放，三年的思恋，三年的追随，三年的委屈，都在他唇间，在这一个赌气的吻中。

如果一辈子都是错过，那么，神，请你原谅我的一晌贪欢。

毯子掀起一半，燕归来搂过她柔软的身体。

也许这一辈子，他是第一次尝试如此温柔的姿态，这一刻，他不再是高高在上的神，不再是黑暗中孤寂的守护者，不再是让人望而生怯的冰山站长，他只是一个三十岁的男人，只是一个被少女深深爱着的男人。

既然是一个正常男人，那么……

燕归来清楚地听到自己的心跳声，当然，也听到了她的，像是电流通过快要窒息的心脏。关小熙，这是他心爱的少女，他望着她涨红的面颊，以及那羊脂白玉般的肌肤，心中的负罪感再一次涌上来。他三十岁了，他比她年长那么多，这是一种苍白无力的绝望，他怎么可以为了自己的私心，而毁了一个花季的少女？况且，他也许没有命可以活到他们结婚的那天，他还有比爱情更重要的事……可是，这样一个梦，一个让他分不清现实与虚幻的梦，他心底渴求的愿望，他就这样放手吗？

如果这是相濡以沫，那么，神，可不可以让我们下辈子也不会相忘？

“关……小熙，你知不知道你在……干什么？”

喉结滚动，燕归来吐出沙哑的声音，身为一个正常的三十岁的男人，身体的煎熬让燕归来眼神狼狈，特别是这种煎熬的狼狈还暴露在她的面前。

她却舔着他的喉结，无比暧昧地挑逗：“师父，那你说呢？你说……我在干什么？”

这一切，已由不得他说“不”了，深埋许久的深情，在他三十岁那年，终于沸腾了。

颜可在一家叫作“Flovice”的街头酒吧里一直喝酒到天明。

当然，陪他一起喝的，还有碧眼金发的 Jim。

酒精、金属、摇滚乐、一夜情，放肆而暧昧的欲望充斥在这间灯光低调的酒吧内，身边是夜夜狂欢的人群，杯中是色彩鲜艳的鸡尾酒，麦克风后是嘶哑着嗓子呐喊的歌手，仿佛一生一世都可以沉溺在这里。

Jim 就是沉醉者之一，他和颜可坐在吧台阴暗的角落里，眼神迷离地望着远处旋转的灯。

“燕归来经常来这里喝酒，喝到大醉。”Jim 对颜可说。

颜可不语。

“我以为他是到这里来提高泡妞技巧，或者玩玩一夜情什么的……不过，事实证明他只有 touch himself 的本事。”Jim 醉醺醺地冷笑，“你们中国人有句话，叫作借酒消愁，可是他名有了，利有了，女人也有了，如意姐姐那么爱他……他还有什么好烦恼的？”

颜可依旧不语，只是喝光了杯中的酒，他甚至都不知道那是用什么调的，只觉得味蕾早已麻木，喝什么都没有关系，哪怕是穿肠毒药。

“Edward，你说，为什么人和人就那么不公平呢？”Jim 吐着酒气，自顾自抱怨道，“明明实力并不输于他，可是你辛苦追求了半辈子的东西，到头来就白白落到他头上，偏偏他还不珍惜……这在你们中国叫什么？赔了夫人又折兵……呃……不对，叫男盗女娼？……呃……好像也不对……呃……到底叫什么来着……”

颜可看了他一眼，说：“叫为他人作嫁衣。”

Jim 已举着酒杯笑了起来，颜可不知道他有没有在听，或者他的神智是否还清醒，颜可只听到 Jim 一个人笑了半天，忽然放下高脚杯，凑到他耳边，压低了声音神秘兮兮地说：“Edward，我很想杀一个人，你有没有兴趣帮忙？”

# 胜与负

SHENG YU FU

2005年，10月10日夜。

Dubois府邸一间秘密的地下室里，燕归来、如意、Jim，以及DOOM与GHOST两个精英小组十二名成员围绕着一张漆黑狭长的会议桌，正襟而坐。

而Dubois老族长远远坐在桌子的一端，他手边是一沓厚厚的硬盘，这都是大半年来燕归来为他搜集回来的数据，到今日，终于完整地交到他手上。老族长的唇边是意味深长的微笑，薄唇的男人最绝情，也许这句话在他身上才得到了最真实的诠释，那苍老的却依旧红润的薄唇，在近百年来吞噬了欧洲数不清的财富，如今它们依旧健康，无比奢侈地调理与保养让他剩下的寿命比一张光盘的有效期更久，而他那穿透一切的目光，使得任何人的心事都无法逃过他的眼底。

燕归来有时候会想，如果花阡陌和这位族长在一起，兴许会有许多话题可以聊，他们是一类人，是岁月再老也不甘心服输，不甘心放手，不甘心交出手中权势财富的人。老族长精神矍铄，无时无刻不在告诉他的后辈他离住进棺材还远着呢，没有人可以贪图他的遗产，哪怕他死了，也要带着他的财富去见上帝。

或者撒旦。

“十二号就是神舟六号发射的日子，燕，感谢你这一年为我做的一切。”老族长的精神在这个夜里显得特别好，他甚至难得笑吟吟地望着燕归来，这样的笑容连如意都没有被赐予过。在这一刻，如意望着Dubois的笑容，却觉得有些毛骨悚然，她听到老爷子用一种愉快的口吻，悠悠地向着长桌另一端的男人问道，“不知你想要什么报酬？燕，我想我不得不送你一件大礼物作为酬谢。”

“您能给我一个容身之处，我已足够感激。”燕归来低头语气淡淡地说道。

“那怎么够呢？”老族长的声音，如在黑色天鹅绒上滑行的腹蛇发出的，他脸上的皱纹被笑容挤出丑陋诡异的弧线，在杯中茶勺的光芒反射中，他眯着眼说，“这世上的东西，你想得到的，想不到的，我都可以送给你。”

“那就有劳您费心。”燕归来优雅地垂首，依旧是不带一丝起伏的语调，“事实上，除了计算机，这世上的东西对我来说都是一样无趣。”

老族长听了，竟然“嘿嘿”地笑起来，地下室的空气陷入一种近乎窒息的寂静。

没有人开口，甚至连呼吸都不敢大声，冷色的灯光下，燕归来一身黑色风衣，双排纽扣一直扣到下颌处。十月的地下室并不显得多么闷热，但风衣之下，他贴身的衬衫都已被冷汗湿透了。

平常在夏天，他都没有出过这么多汗，是的，他不惧死亡，无论是过去的他，还是现在的他，命运注定了他孑然一生，注定了他要以生命守护信仰。

可是，他恋爱了，他舍不得离开她。

指尖仿佛还带有少女甜软的体香，他难以想象自己还能得到幸福……那么美好的向往，似乎从来都是不属于他的。

“唉，我老了，年轻就是好啊。”老族长搅动着杯中的勺子，幽幽地感慨。令人窒息的空气中，只剩他话语的尾音，在四面无窗的地下室如迷香一般缭绕，“年轻人啊，什么都可以学得出色，不像我，面对着高科技只能发呆。你们说的那些数据、技术，在我眼里只能分为值钱和不值钱两种，唉，人老了……Jim 啊，你说爷爷是不是糟蹋了你们热爱的东西？”

“当然不，爷爷，我和你一样，只爱财富。”Jim 亮着一口白牙，金发在昏暗的灯光下依旧闪耀，他和燕归来还有如意，是全场仅有的不会在老族长威严目光下被吓到的人。

“哈哈，Jim，你总是讨我欢心。”老族长爽快地笑起来，和燕归来预料中的一样，老族长果然还是不信任他，老狐狸把手边的一沓硬盘推到了 Jim 面前，“那么 Jim 你帮爷爷看看，这些资料能值多少亿美元？”

Jim 开心地接过，袖口中，燕归来握紧的拳头也微微松了一松。

看来，这第一步，他是赌赢了。

是的，他不惧死，当他重回这里的时候，他就已明白自己的下场——无论成功还是失败，无论他为老族长提供的数据真实与否，事了后，他都得死。

Dubois 这个老头，绝对不会允许留下任何不确定因素，至于许给他和如意的婚约，那根本就是一张空头支票，燕归来一开始就清楚这一点，无论国内的情况对于他多么恶劣，无论老头在表面上给予他多少的信任与恩宠，无论人们是多么相信他的叛国身份——这些在老头眼里，都只是财富的垫脚石。

和如意、Jim 等人不同，他们是被老头从小培养、从小就被灌输过家族利益高于一切的，他们在老头眼里，是追求财富的稳定工具，而燕归来作为一个无法让他看透的外人，只能加以一时的利用，在达到目的后，立刻就会毫不留情地毁灭。

世上第一黑客又如何？在利益面前，也不过是炮灰。

燕归来不傻，自不会白白等死白白牺牲，至少在看到对方毁灭之前，他不能就这么死去，而老头也深知他不傻，在自己得手之后，不会给他任何的喘息机会。

这是一场利用与被利用的博弈，两个人，都在赌，筹码是生命。

DEVIL 小组被派去了美国，而 DOOM 与 GHOST 这十二名成员，自从被划给如意调控后，地位就低了一筹。燕归来早就料到，就算他提供的硬盘里那些关于飞船的研发资料是真实的，Dubois 这个老狐狸也不会就此信任他，所以，无论数据真假，老头都会把硬盘交给信得过的人来检验。

相比 DOOM 与 GHOST，如意和 Jim 显然更能胜任这项工作。

如意，Jim，或是两人一起，三分之一的概率。

Jim.

老狐狸把硬盘给了 Jim。

关小熙从颜可嘴里套出来的，颜可从 Jim 嘴里套出来的那些零碎信息，导致燕归来这些天几乎把互联网翻了个遍进行查找，关小熙和颜可甚至为此连夜飞往英格兰当地探访——那最终的结果，使得他们知道了这世上另一个惊天秘密。

英格兰有一位姓 Smith 的著名计算机工程师，在 1977 年冬的一个深夜，全家十三口人，被悄然间杀害。

杀手被找到，所谓的幕后主使也很快被逮捕，这一场凶杀案就此了结，当地报纸仅进行了几天的报道，再之后，深埋在岁月里，仅能从当地图书馆的档案库里找到模糊的复印件。

唯一的疑点，是被枪杀的妇人肚里竟还有待产的孩子，孩子是男婴，被当地医院救活，却又在第二天被人偷走，从此不知所终。几年后，也再无人追查，无头无尾的案子，无人问津，搁在警局档案库的最底层，过了将近三十年，可谓尘封已久。

所有的杀手、替罪羊、安排人都已被抹杀，甚至无人注意到他们——也许只有早已周折搬迁的邻居们，见证过当年有个笑起来很精明的法国商人，经常去他们的工程师邻居家里商讨合约，似乎还怂恿他们移民——但每一次，都不欢而散。

年已垂老的邻居老人，亲口告诉关小熙，她见过那个尊贵高雅的法国商人，被耿直倔脾气的工程师，像赶一条狗似的赶出来。

而三年前，也有一个金发的青年来问过那个计算机工程师的详细情况，邻居老人对少女感慨着，那孩子长得真是漂亮，像极了当年的 Smith 夫人。

过往是一匹奢华的天鹅绒锦缎，背面是一张长满了疮痍的脸。

燕归来的右手边就坐着 Jim，Jim Green，或是 Jim Smith，他柔顺的发丝泛着暖色的光泽，笔直地垂在耳侧，他正在屏幕前认真地检验着硬盘中的数据的真实性，他帅气的头发遮住了他大半张脸。燕归来看不到他在面对那些伪造的可笑的数据时的表情，一室人谁也没有说话，只有Jim敲击键盘核实数据的声音。过了许久，他合上电脑，愉悦地抬起头："爷爷，这是价值连城的真实数据。"他向老族长回复，"我估不了价，不过，在中国的飞船发射之前，我们赶紧把这些卖给美国航天局，绝对能赚上一大笔。"

"好。"老族长满意地笑了，"如意，你动身吧，DEVIL他们会在纽约联系你的。"

如意连忙点头，小心翼翼地接过老爷子递过来的一沓硬盘，把它们包好，放在怀里，没有老爷子的允许，这种价值连城的机密她可不敢乱看，在财富面前，所谓的计算机女王也只有跑腿的命。收拾好一切后，她招呼了GHOST、DOOM十二个手下，就匆匆出门去了。

地下室里，只剩下三个男人，以及老族长背后一排动也不动的保镖。

"Jim，爷爷也要好好地奖赏你，说吧，你想要什么？"老族长抱着胸，乐呵呵地说。

"爷爷，我想追求如意姐姐。"Jim开门见山地说，"我喜欢她。"

"你不是一直在追求她吗？"

老族长依旧乐呵呵地说，他早就料到Jim会这么说，甚至早就知道Jim喜欢如意——所以，他给燕归来和如意订下了婚约，不管这婚约能不能实现，只有这样才会让对如意动情的Jim忠实于他，论玩弄人心，他绝不认为几个小毛孩子能玩过他。所以，在感情煎熬与对燕归来的仇恨下的Jim，检验出来是真实的数据，那就绝对是真实的——就像他不会相信燕归来，不会相信手下，但会相信自己的判断。

"可是爷爷您给她和燕订了婚约啊！我不服！"Jim如他意料中一样急了，嚷嚷道，"这是我目前唯一的愿望了，爷爷。况且，燕根本不爱如意姐姐！如意姐姐怎么能和这样的男人过一辈子啊……"

"呵呵，说得也是，那么Jim，你有没有自信能打败燕呢？"

Dubois推开椅子，站起身，慢悠悠地走到Jim旁边，一只手拍了拍他的肩膀，另一只手将一个冰冷坚硬的东西悄无声息地塞到了Jim手里。

"什么叫打败？哈哈，爷爷你太说笑了，我，从来没有输给他过！"

Jim扬着头大笑，他摸出来了，手中正是一把微型手枪。

"那么走吧，咱们去喝酒庆祝一下，今年总算可以清闲下来了。"老族长继续鼓励地拍拍Jim的肩膀，"你们说，去哪儿好呢？"

显然，他并不希望看到燕归来死在他的房子里而带来的麻烦。

Jim想了想，说："去F1ovice吧，虽然没什么档次，不过燕很喜欢去那里哈。燕，你说对不对？听说你每天都在那里找一夜情买醉？不过我一直怀疑你是否有那个能力……对了，爷爷你也要来吗？"

"爷爷当然要去见证了！"

老族长听了哈哈大笑起来，见证一词，他咬了重音。他挥手带着他的保镖们出去了，而燕归来默默地看了Jim一眼，也起身往车库走去。

留下 Jim 一个人破口大骂：“Fuck，都死到临头了，你还跟我神气……”骂了一会儿，他又把手枪在身上藏好，朝他心爱的跑车走去，他知道这种微型手枪只有一发子弹，他绝对……不能失误。

酒精与脂粉在乐器撞击声中交相旖旎的 F1ovice 酒吧里，穿过那些千金一掷来贪欢作乐的酒客金主，燕归来、Jim、Dubois 老头三个人被服务生带进贵宾包厢里。

贵宾包厢设在二楼，三面环墙，一面临窗，空间私密但不大，有独立的露台，可以俯瞰到一楼舞台上的演出，这里的酒并不便宜，贵宾厢更是昂贵，尽管如此，老族长依然嫌弃这种贫民区风格的地方，觉得有损他的品位。他把十个保镖安排到楼梯口，他们已接到命令，一旦听到枪响，就尽一切努力阻止骚动的人群上楼，而另有两个保镖被安排守候在门口，到时候由他们保护老族长扬长而去——少了十二个人，并不宽敞的包厢因此腾了一些地方出来，尽管老头依然认为这是他迄今为止待过的最没档次的所谓贵宾包厢。

暗橘色的灯在天花板上缓缓旋转，三个人围着圆桌而坐，桌上是昂贵的红酒，酒在杯中静止，没有人说话，只剩楼下放肆张扬的喧哗声，摇滚，重金属，燕归来一向不喜热闹，可那些没有她在身旁的日子，只有热闹与酒精，才能让他抑制思念。

缓缓地，燕归来举起酒杯，举到唇边，仰脖而尽。

Jim 自然不甘示弱。

这世上，是什么可以让男人与男人来一决胜负。

在古时，是武力，和酒量。

在现代，是技术，和酒量。

酒，自古与英雄长伴。

Jim 和燕归来的酒量都不错，Dubois 就笑眯眯地看着他俩一杯接一杯地喝，Jim 的计算机技术并不比燕归来差多少，燕归来的酒量也并不比 Jim 这种情场英雄差多少。老族长不是没有想过把两人都留在自己身边做事，只可惜，这两人实在太过强大，强大到足以威胁他的地位，所以他只能割舍，留下不会背叛自己的那一个。

至于燕归来，他太过独立太过隐忍，这样的人，早已站在世界巅峰，Dubois 打死也不会相信燕归来肯屈居于将相之位，比起人，他更相信钱。

Jim 很快就开始嫌喝酒太闷，他提出了互出考题来比试，所谓的“男人之间的较量”，输的人罚一杯酒，直到认输投降。

“爷爷，你就当见证者吧，哈哈，今天赢的人，才有资格追求如意姐姐。”

Dubois 乐呵呵地点头，他巴不得燕归来的警惕心放到最低，最好是烂醉如泥，直到一颗子弹就能轻松解决的地步——当年格尔德兰晨风中的那场较量，据失败的杀手回来报告的情况，Dubois 再也不敢低估燕归来的身手。

是以他特意让 Jim 坐在靠窗的座位，他要杜绝燕归来跳窗逃跑的一切可能。

二楼，他心中咒骂着这该死的酒吧怎么不再建高一点。

不知不觉，夜已深，时间已过去六七个小时，到了凌晨三四点的光景，两个男人有一搭没一搭地出题、喝酒、比脑子，从一开始的比拼圆周率背诵，到后来的算二十四点，再到最后最无聊最简单最直白的互出算术题，从五位数乘法到九位数乘法，再到九位数除法，还得精确到小数点后一百位……不得不说，这两个男人的脑子，也相当于一台微型计算机。

"231498798 除以 809123409，燕，限你十分钟回答，精确到一百位。"

"0.286110617274206189725997656804 9……"燕归来不慌不忙地吐出一串数字，他身上已带了浓浓的酒气，但他依旧没有醉，他不能醉，心中不醉，百坛陈酒也无用，心中欲醉，一滴水就可长眠不醒。而如今，他再也不需要那一滴水了，爱他的女孩，就在天明时等着他，无论如何，他都要挨到那个时候。

"该你了，765902749 加上 473819403，规矩一样。"

思考了十分钟，Jim 流利地报上答案："1.6164456881062925113374981005 14……"

燕归来冷冷地打断他："你错了，我说的是加上，不是除以。"

"你……" Jim 一愣，才想明白，顿时气得把昂贵的高脚杯摔在地上，破口大骂道，"燕归来！你这是在侮辱我的智商！你这个下流货色……"

"Jim，算了，愿赌服输。"作为见证人的 Dubois 倒是不急，笑眯眯地为 Jim 倒酒，只要天还没亮，他就有足够的时间。

于是他好整以暇地看着这两个人决斗。

"燕归来，为何你什么都要和我抢？" Jim 忽然站起来嘶吼着，不知是酒精的原因，还是其他什么的，他的眼睛已经泛起了血丝。

"爷爷布置的任务你和我抢也就罢了，我不得不承认你的技术，但我唯一喜欢的女人你也要和我抢，而你根本不爱她，燕归来，你欺负我就那么好玩吗？！"

Jim 越说越激动，发了疯一样揪住燕归来的领带，借着酒劲恶狠狠地盯住面前男人的双眼。

燕归来目光低垂，只是语气淡淡地告诉他："我未曾爱过她，她也未曾爱过你，Jim，这是事实，你和她在一起相处那么多年，你成功过吗？"

"可是我不甘心就这么输给你！" Jim 歇斯底里地咆哮着，金发碧眼的美男子第一次显得那么狼狈失态。在鼓点声中，楼下一曲又毕，人群高声喧哗。其中，有一个声音如冬夜里的凄风扫过枯枝上的最后一片黄叶，呜咽着、嘶哑着，连听的人都心中不忍——"燕归来，其实我一直没有告诉你，我就是 WIND……"

Jim 的声音很低，却比震耳的金属敲击声更让人感慨，燕归来和 Dubois，都听他一字一句地说："WIND 不是一个小组，只是一个人，只是我一个，我一直没有让爷爷告诉你，因为我曾想着战胜你，把你踏在脚下的时候，再亲口地骄傲地告诉你，我就是WIND！计算机的世界，只有我才是神……可是，我还是忍不住告诉了你。燕归来，因为你再也没有机会被我踩在脚下了，我想我应该让你记住。燕归来，其实你说得对，你说‘人之初，性本善’，说实话，如果可以选择，我也不想这样的……”

不知不觉间，老族长已站了起来，他站得远远的，站在门边，反锁了门。他望着这两个前一刻还用智商来决定胜败的人，而此刻Jim的手已伸进怀里，缓缓地掏出了枪，他开始笑了，绮丽暧昧的灯光下，他的笑容得意又阴冷，还带了那么一丝惋惜。

“砰！”

F1ovice酒吧里这一声枪响，被永远定格在巴黎10月11日晨报的头条。

如意赶回巴黎的时候，已经是第二日下午了。

“什么乱七八糟的，老头有没有搞错啊，所谓的机密数据就是《三字经》翻译版……”

她为了赶时间，这一路都待在飞机上汽车上，双脚几乎都没有着地过，在美国的接头人面前大大地丢脸一把的她，因打不通电话而只能动身赶回巴黎的时候，终于看到了当天的报纸。

“巴黎街头一酒吧发生枪击案，一人死亡，数十人因踩踏受伤，具体情况正在调查中……”

她望着照片上已被警方封锁的酒吧店门的照片，立刻就意识到这是燕归来和Jim经常出入的地方，她惊慌地回到家，所谓的家里已是一片大乱。

“燕归来呢？他在哪里？！有没有事？”

如意惊慌地想找Jim，可是Jim和燕归来都不在，连老爷子都不在，她好不容易逮到了正准备卷铺盖走人的管家，却遭到管家恼怒地瞪视。

要是从前，哪有人敢这么对她，可现在如意顾不得发火，连着问了好几遍，管家只说不知。

如意愣住了，想了想，她才知道不妥，连忙改口：“那不管他，老爷子呢？在哪儿？我要找他。”

“小熙，你确定要陪着这种猥琐老男人而不是我们两个年轻貌美的阳光少年？”

机场大厅，颜可和Jim勾肩搭背地站在一起，而前者正在气哼哼地逼问躲在某个黑色阴影后的可怜少女。

燕归来抿着嘴，对于猥琐老男人的评价不置一词。

说实话，看到少年活蹦乱跳的模样，他有时真觉得自己老了，老到身心俱疲，无法再伸出一双温暖有力的臂膀保护想要保护的人，那些风一样自由的少年时代，随着当年的青草盛衰枯荣远去。人的花期只一季，那以后只能望着后辈们一代又一代地茁壮成长，少年在阳光下绚烂的金发，那是他们随风扬起的梦想，是种子，是希望，是未来。

而他从未想过有一天，他年幼的小徒弟，会甘心与他沉默相随，而放弃那些本该拥有的花季年华。

“我家师父才不猥琐，就像你早上去把头发拉直了，也没有 Jim 帅一样。”

他听到少女躲在他身后，探出半个脑袋“咯咯”笑的声音，那一瞬间，他忽然觉得，自己好像重新回到了少年时代的春日，原来温暖那么近，花开那么长，青春年华并未远走。

三万英尺的高空，金发的少年带着金发的青年，飞往那个让后者向往了二十多年的东方国度。

“我没有名字，又有许多的名字，都是我自己取的；我没有身份，又有许多的身份。都是别人给的；我没有记忆，却又活过许多年，没有一个人陪我。我在 MOROCC 的人间地狱里长大，后来走过许多的国度，为老头杀过许多的人，像个行尸走肉一样生活着，有时候觉得自己是恶魔，有时候又觉得自己什么都不是，连空气都比不上，无论在网络还是现实中，没有人知道我是谁，也没有人打败过我，因为我自己都不知道自己是个什么样的存在。Edward，你们中国真的有神仙吗？如果有，我想我唯一的愿望就是拥有一个真实的自己，我想知道我存在的意义……Edward，你知道吗，那一刻，如果手枪里有两发子弹，我想我会毫不犹豫地把第二发子弹赏给燕归来。”

“如果是我，我也一样啊，那家伙太讨人厌了！说实话，我人生的目标，就是打败那个家伙！”

颜可与 Jim 对望一眼，不约而同地哈哈大笑起来。

“中国有没有神仙我不知道，不过有一个地方，我想可以让你明白你存在的价值和意义。”

“真的？那请你一定带我去。”

“嗯，不过我想先等燕归来回国，再把他打败，如果能把陆萧一起也打败了就更好了，他们输了，就没资格把小熙绑在身边。Jim，我和你不同，我是真心喜欢计算机这个世界的……”

“是真心喜欢那个女孩子吧？”

“没有。”

“真的没有？”

“假的。”

燕归来和关小熙逗留在巴黎，直到几个月后终于从 Dubois 家的档案室里找到了当年和陆萧有关的一些机密档案，两人才携手回国。

不过让两人奇怪的是，自始至终都没有见到如意，这个当初成天黏着燕归来不放的女人，自老族长死后，就跟人间蒸发了一样，没有人知道她去了哪里，更没有人去寻找。对于 Dubois 家族的后人来说，这个有可能瓜分遗产的女人，他们巴不得她消失得一干二净。在老爷子生前得宠又如何，老爷子死后，他们一分钱都不可能给她。

已是 2006 年的春天了，祖国大地春暖花开，如新闻联播中所说的一片欣欣向荣的景象。

燕归来在机场的书店看到了花阡陌的新书《花阡陌走近黑客系列丛书第四部——论一代黑客燕归来的崛起与堕落》，关小熙看了差点一口水呛死，倒是燕归来很镇定地在一群热烈追捧此书的少女“花粉”中，十分理所当然地买了一本。

“这么厚一本，回去压泡面碗不错。”

身为师父的男人，淡定地教导自己的徒儿什么叫物尽其用。

虽然随着 Dubois 一家的倒台，各种各样关于燕归来其实是卧底和英雄的言论已在国内黑客界大肆传扬，连花阡陌加印了两版的新书的势头都挡不住。

不过现在的燕归来，已不屑于去澄清那些是非，更没有什么追求。原本以为自己必死的他，现在竟然还平安地活着，不但活下来，还能和心爱的徒儿在一起。什么样的风浪他都经过了，残破的、峥嵘的、激烈的岁月，一道道化为掌心的纹路，无论什么样的过去，都让人成长，人在成长中坚强。

回到西湖边的房子，关小熙终于可以如愿以偿躺在师父的大床上，而她半眯着眼的惬意模样都落在燕归来的眼里，连他这样沉默不苟言笑的男人，都忍不住扬起了嘴角。关小熙就这么看着自己师父像逗一只小猫一样，从口袋里掏出一个精致完美的中国结，在她眼前晃了又晃，最后挂在床头，中国结上，有一个黄澄澄的“熙”字。

“你竟然捡回来了，师父……”伸着懒腰的少女惊讶地圈住男人的脖子，“我都编不好，师父，想不到你手艺这么厉害。”

“我只有手艺厉害吗？”

关小熙忽然明白了，其实自家师父是道貌岸然的，不过他道貌岸然得很厉害，厉害到只有自己才可以让他原形毕露变成禽兽。

燕归来迎来的另一场大战，是来自颜可的正式宣战。

在越来越多的网民重新倒戈回燕归来中华黑客会一派的时候，颜可站了出来。

“我不代表花阡陌，我只代表我个人。”少年在网络上发出了正式宣战的挑战书，“燕归来，我俩公平一战，谁败了，谁就永远退出黑客这个圈子，终身不再接触网络！燕归来，你敢不敢应战！”

随着花阡陌的主动造势和走红，他唯一的徒弟颜可也得到了关注，这位十八岁学艺二十岁出道站在世界黑客巅峰的天才少年，所得到的名气与崇拜并不比花阡陌少，所以他这一封战书始一发出，就激起了无数网民的热烈反应。燕归来的名字如雷贯耳，天才少年的风头更是一时鼎盛。燕归来还没应战，各大门户网站头条新闻就已纷纷变成了对于这两人一战的八卦，各种各样的专家学者教授层出不穷地冒出水面，为这两代黑客天才做出充满艺术感的猜想与评论。

当忙着签售和应付记者采访以及各种上流社会圈子的宴席的花阡陌得知这一消息时，他已来不及阻止。

“雪山壑谷，南极海底，大洋彼岸，我自制的电话机，可以接通到世界上任何一个角落，这不是神话，我也不是神仙，这只是一门叫作黑客的艺术，在燕归来年轻的时候，他曾向我请教……”

关小熙当然不会让自家师父去吃泡面，所以买回来的这本《花阡陌走近黑客系列丛书第四部——论一代黑客燕归来的崛起与堕落》变成了她茶余饭后拿来取乐的笑话书。柔软的沙发垫子上，她躺在男人温暖的怀里，大声地朗读着书中的文字，一边读一边笑得体力不支。在她还在这沙发上读字典的时候，曾以为这样的幸福只是幻想，而当幻想成为现实的时候，却又发现现实是多么荒唐。

“老人家的想象力真够丰富的。”少女笑罢，合上书总结，又道“对了师父，颜可向你宣战，你应不应呢？我觉得他一定是被 Jim 怂恿的，这两个男人一回来就找不着了，也不知在哪个山窝窝里亲热……师父，你还是别应战了，失败了也太毁名声了。哦，虽然你不在乎名声，不过就算你赢了，人家也会说你以大欺小，落人口实，所以不管你是赢是输，都划不来啊。”

“你觉得师父会输吗？”寡言的男子忽然将怀中的少女紧紧拥住，他沉声说，“小熙，你不懂，这一战和他人无关，这是男人和男人之间的战争，我若不应战，他永远都不会死心……”

他修长的十指圈在她的胸前，他是那么用力地抱着她，仿佛生怕一个眨眼，她就不见了似的。他的十指骨节因用力而苍白，这个常年不见阳光的，沉默的男人，也许他一辈子都说不来甜言蜜语，也许他一生都不擅长说缠绵情话。他没有少年的神采飞扬，没有青年的帅气风流，他永远与潮流时尚无关，他永远站在红尘风月之外，他在别人眼中也许是古板刻薄的代名词，也许是猥琐老男人的化身，可只有在漫长的黑暗中迷路了，走近了，才发现这一点微弱的光芒，足以抵上一整个世界的温暖。就这么被他抱着，关小熙可以安心地睡着，不必担心天会塌，世界会毁灭，因为他，就是她整个世界。

沉默无声地交流，却比一切甜言蜜语都让人心安。

“不过在那之前，我们先去看一个人。”燕归来说，“算算日子，他也该回家了。”

关小熙和燕归来一起去了东北。

陆萧，这个十年前驰骋黑客界的病毒之王，就在这里的一座监狱里度过了十年的铁窗生涯。

当时混乱的岁月，已没有人愿意提起，孰是孰非，都在尘埃中被淡忘，如今人们唯一记得的，就是还有这么一个人。

十年后，还有人记得你，还有人惦记你，也许已足够美好。

燕归来买了一身新衣，领着关小熙去见陆萧。关小熙知道师父对这个男人的重视，按师父的话说，这是他当年的“挚友”。

当然，挚友到何种程度，她并不理解，她只知道花阡陌那个老浑蛋亦被师父称作“挚友”。

再是明争暗斗，背信弃义，他依然称他们为挚友，甚至还买书来支持。

在很久很久以后，关小熙和早已成家的叶盈盈苏牧夫妻去旧地聚首怀念《理想国》这款惊世名作的初生地时，才理解了师父口中的那声“挚友”背后，有着多少财富名望也难抵的寂寞。

在郊区的监狱大门口等了一个多钟头，关小熙和燕归来师徒俩依旧没有等到所谓的“挚友”出来。

他们却等到了几个人。

其中两个，关小熙还挺熟。

一个是万厦集团的总裁张大牛。

一个是江城科技的总裁叶江城。

关小熙已记不得有多久没见到他们了，她只看到这两尊大佛还在车里，就已为一个停车位吵了起来。

当然，是非常不失风度的那种吵架。

而在他们的吵架时，各路记者也纷纷扛着摄像机赶了过来，抢着采访头条。

“我听闻张总是《极乐》游戏里充值最多的玩家，手下名将无数，一呼百应，想不到还有闲暇来这种乡野地方喝西北风？”叶江城经年不闻的嘲讽声音响起。他如今的模样，比上环球时报时更加气派了。

“这不是叶总吗？听闻你和世界名模、好莱坞女星都有风流韵事，想不到连这季节开春了都不知道，喝西北风？我只不过是在办公室里待久了出来采采风、踏踏青，而阁下是否风流过度了导致连季节都分不清？还是说阁下更喜欢和男人风流？我想外面的记者应该会对这个话题感兴趣的……”张大牛大声地讥笑，巴不得把记者都引过来堵住对方似的。

“那又如何，张总您为何不满？难道说张总只有风流的资本，却没有风流的能力？哦，也是，张总您年纪都那么大了……”

“记者！记者！小赵，快去喊记者！让他们报道头条，江城科技总裁被发现是同性恋后大失风度辱骂万厦集团……”

十年后还有友人记得你，那固然美好。

十年后记得你的人若只是为了从你身上榨取更多，为了榨取更多所以惦记着你，那是不是也算美好呢?

东北监狱许多年都没这么热闹过了，这场面让关小熙看得咋舌。

“陆萧这人这么厉害啊？还没出狱就好多家单位来抢着要了？”

远远站着的少女终于忍不住好奇心，低声问身边的男人。男人一身黑衣，戴着墨镜，没人认得出他是谁，听罢也只是发出一声冷笑。

“那只会再次毁了他。”他说。

春天的风，吹得田野边上的蒲公英纷纷扬扬，白色的飞絮一朵一朵拂过男子消瘦的侧脸。

那些在铁窗中枯萎的发丝，在呼吸到自由空气的那一刻，仿佛都如拔了节的青草，一簇簇在风中重生，那黯然的目光，在外界的阳光照耀下来的瞬间，也有掩不住的惊喜，这个日日夜夜都在飞速发展的世界，阔别十年的世界，他，终于回来了。

陆萧张开十指，把一双手迎着阳光伸到眼前，他的掌心有长年服刑劳作而留下的层层的茧，那些耻辱的痕迹，那些落寞的过往，他对着满地的记者、名车，以及名车上的企业家们，露出一个嘲讽的冷笑。

他十年前为王，十年后依旧为王，连燕归来、花阡陌这样的人他都不曾放在眼里，他陆萧，一代病毒之王，又怎可能为那些私营企业家去打工?

“打工”这两个字让他的心狠狠地抽痛了一下，他想起他当年视若珍宝的铁饭碗，他最爱的工程师的头衔……漫天的蒲公英在他眼底渐渐凝成一个少女的笑容，那张纯真无瑕的笑脸让他无怨无悔地甘愿赴死，也许他不是王，只是个傻子。

素来孤僻的男人在心里暗骂了自己一句，就拨开围观的记者，独自往远方的田野深处走去。

车子开不进去，徒步的记者们又赶不上他，陆萧一边跑，一边跳，一边大声唱着没有调子的歌，他贪婪地呼吸着这个世上最自由最新鲜的空气，天地之大，他总有再次为王的一天，他终于告别了那些埋在被子里用中波收音机和废弃的小电视机偷偷摸摸连接因特网的耗子一样的生活。

花阡陌，那个笑料百出的老人，那个玷污了他心目中最神圣美好的“黑客”两字的商人，他在半年前就下定决心出来后第一个不放过他。

至于燕归来，这个和他的女人纠缠不清的男人，他更不会放过他。

当年对不起他的人们，他要把他们一个一个地捏死，这世上，只有他陆萧魔怪一个王者。

身无分文的陆萧来到一个网吧，想赊账上网，被老板当成流浪汉赶了出来。

身无分文被赶出来的陆萧第五次走进一个网吧，终于遇到一个好说话的老板，免费余了他半个小时的账。陆萧打开银行的网站，一查，果然，他的财产早在十年前就被充公了，他叹了一口气。他看到旁边有几个学生在打游戏，对于游戏这一行，他并没有深入过，但这不代表他不了解，网络上的任何数据，在他眼里只分为可盗窃和不可盗窃两种，所以在没有电脑和网络的狱中改装了中波收音机和小电视机使他自己得以和外界网络接通不至于落伍十年，哪怕接收到的信息只是残破断续的只字片语，也足够他没有和铁窗一起生锈的大脑来充分吸收理解。做这一行的人，最可怕的就是与时代脱轨，一日不接收新的信息，一日就会食不知味，所以他冒再大的风险也不肯放弃外面的信息，第一个在狱中使用收音机入侵的黑客凯文就是他终生的偶像。

“你们要买游戏装备吗？”

陆萧嗅到了泡面的香味，腹中的饥饿感让他忍不住向身旁的几个看上去还没有把压岁钱挥霍完的学生进行引诱。

极品装备对于囊中羞涩的学生来说诱惑不亚于天降北大保送通知书，在学生们发亮的目光中，陆萧让他们在游戏中找到了一个全身装备价值连城的著名人民币战士——霸王爱人。

不错，他们玩的正是老牌网游《极乐》里人最多的一个服务器，由于《极乐》的圈钱运动导致玩家的大量流失，目前也仅有寥寥几个服务器还保持着从前的盛况了，为此这几个北方的学生不惜跨越网通到电信的天堑也要去南方的服务器瞻仰一代人民币战士霸王爱人的尊荣。

“我就算中了五百万彩票，也弄不到这么好的装备啊。”他们一边查看着霸王爱人的资料，一边对陆萧感慨着。

“一千块，一千块就可以了，给我钱，我把这个号弄给你们。”

陆萧无所谓地说。他从前一心钻研病毒，视金钱若粪土，更耻于干盗号这种事。可十年铁窗生涯早就磨平了他的清高与尊严，他空有一身技术又有何用？眼睁睁看着最爱的女人被家族带走吗？

几个学生掏尽了口袋，才凑了八百块钱，陆萧收下了，买了 碗二块五的泡面，付了一个小时的网费，就开始铺开工具，着手盗取霸王爱人的账号。

“原来是金福酒店的局域网。”

陆萧冒充倒卖黑货装备的商人，和霸王爱人互加了 QQ 聊天后，顺利截获对方的 IP，一查，就知道了对方的地址，金福酒店，就是当地唯一的五星级酒店，看来对方的确是个有钱人，陆萧喝着二块五的泡面汤，对这个账号的持有者的仇恨又增加了一分。

还好苍天有眼不负他，让他高兴的是对方这局域网的脆弱防御在他眼中就如狗屎一样，用了并不高深的入侵手法，他十分钟后就顺利地拿到了霸王爱人的账号密码，甩给了那几个看得目瞪口呆的学生。

陆萧揣着八百块钱，扬长而去。

如果他知道正是去监狱门口聘请他未果只好住回五星级酒店打游戏的张大牛正为了自己落入这种可笑的社工圈套而丢失了账号，正在打电话给游戏公司要求数据回档又遇到无知的不认识他这位人民币战士的实习客服告诉他“对不起，我们无法对您进行恢复操作”从而导致他大发雷霆的话，也许陆萧会更加高兴吧。

给自己买了一身新衣服，又找了个好餐馆大吃了一顿后的陆萧，用剩下的钱买了南下的火车票，回到他熟悉的南方。正好花阡陌第五本新书《走近黑客系列第五部——病毒之王陆萧，一代枭雄的情圣史》正在举行签售会，陆萧在报刊亭买到了限量贩售的最后一本，他冷笑着撕碎书页扔进黄浦江，那些在混浊江水中翻滚的纸片是对他最无情的嘲笑，他一想到封面上“情圣”两个字，就恨不得把这书的作者也一起撕碎。

在江边，陆萧吸完了两盒烟，扔掉最后一个烟蒂，随后他动身前往书市，那里，花阡陌正在开签售会。

# 为师者为徒，为徒者为师

WEI SHI ZHE WEI TU，WEI TU ZHE WEI SHI

花阡陌正忙着应付记者和来自全国各地的“花粉”。

“花老师，您对您弟子向燕归来宣战一事有何看法呢？”

“花老师，燕归来真的如您所说是汉奸叛徒吗？为什么网络上越来越多的资料表明他其实是作为一个卧底独身前往虎穴？如果燕归来真的是民族英雄，那么您对此又是什么看法？”

“‘病毒之王’陆萧的情感隐秘史是您亲自见闻的吗？花大师，我代表《电迷周刊》的五十万读者来向您征询这个问题……”

“‘病毒之王’陆萧昨日出狱了，花老师您已经听闻了吧，今天的《信息报》头条就报道了陆萧拒绝多家企业的高薪聘请，曾有目击人表示陆萧出狱后的状况显示了他的情绪极度不稳定，很可能在十年的牢狱生涯中落下了轻微的精神疾病，对此您是什么看法？还是依您的书中所言，陆萧在被 ×× 集团总裁的第二任情妇的四堂姐的闺密的前男友的女儿抛弃之后，精神已趋于不正常，请问这确有其事吗？”

“花老师，我是《电脑报》娱乐版的记者，据您的花粉八卦说您当年和燕归来、陆萧其实是三角情敌关系，您能否解释一下其中的隐秘呢？这些又是否会在您下一本书中写到？”

……

花阡陌被各种苍蝇乱叫一样的问题搞得脑袋发疼，偏偏又只能保持着大师风度为他的花粉们签名售书，长龙一样的队伍在他一个接一个极漂亮的签名中往前挪动，他像熟练地在每一本递到他面前的书页上用大号的油笔签下他龙飞凤舞的大名。猛然间他停住了，因为他发现现在这个排到他面前的花粉手上并没有拿他的书。

“花老师，请问当年的三大黑客排名，究竟是怎样的？”

又一个记者的问话钻进了花阡陌的耳朵，他不耐烦地抬头道：“这个问题我回答过许多遍了，当年三大黑客人士，我属于资历最老经验最丰富的，所以我排第一，不算狂妄自大，而燕归来年轻气盛，天赋奇才，勉强可以排第二，至于陆萧嘛……”

“是的，他不值一提，他是个任人摆布的傻子。”

忽然一个男人阴沉的声音接过了他的话，花阡陌这才发现说话的人正是排到他面前的那名手中没有书的读者，而他的长相，竟然就像是……

“啪！”

一个拳头，带着风声，不偏不倚，重重地砸在花阡陌红光满面的老脸上。

女花粉们尖叫起来。

花阡陌慌乱中想拿桌上的书盖住自己鼻青脸肿的脑袋，可是那几本限量本奖励的书已在混乱中被人哄抢一空，手忙脚乱的花阡陌只能弯下他“挺立在世界之巅的脊梁（——出自《神之一脉花阡陌》自传书）”，把他“尊贵坚强永向光明的头颅（——出自《少年花阡陌》回忆录）”埋到桌子的台布下面以免这副狼狈的样子被记者拍到。

可他低估了记者无孔不入的能力，就在陆萧想把桌子掀翻再给他来一拳的时候，桌子鲜红色的大台布已被几个好事者扯掉，花阡陌一双“编写过创世代码的神赐之手”（——出自《花阡陌神迹一生》）抱着脑袋躲在桌下的模样映在了几乎瞬间就亮起的几十道闪光灯下。

这几张让他比当街裸奔更受不了的照片出现在了当日的晚报头条上。

而还想再补上几脚的陆萧与终于从震惊状态中反应过来的粉丝们扭打在一起，书市的保安也随后赶来，疯狂中的陆萧眼睁睁地望着花阡陌被护送出去消失在他的视线中，而他被拦着寸步不得前进。这几乎让他失去了理智，他开始与保安厮打在一起，十年的牢狱生涯让他当上了犯人们的头子并练就了一副好身手。他凶神恶煞的模样使得记者只能远远拍照不敢上前，纵使如此陆萧还是砸掉了几台摄像机，人们尖叫着拥挤着闹成一团，这可笑的场面终于在一刻钟后被赶来的 110 民警制止了。

陆萧，这个出狱还没几天的可怜的家伙，再一次被戴上了手铐。

“昔日‘病毒之王’，今日街头流氓，陆萧出狱后聚众斗殴，被派出所拘留十五天。”

去接人却让人跑了的燕归来师徒俩，再次见到陆萧，就是在某个门户网站的首页新闻上了。燕归来紧抿着嘴唇不发一言，他这副样子让关小熙不得不怀疑刊登这条新闻的网站会不会因此受到前任中华黑客会站长愤怒的连累。

照片中的陆萧，瞪圆了眼睛，如一头发疯的公牛，而他粗糙的皮肤和布满血丝的双眼依然露出他的倦意和疲惫，那是一种对这个世界心灰意冷的绝望，世界怎么能变成这样，不过十年，到底是他变了，还是世道变了？

一生都潜心于数据世界的他，一生都在现实世界里沉睡，当他终于睁开他的双眼时，才发现世界已让他无所适从了，他踉跄行走在这个世界里，像一只迷途的羊。

“我不希望他迷路。”燕归来沉思了一会儿，一本正经地说，“不过他那一拳打得够好，够解气。”

“噗——”关小熙一口水喷出来。

燕归来一个人开车去了魔都看望陆萧。

作为昔日的挚友，他不会像个长辈一样居高临下地告诫他如何如何，燕归来只是想单独见见他，给他一些建议。至少，他得告诉他，这个世界和网络不一样，想用拳头和实力来称王的人，基本上没什么好下场。

第二日就是颜可来宣战的日子，天色不早，从杭州到上海两地往返要花不少时间，关小熙本想陪师父一起去，可沉默的老男人显然不愿意花季少女置身拘留所那种地方，更不会在意这将耗费他对于第二日的战斗所蓄养的精力，一句“好好等我回来”就将眼巴巴的少女丢到了床上，低调的黑色小车驶上高速绝尘而去。

明日的战斗，是颜可提出的一局定胜负，不限任何手段，先侵入对方机子的人就是赢家。

关小熙对这种男人之间的暴力决斗并不感兴趣，但一句“不限任何手段”就可以让她想象到明日的战况会有多么激烈，难不成师父是去找陆萧当帮手了？少女躺在柔软的大床上，忽然冒出这个念头。毕竟，颜可和 Jim 混在一起，指不定 Jim 会给他出什么猥琐的主意，甚至两人打一个都有可能。

毕竟，就算两方电脑的显示屏面向全世界的网民直播，但谁又知道电脑前坐了几个人呢？

想到这里，关小熙不禁竖起了几根汗毛，燕归来是正人君子，可 Jim 和颜可就没人能保证了……

天知道 Jim 和颜可这两个家伙躲在祖国的山窝窝里做着什么龌龊的事情……

少女的双眼弯成了月牙，就在这个时候，她的手机响了起来。

陌生的号码，不是师父的。

她疑惑地接起来，电话另一头传来少年明朗的笑声，竟然就是久违的颜可。

“我到市里了，出来陪我玩吗？那破车在路上抛锚了，不然还能名正言顺地约你吃晚饭……”

少年久违的牢骚让关小熙听着特别亲切，她说：“你先老实交代吧，这几个月跑哪儿去了，怎么人影都不见？”

“我带 Jim 寻找人生的意义去了，哎哟，那小子啊，真能闹腾……嗯？你别挂电话啊，好好好，我坦白我坦白，我们去山里面支教去了，Jim 教他们英文和法文，可比你纯正多了。嘿嘿，那小子不但找到了人生的意义，还找到了人生的伴侣，他喜欢上了那里的一个妞……”

关小熙听得莞尔，又羡慕，他们组队去山里，怎么都不叫上她！

“山里没网络啊，连电话信号都没有。”颜可解释着，对于关小熙说的“你师父书里写的跨大洋电话机制作方法没有教给你吗”他只能报以嘲笑。

“那个老浑蛋，听说他被打了……”颜可迟疑着说，“我还是去医院探望他一下吧，好歹也是我师父……喂，小熙，你真的不出来陪我吗？燕归来那禽兽没有欺负你吧？”

“你胡说什么啊！”关小熙瞬间闹了个大红脸。

“嘿嘿，我知道他不在家，你还是出来陪我一下吧，要是我明天输了，你也许就一辈子见不到我了。”

少年最后一句话让关小熙惊讶得张大了嘴：“你说什么？你什么意思？你别这样颜可……”

“没别的意思，我输了我就退出圈子，一辈子窝进大山里当老师去，反正有 Jim 陪着我，我挺喜欢那地方的。喂，小熙，不过你就这么相信我会输？嘿嘿，出来陪陪我吧，我还没吃晚饭呢，哎呀，好久没吃到肉了……”

拿耍赖少年没辙的关小熙，只能换了衣服去车站与他碰头。

夜幕中的少年，亮着灼灼的目光。

春天的晚风，夹着细碎的柳絮，暖意熏得人好似醉了，关小熙在湖边的车站见到了久违的少年。

颜可白皙的皮肤已变成了健康的小麦色，柔软的头发又染回了纯黑的颜色，个子似乎又拔高了不少，连带身材都更加挺拔，如一株在山中生长的野树，秀气的眉眼间已染上了山风的气息，成熟、独立、坚毅，关小熙从未想过短短三个月就可以让人产生那么大的变化。

她才走到他身边，他就张开双臂，给了她一个大大的拥抱。

“Jim 呢？没和你一起？”

“哈哈，现在三头牛拉着他他都不愿意从山里出来，”颜可说，“我一个人。”

两人吃了晚饭，买了水果，在医院的特级病房见到了被重重保安保护着的花阡陌。

显然，陆萧的一拳给老人留下了可怕的心理阴影，颜可望着自家师父青一块紫一块的脸，只能强忍着笑。

“孽徒，你还有脸来见我？”

花阡陌把水果篮子摔到了地上，冷冷的目光只望着天花板，看也不看两个来访的孩子。

颜可只垂着手，瞪着他，没有说话。

这对师徒冷战半晌，花阡陌终于转过头，目光在颜可身上打量一遍，挑剔地想要找出更多的错误，可少年拔高的身材无论如何都只能让他感到欣慰。花阡陌只能伸出手指，重重地戳着少年的胸膛，一字一句恨声道：“你这个吃里爬外的白眼狼，在我最需要你的时候跑得没影儿，现在又回来做什么？你看看你，像什么话，你吃错药了向燕归来宣战？还发出那种宣言，你是不是以为这样很帅？以为这样能泡到女人？你毛都没长齐，你就想飞了你，你眼里还有我这个师父吗？”

“您毕竟是我的师父。”颜可不卑不亢地说，“不管怎样，您受伤了，我就该来看您，至于您接不接受……”

“哈哈，你还认我这个师父？”花阡陌不怒反笑，戳着少年的胸膛，一下一下，好像要把他的肋骨都戳断，而老人的语气中带着愤怒，“颜可，你都忘了我教过你什么？你都忘了师父当年是怎么做的？”

花阡陌当年一夜间退隐，金盆洗手，这是圈子内人人知道的事。

而事实上老人是避开燕归来年轻的锋芒，无关什么内斗必伤的大义，只为了自己一脉的名誉不受损伤，这是颜可早年就知道的事。

可是，老人这样做，不代表少年也想当个乌龟缩进壳里，在对方锋芒正盛的时候远远避开，在对方陷入困境之时落井下石，老人的做法让少年万分鄙夷。

为何要这样？师父，你不是说过男人就要堂堂正正的吗？难道真的是教人容易做人难吗？少年想不通，他只能仰着头，认真地说：“我只记得师父教过我，做男人就要堂堂正正，无论是处于上位，还是在社会最底层，无论我们被人如何误解，被人如何看不起，无论我们这一生多少胜负，要记住的是我们从未输过的永不弯曲的脊梁——这句话，也印在你新书的扉页上，你的至理名言，你的粉丝们的人生鸡汤，难道你不承认了吗？”

说完，他拉起少女，扭头就走出了病房，留下花阡陌一人呆呆地望着空空荡荡充斥着消毒水味道的病房，苍白的灯光下，他脸上的瘀青似乎更黑了。

“不行，你不能输……再怎么样，你好歹还要替我挣名声啊。”

在病床上沉默的老人忽然喃喃自语起来，末了，他招手唤来新聘请的第十五任秘书小姐，交代道：“把我的手提电脑拿来。”

“是您前天出席晚宴上使用的那台，还是为《时代周刊》拍摄封面时使用的那台，还是《当代名人》杂志后天采访您时您准备的那台，还是您为 Somy 做代言人他们送给您的那台，还是情人节时您的花粉们寄来的那些粉红漆面的上网本，还是您去签售会时展览的那台……哦，对不起，我忘了那台已经摔坏了，那么您是要……”

“我家里，书柜底层，插着很多线的，黑色的，最老的那台！”花阡陌不耐烦地说，脸上一阵红一阵白。

那台凝结了他的技术与心血的并不靓丽的笔记本，他自成为明星以来，就再也没有用过。

这场颜可与燕归来的正式对决，也代表着黑客界年轻一辈与老一辈顶尖者的交锋。

虽然，燕归来所谓的“老”，只是指他的资历与名望。

但正因如此，这个十年前就成名的人物，成了无数人心中不可逾越的神话。二十岁，许多人二十岁时才刚刚入门，而燕归来在二十岁前就已成名，光这一点，就让年轻一辈望而却步。燕归来不光是一个领袖，他更作为沉重的大石头，压在每一个年轻人的心中，有他在，便无人敢张扬无人敢骄傲，也许这是好事，也许这是坏事，年轻的翅膀尚未长成已被削去翎毛剥去自信，少年们失了锐气便失了前进的动力，直到今日，才有颜可一人站了出来。

携一身锋芒，少年在黑夜里倔强地仰头，目光如炬，越过了九天之外的星斗。

这一幕，与十年前另一个少年的遗憾，是何曾相似。

也许正是为了弥补心中的遗憾，燕归来欣然接受了这次挑战。

也许只有站在最高的地方，才能明白这样的感受，身为巅峰上的神话，对于后辈的宣战，应战就等于自降身份，若赢了，会被说成以大欺小，胜之不武；若输了，更让一世名望付诸流水，所以最好的选择，便是无视。

当年的花阡陌，对于燕归来的宣战，就连一个字都没有回应，直到他退隐。

在时光中转辗了十年的遗憾，燕归来不想让它在少年的身上重演，他应了，他允了，他接受了，在他把车停到拘留所大门前的时候，他的脑海中依然是少年和少女在一起时挥之不去的笑貌。

少女有一张少年的近照，是几个月前在机场拍的，照片上的少年，金发碧眼，笑容明媚如三月的阳光，这张照片洗出来后一直被少女藏在抽屉里，少女怕他看到，可他早已经看到了，只是他没有说，闷在心里。他说不清这种让他憋闷不爽的感觉是什么，也许是私心，他想，也许接受少年的挑战，更多的是因为这份私心，他只想自私地把少女据为己有。

少年在照片上灿烂的笑容是燕归来心中一根细微的、不屑的，却又扎得他日夜疼痛的刺，他简直难以想象少年勾引了他的爱徒做过什么事。在没有人的时候，燕归来会懊恼地自捶脑门。是的，那都是他自己酿成的，他怪不得任何人，就像陆萧，他落到如今的田地，也只怪他自己的性格。他们两个其实都是可悲的人，只不过他比流年不利的陆萧幸运太多太多。

燕归来下了车，走进拘留所的大门，望着那森森的门庭，不由得叹了一口气。

不料，值班处的人员却告诉燕归来，陆萧在一刻钟前，刚刚被人保释走了。

由于陆萧只是闹事打架，只治安拘留了五天，相比刑事犯罪来说，他这处罚轻得不能再轻，一般来说，只要警方有熟人，交两千块罚金，就能顺利保释。陆萧刚出狱，自己是没有这个钱的，不知道是哪个人把他保了出去。燕归来皱起了眉头，他想到陆萧出狱的时候，监狱门口停留的那一大溜名车，出钱的人应该就是他们中的一个，而他，来晚了一步。

到底是谁保走了陆萧？燕归来再问，值班处的负责人却表示不能透露，而治安拘留这种最微不足道的案件的保释人，就算记录到档案上也没那么快录入电子档案库。

燕归来回到车上，抱着笔记本沉思，陆萧现在的状况和那名神秘保释人的动机他都不清楚，他连夜来保人，却被人捷足先登，这一切如厚厚的夜幕蒙上了他的双眼。燕归来心中开始不安，忽然他抬头看到不远处路口的闪烁的红绿灯，他闭了闭眼，怀着最后的希望，入侵了路口的摄像头，调出了一刻钟前的监控录像。

来来回回看了几遍，他终于认出了一辆让他相当眼熟的车。

没错，他不会忘记的，江城科技总裁的雪佛兰，和少年的照片一样，在他心中是最刺眼的存在。

懊恼的中华黑客会前任站长于是一拳砸在车门上。

无论是江城科技，还是最新转型的万厦集团，只要从事 IT 行业的，哪个公司不渴求豢养一位资深黑客？在他中华黑客会的网站里，稍有名气的人都在著名 IT 公司里拿着不菲的薪水，更何况是陆萧这种人物，所以他出狱那天才会有那么多公司的老总亲自到场希望能把这尊大佛请回家，甚至还有许多和 IT 根本不沾边的公司。

没有资深黑客坐镇的公司，就好比没有军队来保护的国家，关键时刻，利字当头，暴力决定胜负，谁还同你讲着纸面上的一套规矩。

花阡陌退隐，重出山又忙着当明星，燕归来低调神秘，名声最响时是因为“汉奸”的帽子，这两个人都没人请得动，那些饥渴的公司唯一的希望，就放在刚刚出狱的陆萧身上。

叶江城，这个阳光笑容下有着深沉心机的男人，他保走了陆萧。

依陆萧的性格，若他不想走，那谁也请不动他，所以，燕归来稍微一想，就明白这是他们两相情愿的事情。

说不定那两人连合同都签好了。

两手空空的燕归来只能开车回杭州，他不是多管闲事的人，既然他们两相情愿，那他也不好多加干涉，至少叶江城的为人处事比张大牛要好，他也只能盼望陆萧别再犯与当年同样的错误。

颜可的宣战就在第二日的上午十点正式开始。

燕归来起床的时候，还有两个小时，他本欲按惯例与身旁睡得像一头猪醒来后却像一只狼一样凶猛的邪恶少女大战一场，没想却遭到少女头一次拒绝。

“你应该保持体力，师父。”关小熙睡眼蒙眬地劝他。

燕归来额头不禁跳起了青筋，难道得知那小子来了杭州，她就连她最亲爱的师父……都没有兴趣了吗？！

郁闷的中华黑客会前任站长，在两个小时后精力充沛地坐到了电脑前。

关小熙在他身后聚精会神地看着，两大高手的对决，她又怎么能错过？无论是经验的吸取、技术的学习、窍门的掌握，她身为离现场最近的目击者，可谓是收获最多的人，即使她已经得到了他的心，对于这一领域巅峰的追求也依然没有停止。

她是那么热爱着数据的世界，甚至回想从前，她都分不清到底是因为师父才爱上了计算机，还是因为计算机才爱上了师父。也许两个都是。幸好这年华柔软，花开千朵，她可以尽情爱着她所喜爱的一切。

战斗在十点整的时候正式拉开了帷幕。

两方在监屏软件的录制下面向全世界的网民直播，除了不准拔网线这一点，两方可以使用任何手段。没有硝烟的战争，一场男人与男人之间的决斗，冰冷机械的字符一旦沾上了人的感情，它们就开始生长出血肉，无论胜负，都将是残酷的战争。

关小熙其实并不希望这场战斗发生，但两个当事人的态度坚决，而媒体铺天盖地地炒作，都让她无法以一人之力来阻止了，而说起来，这还多亏了花阡陌。

要是没有花阡陌这位传奇人物的炒作，颜可燕归来一战顶多也只是圈内人关注而已，可现在，一个是花阡陌的亲传弟子，一个是风口浪尖被争论的人物——燕归来，他到底是神还是恶魔，到底是卧底还是卖国贼，低调的当事人不愿表态，人们只好通过这种方式来猜测。

如果燕归来赢了，那他就是正义；如果他输了，他就是邪恶。舆论必将一面倒，好像正义打败邪恶，永远是这么天真简单。

无论网络媒体还是纸质媒体，对这一场决战的报道远超了当日关于陆萧的新闻量，陆萧和叶江城坐在江城科技公司内部的咖啡厅里，悠闲地沐浴着春日的阳光，两人刚刚签完了合同，对于笔记本屏幕上直播的紧张战况，似乎并未放在心上。

“陆兄弟，依你看，谁会赢？”

叶江城露出他发亮的大白牙，斜倚着沙发，无比惬意。是的，他现在签了陆萧，在他心中就如得到了神的庇佑一样。以花阡陌和燕归来的为人，不会屑于参与他们企业之间的争斗，所以一个陆萧，就足够奠定他在这一行成为龙头老大的地位。以后这一块行业的肉，就将由他一家独享了。历史会因他而改变，在他上《环球时报》头条时就大言不惭地说过这句话。而现在，梦想成了事实，叶江城只觉得无限温暖的阳光洒在他身上，就像无限从天而降的金子。

叶江城慵懒的问话让沉默的陆萧开了口：“燕归来比从前更厉害了，也更沉稳了，而那个混账的徒弟，也不赖一上场就狠手，招招致命，很像我当年的作风啊，哈哈。”

说着，陆萧竟然笑起来。

叶江城也笑了，在咖啡厅服务小姐的眼中，这两人简直像是交心多年的挚友，一个眼神即能笑得那么会心。他让陆萧不由得感到亲切，是的，他把他保出来，还供他如皇帝一样。

“所以，他们两人都要输。”陆萧笑着说，阳光透过落地窗，照在这个面容沧桑的男人身上，这一下，连叶江城都分不清他是在微笑，还是在冷笑。

叶江城没有听懂，只能打个哈哈，赔着笑说：“陆兄弟永远料事如神，今天你对万厦集团使的那一招，就是再借我一万个脑子也想不到的。”

新时代电脑培训中心四楼，清一色的高级配置电脑前，是清一色全神贯注地看着视频直播的少年的面孔，以多哥、二毛等几名尖子生为首的孩子，他们至今记得三年前来为他们代过两天课的老师，三年的时间过去，许多人退却了，许多人离乡了，只有他们依然坚守着四楼研究班教室里的电脑。

少年们长高了个子，长出了胡子，他们的面容变得坚毅，他们的步伐变得有力，他们的臂膀一年比一年宽厚，他们迎来送走了一批又一批的新生，他们的女朋友换了一任又一任。他们经历了三年六个学期的毕业考，他们明明可以拿到研究班的毕业证，他们中许多人有着考满分的实力，他们却固执地留了下来，以至于每一次的毕业考，总是这几个不听话的孩子刚好离及格线差一分，拿着毕业证的新生们诧异地与他们眼中代表着实力的大哥们挥手告别，新来的教师一年又一年被他们与实力成反比的成绩气到吐血。没有人知道他们为什么选择了留下，日复一日年复一年，也许只有他们指下的键盘记录过他们的执念，只有他们掌心的鼠标倾听过他们的心跳，也许只有三年前那个夏日午后走进教室的黑衣男人，让他们听到了他们生命中的第一场惊雷，也带走了他们生命中的第一场眷恋。

“多哥，你说谁会赢？”二毛习惯性地把脚搁在多哥屁股后面的半张凳子上。

多哥抬头看了眼讲台后方的新老师，连老师都在聚精会神地收看着直播，恨不得多长一双眼睛一样。多哥抓了抓头发说：“我也说不好，我希望谁都赢。不管怎么样，今年我要毕业，毕业了就拜师学艺去，颜可赢了，我就拜花阡陌为师，燕归来赢了，我就拜燕归来为师……”

“哈哈，有志气，好哥们！”二毛用力拍了拍多哥的肩膀，“这里你的实力最强，天赋最好，我想没人会拒绝你的，哈哈哈，不过你才刚刚追到阿葵，要是阿葵知道你要背井离乡去学艺，肯定和你掰了，你都因为这个原因连续被四个女生甩了……”

“是啊，这问题还真头痛。”多哥苦恼地抱着脑袋，“算了，先看视频先看视频。”他推了二毛一把，不再理他。

北京中关村附近一家餐馆里，以南宫大侠、CM、戒指、小SO、Kiki等人为首的中华黑客会管理层人员会聚一堂，吃着烤鸭喝着啤酒，本来是南宫等人邀请他们来踏青旅游，没想到遇上燕归来和颜可的对决，他们就索性抱着笔记本电脑在饭馆里一边吃喝一边看起了直播。

“燕老大太帅了！”看到激动处，南宫舞着鸭腿大吼起来，惹得整个饭馆的人都向他投去注目礼。

“加油！燕老大！”连戒指这样向来正经稳重的男人，都用力地握着啤酒瓶，好像那样就能把花阡陌的脑袋捏爆。

这一行人，从开始，到现在，再到久远的往后，他们都一直一直坚定地站在最初的阵线上，他们用自己的方式景仰着黑夜尽头的男人，他们用自己的行动守护着关于黑客的精神，从前前任站长到前任站长，从前任站长到燕归来，从燕归来到关小熙，他们以及他们的后代，一代又一代的人，他们尊崇着真正意义的自由，也许他们默默无名，也许他们其貌不扬，可他们明白自己的工作，有王必有将，有皇必有相，他们从不贪求那至高的境界，他们也不会浪费精力去攀登那云端的山巅，对于他们来说，能站在山脚，永远地与他并肩作战，那就足够——无论山巅的“他”是谁。

他们与他一样，只守着自己的信仰。

忽然，一群坐在隔壁桌子吃饭的大学生兴奋地大喊起来“快看啊！颜可反击了！太好了！太完美了！花粉永不倒下啊，哈哈哈哈！干！干死燕归来那个卖国贼！”

接着是一阵欢呼和起哄。

南宫等人皱起眉头望去，只见对方也带了三四台笔记本电脑来，正在上网看视频，本来南宫联想到自己学生时代的经历，只当他们是在看激情小电影，现在听他们喊了，才知他们竟也在看直播。

大城市就是这点好，无论走到哪儿，只要不是太偏僻的地方，都能搜到无线网络信号，在中关村这一带尤其多。

南宫当时就腾地一下站起来，不知是酒精还是生气的缘故，他整张脸憋得通红：“什么叫花粉？我看是化粪！没有燕归来保护网络，你们哪来的福气在这儿上网？！”南宫扯着嗓门用他最大的音量朝着那桌学生狂吼。

“你哪所学校的？什么素质。”其中一个学生翻了个白眼，阴阳怪气地丢给南宫一句，“没想到啊，燕归来竟然还有残存的走狗。”

海淀的大学多，分不出人来很正常，可南宫瞬间明白了，他们说的这些台词，都是花阡陌的《走近黑客系列》中经典的名句，而他们随口拈来，可见狂热程度。

“甭问了，他怎么可能是大学生，燕归来的粉丝都是一群没素质的 loser。”又一个学生朝着南宫等人啐了一口，“瞧他这长相，准是一个打工仔，喂，说你呢，瞧什么瞧，想打架是不是？”

南宫已气得两眼通红，他堂堂清华计算机系毕业生，中关村里富得流油的老奸商，头一次被人这么侮辱。如果在网络上，他早就把对方的电脑破坏得他老子都不认识，可这是现实，现实中，最厉害的还是拳头。只听“哗啦”一声脆响，南宫踢翻凳子，又摔碎了手中的酒瓶。他身边的 CM、戒指、墨非、老鸨等几个男人也腾地站了起来，那一桌学生还来不及收起那几台可怜的笔记本电脑，它们已被冲上去的几个“打工仔”一脚踩到地上，随着杯盘乒乓的碎裂声，在燕归来与颜可数据世界里如火如荼的战况中，数据世界之外的这两伙人，也斗成了一团。

万厦集团的总裁办公室内，张大牛正在赵艾为的强烈建议下，在电脑上打开了颜、燕二人实战的视频：“你要我看这玩意有什么意义？嘲笑我不懂是吧？”张大牛愤怒地向小赵子咆哮，他本来和一个女玩家约好了在这个时间点视频裸聊的，哪知赵艾为非让他看这玩意，说什么这是非常重要的东西。

“老子当然知道这很重要！”在赵艾为委屈的辩解中，张大牛继续他因失去一次裸聊机会后的泄愤，“可是老子只关心结果！结果就可以了！至于过程，老子管他！你一个人看还不够？”

“老大……你不是一直想找燕归来合作吗？现在陆萧被叶江城那个草包签走了，我们再不与燕归来取得合作关系，那等于是把钱往江城科技手里送啊……”

赵艾为躲过了一个满载张大牛的愤怒飞向他的烟灰缸，说道：“张总，我可以时刻给您讲解。您当年让我跟着如意去参加那什么中华黑客会的收徒大会，我到底是拜了一个强人为师的，虽然我资质不够，人家没教我多少东西，但目前这形势，我还是可以时刻分析给您听的。也许不用等结果了，哪一方大占上风，我们就可以为拉拢哪一方做准备了。毕竟，我们不能再让别人捷足先登一次……”

张大牛觉得有理，连连点头，这时办公室大门被敲响，技术总监慌慌张张地冲进来。

“老大，出了点意外……”

技术总监抹了把脑门上的汗，在张大牛不满的目光中磕磕巴巴地说：“我们……万厦……在万度搜索上……多了好多……负面新闻……很多是……”

他话未讲完，张大牛已打开网页输入“万厦”两个字搜索，看着看着，他脑门上也冒出了汗，继续往下翻页，他终于忍不住一把砸碎了手上的茶杯。

万度搜索引擎的前几页，搜索出来的字条赫然都是“万厦集团总裁混乱私生活隐秘”“居适宾馆少女卖淫案曝光，幕后主使直指万厦集团总裁”“万厦集团总裁身陷南京‘偷情门’，现场高清视频回放”等等不堪入目的新闻词条。

“什么破万度啊！搞竞价排名也就算了，老子没少给他们交钱，这今天又是唱的哪一出？！”

张大牛当时就气得大拍桌子。

不说他从没做过犯法的事，他这一年来都没去过南京出差，网络上的偷情门、卖淫门等等事件竟然都在一夜之间把男主角的位置让给了他！

这是何等的荒唐？

张大牛本想去下载那个偷情门的视频来看看男主角到底长得和他有多像，但在赵艾为和技术总监的阻止下放弃了。

“我看过了，那些视频的链接都带着木马病毒。”技术总监冒着丢饭碗的危险说道。

张大牛此刻已懒得去计较技术总监会在上班时间对那些视频感兴趣之类的问题，他甚至都不再关心颜可和燕归来决战的结果，他现在唯一想知道的，就是这一夜之间冒出来的负面新闻是谁下的毒手。

“百分之五十的可能，是叶江城。”赵艾为掰着手指头分析，“他昨天才签走陆萧，今天就对我们放了第一招。”

“那剩下的百分之五十？”张大牛不耐烦地捅了捅赵艾为的胸膛，“有屁快放，别给老子卖关子。”

“剩下的百分之五十，那就是万度又要向我们收钱了，万度的竞价排名老大你也知道，这负面新闻我们不交钱还真不给删……除非我们有燕归来或者陆萧，可陆萧已经……”赵艾为吞了一口口水，又望了张大牛一眼，不敢再说下去。

“你们两个现在就去和万度谈这事，要他们把新闻撤了，谈不成也没关系，负面新闻未必不能给我们炒作，小赵，你再去帮我联系如意……”

“如意姐不是和她的新男友去夏威夷度假了吗？上次说了，她什么电话都不接。”

“不要紧，你就说我有十万火急的事情找她，和陆萧有关的！”

张大牛吐了一口烟，对于这个干外甥女，他可不想放过，一想到陆萧和叶江城联合起来对付他，张大牛就气不打一处来。你会自尝苦果的，陆萧！他在心里咒骂着。

这时远在夏威夷一家度假酒店内的如意，接到了来自中国的电话。

她皱起秀眉，好不容易出来散心，她可不想被那些乱七八糟的电话破坏好心情。谁知这电话不甘地响个不停，她不耐烦地接起一听，就震惊了，连忙从床上爬起来，穿上衣服走到阳台上听电话。

“乖宝贝啊，怎么都不来一个电话，舅舅好想你啊！你知道吗，陆萧本来延长了刑期，但又减刑啦，他已经出狱啦，一出狱他就想着见你，可是我去晚了一步，一个江城科技的草包总裁，为了取得与陆萧的合作，不惜让自己的妹妹去色诱他。据说啊，那个草包的妹妹长得和外甥你的气质很像，舅舅去的时候，陆萧已经被那个草包接走了，现在舅舅也联系不上他。你也知道，陆萧那么痴情的男人，现在又借着花阡陌的书闹得满世界皆知，以他的心性绝不会与人合作的，江城科技的草包，竟然利用他的感情……”

电话中，是张大牛亲切的声音，如意越听越是心烦意乱：“别说了！”最后她厉声打断张大牛，“我现在就飞去中国，一切等我来了再说，陆萧绝不能给别人！”

如意掐断电话，就回到房间开始洗澡，洗完澡又开始收拾东西，她利索的手脚在不到一刻钟的时间内，就打包好了自己的行李。

躺在床上被压榨得只剩半条命的男人睁开了他迷茫的双眼。

“亲爱的，你要去哪里？”男人眼中有着不解与痛苦，“难道我刚才做得不好吗？对不起，我下次一定……”

这个男人说的，是并不纯正的英文，看他的血统与肤色，也不能看出是哪国人，或许是混血，或许是东方人，他有着一双相当漂亮的黑色眼眸，以及两瓣纸一样薄的嘴唇，如果仔细看，可以发现他的五官到锁骨到手指到身高再到气质，都与燕归来，或者说是陆萧本人的特征，极其相似。

有的女人就是这样，为了最初失去的爱情，在今后漫长的岁月里一次又一次寻找着过往的替身，哪怕她们心知肚明，替身终究是替身。

无论过去多少年，最初爱上又失去的那一个人，到底是她心中无可替代的存在。

如意飞往中国去追回陆萧，而夏威夷酒店里被她一言不发就抛下的男人，据说当天就跳海自杀了。

两个小时过去，新时代电脑培训中心早已响起了下课铃，可研究班里的学生们依然忘乎所以地盯着眼前的屏幕，这一场战斗已陷入了胶着状态，颜可的屏幕上，显示着他正使尽解数发动攻击，一波接着一波，一波比一波凶猛，而燕归来的屏幕上，却清清冷冷，他只开了他自己编写的一个极限防御的软件，光是软件界面的设计就足以让观战的内行们大为惊叹，更何况是软件中让人惊为神话的功能——天知道燕归来这个变态是怎么设计出这些功能的，观战的人们只能瞧着，却摸不到，一个个恨得心痒痒，又无可奈何。

对于燕归来和颜可这样级别的人物来说，把屏幕内容向对手甚至全世界开放都没有什么关系，毕竟，他们飞快的操作速度导致屏幕上的信息量往往最多只能停留零点几秒，这不到一秒时间间隔的信息更新量，让普通的围观群众只能走马观花一样等待着最后结果，而在内行人看来，就算他们把图像录下来再以十倍的慢速度播放，也只能看到现成的软件界面、信息指令等东西，无法接触到那些软件功能算法的核心，就像人们学习着古代高手的剑谱、甚至揣摩剑谱的思想、创始人的用意等等，但无法因此成为古代高手一样。这人世间有许多东西，不是照抄可以抄来的，不是抄来了可以学到手的，不是学到手了就能运用的，不是运用了就能成名的，不是成名了就能成神的。

燕归来和颜可，这两人甚至都不在乎把屏幕内容向对方展示——尽管直播的视频显示了，但从头到尾，两人都没有想过收看视频来获得对方屏幕的信息以便自己利用。

关小熙安静地站在她师父身后看了一会儿，然后轻轻地把一份午饭放到书桌旁边。

燕归来开启了无耻的防御系统，他本可以轻松一下，他却抱着双手坐在椅子上沉思，看也没看自己的屏幕，更没在意多出来的午饭。

他就这么沉默地坐了一刻钟，关小熙也沉默地看了他一刻钟，这一刻钟，他连键盘鼠标都没有碰，一刻钟后，颜可仍在试图攻破他的防御系统，燕归来却推开椅子站了起来。

“师父。”

她低低地唤了声，不出意料，他一个转身，少女正好在他身前，他望见了她期盼的双眼，一言不发的男人瞬间就拥住了少女柔软的身体，这个姿势一直持续到他们两个都倒在了沙发上。

“师父，你还在……你不会还……还……”还在为早上的事耿耿于怀？

少女惊慌又羞涩的双眼埋在燕归来的颈间，口鼻呼吸之间，满是让她心醉的气息，在一起那么久了，可他每次抱着她时，她依然会有心快要跳出来的不知所措的幸福感。

燕归来俯身吻住了她。

“师父……你还在……嗯……”

当一个湿润绵长的吻结束时，少女终于可以抬起头。她摸着胸口，上气不接下气地喘着：“师父，你还在和颜可决战呢，你难道……你难道在放水？”

燕归来开着防御系统坐视不理，也许在花粉们的眼里这是他走投无路，黔驴技穷，但关小熙看得出来，这是他在拖时间，甚至在故意放水。

毕竟，老人战新人，输了不光彩，赢了也不光彩。

放水无疑是最好的选择。

但关小熙又觉得，以师父这样的性格，不见得是圆滑世故的人，赢了就是赢了，输了就是输了，没有什么辈分资历之分，不服？再来！这是身为神的骄傲。

所以少女摸着自己的嘴唇，目光茫然，让她更茫然的，是燕归来就在这时突然说：“小熙，愿意和我结婚吗？”

“啊？”关小熙愕然了，惊讶了，虎躯一震。

不是接受不能，是幸福来得太突然，她还没有做好准备啊……关小熙愣着眼，忽然觉得满世界都荡漾起来，这个闪闪发光的美好世界，飘满了让她欲仙欲死的粉红泡泡，啊，结婚，她是不是在做梦？

只不过她这番愣神，看在燕归来眼中，就像被吓到了一样。

“对不起。”老男人低声说，随后起身离开了沙发，重新走向冰冷的书桌，“如果你希望我放水，你最好现在就提出来，晚了就别怪我欺负小孩。小熙，我这一生从没有败过，不战而败对我来说是耻辱，但为你……我可以破例一次……如果你……会难过的话。”

如果那小子输了，退出圈子了，再也不见了，那她也会难过吧？

燕归来第一次发现，原来自己是那么在乎她的感受，名望、资历、财富、基业，这一切，他从前视为生命的一切，如今与她的感受比起来似乎都变得微不足道，如果她不愿意与他一起过完下半辈子，他要那些身外之物又有何用？

燕归来并不知道在大洋彼岸有个为情困扰而跳海自杀的男人即将登上报纸的头条。

他只是看着屏幕上跳动的数据，软件自动显示的已拦截一次又一次攻击的记录，忽然觉得这些都变得刺目而可笑。他在这世界里跋涉了十数年，他自以为掌握了一切，他自以为是神，可这些数据、电路、机械，它们没有一样可以赐予他爱情，身为神，他却可怜得连爱情都要奢求，站在世界巅峰的人，其实他一无所有。

颜可又发动了一波攻击，只差一点，就能破了他的防御。

燕归来对颜可这突如其来的一波攻击感到奇怪，他了解颜可之前的实力做不到这种程度，也许有高人在助他，也许他使出了真正的撒手锏，可燕归来已经懒得再去思考了，他的爱徒没有接受他的求婚，这一点已让他觉得一切都失去意义，心灰意冷的男人轻点鼠标，关掉了防御软件，撤掉了一切防御。

输就输吧，他无所谓了，如果颜可赢了，可以让她开心，他做什么都愿意。

燕归来的屏幕静止不动了，撤掉一切，没有再做任何事。

世界各地无数坐在电脑前收看直播的人都不禁倒吸了一口凉气，燕归来这一举动连外行人都看得出来，他这相当于丢盔弃甲，任凭挨打，相当于举白旗投降。燕归来如今的电脑，防御力脆弱到几乎为零，这不但是肉鸡，还是长满了肥肉的鸡，稍微一个懂点黑客技术的人，都可以不费吹灰之力获取他电脑的所有权限。

有些人开始蠢蠢欲动。

有些人开始破口大骂。

有些人开始心中窃喜。

还有些人等了一会儿也开始替他们着急：颜可，你在干什么！赶紧动手啊！你们两个耍人啊！

全世界的观众再一次震惊。

颜可。

这个胜利对于他来说是唾手可得的少年，竟然半晌没有动作。

破口大骂得最厉害的，就是在医院病房里的花阡陌老同志，他的膝盖上放着前一刻还让他得意扬扬的笔记本电脑，而这一刻，只有可怜的护士小姐看老人捂着胸口，似乎随时会发作心脏病。

当关小熙终于解释清楚她愣神的原因的时候，当燕归来关了显示器说着“不管那些事情”的时候，当两人再一次倒在沙发上缠绵拥吻的时候，杭州闹市区一家冷清的网吧包间里，颜可孤孤单单的一个人，他摘下了耳机，他默默地收拾好了随身的东西。他的背包里还有六个硬盘，硬盘里装着一千多个G的彩虹表[23]，他备了它们来破解密码，可惜到底没有机会派上用场。他拉上了背包最后一道拉链，喝光了可乐瓶里最后一滴液体，他把吸管拔出来，打了个结，扔进纸篓中。他看了一眼手表，他背上背包，他最后在自己屏幕上用中文打了一行字。

“我输了，燕归来，你的技术确实让我佩服，你是当之无愧的王者，我输得心服口服。只不过这场战斗，我师父最后来捣乱，我不想那么做，所以算我输。但我其实还没和你真正地较量完呢，一年后的今天，你再和我打一场吧。”

他用的，还是他一贯骄傲的口气。

---

23　计算机术语，为了破解各种可能的字母组合成的密码而预先计算好的哈希值的集合表。

敲完字后，他就直接摁灭机箱电源，结了账，走出网吧。门外，阳光正好，而他踏上了回到山区去支教的客车。

一年后。

“明天就是《理想国》的首次内测了，哈哈，多亏了小熙你师父的关系，这么容易就通过了文化部的审查，我听我哥说，他们公司的网游为了通过审查可砸了不少钱啊。”

叶盈盈举着一杯酒，首先向关小熙和燕归来敬祝，但被强行拖来的前任中华黑客会站长兼《理想国》投资人依然黑着脸，不是他不习惯这种满是年轻人的热闹场面，而是……

“哦哦，我说错了，是小熙的老公，啊哈哈哈……”在苏牧戳了她一筷子的情况下，叶盈盈才赶紧改口，果然，老男人的脸色好看了不少。

这是《理想国 OL》历经两年之久的研发之后，第一次公开内测前的聚餐，所有有空没空的制作者，都汇聚到京城进行见面聚餐，竟有数百人之多，而且这还没算外围的业余贡献人士。

这中间的辛酸，也只有关小熙明白，一款同时在线人数即将创造历史神话的网游，由当初的四个创始人，发展到一个群的人，再发展到几个群的人，再发展到人拉人，人拖人，最后几千名业余人士提供各种创意设计的结果，这款从一年之前就已在网络上传闻开来的低成本制作的神秘网游，终于呱呱落地，迎来了向大众揭开面纱的一天。

低成本的像素风制作，不代表对于高质量的放弃，相反游戏中的每一个 NPC 的服饰、台词、布景、音乐，甚至真人配音，他们都做到了精中求精，既然走的是桌面内嵌式网游路线，那么一个“精”字是少不了的。游戏在精而不在大，一粒芥子尚可容纳整个世界，而叶盈盈一直认为他们的游戏与那神奇的芥子也差不了多少。

“我哥他们的网游，据说客户端就有 10G 大小，咱们的连 100M 都不到，但一定不会输给他，哼，那个什么《仙宿 OL》，我看不过是空有花架子。”

在座数百人，虽然都对自家作品有自信，但也只有叶盈盈一个人敢公然诋毁江城科技的总裁。

要知道，《理想国 OL》在网络上的广告，全靠网友之间口头传闻，而江城科技的《仙宿 OL》和万厦集团的《美人 OL》都是投入了大量资金，在网络上打着铺天盖地脑白金式的广告。《仙宿》的单机版原本就有人气，叶江城本人更是帅哥一个，博客访问量无数，而他本人更懂得利用这一优势，游戏未上市，女孩们已相约去网游里建公会、打副本、得到广告词中所说的“玩游戏，与叶江城双飞欧洲十国游”资格。但万厦集团不甘落后，他们费尽心血研发出来的《美人 OL》乃张大牛聘请了时下最畅销的网络小说家天佑大帝来撰写剧本，一句“让所有玩家体会到云端的极致快感”的广告词就让宅男玩家们蠢蠢欲动，再一句“本游戏永久免费”更放低门槛，拉拢了一大批玩家，相对于按时间收费的《仙宿 OL》来说，人们宁可选择免费的网游来消磨时间。

两方皆是强敌，几乎瓜分了所有女玩家资源和男玩家资源，低成本的《理想国》处于其中的地位相当不利，更何况，他们论资金论成本论炒作，一样都比不过人家。

不过在座数百人的热情竟然空前地高涨，也许亲生的娃在自己眼里总归是最好的，燕归来的一句“中华黑客会已决定每个在游戏里练到满级的会员，拥有一年内免被站长助手检测的特权”就让他们根本不愁前期玩家了，作为《理想国》最大的股东，燕归来为了宣传自家的游戏可谓不惜血本。

同样，关小熙也乐得直流口水，她十分明白自家师父的用意，也十分相信自家男人的眼光。炒作的投入是巨大的，那些门户网站首页的广告，可是以小时计费的，江城科技和万厦集团不可能永远地炒作下去，毕竟没人能支付得起那种天文数字，而一旦他们停止了炒作，前期被广告吸引来的玩家也流失了，那这游戏就相当于完了，而一款没有内涵、可玩性不高的游戏，是最容易流失玩家的。

关小熙心里清楚《理想国》的可玩性有多高，连燕归来这种不沾网游的男人，都曾以“测试BUG”为名，在游戏刚完工的时候玩了三天三夜，那吸引力，简直比她都大……不过一想到这以后赚来的都是她腰包里的钱，她也就不计较了，其实她早该明白的，燕归来若不是奸商，中华黑客会也不会发展到如今的地步。

大家心里各怀心思，叶盈盈忽然说道：“喂，小熙啊，我们的游戏都生出来了，你们的孩子什么时候生啊？”

关小熙一口水喷了出来，而燕归来被食物噎住了。

关小熙转头看了一眼身边的男人，那发黑又发红的面色不知道他是在别扭还是在羞涩——如果神也会害羞的话。关小熙从桌子底下一脚踹向叶盈盈：“你这个八婆，你自己怎么不和苏牧生一个啊！还催我们呢！哼！”

我们。

这两个暖洋洋的字眼让前任中华黑客会站长的脸色泛上了另一种红晕，在满桌人的大笑声中，他心中咒骂着发誓再也不来这种聚会了。

聚会结束后，大家散去，门外阳光正好，似乎和一年之前的，是一样的温度。

再之后的事情，和他们预料中的一样，《理想国》由内测到公测，由公测到上市，在神的庇佑下，一切的一切都相当顺利。他们为了长久地发展，最后也商定了时间收费模式，这一款从夹缝中茁壮成长的游戏，没有任何广告与炒作，全凭着游戏的可玩性与网友们口头传诵的赞誉，短短两年就发展到三百万人同时在线的壮观规模。而且不同于其他网游人数越来越少，服务器越来越贵，《理想国》的在线人数反而是一年比一年多，最后还卖出了各国语言的授权，发展到全世界三千万人参与其中的桌面式内嵌网游，从学生到白领，从小孩到老人，所有接触到网络的人，都会在周围朋友的煽动下爱上这个简单小巧却不失内涵的游戏。游戏的版本更新了一个又一个，游戏的玩家来了一辈又一辈，漫长的时间河流中，它是一株并不明媚的，却长生常绿的花藤，也许它在任何一个时间，都比不上大型网游的盛况，可在许久的以后，依然存在不衰的只有它。

在《理想国》成功运营第二个年头的时候，早已可以在家中躺着数钱的关小熙、叶盈盈、苏牧三个人来到了当年他们想出《理想国》这个游戏创意的旧地。

当时四个做着发财梦的人，如今实现了梦想，人却少了一个。

“陆萧自杀了，小熙你看新闻没有？”叶盈盈拍了拍她的肩膀，试图转移她的思绪。

“嗯。”关小熙只是轻轻地点了点头。

陆萧，这个先是签约了江城科技，后不惜毁约与万厦集团合作的男人。是的，他只是一个男人，他不再是多年前那个桀骜的“病毒之王”，就因为心中关于洛丽塔[24]的童话，他被叶江城利用完，又被张大牛利用。最近几次《理想国》服务器遭受的大面积恶劣攻击，关小熙用脚指头想都知道是谁干的，也知道是谁指使的，可陆萧还不罢休，在一次 DDOS[25] 攻击中被关小熙打了回去后，陆萧又转头去攻击《仙宿 OL》的服务器。

只是他低估了叶江城，没有任何顶尖黑客坐镇的江城科技，竟然搬来了律师和警方，陆萧的攻击手段被警方全数截获，本来江湖事江湖了，叶江城这一招谁也没有想到，有人说他卑鄙，有人说他破坏了规矩，有人说网络就应该清理整治了，无论如何，陆萧这名出狱不到一年的前任“病毒之王”，在严打中，成了网络暴力的牺牲品，他再次迎来了生命中又一个十年之灾。这一次，没有人保释得了他，连燕归来都无能为力。两日后，他的自杀就上了报纸的头条，只剩攥着报纸的浓妆女人，在医院孕检室里泣不成声。

“不要客气，喝吧，我知道你最喜欢喝这个。”

她对着空气笑着说。

“《理想国》那么成功，你应该会很高兴吧。”

“游戏真的很好玩哦，连你最讨厌的老男人都每天玩呢。”

“大家都等着你回来……等着你上线来……一起玩。”

“你的等级和装备，一定能超过老男人的。”

“回来吧，颜可……你只是掉线了，对吗……你快上线啊。”

你只是掉线了，对吗？你总有上线的一天，对吗？

阳光洒在桌台上，洒了少女满身满脸，她张开手指，望着窗外树梢间那些白花花

---

24　根据《人间年表》记载，1993 年如意从 MOROCC 毕业，1994 年如意奉命从法国来到大陆接近陆萧，当时她只有十五岁，正是洛丽塔的年纪。

25　分布式拒绝服务，DDOS 攻击是将多个肉鸡端联合起来作为攻击平台，对目标发动通讯攻击，从而成倍地提高攻击威力。

的刺目光影，光影如海，似乎海中还游荡着当年的热带鱼儿，那些色彩斑斓的花纹，恍惚还在眼前，它们如他在她耳边诉说的话语，一句一句，全是顽皮的笑颜，可它们永远定格在时间里了。也许他说得对，他是让时间停止的魔术师，他固执又骄傲地留在了那些光影的深处，岁岁含笑，年年不老，就如他们的理想国，他们的乌托邦，国王其实有四个，而不是玩家心目中的三个。

他曾是那么想让所有人记得他，他却到底让所有人忘了他。

关小熙仰起头，那一瞬间，有泪水落下来。

当一位外号叫作多哥的少年背着行囊跋涉了半个中国终于在云南大理找到了花阡陌的老家时，已经是这一年春末了。

少年穿着破烂的球鞋，走在干燥的田埂上，泥土的芬芳，混合着四周的油菜花香，让他的心情格外舒畅，在被第十八个女朋友甩了之后，他终于得偿所愿找到了重新隐居的花阡陌花大师。

他心底，对黑客中的大神，都是崇拜的。

落花满地的田野中，他终于见到了拄着拐杖的老人。

天降大任于斯，他在情感路上的不顺，必将造就他事业的顶峰，他觉得这是上天对他的恩赐，他是命运选中的主角。

许多年前，主角是花阡陌，再过许多年，主角是陆萧，后来，又变成了燕归来，以及关小熙、颜可那些后辈。

而如今，他也终于可以做一回男主角了，他的一切条件，都符合小说中主角好事多磨的感情命运。

而他，又有着过人的天赋，毕竟整个研究班里，他的才华是公认的，而他有生之年，又见证了颜可与燕归来的一战，他觉得，他的境界又提升了不止一个层次。

多哥呼吸着大自然最纯粹的空气，他挺起胸膛，摆出了小说主角求师必备的最坚毅最诚恳的面孔，一步一步向田野深处的老人走去，他简直觉得胸腔中有轰隆隆的春雷在炸响。

花阡陌是因为什么又突然辞去一切明星光环，重新归乡退隐的，他不知道，他无处打听，他只认定了自己是命运选中的主角，既然找不到燕归来，那么找到花阡陌也好，至少可以拜一名师，求得今后的无上造诣。

“请问，您是花老大师吗？”

多哥字正腔圆地问，他甚至已准备好了只要老人一点头他就“扑通”一声跪下去求老人收他为徒，就算不收也要用诚心感动他。

谁知老人头也不回，只语气淡淡地用方言说了一句：“我不是，你认错人了。”

多哥错愕了。

他愣了一会儿，从背包里掏出当年花阡陌在媒体镜头里红光满面的照片，他到老人面前拿照片一张一张地比对着，他应该就是花阡陌，没错，只不过比照片上容光焕发的大师苍老了不少，好像十年的岁月，一下子穿过他身体一样。

多哥想不通为何老人会变成这副老态龙钟的模样，也想不通为何他会拒不承认那是自己。

也许大师都这样？也许大师都要考验后辈？

诸葛亮还要三顾茅庐请出呢。想到这里，多哥也不再纠结，他直接甩了背包，“扑通”一声跪倒在老人面前。老人沾满泥泞的拐杖离他的鼻尖只差几毫米，多哥丝毫顾不得这些，他正对着老人同样满是烂泥的粗布鞋子，学着小说里主角拜师的套路，恭恭敬敬地磕了三个响头。

“花大师，我是诚心来求学的学生，我想恳请您收我为徒，我对计算机有着疯狂的热爱，您也可以考考我的资质，我家世清白，三代为工……”

多哥的台词还未背完，花阡陌已出声打断了他：“我早已不收徒弟了。”老人不顾拼命磕头的少年，转过身去，拄着拐杖走了。

多哥一愣，赶紧起身上前搀扶老人：“您不收徒弟，收学生也行啊，我这人求知欲特强，您讲什么我都喜欢，您从前写的书，我一本不落都背下来了，我背给您听：啊！雪山壑谷！南极海底！大洋彼岸！我自制的电话机，可以接通到世界上任何一个角落！这不是神话，我也不是神仙，这只是一门叫作黑客的艺术……”

“你走吧。”

花阡陌理也不理他的恳求，一把甩开了他，自顾自拄着拐杖，一步一歪斜地向田野更深处走去。

有风吹过，田间不知名的野花纷纷扬扬。

“我这一生，不会再收徒弟了……”苍老的背影弯得更低了，低哑哽咽的声音响起，“唯一的一个，也死在了大山的泥石流里，都怪我，都怪我，我就该和他一起去教书的，是我害了他……是我害了他啊……”

老人最后的叹息从风中传来，而纷扬的落花遮住了求学少年的眼，他就这么怔怔地望着，直到再也望不见老人的背影。村庄的后面就是连绵起伏的大山，一座连着一座，苍翠墨绿，一直连到天的尽头，连到下一个，再下一个花季。

那是我们代代传承的信仰，是我们永不弯曲的脊梁。

# 莫洛克往事

MO LUO KE WANG SHI

## 一 意外来客

2025 年，冬，莫洛克（MOROCC）修道院。

又是一年平安夜，耶和华降世的喜悦佳音在此刻于他却是巨大的空旷和寂寥。

自她离去，转眼已半生。

尖锐的穹顶和细窄的玻璃窗依旧维持着中世纪的苍白风格，屋内冷冷清清，他祷告完毕，拂去窗台上厚积的雪，屋外是隆冬雪夜与万家灯火，他能想象出街头巷尾孩子们银铃般的笑声，这是在 MOROCC 几乎没有过的，他们不需要，也不该有。

二战结束后，法国最大的财团世家 Dubois，在塞纳河西岸创立了这所 MOROCC 修道院，他是第一批被 MOROCC 培养出来的人才，可惜年纪轻轻就在一次任务中负伤截肢。于是，他不得不提早结束他的特工生涯，开始以管理者的身份为 Dubois 经营 MOROCC。

当年让世界颤抖、在圈内如雷贯耳的四大 HackerTeam[26]：GHOST、DOOM、DEVIL、WIND，均是他一手从 MOROCC 培养出来。

二十年前，老 Dubois 被杀，整个世家分崩离析，最终被各方竞争对手蚕食殆尽，本该毁灭的 MOROCC 却被法国政府强硬收购，从此，MOROCC 这个披着修道院外皮的秘密培养基地，转而为资本政权输送精英特工人才。

在这跌宕起伏的一生中，他没有名字，他收留的那些孩子，也没有名字。

没有过往，没有亲人，他们的生命里，只有冰冷的“知识”，以及任务。

他们都叫他神父。

在严格残酷的训练制度下，他们对他尊敬、感恩，同时也屈服、畏惧于他。

除了她。

那个眼神闪烁的小姑娘，仿佛还在他耳边叽叽喳喳地和他争论上帝是否存在。

那是他这一生见过的最机灵的小姑娘，她在十四岁的年纪，就学完了 MOROCC 里所有的课程，数学、信息学、物理学、化学、心理学、生命科学、艺术、哲学、文学、

26 《燕归来熙》中四大黑客组织。

社会学……无一不晓，无一不精。

她总是穿着各种异教徒的服饰，在修道院里如一只叛逆的蝴蝶。她在祷告仪式上捣乱，打破 MOROCC 多年来死板的规则和传统，她不信上帝，她公然挑衅他的威严。

即便如此，他也不曾生气，甚至破例给她起了一个名字，据说那是来自东方的一种宝物，寄托了他所有的祝福和恩赐。

——如意。

可他这一生，怕是再也不能如意。

他从窗口的角度望出去，正好能望见远方塞纳河的波光闪烁，大雪绵绵不绝地落在河面上。他当年就是在塞纳河边捡到她的，一个脏兮兮的襁褓里的弃婴。他抱起她，她一路对着他咿咿呀呀地笑，仿佛注定将要成为他一生中最宠爱的孩子。尽管她在 MOROCC 只度过短短的十四年光景就被 Dubois 带走，但这片刻回忆竟已耗尽他的全部神思，他不由得叹息一声。

神父苍老的指尖抚上胸口的纯银十字架，十字架映着屋内的烛火，泛起一片细腻的光泽，如他的满头银发。

一年又一年，他无数遍重复祷告，主，若你真的存在，若你尚能听我祈祷。

门忽然被敲响。

老神父回身往壁炉里加了些柴火，然后打开了门，门外站着 Aout。

Aout 是他在一个炎炎盛夏的日子捡回来的孩子，所以 Août[27] 的缩写“Aout”就成了将会伴随这个孩子一生的代号。

Aout 闷声闷气的声音响起：“神父，有人找你。”

老神父看了 Aout 一眼，这孩子依然是木讷的眼神、肥胖的身体、邋遢的发型、充满味道的衣服、再过多少年都不会开窍的模样——按照惯例，MOROCC 不会留任何一个孩子超过二十岁，要么被带走，要么被淘汰，这里将永远最多留有十二个名额，对应十二个月份。这个 Aout，他的三个代号同样为 Aout 的前辈，两个被淘汰，一个被带走，而已到二十六岁的他，与这里残酷的竞争机制显得格格不入，他或许将成为这里最后一个 Aout。

自她走后，一切惯例甚至是规则，都开始变得自欺欺人起来。

这个 Aout 似乎天生就有智力缺陷，无论给予他多严厉的惩罚，他也永远是懵懂的状态，而 MOROCC 的孩子从十一岁起每隔三年就要进行一轮淘汰筛选，在以往，Aout 这样的孩子恐怕永远过不了十二岁生日。可或许是她的离去动摇了他坚持多年的原则，他一直留 Aout 到了二十岁，二十一岁，二十二岁……一次又一次打破惯例，就如她曾经打破的那样。

二十六岁的 Aout 早已是一个淘汰品，他把他留了下来，干干杂活，打理上下事务，似乎也是个不错的选择，毕竟，他已经很老了。

老神父披了外套下楼，Aout 紧张地跟在后面。

修道院的石头阶梯是冰凉而陡峭的，如在这里流淌消逝的岁月，只有一条腿的老

---

27　法语：八月。

神父，不得不小心翼翼地倚着扶手下楼。Aout 搀扶着他另外半边身体，两人路过二楼转角的阅览室时，毫无意外看到了正在挑灯夜读的 Jan。

Jan 是十八年前的新年第一天被送来的孤儿，欧亚混血，十分漂亮的男孩，也没有任何先天缺陷，按说不该被父母无情抛弃，十八年来 Jan 在 MOROCC 的残酷栽培下长大，这个代表 janvier[28] 的代号也将伴随他的一生。

Jan 与 Aout 一样，在 MOROCC，无比格格不入。

不同的是，Aout 是因为愚笨，而 Jan，是因为自负。

属于喜乐的平安夜，即使在军事化管理的 MOROCC，所有孩子也都拥有自己的假期，可 Jan，这么多年来，他从来没有和其他孩子一起唱过圣诞歌，没有一起在篝火旁跳过舞，甚至没有展现过那么一点的欢声笑语。

这样的孩子，本该是顶级的特工苗子，放在老 Dubois 还活着的时候，绝对会把 Jan 视为掌上明珠，政府接手 MOROCC 后，也必将把 Jan 放在最高 S 级秘密特工的位置。而如今，老神父却一再婉拒法国政府的聘请，只为了把 Jan 留在身边，再多留两年。

即使在事实上，Jan 根本不需要他的宠爱，也并不像当年的小姑娘那般会仗着才华到处捣乱，这个把整颗心埋在书里的漂亮少年，自负到惜字如金的程度，仿佛世上只有未解的知识才能得到他一刹那的青睐。

老神父不由得开始想念另一个名字同样是“J”打头的孩子，他比如意晚来两年，是极少的坚持想要拥有一个名字的孩子，他说“id”和“prenom[29]”是不同的意思，“prenom”是上帝的赐予，没有人可以剥夺——神父最终同意了他的请求，从此那孩子不再是一个代号，他叫作 Jim。他很喜欢如意，即使从未得到过任何回应，他依旧拉着优雅的手风琴弹唱着意大利情歌，他是一束热爱艺术的阳光，也是在当年把“知识”学得让人无可挑剔的孩子。

一切入侵、窃密、谍战、枪斗、搏击、暗杀……对他们而言，都是“知识”的一部分。Dubois 在 Jim 十六岁那年带走了他，他独立成就了只有他一个人的 WIND 小组——四大 HackerTeam 里最神秘也最强悍的一支力量，开始他风华绝代的人生。

老神父依旧记得 Jim 那一头让人眼花缭乱的金发。

就在刚出生的 Jan 被送到 MOROCC 的那一年，也从遥远的东方国度传来了 Jim 的死讯，和如意一样，他最宠爱的天使，竟都一去不回。

老神父转过曲折的走廊，在尽头打开厚重的石门，风雪顿时扑面而来，落在他花白卷曲的头发和胡子上，他就着昏暗的提灯看清楚了屋外来客的面容。

“老头，听说你找了我很多年。”

裹在羽绒服里的少年修长挺拔，他俯视着门内一老一少两个人，他的语气充满了不敬。

---

28 法语：一月。

29 法语：名字。

## 二 耶和华礼赠

“哦，我的上帝……”

老神父张大了嘴。

“我的天哪……”

他嘴里灌进冷风和雪。

“孩子，把灯给我，我是在做梦吗……”

他拿过 Aout 手中的油灯，举高凝视。

“我简直……我简直不敢相信……这是上帝的礼赠，一定是……”

他差点就要握不住灯的提手。

“孩子，我的孩子……”

谈吐素来犀利的老神父，此时竟也语无伦次起来，他盛满风雪的眼底盈出了泪水。他扔了灯，颤抖的双手捧起少年的面颊，他用力地确认着，面前的这张脸，清清亮亮的眉眼之间，全然是小姑娘当年的神态，也是他寻找了十八年的那个孩子，她的孩子，陆渊。

如出一辙。

老神父喉咙里滚动着断续的法语单词：“这么多年，她……你母亲，还好吗？”陆渊却甩开了神父的手，他眼中有厌恶也有怜悯：“老头，你现在不应该问这个，你应该问，过了十八年追溯期限才出现的我，该准备接受怎样的制裁？”

这幅从未见过的场景在一旁提灯垂眸的 Aout 眼里，映出一丝异样的光芒，他听到神父的声音仿佛一个临死之人的忏悔：“不，我的孩子，这里早已不再属于 Dubois，不会有制裁……没有任何制裁……没有……”

“我来拿走母亲的遗物。”陆渊说，“她已经去世七年了。”

“去世”这个词让老神父的瞳孔猛然缩紧，他拼命地摇头，嗓音沙哑地说道：“不可能，不可能……孩子你一定是搞错了……她只是失踪，这世上没有人可以杀死她，我的天使，没有人……没有……”

“有一种东西可以。”陆渊沉声道，“爱情。老头，你不懂爱情，这是执掌一切的你，最无知的领域。”

“她是被爱情杀死的。”风雪中，陆渊又补充了一句，“自杀。”

……

Aout 提了油灯，送一老一少两人进屋上楼，路过二楼转角的阅览室时，Jan 依然一个人安安静静地在角落里看书，似乎从来就不会抬头看别人一眼。Aout 和老神父都对这习以为常，陆渊却一边爬楼梯一边好奇地瞅他。

那是一本厚厚的砖头般的巨著，纸质的书页在少年飞快的翻动下哗哗作响，这极大地挑起了陆渊的好奇心，在电子阅读早已普及的时代，这是相当罕见的雅兴。

关键是这份雅兴出现在 MOROCC，它还被捧在一个眉清目秀的同龄少年的手中。

陆渊从小就听母亲说过很多关于 MOROCC 的往事，关于耶和华，关于神父，关于神使，关于那些冷到彻骨的课程和鲜血淋漓的体罚。

“喂，老头，那个人也是你这里的孤儿吗？”陆渊好奇地问神父。

老神父点点头：“他是 MOROCC 如今最优秀的孩子，政府的人来看了好几次，两年前，这届元首一上任就钦定要他，过了这个冬天，他就必须要走了。”

“他有选择吗？”

“没有，我的孩子，没有……”

陆渊不由得多看了楼下两眼，他很同情这个漂亮的少年，明明是大好年华，一个在各方庇护下逃过追溯期迎来自由人生，另一个却只能在笼中飞翔，这是 MOROCC 收养的孤儿注定的命运。

“这也是我现在才出现的原因。”陆渊告诉老神父，“我妈说 MOROCC 里出去的孩子的后代，也必将被送回来重复同样的宿命。他们不能拥有任何亲人以及感情，即使父母健在，出生也注定是孤儿，没有名字，不知生平，无法离开，无法逃跑，逃到天涯海角也不行，这里巨大的情报网和‘神使’们将无休无止地追杀，而这个期限，长达十八年。”

古老的壁炉旁，老神父听陆渊诉说着 Dubois 带走如意后他不曾触碰的那些岁月，他的天使，一去不回的天使。

“Dubois 让我妈喊他爷爷，以前任何一个从这里带走的孩子都没有这个待遇，我妈当年太过锋芒毕露，让老爷子很宠爱她，也在错综复杂的世家里引来诸多嫉恨。”陆渊坐在老神父对面，在阁楼昏暗的光线中安静地讲述，“不过她从未把那些明枪暗箭放在眼里，过了不到两年，就带着一项重大的情报任务，被派去了遥远的中国。”

“大概是在 1994、1995 年的时候吧，我妈在中国遇到了我爸，陆萧，当年声名赫赫的‘病毒之王’。我爸原本也只是个醉心技术的老实人，我妈说他从未把技术拿去赚过钱，也不接受任何企业或政府的重金聘请，他厌恶金钱，所以一直过着穷困潦倒的生活。然后就像二十世纪九十年代狗血电视剧一样，一个花季少女，恰到好处地出现在他的生命里，我妈拜他为师，向他学习病毒技术，跟着他吃咸菜喝稀饭，睡竹席地铺，夏天大暑时，唯一的电扇对着电脑吹，舍不得吹她。我妈说她那时想吃十五块一斤的牛肉，还得买回来藏起来偷偷吃，根本不敢被他看见。有一次被我爸看见她在喝牛奶，我爸就斥之为资本阶级的侵蚀品……我爸这个人啊，就是一个愣头青，还是无比耿直的那种，虽然我这一生，也没机会见过他的真容，他们结婚的时候都没有领证，照片也没拍一张。”

“我妈其实很早就搜集好了她想要的情报，但是因为她喜欢我爸，就一直瞒着老爷子留在中国和我爸同居，终于有一天被发现了，老爷子大怒，派人强行把我妈带回法国。顺便为了发泄怒气，他指使手下制造了当时轰动全国的信息瘫痪事件，相关部门上万个重要数据库不但受损还被勒索，矛头直指我妈。我爸这个愣头青，在根本没搞清楚状况的情形下，就主动替我妈顶罪背锅，然后就是长达十年的铁窗生涯。”

“我妈不止一次提到过老爷子，他也是个精神上的变态，那种强烈的占有欲常人无法体会，我妈说老爷子做梦都想把全世界的技术精英收拢到身边，当时中国有个很厉害的年轻黑客来这边调查我爸一案的真[30]，也被老爷子使各种手段利用，软禁在这边足足八年。”

“过去我常常问我妈，我爸和燕归来，她究竟爱哪个更多一点？究竟是在燕归来身上找到了我爸的影子，还是在我爸身上找到了燕归来不肯给他的感情？直到她从三十二层酒店顶楼跳下去，她都没能告诉我答案，她一生解了无数程式、密钥和0day[31]，却解不开这个问题。”

“老爷子被干掉后，我妈就去了中国，她说她时常能感受到她的生命好像本该就属于东方的国度，和你赐给她的名字一样，成了一生的羁绊。她和出狱后的我爸在一起，怀上了我，可惜，我爸到底是与时代脱节了十年，他一不小心就成了企业家们商战的牺牲品，我妈根本阻止不了他被那些奸商轮番利用压榨又抛弃。他又去蹲监狱了，不到一年就死了，媒体都说他是在狱中自杀的，在明知自己即将成为爸爸的情况下，谁信呢？多么美丽的谎言啊，不过也好，他可怜的一生，终于从这肮脏的人间解脱了，只可惜我从来没感受过 pêre[32] 的含义。”

“我出生后，我妈不愿意我被带回这里，她不想我重复她那一辈人的宿命，被抹去一切名字、籍贯、生平、亲人，做一个白纸一样的冷血机器。她带着我改头换面，四处流离，我们在闹市隐居过，在深山驻扎过，在孤岛流浪过。她将毕生所学都教给了我，虽然我一直想做个艺术家，想做演员，对她教的那些数学啊信息学啊都不太感兴趣，很长一段时间我都在敷衍她，那时我根本不会想到我妈给我讲逻辑方程和算法架构时的心情。她自杀时，我才十一岁，记忆也是模模糊糊的，我只记得我一觉醒来，窗户大开着，我妈已经像蝴蝶一样飞走了，什么遗言都没留下。我也没有哭，好像根本不知道什么是难过，也体会不到什么是失去，只是对抑郁症这个病有一点点的好奇和惋惜。大概是常年被我妈教育的原因，我对生命本身一直都看得很淡，无所谓生，也无所谓死。”

“后来我才知道，我妈自杀前去找了她怨念了一生的燕归来，让燕归来答应保护我到十八岁，那么多年，都过来了……”陆渊说，“所以整整十八年追溯期过去，你

30 《燕归来熙》开篇。

31 泛指程序发布的 24 小时内被破解。

32 法语：爸爸。

们也没能找到我，想来我现在要把她的过往都带走，也不是个过分的要求吧。”

“不过分，一点也不过分。”老神父早已泣不成声，Aout 见状，递上一块手帕，老神父摇摇头，哽咽道，“你先去休息，我和这个孩子还有一些话要说。”

“好的，神父。”

木门被轻轻关上，门外是渐渐远去的脚步声。

屋内只剩下老神父和陆渊相对，老神父才道：“我的孩子，你是自由的，然而 libert é[33] 在 MOROCC 依旧是一个禁词，不该让他们受到影响。”

“刚才那位？”陆渊眯了眯眼，“他看上去年纪有点大了啊，还活着？我妈说这里被淘汰掉的孩子，都是被拖去执行安乐死的下场，至少以前 Dubois 在世时是这样。”

---

33 法语：自由。

## 三　岁月蝴蝶

“现在也是一样的。”老神父说，“唯一区别是执行人由以前的‘神使’换成了政府的秘密安全部门。”

“那他……”

“是我擅自留下他的，小小地修改了一下档案，就如你所想的那样。”

“万一被发现了呢？”

“淘汰品，是不被允许存在的。”

“……”

陆渊打开窗户，透过夜色中的风雪，他能依稀看到 Aout 提灯远去的身影。Aout 走在修道院城堡之间连接的石桥上，雪越下越大，对比高高耸立的修道院尖顶建筑，他笨重的背影就显得渺小起来。

窗前陆渊的身影与七年前趴在三十二楼酒店顶层的小男孩重叠在一起，小男孩安静地往下眺望着那些忙碌的警车、救护车、隔离带、媒体记者……如他现在眺望着被风雪夜色和城堡巨大的阴影逐渐吞没的一个淘汰品的背影。

陆渊怔忡之间似乎能听到无数错失的岁月在呼啸沸腾，过去的十八年来都不曾有过的感受夹着漫天风雪撞进他的心口，他不知道这是一种什么样的情感，难过，惋惜，或是遗憾，痛苦，他无法形容，无法言说。

“不被允许存在……”陆渊低声念着这个答案，有一些东西在他心里翻滚着，它们迟来了许多许多年。

他似乎必须做些什么来抚平心里的不安。

陆渊转头问老神父：“我妈的房间在哪儿？”

“Masiah[34] 楼顶层，一切都还保留着她离开时的样子。”老神父说，“如果你是要找什么东西，可以先休息一晚，天亮了再去不迟。”

“没关系，我现在就去。”陆渊披上外套，拿了墙壁上悬挂的一盏提灯，说道，“我妈生前常常提到一箱东西，她那个年代的储存介质，一箱都是她的宝贝，她很想念，但我们在追溯期内不可能回来拿。”

老神父要陪陆渊同去，却被拒绝，只能从怀里摸出一张收藏多年的门禁卡交给陆渊，然后为他指了路，目送他下楼。

这次陆渊下楼的时候，二楼已是漆黑一片，没有人了。

34　希伯来文：受膏。宗教词汇，指以油或香油抹在受膏者的头上，使他接受某个职位的意思。旧约里的君王、祭司及先知，都是用橄榄油来抹在他们的头上，使他们受膏接受神所给他们的职分。

时间已是深夜，陆渊穿过中世纪的城堡和花园，走过悬空的大理石桥和一道道门禁，厚厚的大衣落满风雪。他一路提灯疾行，最终来到 Masiah 塔楼前，狭窄的旋转楼梯蜿蜒通往楼顶，声控灯在他的脚步声中一盏盏亮起，又在身后一盏盏熄灭。走到楼顶他才发现旁边还有一个直达电梯的出口，陆渊不禁莞尔，这些古老的城堡建筑，见证了历史和岁月，也见证了人类科技的发展，中世纪文明和二十一世纪科技在不知不觉间融合为一体，仿佛世界本来就应该是这个模样。

顶楼只有一个房间一扇门，这便是母亲所有的过往，陆渊打开门的时候还是吃了一惊。

这是怎样的一个少女的房间啊……

声控照明灯应声而亮，昏黄的灯光下，是一个被艺术品塞满的房间。

那无数的、来自世界各地、各教派、大大小小、不同风格、琳琅满目的艺术品。

它们杂乱又有序地摆放在地上，彰显着曾被宠爱的岁月。一人高的落地蜡烛架上，蜡烛只烧了半寸，仿佛它们的主人才出门不久而它们还残留着前夜余温。四面墙上则悬挂着一排排颜色鲜艳的蝴蝶标本，还有中世纪的盔甲和刀剑，老电影和舞台剧的海报，以及许多巨大的兽骨和头颅。陆渊抚摸着那些兽骨，似乎非洲原野充满野性的阳光就在掌心，而烈风才刚刚吹过他脸颊。

床铺是以红黑为基调的天鹅绒帷幔，干净整齐一尘不染，看来时常有人打扫。窗台上种着一排深红色的蔷薇，在这个季节竟也没有凋谢，看来打扫的人也悉心照料着它们。陆渊小心翼翼地经过两个挂满长袍、斗篷、假发和异教徒服饰的衣帽架，跨过地上错综散乱的一团团电线和机械零件，就像是它们的主人还在世间各地四处游历着，然后带着纪念品一样一样摆放回这里，来铭记从未熄灭的英雄情怀和难以忘怀的人间风景。

只有他知道，它们的主人在被带走之前，从来都没有离开过 MOROCC。

也只有他知道，这一切不过是一个十四岁少女对人间的向往，不过是承载了她奢侈的梦想。

在她足以让梦想千万里绵延的奢侈年华里，在 MOROCC 的出色成绩是她最大的仰仗，这所耶和华的修道院里，在老神父的眼皮子底下，即使连异教徒的一切，都得以被她完好保存。陆渊清楚他母亲根本不信任何教义，却在她房间的地上，找到了翻开半本的《古兰经》和一串佛珠，又在床头找到了一本《佛经》和一本《圣经》，在化妆台上，陆渊又找到了一本《易经》以及手工制造的一个巨大的纯银十字架……陆渊有些哭笑不得，若是放在奇幻小说里，这几家教派的大佬估计早就打起来了吧……

十四岁的少女把一切都当作知识，她学会了一切，唯独没有学会该如何去抗衡爱情的重量，蝴蝶轻盈的翅膀飞过千山万水，最终却被压垮在爱情之下。

陆渊成功地在床底找到了母亲所说的箱子，一个大木箱，没有上锁，他打开来，里面整整齐齐摆放着手写标签的几百张光碟——在这个年代早已被淘汰的储存介质，笨重如 Aout 的背影。

陆渊坐在地上，一张张地翻看起光盘上贴着的便笺来，然后他的嘴角逐渐漾起笑容，这些光盘的内容明显是加密的，而解密的 key 似乎都被写在每一张盘面贴着的便笺纸上。

这里几乎每一张便笺，都是用不同语言即兴而写的，波兰文、俄文、梵文、希伯来文、波斯文、藏文、冰岛文、蒙古文……陆渊甚至看到了 Tolkien[35] 老头笔下的精灵文，以及剩下许多他也不认识的文字——不愧是他的老妈，真是个任性的人啊。

还有许多便笺上，并没有用文字来标注内容，而是各种摩斯密码、程序语言、逻辑算法、二进制编码、十六进制编码、ASCII 编码、二维编码[36]等组合成的解谜难题。

靠着心算，陆渊解开了几张简单的密码便签，发现便签所写内容，就是唱片名字，在九十年代的 MOROCC，包括音乐在内的一切娱乐都是禁忌，而少女不但自己组装了唱片机，还收集了大量流行唱片。

还有一大堆剩下的光盘，上面是更为复杂的谜题，在没有程序帮助计算的情况下，并不能立刻知道谜底，陆渊把它们挑出来放在一边，然后继续整理。

时间不知不觉流逝，天色一点点地开始亮起，陆渊也靠在床边地上睡了过去。

陆渊不知自己睡了多久，梦里他一直在追一只金色的蝴蝶，蝴蝶飞过大海，飞过高山，飞过他记忆中模糊的少年时代，而他一路追逐，追过车水马龙的长街，追过人山人海的闹市，追过大雨和孤岛，追过蓝鲸的翅膀，而他无论如何用尽全力都追不上。

蝴蝶的轨迹流光溢彩，金色光芒仿佛一路指引，冥冥中的他清楚知道那是岁月，岁月的颜色，只要抓住，一切错过的都可以从头再来，从三十二楼飞走的母亲，还有他从未谋面的父亲……一切都可以重来……陆渊追着蝴蝶来到 Masiah 顶楼，追进这座房间，他爬上床，又爬上窗，蝴蝶翩翩地飞出窗户，他也纵身一跃，追了出去……

巨大的失重感和生命坠落的恐惧使得陆渊从梦中惊醒。

天已破晓，雪后初晴的微光从细长的玻璃窗里照了进来，陆渊大梦初醒，他揉揉眼睛，定睛一看，发现面前站着一个人——昨夜在阅览室看到的漂亮少年。

少年手持一个无线吸尘器，一脸淡漠地望着他。

忽然就有一种裸露的羞耻感从陆渊心里升起……

---

35 John Ronald Reuel Tolkien，J.R.R. 托尔金，《霍比特人》、《魔戒》、《精灵宝钻》的作者。

36 国外对二维码技术的研究始于 20 世纪 80 年代末。

## 四 瀚海星河

“让开。”

少年说的是法语，原本十分优雅的发音在他口中却是相当不客气，显然陆渊这一个大活人睡在地上，浪费了他宝贵的打扫时间。

陆渊于是把屁股往旁边挪了挪，他很珍惜能与这个拒人于千里之外的漂亮少年近距离对话的机会，他赶紧逮着他问：“神父说你是这里最优秀的人？”

屋子里只有吸尘器忙碌的声音……没人理他。

陆渊又问：“你经常来这里打扫吗？哇，你还会浇花剪枯枝啊？没想到MOROCC除了‘知识’竟然还教你们劳动啊，我还以为他们会雇一个师的保姆来伺候你们这些天才呢。”

……还是没人理他，连他这个不速之客是谁、为什么会出现在这里，都不能引起这个少年多少好奇。

陆渊不甘心地摸摸鼻子，他想起梦里那只金色的蝴蝶，依稀还飞在他眼前，那是他的母亲，他心中世上最优秀的女神，没有人的才华可以胜过她，无论多少年，多少后辈多少代。于是陆渊爬起来，走过去，一把夺过了少年手中的吸尘器。

“我来吧。”他说道，“毕竟这是我妈的房间，我这次回来整理她的遗物，想来也该尽一份孝心的，至于你们这些人，该干吗就干吗去，老神父说我这个外来人不可以影响你们。”

陆渊原本认为这至少能刺激一下对方的情绪，能与他多说两句话，哪怕骂他也好——他没想到，少年还就真的一言不发转身离去了。

陆渊只好挥舞着吸尘器追上去：“喂，你等一下！等等！回来啊！帮我一个忙！”

缓缓合上的电梯门复又打开，一身白衣的少年，默然返回。

晨曦光影中，陆渊望着低头默默走路的少年极漂亮的侧脸，他不是纯粹的东方人，也不是纯粹的西方人，准确地说，是一种极美的东方与西方的混血，这张精致的脸上，有属于东方的清秀和灵气，也有来自西方的深邃与优雅。他的肤色比一般人要略微苍白一些，大概是常年在MOROCC城堡里不见阳光的缘故，而他柔软的黑发几乎快要遮住眉眼，陆渊可以断定他有很长一段时间都没有理发了。

而他的眼睛是最好看的，比深渊更深，比瀚海更蓝，沧海桑田，也不过如此。

他就那么淡漠又单薄地站在晨曦下，陆渊一度怀疑这少年包括格斗身手在内可能也是目前MOROCC最优秀的？在他的记忆中，母亲提到过MOROCC的格斗训练课程，包括枪术、拳术、体术、擒拿、反擒拿、搏击术等等，都比寻常的知识课程残酷一万倍，一般的孩子很难承受得住训练强度，因此多年来淘汰率和死亡率都居高不下——这单薄的少年，能站在这里，陆渊可以想象他是克服了多少痛苦才有今天。将近零下十度的天气，陆渊裹在厚厚的羽绒服中，而这少年却是一身白色单衣，好像根本不知道什么是冷，简直就是一个可怕的人形机器。

陆渊情不自禁地去抓少年的手，如他所料，触碰间，冰凉一片。

“老神父可是对你赞不绝口啊。”陆渊一只手把他抓过来，一只手拿起夜里挑出的一沓光盘，说道，“这些是我妈小时候的杰作，老神父和你讲过吗？我妈，她有一个东方名字，叫作如意。”

少年不置可否。

“我不管她生前做了多少错事，走了多少邪路，是被迫还是无意还是自甘堕落，我都不管，在我心里，她是世上最好的妈妈，也是最强大的女神。”陆渊把光盘一张张在桌上罗列摆好，说道，“这些盘上的便签，记载了光盘本身的内容注解，每一个都是极难的谜题，都是我妈当年编写的，她十四岁离开 MOROCC，所以在编写这些的时候，年纪比你我都小很多。我嘛，一直都挺不上进的，所以很想拜托如今最优秀的你，来帮我解答一二。”

陆渊狡猾地朝少年笑笑，又扔给他一个手机：“准你使用设备。”

少年拿过第一张盘，看了便笺十秒钟，然后拿过陆渊的手机，毫无意外，手机是有指纹锁和密码锁双重加密的，陆渊期待着能听到少年来请他解锁时的语气，结果后者却从衣袋里掏出一个微型掌机和一根数据线，连上陆渊的手机，三下五除二，就把陆渊手机的层层防护破解了，不但破了锁，还顺手格式化了。

“嘿，你明明自己有设备，还要伤害我的手机……”陆渊十分心痛，他能听到自己的尊严破碎的声音，心中却又隐隐有些高兴，看来这个少年依旧保留着些许人性，和他母亲当年一样，并没有在多年残酷的训练下变成彻底的行尸走肉。

少年把陆渊的手机和尊严一起扔还给了他，然后就拿自己的掌机投影出一个屏幕和虚拟键盘，开始用苍白的十指飞速地在投影屏幕上敲出代码，陆渊数着时间，不到两分钟，少年就将代码直接执行，连调试都不用，在程序的计算下，用各种摩斯密码、程序语言、逻辑算法、二进制编码、十六进制编码、ASCII 编码、二维编码……加密成的第一张标签的谜底，很快呈现在了屏幕上。

这速度，这效率，陆渊觉得继承了母亲至少一半水准的自己，是远远做不到的。

大概这就是所谓的不负盛名吧……陆渊把脑袋凑过去，看到了屏幕上的结果。

四个数字：1984。

“《1984》，一部八十年代的英国电影。”陆渊说，“你看过吗？很有意义的一部电影，讲反乌托邦社会的。”

“没有。”

“哦，那可真遗憾……”陆渊又把第二张光盘推到少年面前，“这类电影在MOROCC大概是禁片了，不然以你的见识，肯定会看过的。”

很快第二张第三张第四张……所有陆渊整理出来的最难谜题都被少年解开，有一些是在MOROCC属于禁忌的话剧和电影，有一些是从未听过的重金属专辑，有一些是日志备份，有一些是少女当年自己写的歌，还有一些装载着她从各大电子设备厂商内部服务器里一锅端来的研发资料本体——显然都是尚未面世的版本。其中几个品牌和型号，陆渊听过它们的大名，在三十多年后的今天，依旧是脍炙人口的经典款式。而它们，在世上第一个用户，恐怕就是他的老妈。陆渊在工具桌旁找到的整整六个抽屉的半组装以及未组装的零件，因此有了很好的交代。

“不知道我妈有没有拍摄记录下当年的MOROCC……”陆渊摆弄着工具桌上由二十世纪九十年代老式CRT显示器和巨型机箱组成的电脑，试图拿来播放手中几张标注为日志记录的光盘，他成功地接上电源开启系统，隔了三十年岁月的DOS系统展现在他的面前——对此，陆渊并不熟悉。

“这玩意太老了，说实话能开机已经是个奇迹。”陆渊一边感慨着，一边把正要离开的少年又抓回来，“喂，你会这个吗？我要播放光盘内容。”

少年默然地望了陆渊一眼，没有生气也没有拒绝。

“哇，你这是愿意帮忙的意思吗？”陆渊高兴地把座位让出来，毕恭毕敬地请少年入座。

“对了，你叫什么名字？”陆渊又问他，“我是指，你的代号是什么？我昨天见到你，在阅览室，当时不敢打扰你，后来也忘记问老神父。”

“Jan。”

少年轻声说了一个单词，语调没有任何起伏。

陆渊摇头：“Janvier？这么多年MOROCC还在用生日给你们做代号啊，可真难听……你是一月出生的吗？来这里多少年了？”

少年说，十八年。

说话间，他已经手脚麻利地调试好了系统，正在把光盘往光驱里塞。

“那你和我同龄啊……你真厉害，连这么老的技术都被你掌握着。”陆渊咋舌，现代的计算机都已经进化成虚拟投影屏幕和手势指令了，这些旧时代的东西，恐怕世上已经没几个年轻人愿意回到图书馆的尘埃堆里去学。

“MOROCC连这些都教吗？”他好奇地问。

“不。”

“你自学的？”

“嗯。”

这时，少年发现原本的光驱早已潮湿老化无法使用了，他把这一情况告知陆渊，陆渊也是今天第一次听到少年嘴里连续冒出超过十个以上的词。

陆渊还在思考也许只能把这些光盘打包寄回家的时候，少年已经从工具桌里翻出一堆零件，接着把光驱从机箱里拆出来，着手开始修理了……

“我的天哪！”陆渊从一开始的怀疑，到现在是几乎就要跪下了，“三十年前的硬件技术你都会？你脑子里到底装着多少东西啊，我说老神父那么舍不得你走，换我我也舍不得啊，听说过了冬天你必须要走了？”

少年在一堆精密零件中埋头修理，没有搭理他。

陆渊只得感慨：“真可惜……你这样的才华，却只能在笼中飞翔，甚至……甚至连个名字都没有。”

“我给你取个名字吧，就像老神父给我母亲取的名字一样，我相信他会答应的。”陆渊说，“东方的诗书我读了不少，我一定要给你取个好听的名字，那什么一月的代号太难听了啊。”

少年依旧没有理他，甚至头也不抬。

陆渊也不管，他思索半刻，然后用中文说了一段话，他知道少年能听得懂。

“Janvier，你诞生于一年之始。”陆渊半个身体搭在少年肩膀上，很郑重地说，“我愿你如世间最深的瀚海、最远的星河，你掌中是冰风雨雪、身后是岁月翩跹，你是最清冽的酒、最纯粹的爱，你俯仰即是人间最温柔的初辰、雨后和黄昏，你是大千自在，是万物生机，是冬去春来吹过原野的第一缕风，是破晓时分映我眉眼的第一束光，你是东方的禅意，是西方的传奇，是最原始的狂欢与梦想、自由和希望……初空，万物之始，是为初空，你喜欢这个名字吗？”

少年没有肯定，也没有否定，只语气淡淡地吐出三个字：“修好了。”

## 五　朋友（上）

并没有遭到嫌弃的陆渊，死皮赖脸地在 Masiah 楼里住了下来，把原定理完东西就走的两天行程，硬生生地延长了下去。

Jan 的房间在 Masiah 塔楼十七层，整整一层也只住他一个人，于是陆渊高兴地住进了隔壁紧挨着的空房间，所幸几天来都没有遭到这层主人的驱赶。事实上，陆渊的到来，对 Jan 原本平静的生活并没有造成任何影响——至少看上去是这样的。

同样在很小年纪就学完了 MOROCC 全部课程的 Jan，原本早该被带走，在老神父每年都绞尽脑汁找借口冒着巨大风险搪塞那些政要首脑的努力下，Jan 在 MOROCC 留到了十八岁，过完这个圣诞节，是最后期限。

是留下还是被带走，是迫不得已还是心甘情愿，陆渊观察发现，这一切对 Jan 而言，似乎显得一点也不重要，他根本不在乎身处何地、为何人做事、做的事是错的还是对的，他没有什么可以期盼的，也没有可以留恋的。

没有遗憾，没有梦想，没有未来，也没有过往。

他的世界，空无一物。

几天的相处下来，陆渊越来越喜欢这个同龄少年，也越来越心疼，他有着本该璀璨耀世的才华，又怎能在黑暗中日复一日地做一个冰冷彻骨的特工机器？

老神父的告诫早就被扔到一边去，陆渊形影不离地缠着 Jan，试图把他残存的人性努力挖掘出来。

尽管长达足足十八年的洗脑禁锢式训练，把这里几乎所有的孩子都洗成了机械化习性，可陆渊相信，Jan 是有人性的，因为他见过。

而一个有人性的人，他若想自由，他若想做人，他若想看这人间冷暖、红尘繁华，以他的本事，根本没有什么可以拦得住他。

陆渊怂恿着 Jan 一起逃跑。

“我知道北大西洋的一些小岛在卫星数据里是被屏蔽的，是我妈早年的杰作，我们可以去那里，谁也找不到我们，天大地大，自由自在，岂不是潇洒人生？”

“你去过东方吗，见过东方国度的美丽吗？在网络上，在书中，在数据信息里，你最多感受只有十分之一的神秘瑰丽，你不想亲眼去看看吗？让带着桃花香气的风，吹起你的衬衫和头发。”

“我们可以去香港，去南京，去青海，去香格里拉，去你身上流淌的东方血统的发源地——你活了这么多年，就对自己的生平一点都不好奇吗？”

“你梦里有 p ê re 和 m ê re[37] 吗？见过他们的模样吗？不想知道为何他们在你刚出生就遗弃吗？是他们残忍还是迫不得已？抑或你父母中的一个，就是当年从 MOROCC 逃出去的人，而你被送回来重复他们的宿命？你对自己的身世，就一点都没有查找过吗？也许他们都还活着，都很想你……”

“你知道‘很想你’三个字的意思吗？知道爱吗？”

“亲情，还有爱情，都是比电子数据要美得多的东西，因为它们是真实存在的，是再高超的 AI 技术都做不出来的。你就没想过找一个姑娘谈一场难忘的恋爱吗？这才是人生的意义啊，你又何必去为元首卖命。”

……

无动于衷。

外面的世界，仿佛没有任何值得 Jan 期待的东西，陆渊固执地认为如此，所以即使打开囚笼的门，他也对反抗宿命毫无兴趣。

“我说真的。”陆渊跟在 Jan 身后，压低声音说道，“只要你想走，只要你一句话，我愿意拿出我全部身家性命来帮你，我们两个一起，谁能阻止我们？谁能找到我们？你这样的人埋没在黑暗里，如同机械，身不由己，实在是太可惜了啊。”

几天后的一个傍晚，陆渊在阅览室找到了 Jan，他还在读那本砖头巨著。

陆渊一屁股在他旁边坐下来，凑过去一看，顿时十分惊异：“《水浒传》？我的天，还是繁体古白话文原版，这你都看得懂？”

少年点头。

“少不读《水浒》，老不读《三国》。”陆渊颇有些嘲讽的意味，“我以为这类内容，在 MOROCC 也一定是禁书。”

“是禁书。”少年开口，声音很轻，“禁书之上，还有特权。”

“……”

陆渊歪歪斜斜地单手拄着脑袋，他不太忍心打扰少年读书的雅兴，于是他就在一旁也同样安安静静地看着，少年看书，他看少年。在这座塞纳河西岸半山腰的隐秘城堡内，窗外是积雪映照漫天霞彩，属于圣诞的平安喜乐依旧彰显，屋内是炉火正旺，掩盖了清冷空气中弥漫的失落和不安。

陆渊很想蝴蝶不再飞走，很想时光就此停留。

他望着那张触手可及的漂亮的侧脸，终于忍不住说道：“我开始觉得，老神父其实和我一样也都是希望你离开的，否则他不会给你特权看这些禁书。他虽然老得快要走不动路了，但他的脑子似乎还没生锈，他现在所效忠的早已不再是他的再生父母 Dubois，而是资本主义独裁首脑，‘政府’这个概念对他来讲或许根本不重要，你知道那个 Aout 吧，老神父瞒着上面把他保护下来，他灌溉出一代又一代的机器，他自己却还保留着相当多的人性，所以我觉得，大概他也……”

---

37　爸爸和妈妈。

然后，少年一句短短的话如一盆冷水浇在了陆渊头上：“你真是自以为是。”

少年放下书，把陆渊从头到脚审视了一通，那目光仿佛在审视一只单细胞虫子，还是非常膨胀的那种。

“特权是我创造的，不由任何人赐予。我不效忠任何政府任何人，只效忠我所愿了解的未知。Aout 在十五年前就已经死了，没有人可以质疑他的死亡，你看到的不过是神父用法郎雇来的一个佣人。”

少年微微扬着脸，他的声音带着一种不可侵犯的意味，也是这些天来陆渊第二次听到他说出完整的一段话。

“你所愿效忠的未知，并不在这个国家秘密安全部的地下要塞里。”陆渊说，“我知道你在追求什么，我也知道你追求的东西在哪里。”

少年扬着下巴，保持着一个骄傲的姿势，他一双瀚海寒渊般的眼睛，深深地俯视着陆渊。

陆渊很想伸手摸摸少年的脸，可他并不敢，他只能竭力地在脑子里搜刮法语单词：“你所追求的东西，在人间英雄的史册里，在吟游诗人的传唱里，在风花雪月的四季里，在万水千山的信仰里，在孩子们脸上的笑容里，在日有所思的梦境里，在——”他抓过少年冰凉的手，覆盖在自己的心房之上，“这里。”

隔着厚厚的羽绒服，依然能清楚感受到心脏激烈跳动的节律。

“枉你掌握着最顶尖的黑客技术，”陆渊说，“你却不懂自由的真正意义。”

“枉你掌握那么多的知识，”陆渊又说，“你却连一个朋友都没有。”

仿佛听到世上最可笑的嘲讽，少年不再维持他骄傲的姿势，他一把推开陆渊，力气非常大，陆渊直接就连人带椅摔在地上、四仰八叉。他跌跌撞撞爬起来，看到少年已然转身离去，陆渊用尽力气在他身后大喊：“你脾气有点大啊，我没有嘲笑你，我说这些只是……我只是想和你做朋友啊！”

停步。

“因为……”陆渊的声音渐渐低下去，“因为……我也没有朋友。”

光线投射进高塔的窗户，把少年单薄的影子拉得很长，而他秀气的嘴唇微微开合，却不发一词，像是在思考一个高难度的半命题。

最后他说：“可以。”

哪怕仅是一夕。

## 六 朋友（下）

圣诞节后，新年第一日。

Masiah 十七层，陆渊盘踞在少年的房间里，犹如一条占山为王的大蟒。

“有时候我感觉你就是个僧人。”陆渊在房间里转来转去，喋喋不休，“还是特别苦的那种。”

不但没有亲人，没有名字，没有未来，没有过往，甚至连一样多余的家具或是摆设都没有。

清简朴素到极致的房间，和他妈生前的作风简直是完全相反，陆渊从未想象过一个人的生活可以乏味到这种程度。他甚至在这个房间里找不出一个能有话题的东西。

床、桌、椅、电脑、电线、浴室，没了——即使这儿的主人常年负责打扫他妈的房间，却哪怕是一枝蔷薇都没有移植过来稍加点缀，对楼上满屋子艺术藏品，也是毫无兴致。

连烤箱、壁炉、冰箱、空调之类的都没有，陆渊并不认为老神父会对一个掌上明珠吝啬到这种程度，那么唯一的解释就是这些东西被他扔了，或是拆了。

“你十八年来都过着这么无聊的日子？这是人过的吗？啤酒！烤肉！电视！有没有！啊，今天是《理想国》[38]世界组排赛冠亚军角逐啊，中国 VS 北美啊！你这里怎么什么都没有啊！”陆渊阴阳怪气地嚷嚷了半天，顺手打开桌上的电脑想看直播，然后他试了一百种他知道的解法，发现他依然对这看上去很简单的锁机密码束手无策。

……老妈的棺材板不知道还按不按得住……陆渊心里正内疚着，忽然听到少年冷冷的声音：“你要看的比赛已经结束了。”

自从少年答应做陆渊的朋友，倒是渐渐会说两句人话了。

少年把手机上的网页新闻递给陆渊看，北美赢了，3:0，BO5[39]的局早早结束。

陆渊简直无法相信自己的眼睛。

“不可能！”他跳起来，“中国队的实力一直都比北美那边强一个档次，怎么可能 0:3 输掉啊，这是假新闻骗人的吧！”

“不假。”

“我不相信，除非北美作弊，不然绝不可能是这结果！有录像吗？我要看比赛录像！”

于是少年调了录像视频给他看，冷静下来的陆渊发现这是少年第一次对他这么有耐心，甚至为他做上网找视频这种在他认知里一定是无聊透顶的事情。

38　《燕归来熙》里主角等人创作的一款世界级常青藤网游。

39　五局三胜制。

陆渊一眼就看出了比赛的猫腻，包括无数观众也看出了猫腻，底下评论一片骂声，却毫无办法。

北美确实作弊了，而且十分肮脏——中国队出战的角色，在领先 farm[40] 出全套神装拥有 95% 暴击率的情况下，全程没有打出过任何暴击伤害。

而北美队，明明处于劣势，开局就被拆掉半个老家，只买得起可怜的基础装，仅拥有 10% 基础暴击率的情况下，每击必暴。

一个拥有巨大的优势，神装却似裸装。

一个从战术到体系都逊色一筹，裸装却似神装。

于是中国队就已 0:3 输了，对此北美方的解释是：That’s just lucky。

——谁让你堆不到 100% 暴击，你运气就是这么差，我运气就是这么好，怪我咯?

面对汹涌的控诉声，主办方在没有确凿的作弊证据之下，拒绝了中方和观众的申请重赛要求。

看完视频，陆渊气得发抖："燕归来也才不过五十岁吧，还没轮到他躺棺材呢，自家的游戏，自家的队伍，这奇耻大辱他也不管?"

"人总是要老的。"少年说。

"不，你是不知道那老贼，他到一百岁都不会服老，他还要恶心我们很多年，遗臭万年的那种，今天他不帮自家人就算了，赛后拿出作弊数据也好啊，让他们拿个身败名裂的冠军，结果到现在他都没站出来，有点奇怪，待我去论坛看看燕老贼是否意外横死了……"

说着，陆渊登上中华黑客会的论坛，在无数同样为此议论纷纷的帖子里找到了一丝信息。

"算了，也不怪他。"陆渊紧锁的眉头渐渐放松，"原来今天是那家伙的忌日，估计他们回国了吧，现在应该在飞机上，哼，北美的混蛋们，等着吧。"

"……"

少年在一旁看得十分无语，末了，他开口问道："你……很在乎这支队伍?"

"是啊。"陆渊说，"我父亲是地道的中国人，虽然我还没出生他就死了，我骨子里有一半炎黄子孙的血。哦，这个词你可能听不懂，就是龙的传人的意思。哦，这个词你可能也听不懂，就是……就是我很爱这个国家的意思了！我小时候被我妈带着在中国许多城市辗转居住，住了很多年，受到很多照顾，MOROCC 的上级也一直找不到我们，因为中国有燕老贼坐镇，一定程度上也庇护了我们，这边的人过去都不敢乱来，虽然我还是很讨厌燕老贼，但我对这个国家爱得很深。"

"……爱?"

"对不起，这个词你估计也理解不了。"

---

40　游戏竞技术语，在平衡环境里，通过杀怪、杀敌、摧毁敌方建筑、收获种植作物、贩卖战利品给商店等方式获得货币、道具、装备、材料的行为，称为 farm。

“……”少年沉默半晌，然后犹豫地开口说道，“如果这就是你所谓‘爱’的解释，那么也许，虽然我不看电竞比赛，也不支持任何队伍，但是也许，我是说，我可以帮你。”

很长的一串词，有些拗口，又十分难得，陆渊听得头晕。不，这并不是爱的意思，他心里有什么东西在绽放，这让他并不想解释或是否认，他只知道少年愿意帮他，这是比后者能对他说完整一段话要幸运一万倍的事情。

“你是指……”陆渊依然觉得自己是在做梦，问，“你愿意去找北美的作弊证据？”

“查找一些函数的修改记录就行。”少年说着，竟然已经操控掌机一路潜入了比赛服务器的内部系统。

陆渊惊叹地望着投影屏幕上他行云流水、不着痕迹的入侵手段，听到他没有温度的声音响起：“对我来说，是轻而易举的事情。”

十分钟后，陆渊把收到的资料整理出来然后匿名发到了中华黑客会论坛上，他只需提供一把火，会有无数人去替他完成后续的扩散。

半个小时后，直播频道里，主办方和北美教练一起登场致歉，宣布了三日后重赛的决定。

“Jan……”陆渊拉着少年，人生中第一次支支吾吾，“谢……谢谢你。”

“……我记得你给我取了一个名字的。”

## 七 燕归来熙

车子刚开出信号盲区，关小熙就看到了中国队以 0:3 输掉的新闻，而且还是自家出的游戏。

“谁干的？”

她很生气地问她的师父、司机、丈夫——在驾驶座上默然开车的中年男人。

年近五十的燕归来，除了两道抬头纹彰显着岁月和风霜，依旧和二十年前没有什么区别。

年近四十的关小熙，皮肤水嫩，身材纤细，在巨大羽翼的呵护下，即使生过三个孩子，也依旧精力旺盛得像个“小公举[41]”。

“杜弥生。”燕归来说着一个遥远的名字，“他这些年和北美当局走得很近，以他的技术和人品做出这些事情也不奇怪。”

“他阴魂不散啊，不会还惦记着他那反人类的‘CloudEnd’[42]计划吧。”

“他收购了华盛顿那边的‘StormEdge’工作室，现在已经合并为‘Skyrim’项目组了，所以他急需北美当局的资金和政策支持。”

“叫他去死吧。”关小熙仿佛还是当年雄风不减的熙马拉雅战士，吼道，“这项目要敢做出来，老娘第一个去摧毁他。”

“怕那时的局势已不是你我可以干涉的了……”燕归来一声叹息，消散在夜色中，人终会老，张开百年的羽翼，也终有陨落的一日。

到家后，这对在数据里征战奋斗了半生的师徒正要着手寻找北美作弊的数据证据，关小熙习惯性打开中华黑客会论坛，结果看到了让她惊讶的场面，看来他们师徒今天是不用忙活了，或者说，要忙活更多的东西了……

“谁干的？”

她很气地问她的师父、座椅、丈夫——即使年近五十也依然像年轻时一样用亲密的姿势抱着爱妻一起用电脑的男人。

“我们虽然错过了现场，但我刚在路上已经拿下了比赛服务器的登录端口，我们也不算晚啊，拿到他们作弊证据一样可以翻盘的，竟然有人比我们还快一步，这谁啊……”关小熙查看着发帖人的信息，“还是个匿名的，我查一下他主机……”

查无结果。

---

41　网络流行用语，小公主的戏称。

42　《世上再无林景之》里，杜弥生曾在全球云安全会议上提出反人类的 CloudEnd 项目，惨遭腰斩，并遭到包括燕归来在内的全球科学家的羞辱。

关小熙把虚拟屏幕的控制权交给了她的师父、座椅、丈夫。

燕归来进行了为时一刻钟的深度追溯，最终只能查到主机来自欧洲，没有更多精确的数据了。

“手脚干净到连师父你都查不到……”关小熙望着屏幕有些出神，“看来这是又一个天才啊。”

燕归来叹道：“不输你我。”

“幸好他是站在我们这边的。”关小熙也叹道，“不然麻烦就多了。”

“不过，师父啊。”她又道，“我们好像……真的老了呢。”

燕归来摸摸她逐渐生出银丝的头发，说：“我们去一趟法国吧。能培养出这种人才的，如今恐怕也只有 MOROCC 了。”

“师父你想去找这个人？”

“如果运气好的话……”

“我记得陆渊说……”他的爱妻揉着记忆力日渐退化的脑子，努力回忆着什么，“说 Dubois 死后 MOROCC 被法国政府接手，管控更加严格了，像以前 Jim 和如意他们效忠 Dubois，其实还是自由的，也应该是那时代的科技没有跟上，后来政府接手，科技发展，据说现在都用神经芯片植入身体来控制那些人了，再也不用担心会出现 Jim 那样的背叛者……啊，对了，陆渊前几天不是去了吗？也没给我们报平安，他会不会有事？”

“我们正好去见见他。”

关小熙把网站用户里陆渊的资料调出来，一边翻看着他的最后登录时间地点，一边说道：“他这个人也真的不知好歹，你保护他们母子这么多年，他每次见你还总是凶巴巴的样子，还在论坛上隔三岔五说你坏话，不行，我必须要教育一下他！他的银行账户你有吧，师父？”

“有的。”

……

## 八　莫洛克往事

“他叫 Jim，他和我妈，和你，都不一样。”

少年的房间没有壁炉，躲在羽绒服和被子里的陆渊在瑟瑟发抖中讲述了一段母亲曾说给他听的往事：

“你的名字是我取的，我妈的名字是神父取的，他的名字，是自己取的，他说没有名字的人不算是人。”

“他是一个生来就懂爱的人，他曾经很爱我妈，当然，我妈不爱他，他也不纠缠，很快有了新的爱。”

“二十年前，他枪杀了老 Dubois，瓦解了一代资本世家，可惜 MOROCC 并没有被摧毁。”陆渊说，“十八年前的今天，就在你来到这里的同一年，同一天，Jim 死在了中国云南的大山深处。你能想象吗？ WIND 创始人、Dubois 的瓦解者、站在数据世界食物链顶端的强者、能与巅峰时期的燕老贼势均力敌的人……那么一个人，没有死于任务失败，没有死于枪林弹雨，没有死于他心心念念的爱。”

少年沉默聆听，他听到陆渊原本完美的声线渐渐喑哑：“只改写数据世界他并不满足，他想改写别人的人生，他成功了，只是大自然的山洪吞没了他和他的同伴，最后连尸体都没找到……听那边的人说，他们是为了救一个被埋在崩塌的教室里的孩子，延误了最后的逃生时间……”

“即使我妈不爱他，他也没能成为我父亲。”陆渊说，“但在我心里，他是一个让我由衷敬佩的前辈，人有时候就是这么奇怪，燕老贼庇护我多年，我对他反而没有什么感激，一个从未谋面的前辈，我却把他当成人生导师。是他的事迹，让我明白了真正的爱和自由，人与人之间的感情那只是小爱，挣脱他效忠二十年的势力也并非真正的自由。”

少年语气淡淡地道：“libert é 也是禁词。”

“我知道。”陆渊说，“我是想说，真正的大爱，是爱千千万万的人，真正的自由，是救赎千千万万同样被拘禁的灵魂。如果有朝一日，你愿意自由，也愿意和我一起，我们两个不妨去大山深处、去阿富汗战场、去南非部落，去千千万万的灵魂需要救赎的地方，去追寻前辈们宁愿抗衡自然、宁愿放弃生命也要坚持的自由。我相信那样的生活，比我一直以来梦想的演艺家生涯，比你原本的人生，都要有意义得多。”

少年默然不语。

时已深夜，陆渊打了个哈欠，睡意滋生，他想起什么似的，一边拿出手机打起精神，一边问道：“今天也是你生日吧，是不是从没有人给你庆祝过生日？哇，已经过十二点了，只能补过了啊。虽然大概或许可能我想你也不愿庆祝，但现在我们是朋友了对吧，庆祝我们成为朋友我觉得没什么问题！来来来，我给你订个蛋糕！嗯……还要啤酒、蜡烛和烤肉，你绝不可以拒绝一个朋友的好意……哦，对了，东西能送进这里来吗？”

少年无奈地扔给他一个联系方式：“你可以让神父转交给你。”

“太棒了，哈哈哈！来，美美地睡一觉，等我给你过生日！”陆渊开心极了，在甜品店的网页上像个娘们儿一样扭扭捏捏挑选了半天，终于付款。

然后陆渊跳了起来。

“啊，我的银行卡怎么被冻结了！！换一张换一张……咦，怎么还是被冻结，怎么回事……什么！我还欠银行一百万？！！没搞错吧！！！”

陆渊巴巴地望着他亲爱的朋友，后者摊手以示清白。

他只能帮他把余额改回来。

“顺便把我的内存也恢复一下吧，之前被你格式化了，害我珍藏的东西全没了。”

“……”

财产和数据同时失而复得的喜悦让陆渊睡意全无，他把少年拉进被窝里，说要给他看一部他最喜欢的电影，他这么多年换了无数个骚包的手机，只有这部电影一直保存着。

《V for vendetta》。

一个讲述复仇、自由、革命的故事，以及玫瑰与匕首的盛宴中，一段隐忍克制的爱情。

“比较老的片子了，在我妈那个年代，它被全世界所有的黑客热烈推崇，那时候很多黑客的匿名头像都不约而同地使用 V 的盖伊·福克斯面具，直到现在都还有许多呢。”陆渊热切地介绍着他的心头好，“在 MOROCC 肯定也是禁片，但真的值得你一看。它整整影响了一代人，你也会发现，它讲述的自由，和 Jim 他们的选择，从某种意义上来讲，是一样的。”

陆渊全程喋喋不休地剧透、吐槽、添油加醋。

他可以作为一个好朋友，但并不能做一个好观众。

空中巨大的悬浮投影把两个少年的面孔映得五彩斑斓，一个虔诚而狂热，一个精致而凝重。

大概是陆渊这个不合格的观众实在是太吵了，少年终于开口打断他。

“闭嘴。”少年的声音冰冷、很轻，却不能被电影的声音盖过。

陆渊接着听到一句他差点以为自己在做梦的话，少年不动声色地说：“我跟你走。”

我跟你走。

为了自由？为了朋友？还是为了别的？不不不，这些都不重要，只要他成功拐走他，这就已经足够了。以后天大地大，哪里不能去？他甚至还能带着好朋友一起去找燕老贼算账，让他知道动他银行账户的后果，还可以用好友的技术狠狠羞辱老贼一番，告诉他，他是真的老了可以退休滚蛋了……

陆渊高兴得差点要掀了 Masiah 的房顶来庆祝，顺便脑补了十个 G 的剧情。

## 九　人间（上）

陆渊一觉睡到中午，新年的阳光从窗里照进来，温柔地洒了他一头一脸。

两条主线和三十条支线都已经规划好，各种改头换面的匿名机票车票船票也都订好，给老神父的信也寄到他邮箱了，他应该已经看到了，没有来阻止，那么表示神父果然也是希望他离开的。

只待他俩在 MOROCC 度过第一个也是最后一个生日之后，就可以开开心心在“受选日”之前上路。

用中文来讲，那叫什么，啊，叫放飞自我！

陆渊一边起床一边脑补着昨夜的剧情，然后发现少年并不在房间里，他看了眼时间，赶紧穿好衣服出门，少年常去的地方，他也没找到。

从塔楼到前门，一路都空空荡荡的，老神父也不在，陆渊一边找人，一边刷着网页，法国人散漫的效率就是不行，都过中午了，配送竟然还没开始，陆渊于是决定出门自己去把东西拿回来。

反正距离不远，回来正好能赶上晚餐。

陆渊大口地呼吸着新鲜自由的空气，压抑着心底沸腾不已的狂欢。

而此时 MOROCC 的教堂正厅，却是军备森严，法国政府秘密安全部高层几乎倾巢出动，带着全副武装的士兵和法医把教堂围了个水泄不通。

缺了一条腿的老神父被 Aout 搀扶着，站在一群荷枪实弹的士兵面前，他大声质问一个胸前挂满勋章的军官：“MOROCC 三年一度的‘受选日’定在新年的第一个星期二，还有四天时间，今年凭什么提前？这不合规矩！”

军官答道：“因为元首今年要亲自来接走 Jan，而他下周的行程必须要出访加拿大，所以提前到今天过来了。神父，现在 MOROCC 隶属于元首，你的那些规矩还是收起来吧。”

老神父冷笑。

这时元首在四个黑人保镖的簇拥下走上前来，众人纷纷低头行礼。

年近半百的元首比当年的 Dubois 更加慈祥，他温柔地吐出几个词，却带着让人无法抗拒的语气：“Jan 呢？”

老神父不说话。

“Jan 呢！”军官大声质问，无数黑黝黝的枪口同时对准了老神父。

老神父摆出一个无辜的姿势：“我也想知道 Jan 在哪里。”

手枪上膛，军官怒喝：“什么意思！”

“意思是，并不想接受命运的Jan，他逃跑了，很可能他现在已经在飞往中国的飞机上了，而你们还在这里浪费时间。”老神父笑着叹道，“不用看我，我也没办法，拦不住他，这个孩子太出色，否则元首大人也不会惦记着亲自来接人。能得元首青睐，真是那孩子的荣幸啊，感谢上帝。”

“你……”军官气得发抖，转头望着元首。元首已经被这个噩耗打击得痛苦地捂住了心脏，然后一群医生手忙脚乱围地着他量脉搏、喂药。

“元首，你看这……”军官在一旁俯身用飞快的语速说着，“中国那边有中华黑客会，Jan逃去中国想必是燕归来的势力在接应，我们的人如今都在和北美联盟散布过来的Perroquet[43]病毒作战，短时间内无法与中华黑客会为敌，我看这事就罢了，只是一个孩子而已，MOROCC还有至少七八个孩子可以供您挑选，都是千里挑一的人才，都是可以替代Jan的。不过这个老神父，我看他有点活腻了，您要不要……”

“你们决定吧，这些事情不要问我。”缓过来的元首摇头道，“唉，我只想要我的Jan，我本来还去排了半个月的队，订了世上最好吃的美味来欢迎他的加入，这下只能我独自品尝了。”

意兴索然的元首就远远看着手下们把今年这一批以各个月份为代号的孩子领出来，他们的年龄都在十七八岁上下，拥有同样卓绝的身手、高超的技术，以及冰冷麻木的眼神。

可他们都不是Jan。

没有人能代替Jan。

“老神父。”军官用枪膛拍拍老神父的脑袋，说道，“这批孩子的素质比往年都好，今天就不治你的罪了，希望以后这种事情不要再发生在MOROCC，不然十个你的人头加起来也不够枪毙。”

老神父用鼻子哼了一声，显然对政府接管这一事实十分不满。

一批孩子被法医们检查完精神状况和病理状况后，被依次贴上标签，换上统一制服，然后送上车，就像货物一般运送到遥远的秘密安全部地下基地去了。在多年来残酷的淘汰制度下存活下来的他们，将在那里迎来另一种人生。

军官把所有孩子送上了车。

“好了。”他说，“今年的任务完成，只剩下处理淘汰品了。”

一群武装士兵把十多个五花大绑的孩子押了出来，这些孩子多数垂着头，木然无声，甘心接受命运。生或是死，在他们被送进MOROCC的那一天起，就已经不重要了。

被淘汰，或是继续活着，仿佛都是同样的生命意义。

孩子们被带到MOROCC地下隧道，隧道直通山的另一头，一辆黑色卡车的后备厢打开，孩子们被塞进去，老神父由Aout搀扶着，在高塔的阴影中远远目送。几十年来，

---

43　法语：鹦鹉。

这样的场景重复了无数次，他早已在“受选日”里麻木的心，此刻却隐隐地痛起来。

如果他们……如果他们都像 Jan 一样还有人性，还知道追寻自由，他们本可以不必死，而 MOROCC 的存在或许根本就是一个错误。

老神父正在寻思着是否要更改一些课程好让孩子们保留一点人性，好让这混蛋政府头痛一下，忽然听到最后一个被塞上卡车的孩子大叫起来：“不！我不想死！不要抓我！”

那叫声凄厉地划过修道院尖顶上空，打破了无数岁月里的平静。

所有人都齐齐望过去。

那是一个皮肤黝黑的孩子，年龄看上去还不到十五岁，一双眼睛晶晶亮亮，溢满泪水，以及无边无际的绝望和不甘。

“我不想死！我不甘心！”他哭喊着，“我只是差了一分而已！我还可以再测试一次！求求你们再给我一个机会！我不想被淘汰！我还想活着！”

这是一个有思想的孩子，一个珍惜生命的孩子。

而这两点，在 MOROCC 是最不应该有的，因为，这是将会倾覆 MOROCC 的神圣理念。

孩子犹在大喊，一边喊一边指着那个木讷、肥胖、邋遢、浑身味道、让人不愿靠近的青年，“Aout 都还活着！”孩子嘶哑地尖叫，“我也想活着！我不想死！这不公平！不公平！”

“Aout 还活着？”军官的眼睛顿时眯成了一条缝，“看来，神父对我们的效忠，并没有诚意啊。”

“Aout 在十五年前就被你们处理了。”老神父朗声道，“这个人是我花钱雇的仆人，和 MOROCC 没关系。”

“是吗？”军官拖着长长的尾音，拿出手机，说道，“就让我来看看 Aout 的档案，哦，不，不用看档案，你们修改档案是随心所欲的事情，我差点忘了，但是，啊哈，有一样东西你们修改不了，是的，修改不了，Chevalierc 医生——”军官阴险地招呼了一个法医过来，“就由你来为我们的朋友检测一下身体状况，以及 DNA。”

DNA 三个字母，在法语发音里很是动听，却让 Aout 眼中最后一束光也熄灭了。

军官冷笑着把枪口抵到老神父的脑袋上：“你看，你会说谎，我会说谎，人类都会说谎，但是 DNA，这是父母的恩赐，不会说谎。嗨，这伙计的父母要是还在，想必会为这恩赐而感激涕零……你不用瞪着我，我认为你是可以准备遗嘱了，你不知道，我们秘密安全部的数据库里，有每一个孩子的 DNA 样本，那不是你们可以接触的，你以为修改了档案就能如你所愿？”

老神父捏紧的拳头用力到发抖，可全副武装的士兵押着他，除了祈求上帝赐予奇迹，他做不了任何事。

一刻钟后，医生上来对军官耳语了几句，军官的眼睛眯得更细了。

“可以，可以！”他笑起来，“想不到，连初始样本数据都被你销毁了。哦，不，你没有这个本事，是Jan做的吧。哼，这是否可以说明你们费尽心思要保护的这个人，恰好就是Aout？看来只能把他带回去，拿实体样本现场对比了……不，不用那么麻烦，我只需——”

扳机几乎扣动到临界点。

“我只需杀了你。”军官说，“我就能知道他是谁。”

冷汗从老神父的皱纹间滚落，场面一片寂静，只待一声枪响，仿佛死亡前的最后窒息。

Aout跪在地上，瑟瑟发抖，恐惧和愧疚几乎就要吞噬他，他终是承受不住这场面，“哇”的一声呕吐出来，边吐边喊：“不要杀神父，我是Aout，你们杀了我，杀了我……不要杀神父……”

军官顿如大获全胜般挺起了胸膛，他等这一刻等了二十年了，他恶狠狠地用枪指着老神父喝道：“叛国者，押走！”

武装士兵们把老神父拷起来，押上车。

“而你……”军官向地上吐得一塌糊涂的Aout扣动扳机，“地球资源日益紧缺，浪费资源的垃圾就该被淘汰……”

……

一声枪响，很轻，装了消声器的那种。

……

细细的轻烟在空中飘散，如他精致漂亮的眉眼。

军官倒在地上，眉心一个小洞，汩汩地冒出鲜血，而他双目圆睁，死死地望着MOROCC的尖顶苍穹。

那苍穹，灰白、孤寂，无声泣诉着百年来被扼杀在这里的生命和自由。

他一身雪白单衣从尖塔阴影中走来，迎着无数漆黑的枪口走向元首，那骄傲的身影，许多年后依旧彰显在Aout的梦境里。

“我为你效忠。”他说，“而你必须放了他俩，也必须解散MOROCC。”

元首心爱的圆明园古董茶杯从他手中滑落在地，摔得粉碎。

他却全然不顾地站起来，身形晃荡不稳：“Jan……我的孩子……是你……我知道，是你……”

元首张开双臂，仿佛迎接神迹。

“答应我，我的军衔必将高于他。”他把手中的枪扔在军官的尸体上，声音无比寒冷，“所以，我只是枪毙了一个没用的废物。”

“元首……”另一个军官上前请示。

“就这样，没问题，完全没问题。”元首激动不已，“Jan，我答应你，没问题，什么都可以，也为你从今天起解散MOROCC，我知道他们这些废物所有人加起来都不如你一个……”

在无数蓄势待发的枪口瞄准下，他任由元首紧紧拥抱，单薄的身体纹丝不动半分，淡漠的脸上也不见任何情绪。

元首说：“但是站在国家的角度，我的孩子，你必须和他们一样，以生命来宣誓忠诚，所以，你要先去基地进行宣誓过程。”

他微微扬着脸，依旧是骄傲的模样。

“可以。”他说，那极漂亮的眉眼仿佛上帝最奢侈的恩赐。

元首的嘴角浮现出他一生中最温柔最欢喜的笑容：“你放心，过程很快，我会让他们安排最好的医生给你。”元首说，“我等你回家，和世上最美味的甜点一起，这真是有生之年上帝给我的最好的礼物。”

神父被松绑，扔下车，换了他上去。

他最后把自己的掌机递给了神父：“给，陆。”那是他和神父这一生最后一次对话。

掌机的屏幕上，是一行刚刚打好的字，如果陆渊看到，一定会记得这是他俩昨夜看的电影的结尾台词。

“That’s the most beautiful thing...U cold have ever given me.”

汽车发动机的轰鸣声中，MOROCC 苍凉灰白的中世纪建筑群渐渐消失在他的视线中。

……

塞纳河边，游客如织，陆渊循着地址，穿过人流，走进一条幽深小巷，在小巷尽头，他成功找到了目的地，这是巴黎最有名的甜品店，有两百多年的历史，专为上流贵族服务，一切都走预约制，基本没有现货。

陆渊曾经无数次听他老妈提起这家店，当年如意小姐是这里的常客，可惜后来母子俩一直都没有机会回巴黎，梦中的香甜也只能在回忆里品尝。

屋内的老唱片缓缓播放着莫扎特的古典钢琴曲，宛如两百多年的历史在黄油和芝士中流淌，听说这里最早的甜点师傅就是法国王室出来的贵族，因为厌倦了宫廷生活，转而隐居到闹市开了这家品牌甜品店，两百年来，技艺传承，这里的甜品师以高超精致的手艺俘获了国内外无数高官贵族的味觉，而且不看任何人的脸色，哪怕是首相也得乖乖排队下单……陆渊心满意足地嗅着空气中的香味，他来领取他利用网页漏洞强行“预订”到的蛋糕了！

陆渊一点也不心虚，因为他吃着这家甜品长大的老妈当年也是这么做的，只不过他老妈更懒，直接在订单库里挑选那些上流贵族们的订单，看上哪个就改哪个，连“预订”的环节都省了。

陆渊昂首阔步地往柜台走去，一边想着万一那小子也爱上这家甜品不肯离开巴黎了怎么办，其他地方还真是吃不到啊，啊，要不……哈哈哈，干脆找燕老贼讹点钱然后把这里的甜点师“聘请”到中国去？

陆渊继续脑补着十个G的剧情，嘴边泛着情不自禁的笑容，然后他一头撞在两个人身上。

迎上的，是乔装打扮成一个贵族老头的燕归来怒目而视的臭脸。

接着是他劈头盖脸的讽刺："我是否可以认为你也被Perroquet病毒污染了脑细胞？"

心情很好的陆渊反唇相讥："我是否可以认为堂堂燕老板竟然沦落到需要窃取一个小辈银行余额的程度来满足自己的无耻虚荣心？"

"我认为你的中文水平至少需要再读六年书，而我应该为你报班而不是放你到国外来丢人。"

"哼，我认为你应该好好照照镜子去数数自己的白头发而不是在这里和一个小辈浪费你棺材外的宝贵余生。"

"好啦好啦，你俩别吵了，陆渊你在法国还好吧。"乔装成一个贵妇的罪魁祸首关小熙笑着摸摸陆渊的脑袋，慈祥宛如居委会大姐，说道，"我师父他其实蛮担心你的，你这小孩来这里这么久了也不报个平安，我们都不知道法国当局现在对MOROCC后代的态度，怕你遇到什么麻烦，才连夜过来看你的，你胆子也是太大了点，说来就来。"

"我没事！哈哈哈哈，我好得很！不但好得很，我还有了我人生中的第一个朋友！"陆渊成功地把燕归来气得够呛，他抑制不住心里的荡漾，拉着关小熙一起到柜台前，说道，"我要给他补过昨天的生日，这边送货太磨叽，我就亲自来拿蛋糕了。熙阿姨，这家店你以前也常来吧，快给我推荐一下最好吃的蛋糕款式，我怕我订的不好，你帮我参谋一下，要是不好吃，我们还可以直接换订单嘛，你懂的，哈哈哈……"

"你这小孩怎么比娶了媳妇还高兴？不过你来对地方了，我也是一来巴黎就拉着我师父先来这家店买蛋糕吃了，你懂的，哈哈哈……"

燕归来冷冷的声音从两人身后传来："你妈要是知道她儿子变成了一头驴估计会气得在自己坟头蹦迪。"

"啧啧，你这个老狗真是不解风情。"陆渊转身白了燕归来一眼，"我是为了更大的自由和梦想而来的，这是我们年轻人的时代了。至于你嘛，我建议你可以回家好好歇歇，遛个鸟啊，唱个京剧啊，养个乌龟啊什么的才适合你。哈哈哈哈，记得养跟你长相类似的那种巴西龟啊……"

即使已经见多了这两人每次见面的唇枪舌剑，关小熙还是笑得直不起腰来。

关小熙一边帮他在订单库里挑选着适合给男性朋友过生日的蛋糕订单，一边说："喂，不就是交了个朋友吗？你真是的这么激动，在MOROCC？一会儿带阿姨去见见他呗。"

"好啊，我会说服神父的，不过熙阿姨你可不许拉偏架啊，我说真的，十个燕老贼加起来都没他厉害。人啊，总是要服老，不然就是给自己蒙羞，哈哈哈。中文怎么讲来着，哦对，老不要脸，哈哈哈，老不要脸……"

燕归来的脸黑得要滴出水来，关小熙也笑得假发都要掉下来了。

三人提了一大盒装着某个可怜的元首排了半个月的队才排到的订单购买的限量款蜂蜜蛋糕出了小巷，又买了陆渊心心念念的烤肉和啤酒，全部搬上了车，沿着晚霞漫天的塞纳河，车子往 MOROCC 修道院驶去，准备迎接一顿久违的丰盛的晚宴。

一路上陆渊依旧和燕归来斗嘴斗个不停，关小熙已经把假牙笑出来了，很久都没有这么开心过了，她想，乐得她简直年轻了二十岁啊。

## 十　人间（下）

这大概是陆渊的第三次离婚。

这大概是他的第一千四百次任务。

同样是大明星的妻子哭哭啼啼地跟陆渊分财产，他大笔一挥，什么都不要，净身出户。

上级的命令发到接收端，他漠然看了一眼，关掉，设备扔进海里。

夜里，陆渊一个人宿在酒店顶楼的总统套房里，这么多年，他如愿以偿圆了他演艺家的梦想，本来他就长得很帅，能迷倒一片小女生的那种，随着年龄增长，他的气质也愈加成熟醉人起来，加上操纵选票和媒体绰绰有余的技术，让他在演艺圈宛如开了外挂般混得风生水起。

夜里，他一个人站在潮水汹涌的礁石大海边，他的身影倔强、冰冷、骄傲、坚硬，如一块亿万年前就形成的磐石，任何外界变动都无法影响到他。海浪拍打悬崖，发出巨大声响，明明是磐石，却也会轰然倒下，潮水声中是他被剧痛折磨下的断续喘息，这么多年，这么多年……

一婚陆渊娶了他最喜欢的女明星当老婆，却被戴了一顶绿油油的帽子，陆渊一点也不难过，甚至很高兴他可以因此迎来一段新的感情，年少的陆渊是那么意气风发、毫无畏惧。

他第一次走进秘密安全部地下基地时，依稀是十二年前的往事，十二年来无数混乱的记忆交错、崩溃，然后流逝。他只记得那一日，年少的自己被带进手术室，惨白灯光里，迎接他的是一把把冰冷的手术刀具和一台台仪器，而他不动声色、毫无畏惧。

二婚陆渊娶了贵族世家的千金当老婆，然后他劈腿了，劈腿对象是新剧合作的女配角。很快他又腻了，和女配角的爸爸搞在一起，天雷地火，跨入新世界。

他第二次进秘密安全部地下基地的时候，是在两年前，他放走了一对来自俄罗斯的间谍夫妻。他本该执行任务杀了他们，对他而言这是轻而易举的事情，可他远远望着夫妻俩为即将出生的孩子讨论取名的一幕，他终是没能下手。元首为此大怒，视他为背叛，他被押去基地受罚，他们把更多的神经芯片植入他体内。

陆渊不在乎爱的是谁，爱是自由的，他一直以此说服自己，无关乎性别和辈分，也不在乎记者们怎么报道，反正他操纵那些漏洞百出的媒体系统都是随心所欲的事情，因此从来都没有媒体敢说他坏话。这让他在渣男的道路上越走越远，也在驴的道路上放飞自我——他妈想跳出棺材来打他就打他吧，无所谓啦。

他清楚地记得被割开肉体，芯片融合神经时的剧痛，他并没有痛昏过去，甚至一声都没有吭，他的意志力比他们想象的要强大得多，即使这并没有用，体内总共二十三块连接神经的芯片，是国家用来控制他这样的S级秘密特工的终极手段，在任何指令面前，他将只有服从这一个选择。

陆渊搞腻了现实中的男人，又跑去演同性电影，剧中的角色总是比现实要让他沉醉得多，演戏越久，他越沉迷在故事和现实的边缘，灯红酒绿，荒淫糜烂，陆渊活生生把戏里戏外的生活都演成了醉生梦死。

他一度想放弃人性，做一个纯粹的机器，那样就不会有思想，不会再痛苦，和其他MOROCC出来的特工一样，不再有任何怜悯，也不再有任何感情，可他到底是无法割舍心里的那个声音，他只能背负着二十三块神经芯片去世界各地执行无休无止的任务，任由它们侵蚀他的大脑、他的心脏、他的意志、他的最后一寸……思想。

有那么一天，陆渊忽然清醒了一般，又恢复了正常的性取向，交了一个女朋友，也是当红的大明星，从一个胆敢和他竞争影帝的不知死活的小子手里挖墙脚挖来的，为此他仿佛赢了全世界一样高兴。

他终是被来自神经层面的痛苦折磨到疲惫不堪，他开始分不清现实和梦境，他日渐崩溃的意志中，那个喊着跳着要和他一起去追寻自由追寻大爱的声音，也慢慢销声匿迹。他的身上开始出现越来越多的伤痕，那都不是任务带来的，以他的身手这世上还没有什么人能伤到他，唯一的解释只能是他自己，意识崩溃的自己……他不想苟延残喘地活着，可他也不想死……

陆渊第三次结婚不到一年，妻子怀孕了，陆渊没来由地开始恐惧。他调查了妻子的一切隐私记录，发现孩子确实是自己的，这次他一点也不绿，顿时天塌般的恐慌笼罩着他，完蛋了，他想，他要离婚，他可以不要财产，不要名声，不要后代，但他一定要离婚。

他第三次走进基地，那个暗无天日的地下，闪着惨白灯光的手术室和一排排冰冷的仪器，它们与噩梦中的片段重合，似乎一切都能被拼剪缝制……这次他是自己过来的，他提交了长长的申请报告，他写他身体状况极差，精神状况更差，很遗憾他无法再为国家效忠，他申请……死亡。

然后陆渊就净身出户躺在三十二楼酒店顶楼的总统套房里，一个他并不喜欢的数字，没关系，他想，钱可以再赚，他赚钱容易得很，他的自由才是最重要的，不能被任何东西束缚。古人说得对啊，婚姻是一座坟墓，而现在跳出坟墓的他，浑身无比轻松，他哼着小曲叼着烟，欣赏最新一期时代杂志的封面人物——帅到炸裂的自己。

然后他的申请被驳回，全世界最好的医生被聚集一堂，给他进行了全身检测，除了体内数量可怕的芯片让那些医生感到困惑以外，没有任何的问题——他们如此总结道，他的身体状况非常健康，他还能再为国家服务至少五十年。

忽然陆渊从床上跳起来，他光着膀子飞奔到电梯间，一路下楼到车库，发动，飙车，往家里开——有一样比自由更重要的东西，他忘记带走了！

他的海景别墅里！哦，确切说是曾经属于他的海景别墅里，开车回去并不远，他很快拍响门铃。他的前妻匆匆忙忙起床开门，见到他的一瞬间眼泪稀里哗啦掉下来。

“哦，亲爱的……”女人哭得梨花带雨，“我就知道你舍不得我和我们的孩子，感谢上帝，你回来了，感谢上帝……”

陆渊没理她，冲进去翻箱倒柜，没找到。

“有个掌机，十几年前的款式。”他向前妻比画着，“我大概放在这个柜子里，哦不，这个抽屉里，也不，或许是这个箱子里，啊，还有这个盒子……Jenny，你有没有看到一个掌机？”

前妻茫然摇头。

陆渊继续找，找不到。

“亲爱的，可能是我们上周吵架，你还记不记得……”前妻回忆着，“你扔了很多东西出去，后来叫佣人收拾处理掉了。”

“那就是找不到了？”

“找不到了。”

“……那就算了。”陆渊叼着雪茄，开车绝尘而去。

很快陆渊有了第四个结婚对象，是意大利首席将军的女儿。她从小就是他的粉丝，哭着吵着要嫁给他，趁着陆渊到意大利为新电影做宣传的契机，可爱的小粉丝终于和偶像正式见面了，然后顺理成章谈恋爱、同居、计划结婚。

永远不缺投怀送抱的美人，永远不缺灯光美酒和盛誉，仿佛这才是他想要的自由。

“你是透过蝴蝶翅膀的阳光，是情人唇边的轻语，是耳鬓厮磨，是抵死温柔……”

与国际一流导演合作的超级电影的MV，在海边拍摄，阳光暖风金沙海岸，饰演男主角的陆渊拥着他即将劈腿的又一个女主角，在充满画意的镜头里旋转起舞，他的眼神却不停地往秀臀紧翘的男二号飘去，两人互相投以毫不掩饰的赤裸爱意。他嘴里深情款款唱着剧本歌词，他的语意充满赞美和倾慕，如他在许多年前的一个圣诞夜朗声吟咏的模样。

“你的代号真难听啊……你这样的人怎么连个名字都没有？”

「KX1282 号目标已在 36187 端口出现！请立刻追踪！」

“我给你取个名字吧……我一定要给你取个好听的名字。”

「Jan！收到请回复！」

“我愿你如世间最深的瀚海、最远的星河，你是冰风雨雪、是岁月翩跹……”

「Jan！你在干什么！」

“你是最清冽的酒、最纯粹的爱……”

「目标已丢失！现已启动 N819 号紧急方案！」

“你是人间最温柔的初辰、雨后和黄昏，你是大千自在，是万物生机，是冬去春来吹过原野的第一缕风，是破晓时分映我眉眼的第一束光……”

「Jan 你收到没有！请在五秒内回复！」

“你是东方的禅意，是西方的传奇，是最原始的狂欢与梦想、自由和希望……”

「请立刻回复！」

“初空，万物之始，是为初空，你喜欢这个名字吗？”

「呼叫无响应！即刻执行强制模式！」

……

新电影非常成功，可以预见必将包揽奥斯卡所有奖项，庆功会在旧金山举行。

成功上位的女主角和性感迷人的小鲜肉男二同时出现在陆渊的房间里，面对满室春色大餐，本该期待不已的陆渊忽然就兴致索然，他一点也开心不起来。

陆渊总有一种无法言说的感觉，那是来自灵魂的不满，他的灵魂似乎依旧被什么东西禁锢着，金钱、名誉、美酒、美人，都无法解开，这么难的题，他不会解啊，唯一能解的人，似乎也早就被他丢弃在荒芜混乱的年华中了，早就记不清了……

这个世界让陆渊没来由地感到窒息，他却对此无能为力，就好像一头鲸鱼非要在陆地畅游，一只老鹰竟在和母鸡同床。

在两个尤物的尖叫声中，陆渊突然一脚踹开女主角和小鲜肉，他一脸厌恶地翻身下床，然后，一丝不挂的他像是一头发疯的公牛一样冲出房间，冲进金碧辉煌的专享电梯，冲过酒店大厅如火如荼的庆功会，冲开香槟红酒碰撞的奢华盛宴，冲散无数媒体记者鸡飞狗跳的直播镜头，冲入车流如海的马路夜色，冲上灯火璀璨的金门大桥……

他一点也不自由。

而他站在天明后的大海另一端，把身上的耳机、窃听装置、工具包、枪支、手机、掌机、匕首、交换机、定位器……都一个个取下来，扔进悬崖下浪潮汹涌的大海中。

这些年，曾经臭名昭著的反人类项目 SKYRIM（天际）死灰复燃，甚至在南极动工开建，投资方由北美当权政府牵头世界多家跨国财团组成，为此他的元首寝食难安无比焦虑，连续派出麾下三支特工小队前往南极收集情报，皆一去不回。

在 2038 年冬，天际项目组正式竣工启动，来自全球的绝症患者、死囚、志愿者……被源源不断地从世界各地运往南极，宣扬人类文明大势所趋的媒体报道接踵而至，如雪片一样不断砸在焦头烂额的元首脸上。作为与北美联盟势同水火的欧洲资本政权，这个国度理所当然被抛弃，元首掌控不到关于天际项目组的哪怕一丝一毫的信息，即使拥有世界上最优秀的特工组织为他效劳，却终究抵挡不住时代车轮的滚滚碾压。

他来到坐立不安的元首面前，提交了一份请愿书。

他愿意以卧底的身份亲自前往南极，他承诺将以毕生之力带回天际项目组的核心数据，即使付出生命的代价。

至于要摧毁项目组或者迫使他们效忠于这个国家，则应由元首与议会去定夺，那不是他需要考虑的。

元首经过了漫长艰难的抉择，终于同意。

带着体内二十三块日日夜夜折磨他的芯片，他踏上了前往南极的专列。

登记身份的时候，他写上伴随他整整三十一年的代号：Jan。

他又划掉。

端正而生涩地，他写上两个中文字：初空。

列车飞驰在无人雪原之上，他孤独地蜷缩在车厢空旷的角落里，努力撑起身体去眺望窗外充斥了整个视野的极地风光，他漂亮的侧脸在漫长岁月里变得坚忍立体，他伤痕累累的双手紧紧攀着窗沿，他的十指不住地颤抖、几近扭曲，神经层面的钻心痛苦依旧时时刻刻侵蚀着他，只要他人性尚存一日，这些附骨之疽的折磨就将伴随他一日，而他毅然踏上这趟注定诀别的旅途，仿佛已获得灵魂最后的救赎。

车窗反光微弱地映照出他瀚海般深蓝的眼底，那里坚守着他心中不肯放弃的最后一寸土地。

雪色单衣的人影在地平线尽头向他张开双臂，那是年少时他在城堡尖塔下风华绝代的自己。

他自由了。

---

《莫洛克往事》全文完

此篇为《燕归来熙》正文剧情二十年后的故事，也是《天际》的前传。

初空作为男主，他的故事从《天际》开始，将是一部浩大的史诗传奇。

《天际》正在网易云阅读火热连载

校长是亲妈 / 2017.05.13